莎士比亚全集 8

[英] 威廉·莎士比亚 著
朱生豪 译

中国文史出版社

图书在版编目（CIP）数据

莎士比亚全集：全8册/（英）威廉·莎士比亚著；朱生豪译．—北京：中国文史出版社，2013.8
（2018.6重印）
ISBN 978-7-5034-4200-1

Ⅰ．①莎…　Ⅱ．①威…②朱…　Ⅲ．①莎士比亚（Shakespeare, William 1564-1616）—全集　Ⅳ．①I561.13

中国版本图书馆CIP数据核字（2018）第089838号

责任编辑：刘　夏
封面设计：李四月

出版发行：中国文史出版社
网　　址：www.wenshipress.com
社　　址：北京市西城区太平桥大街23号　　邮编：100811
电　　话：010-66173572　66168268　66192736（发行部）
传　　真：010-66192703
印　　装：三河市天润建兴印务有限公司
经　　销：全国新华书店
开　　本：880×1230　1/32
印　　张：88.5　　字数：1800千字
版　　次：2013年9月北京第1版
印　　次：2018年8月第3次印刷
定　　价：528.00元（全8册）

目　录

William Shakespeare
COMPLETE WORKS

奥瑟罗

朱生豪 译

莎士比亚
全集

剧中人物

威尼斯公爵

勃拉班修　元老

葛莱西安诺　勃拉班修之弟

罗多维科　勃拉班修的亲戚

奥瑟罗　摩尔族贵裔，供职威尼斯政府

凯西奥　奥瑟罗的副将

伊阿古　奥瑟罗的旗官

罗德利哥　威尼斯绅士

蒙太诺　塞浦路斯总督，奥瑟罗的前任者

小　丑　奥瑟罗的仆人

苔丝狄蒙娜　勃拉班修之女，奥瑟罗之妻

爱米利娅　伊阿古之妻

比恩卡　凯西奥的情妇

元老、水手、吏役、军官、使者、乐工、传令官、侍从等

地　点

第一幕在威尼斯；其余各幕在塞浦路斯岛一海口

第一幕

第一场　威尼斯。街道

罗德利哥及伊阿古上。

罗德利哥　嘿！别对我说，伊阿古；我把我的钱袋交给你支配，让你随意花用，你却做了他们的同谋，这太不够朋友啦。

伊阿古　他妈的！你总不肯听我说下去。要是我做梦会想到这种事情，你不要把我当作一个人。

罗德利哥　你告诉我你恨他。

伊阿古　要是我不恨他，你从此别理我。这城里的三个当道要人亲自向他打招呼，举荐我做他的副将；凭良心说，我知道我自己的价值，难道我就做不得一个副将？可是他眼睛里只有自己没有别人，对于他们的请求，都用一套充满了军事上口头禅的空话回绝了；因为，他说，"我已经选定我的将佐了。"他选中的是个什么人呢？哼，一个算学大家，一个叫作迈克尔·凯西奥的佛罗伦萨人，一个几乎因为娶了娇妻而误了终身的家伙；他从来不曾在战场上领过一队兵，对于布阵作战的知识，懂得简直也不比一个老守空闺的女人多；即使懂得一些书本上的理论，那些身穿宽袍的元老大人们讲起来也会比他更头头是道；只有空谈，不切实际，这就是他的全部的军人资格。可是，老兄，他居然得到了任命；我在罗得斯岛、塞浦路斯岛，以及其他基督徒和异教徒的国土之上。立过多少的军功，都是他亲眼看见的，现在却必须低首下心，受一个市侩的指挥。这位掌柜居然做起他的副将来，而我呢——上帝恕我这样说——却只在这位黑将军的麾下充一名旗官。

罗德利哥　天哪，我宁愿做他的刽子手。

伊阿古　这也是没有办法呀。说来真叫人恼恨，军队里的升迁可以全然不管古来的定法，按照各人的阶级依次递补，只要谁的脚力大，能够得到上官的欢心，就可以越级躐升。现在，老兄，请你替我评一评，我究竟有什么理由要跟这摩尔人要好。

罗德利哥　假如是我，我就不愿跟随他。

伊阿古　啊，老兄，你放心吧；我所以跟随他，不过是要利用他达到我自己的目的。我们不能每个人都是主人，每个主人也不是都该让仆人忠心地追随他。你可以看到，有一辈天生的奴才，他们卑躬屈节，拼命讨主人的好，甘心受主人的鞭策，像一头驴子似的，为了一些粮草而出卖他们的一生，等到年纪老了，主人就把他们撵走；这种老实的奴才是应该抽一顿鞭子的。还有一种人，表面上尽管装出一副鞠躬如也的样子，骨子里却是为他们自己打算；看上去好像替主人做事，实际却靠着主人发展自己的势力，等捞足了油水，就可以知道他所尊敬的其实是他本人；像这种人还有几分头脑；我承认我自己就属于这一类。因为老兄，正像你是罗德利哥而不是别人一样，我要是做了那摩尔人，我就不会是伊阿古。同样地没有错，虽说我跟随他，其实还是跟随我自己。上天是我的公证人，我这样对他陪着小心，既不是为了忠心，也不是为了义务，只是为了自己的利益，才装出这一副假脸。要是我表面上的恭而敬之的行为会泄露我内心的活动，那么不久我就要掬出我的心来，让乌鸦们乱啄了。世人所知道的我，并不是实在的我。

罗德利哥　要是那厚嘴唇的家伙也有这么一手，那可让他交上大运了！

伊阿古　叫起她的父亲来；不要放过他，打断他的兴致，在各处街道上宣布他的罪恶；激怒她的亲族。让他虽然住在气候宜人的地方，也免不了受蚊蝇的滋扰，虽然享受着盛大的欢乐，也免不了受烦恼的缠绕。

罗德利哥　这儿就是她父亲的家；我要高声叫喊。

伊阿古　很好，你嚷起来吧，就像在一座人口众多的城里，因为晚间失慎而起火的时候，人们用那种惊骇惶恐的声音呼喊一样。

罗德利哥　喂，喂，勃拉班修！勃拉班修先生，喂！

伊阿古　醒来！喂，喂！勃拉班修！捉贼！捉贼！捉贼！留心你的屋子、你的女儿和你的钱袋！捉贼！捉贼！

勃拉班修自上方窗口上。

勃拉班修　大惊小怪地叫什么呀？出了什么事？

罗德利哥　先生，您家里的人没有缺少吗？

伊阿古　您的门都锁上了吗？

勃拉班修　咦，你们为什么这样问我？

伊阿古　哼！先生，有人偷了您的东西去啦，还不赶快披上您的袍子！您的心碎了，您的灵魂已经丢掉半个；就在这时候，就在这一刻工夫，一头老黑羊在跟您的白母羊交尾哩。起来，起来！打钟惊醒那些鼾睡的市民，否则魔鬼要让您抱外孙啦。喂，起来！

勃拉班修　什么！你发疯了吗？

罗德利哥　最可敬的老先生，您听得出我的声音吗？

勃拉班修　我听不出；你是谁？

罗德利哥　我的名字是罗德利哥。

勃拉班修　讨厌！我叫你不要在我的门前走动；我已经老老实实、明明白白地对你说了，我的女儿是不能嫁给你的；现在你吃饱了饭，喝醉了酒，疯疯癫癫，不怀好意，又要来扰乱我的安静了。

罗德利哥　先生，先生，先生！

勃拉班修　可是你必须明白，我不是一个好说话的人，要是你惹我发火，凭着我的地位，只要略微拿出一点力量来，你就要叫苦不迭了。

罗德利哥　好先生，不要生气。

勃拉班修　说什么有贼没有贼？这儿是威尼斯；我的屋子不是一座独家的田庄。

罗德利哥　最尊严的勃拉班修，我是一片诚心来通知您。

伊阿古　嘿，先生，您也是那种因为魔鬼叫他敬奉上帝而把上帝丢在一旁的人。您把我们当作了坏人，所以把我们的好心看成了恶意，宁愿让您的女儿给一头黑马骑了，替您生下一些马子马孙，攀一些马亲马眷。

勃拉班修　你是个什么混账东西，敢这样胡说八道？

伊阿古　先生，我是一个特意来告诉您一个消息的人，您的令爱现在正在跟那摩尔人干那件禽兽一样的勾当哩。

勃拉班修　你是个浑蛋！

伊阿古　您是一位——元老呢。

勃拉班修　你留点儿神吧；罗德利哥，我认识你。

罗德利哥　先生，我愿意负一切责任；可是请您允许我说一句话。要是令爱因为得到您的明智的同意。所以才会在这样更深人静的午夜，身边并没有一个人保护，让一个下贱的谁都可以雇用的船夫，把她载到一个贪淫的摩尔人的粗野的怀抱里——要是您对于这件事情不但知道，而且默许——照我看来，您至少已经给了她一部分的同意——那么我们的确太放肆、太冒昧了；可是假如您果真不知道这件事，那么从礼貌上说起来，您可不应该对我们恶声相向。难道我会这样一点不懂规矩，敢来戏侮像您这样一位年尊的长者吗？我再说一句，要是令爱没有得到您的许可。就把她的责任、美貌、智慧和财产，全部委弃在一个到处为家、漂泊流浪的异邦人的身上，那么她的确已经干下了一件重大的逆行了。您可以立刻去调查一个明白，要是她好好地在她的房间里或是在您的宅子里，那么是我欺骗了您，您可以按照国法惩办我。

勃拉班修　喂，点起火来！给我一支蜡烛！把我的仆人全都叫起来！这件事情很像我的恶梦，它的极大的可能性已经重压在我的心头了。喂，拿火来！拿火来！（自上方下。）

伊阿古　再会，我要少陪了；要是我不去，我就要出面跟这摩尔人作对证，那不但不大相宜，而且在我的地位上也很多不便；因为我知道无论他将要因此而受到什么谴责，政府方面现在还不能就把他免职；塞浦路斯的战事正在进行，情势那么紧急，要不是马上派他前去，他们休想找到第二个人有像他那样的才能，可以担当这一个重任。所以虽然我恨他像恨地狱里的刑罚一样，可是为了事实上的必要，我不得不和他假意周旋，那也不过是表面上的敷衍而已。你等他们出来找人的时候，只要领他们到马人旅馆去，一定可以找到他；我也在那边跟他在一起。再见。（下。）

勃拉班修率众仆持火炬自下方上。

勃拉班修　真有这样的祸事！她去了；只有悲哀怨恨伴着我这衰朽的余年！罗德利哥，你在什么地方看见她的？——啊，不幸的孩子！——你说跟那摩尔人在一起吗？——谁还愿意做一个父亲！——你怎么知道是她？——唉，想不到她会这样欺骗我！——她对你怎么说？——再拿些蜡烛来！唤醒我的所有的亲族！——你想他们有没有结婚？

罗德利哥　说老实话，我想他们已经结了婚啦。

勃拉班修　天哪！她怎么出去的？啊，骨肉的叛逆！做父亲的人啊，从此以后，你们千万留心你们女儿的行动，不要信任她们的心思。世上有没有一种引诱青年少女失去贞操的邪术？罗德利哥你有没有在书上读到过这一类的事情？

罗德利哥　是的，先生，我的确读到过。

勃拉班修　叫起我的兄弟来！唉，我后悔不让你娶了她去！你们快去给我分头找寻！你知道我们可以在什么地方把她和那摩尔人一起捉到？

罗德利哥　我想我可以找到他的踪迹，要是您愿意多派几个得力的人手跟我前去。

勃拉班修　请你带路。我要到每一个人家去搜寻；大部分的人家都在我的势力之下。喂，多带一些武器！叫起几个巡夜的警吏！去，好罗德利哥，我一定重谢你的辛苦。（同下。）

第二场　另一街道

奥瑟罗、伊阿古及侍从等持火炬上。

伊阿古　虽然我在战场上杀过不少的人，可是总觉得有意杀人是违反良心的；缺少作恶的本能，往往使我不能做我所要做的事。好多次我想要把我的剑从他的肋骨下面刺进去。

奥瑟罗　还是随他说去吧。

伊阿古　可是他唠哩唠叨地说了许多难听的话破坏您的名誉，连像我这样一个荒唐的家伙也实在压不住心头的怒火。可是请问主帅，你们有没有完成婚礼？您要注意，这位元老是很得人心的，他的潜势力比公爵还要大上一倍；他会拆散你们的姻缘，尽量运用法律的力量来给您种种压制和迫害。

奥瑟罗　随他怎样发泄他的愤恨吧；我对贵族们所立的功劳，就可以驳倒他的控诉。世人还没有知道——要是夸口是一件荣耀的事，我就要到处宣布——我是高贵的祖先的后裔，我有充分的资格，享受我目前所得到的值得骄傲的幸运。告诉你吧，伊阿古，倘不是我真心恋爱温柔的苔丝狄蒙娜，即使给我大海中所有的珍宝，我也不愿意放弃我的无拘无束的自由生活，来俯就家室的羁缚的。可是瞧！那边举着火把走来的是些什么人？

伊阿古　她的父亲带着他的亲友来找您了；您还是进去躲一躲吧。

奥瑟罗　不，我要让他们看见我；我的人品、我的地位和我的清白的人格可以替我表明一切。是不是他们？

伊阿古　凭二脸神起誓，我想不是。

凯西奥及若干吏役持火炬上。

奥瑟罗　原来是公爵手下的人，还有我的副将。晚安，各位朋友！有什么消息？

凯西奥　主帅，公爵向您致意，请您立刻就过去。

奥瑟罗　你知道是为了什么事？

凯西奥　照我猜想起来，大概是塞浦路斯方面的事情，看样子很是紧急。就在这一个晚上，战船上已经连续不断派了十二个使者赶来告急；许多元老都从睡梦中被人叫醒，在公爵府里集合了。他们正在到处找您；因为您不在家里，所以元老院派了三队人出来分头寻访。

奥瑟罗　幸而我给你找到了。让我到这儿屋子里去说一句话，就来跟你同去。（下。）

凯西奥　他到这儿来有什么事？

伊阿古　不瞒你说，他今天夜里登上了一艘陆地上的大船；要是能够证明那是一件合法的战利品，他可以从此成家立业了。

凯西奥　我不懂你的话。

伊阿古　他结了婚啦。

凯西奥　跟谁结婚?

奥瑟罗重上。

伊阿古　呃,跟——来,主帅,我们走吧。

奥瑟罗　好,我跟你走。

凯西奥　又有一队人来找您了。

伊阿古　那是勃拉班修。主帅,请您留心点儿;他来是不怀好意的。

勃拉班修、罗德利哥及吏役等持火炬武器上。

奥瑟罗　喂!站住!

罗德利哥　先生,这就是那摩尔人。

勃拉班修　杀死他,这贼!(双方拔剑。)

伊阿古　你,罗德利哥!来,我们来比个高下。

奥瑟罗　收起你们明晃晃的剑,它们沾了露水会生锈的。老先生,像您这么年高德劭的人,有什么话不可以命令我们,何必动起武来呢?

勃拉班修　啊,你这恶贼!你把我的女儿藏到什么地方去了?你不想想你自己是个什么东西,胆敢用妖法蛊惑她;我们只要凭着情理判断,像她这样一个年轻貌美、娇生惯养的姑娘。多少我们国里有财有势的俊秀子弟她都看不上眼,倘不是中了魔,怎么会不怕人家的笑话,背着尊亲投奔到你这个丑恶的黑鬼的怀里?——那还不早把她吓坏了,岂有什么乐趣可言!世人可以替我评一评,是不是显而易见你用邪恶的符咒欺诱她的娇弱的心灵,用药饵丹方迷惑她的知觉;我要在法庭上叫大家评一评理,这种事情是不是很可能的.所以我现在逮捕你;妨害风化、行使邪术,便是你的罪名。抓住他;要是他敢反抗,你们就用武力制伏他。

奥瑟罗　帮助我的，反对我的，大家放下你们的手！我要是想打架，我自己会知道应该在什么时候动手。您要我到什么地方去答复您的控诉？

勃拉班修　到监牢里去，等法庭上传唤你的时候你再开口。

奥瑟罗　要是我听从您的话去了，那么怎么答复公爵呢？他的使者就在我的身边，因为有紧急的公事，等候着带我去见他。

吏役　真的，大人；公爵正在举行会议！我相信他已经派人请您去了。

勃拉班修　怎么！公爵在举行会议！在这样夜深的时候！把他带去。我的事情也不是一件等闲小事；公爵和我的同僚们听见了这个消息，一定会感到这种侮辱简直就像加在他们自己身上一般。要是这样的行为可以置之不问，奴隶和异教徒都要来主持我们的国政了。（同下。）

第三场　议事厅

公爵及众元老围桌而坐；吏役等随侍。

公　爵　这些消息彼此分歧，令人难于置信。

元老甲　它们真是参差不一；我的信上说是共有船只一百零七艘。

公　爵　我的信上说是一百四十艘。

元老乙　我的信上又说是二百艘。可是它们所报的数目虽然个个不同，因为根据估计所得的结果，难免多少有些出入，不过它们都证实确有一支土耳其舰队在向塞浦路斯岛进发。

公　爵　嗯，这种事情推想起来很有可能；即使消息不尽正确，我也并不就此放心；大体上总是有根据的，我们倒不能不担着几分心事。

水　手　（在内）喂！喂！喂！有人吗？

吏　役　一个从船上来的使者。

一水手上。

公　爵　什么事？

水　手　安哲鲁大人叫我来此禀告殿下，土耳其人调集舰队，正在向罗得斯岛进发。

公　爵　你们对于这一个变动有什么意见？

元老甲　照常识判断起来，这是不会有的事；它无非是转移我们目标的一种诡计。我们只要想一想塞浦路斯岛对于土耳其人的重要性，远在罗得斯岛以上，而且攻击塞浦路斯岛，也比攻击罗得斯岛容易得多，因为它的防务比较空虚，不像罗得斯岛那样戒备严密；我们只要想到这一点，就可以断定土耳其人决不会那样愚笨，甘心舍本逐末，避轻就重，进行一场无益的冒险。

公　爵　嗯，他们的目标决不是罗得斯岛，这是可以断定的。

吏　役　又有消息来了。

一使者上。

使　者　公爵和各位大人，向罗得斯岛驶去的土耳其航队，已经和另外一支殿后的舰队会合了。

元老甲　嗯，果然符合我的预料。照你猜想起来，一共有多少船只？

使　者　三十艘模样；它们现在已经回过头来，显然是要开向塞浦路斯岛去的。蒙太诺大人，您的忠实英勇的仆人，本着他的职责，叫我来向您报告这一个您可以相信的消息。

公　爵　那么一定是到塞浦路斯岛去的了。玛克斯·勒西科斯不在威尼斯吗？

元老甲　他现在到佛罗伦萨去了。

公　爵　替我写一封十万火急的信给他。

元老甲　勃拉班修和那勇敢的摩尔人来了。

勃拉班修、奥瑟罗、伊阿古、罗德利哥及吏役等上。

公　爵　英勇的奥瑟罗，我们必须立刻派你出去向我们的公敌土耳其人作战。（向勃拉班修）我没有看见你；欢迎，高贵的大人，我们今晚正需要你的指教和帮助呢。

勃拉班修　我也同样需要您的指教和帮助。殿下，请您原谅，我并不是因为职责所在，也不是因为听到了什么国家大事而从床上惊起；国家的安危不能引起我的注意，因为我个人的悲哀是那么压倒一切，把其余的忧虑一起吞没了。

公　爵　啊，为了什么事？

勃拉班修　我的女儿！啊，我的女儿！

公　爵　众元老她死了吗？

勃拉班修　嗯，她对于我是死了。她已经被人污辱，人家把她从我的地方拐走，用江湖骗子的符咒药物引诱她堕落；因为一个没有残疾、眼睛明亮、理智健全的人，倘不是中了魔法的蛊惑，决不会犯这样荒唐的错误的。

公　爵　如果有人用这种邪恶的手段引诱你的女儿，使她丧失了自己的本性，使你丧失了她，那么无论他是什么人，你都可以根据无情的法律，照你自己的解释给他应得的严刑；即使他是我的儿子，你也可以照样控诉他。

勃拉班修　感谢殿下。罪人就在这儿，就是这个摩尔人；好像您有重要的公事召他来的。

公　爵　众元老那我们真是抱憾得很。

公　爵　（向奥瑟罗）你自己对于这件事有什么话要分辩？

勃拉班修　没有，事情就是这样。

奥瑟罗　威严无比、德高望重的各位大人，我的尊贵贤良的主人们，我把这位老人家的女儿带走了，这是完全真实的；我已经和她结了婚，这也是真的；我的最大的罪状仅止于此，别的就不是我所知道的了。我的言语是粗鲁的,一点不懂得那些温文尔雅的辞令;因为自从我这双手臂长了七年的膂力以后,直到最近这九个月以前,它们一直都在战场上发挥它们的本领;对于这一个广大的世界,我除了冲锋陷阵以外,几乎一无所知,所以我也不能用什么动人的字句替我自己辩护。可是你们要是愿意耐心听我说下去,我可以向你们讲述一段质朴无文的、关于我的恋爱的全部经过的故事;告诉你们我用什么药物、什么符咒、什么驱神役鬼的手段、什么神奇玄妙的魔法,骗到了他的女儿,因为这是他所控诉我的罪名。

勃拉班修　一个素来胆小的女孩子,她的生性是那么幽娴贞静,甚至于心里略为动了一点感情,就会满脸羞愧;像她这样的性质,像她这样的年龄,竟会不顾国族的珍誉,把名誉和一切作为牺牲,去跟一个她瞧着都感到害怕的人发生恋爱!假如有人说,这样完美的人儿会做下这样不近情理的事,那这个人的判断可太荒唐了;因此怎么也得查究,到底这里使用了什么样的阴谋诡计,才会有这种事情?我断定他一定曾经用烈性的药饵或是邪术炼成的毒剂麻醉了她的血液。

公　爵　没有更确实显明的证据,单单凭着这些表面上的猜测和莫须有的武断,是不能使人信服的。

元老甲　奥瑟罗,你说,你有没有用不正当的诡计诱惑这一位年轻的女郎,或是用强暴的手段逼迫她服从你;还是正大光明地对她披肝沥胆,达到你的求爱的目的?

奥瑟罗　请你们差一个人到马人旅馆去把这位小姐接来,让她当着她的父亲的面告诉你们我是怎样一个人。要是你们根据她的报告,认为我是有罪的,你们不但可以撤销你们对我的信任,解除你们给我的职权,并且可以把我判处死刑。

公　爵　去把苔丝狄蒙娜带来。

奥瑟罗　旗官，你领他们去；你知道她在什么地方。（伊阿古及吏役等下）当她没有到来以前，我要像对天忏悔我的血肉的罪恶一样，把我怎样得到这位美人的爱情和她怎样得到我的爱情的经过情形，忠实地向各位陈诉。

公　爵　说吧，奥瑟罗。

奥瑟罗　她的父亲很看重我，常常请我到他家里，每次谈话的时候，总是问起我过去的历史，要我讲述我一年又一年所经历的各次战争、围城和意外的遭遇；我就把我的一生事实，从我的童年时代起，直到他叫我讲述的时候为止，原原本本地说了出来。我说起最可怕的灾祸，海上陆上惊人的奇遇，间不容发的脱险，在傲慢的敌人手中被俘为奴，和遇赎脱身的经过，以及旅途中的种种见闻；那些广大的岩窟、荒凉的沙漠、突兀的崖嶂、巍峨的峰岭；接着我又讲到彼此相食的野蛮部落，和肩下生头的化外异民；这些都是我的谈话的题目。苔丝狄蒙娜对于这种故事，总是出神倾听；有时为了家庭中的事务，她不能不离座而起，可是她总是尽力把事情赶紧办好，再回来孜孜不倦地把我所讲的每一个字都听了进去。我注意到她这种情形，有一天在一个适当的时间，从她的嘴里逗出了她的真诚的心愿：她希望我能够把我的一生经历，对她作一次详细的复述，因为她平日所听到的，只是一鳞半爪、残缺不全的片段。我答应了她的要求；当我讲到我在少年时代所遭逢的不幸打击的时候，她往往忍不住掉下泪来。我的故事讲完以后，她用无数的叹息酬劳我；她发誓说，那是非常奇异而悲惨的；她希望她没有听到这段故事，可是又希望上天为她造下这样一个男子。她向我道谢，对我说，要是我有一个朋友爱上了她，我只要教他怎样讲述我的故事，就可以得到她的爱情。我听了这一个暗示,才向她吐露我的求婚的诚意。她为了我所经历的种种患难而爱我,我为了她对我所抱的同情而爱她 :这就是我的唯一的妖术。她来了 ;让她为我证明吧。

苔丝狄蒙娜、伊阿古及吏役等上。

公　爵　像这样的故事,我想我的女儿听了也会着迷的。勃拉班修,木已成舟,不必懊恼了。刀剑虽破,比起手无寸铁来,总是略胜一筹。

勃拉班修　请殿下听她说 ;要是她承认她本来也有爱慕他的意思,而我却还要归咎于他,那就让我不得好死吧。过来,好姑娘,你看这在座的济济众人之间,谁是你所最应该服从的?

苔丝狄蒙娜　我的尊贵的父亲,我在这里所看到的,是我的分歧的义务 :对您说起来,我深荷您的生养教育的大恩,您给我的生命和教养使我明白我应该怎样敬重您 ;您是我的家长和严君,我直到现在都是您的女儿。可是这儿是我的丈夫,正像我的母亲对您克尽一个妻子的义务,把您看得比她的父亲更重一样,我也应该有权利向这位摩尔人,我的夫主,尽我应尽的名分。

勃拉班修　上帝和你同在!我没有话说了。殿下,请您继续处理国家的要务吧。我宁愿抚养一个义子,也不愿自己生男育女。过来,摩尔人。我现在用我的全副诚心,把她给了你 ;倘不是你早已得到了她,我一定再也不会让她到你手里。为了你的缘故,宝贝,我很高兴我没有别的儿女,否则你的私奔将要使我变成一个虐待儿女的暴君,替他们手脚加上镣铐。我没有话说了,殿下。

公　爵　让我设身处地,说几句话给你听听,也许可以帮助这一对恋人,使他们能够得到你的欢心。眼看希望幻灭,恶运临头,无可挽回,何必满腹牢愁?为了既成的灾祸而痛苦,徒然招惹出更多的灾祸。既不能和命运争强斗胜,还是付之一笑、安心耐忍。聪明人遭盗窃毫不介意 ;痛哭流涕反而伤害自己。

勃拉班修　让敌人夺去我们的海岛，我们同样可以付之一笑。那感激法官仁慈的囚犯，他可以忘却刑罚的苦难；倘若他怨恨那判决太重，他就要忍受加倍的惨痛。种种譬解虽能给人慰藉，它们也会格外添人悲戚；可是空言毕竟无补实际，好听的话几曾送进心底？请殿下继续进行原来的公事吧。

公　爵　土耳其人正在向塞浦路斯大举进犯；奥瑟罗，那岛上的实力你是知道得十分清楚的；虽然我们派在那边代理总督职务的，是一个公认为很有能力的人，可是谁都不能不尊重大家的意思，大家觉得由你去负责镇守，才可以万无一失；所以说只得打扰你的新婚的快乐，辛苦你去跑这一趟了。

奥瑟罗　各位尊严的元老们，习惯的暴力已经使我把冷酷无情的战场当作我的温软的眠床，对于艰难困苦，我总是挺身而赴。我愿意接受你们的命令，去和土耳其人作战；可是我要恳求你们念在我替国家尽心出力，给我的妻子一个适当的安置，按照她的身份，供给她一切日常的需要。

公　爵　你要是同意的话，可以让她住在她父亲的家里。

勃拉班修　我不愿意收留她。

奥瑟罗　我也不能同意。

苔丝狄蒙娜　我也不愿住在父亲的家里，让他每天看见我生气。最仁慈的公爵，愿您俯听我的陈请，让我的卑微的衷忱得到您的谅解和赞助。

公　爵　你有什么请求，苔丝狄蒙娜？

苔丝狄蒙娜　我不顾一切跟命运对抗的行动可以代我向世人宣告，我因为爱这摩尔人，所以愿意和他过共同的生活；我的心灵完全为他的高贵的德性所征服；我先认识他那颗心，然后认识他那奇伟的仪表；我已经把我的灵魂和命运一起呈献给他了。所以，各位大人，要是他一个人迢迢出征，把我遗留在和平的后方，过着像蜉蝣一般的生活，我将要因为不能朝夕侍奉他，而在镂心刻骨的离情别绪中度日如年了。让我跟他去吧。

奥瑟罗　请你们允许了她吧。上天为我作证，我向你们这样请求，并不是为了贪尝人生的甜头，也不是为了满足我自己的欲望，因为青春的热情在我已成过去了；我的唯一的动机，只是不忍使她失望。请你们千万不要抱着那样的思想，以为她跟我在一起，会使我懈怠了你们所付托给我的重大的使命。不，要是插翅的爱神的风流解数，可以蒙蔽了我的灵明的理智，使我因为贪恋欢娱而误了正事，那么让主妇们把我的战盔当作水罐，让一切的污名都丛集于我的一身吧！

公　爵　她的去留行止，可以由你们自己去决定。事情很是紧急，你必须立刻出发。

元老甲　今天晚上你就得动身。

奥瑟罗　很好。

公　爵　明天早上九点钟，我们还要在这儿聚会一次。奥瑟罗，请你留下一个将佐在这儿，将来政府的委任状好由他转交给你；要是我们随后还有什么决定，可以叫他把训令传达给你。

奥瑟罗　殿下，我的旗官是一个很适当的人物，他的为人是忠实而可靠的；我还要请他负责护送我的妻子，要是此外还有什么必须寄给我的物件，也请殿下一起交给他。

公　爵　很好。各位晚安！（向勃拉班修）尊贵的先生，倘若有德必有貌，说你这位女婿长得黑，远不如说他长得美。

元老甲　再会，勇敢的摩尔人！好好照顾苔丝狄蒙娜。

勃拉班修　留心看着她，摩尔人，不要视而不见；她已经愚弄了她的父亲，她也会把你欺骗。（公爵、众元老、吏役等同下。）

奥瑟罗　我用生命保证她的忠诚！正直的伊阿古，我必须把我的苔丝狄蒙娜托付给你，请你叫你的妻子当心照料她；看什么时候方便，就烦你护送她们起程。来，苔丝狄蒙娜，我只有一小时的工夫和你诉说衷情，料理庶务了。我们必须服从环境的支配。（奥瑟罗、苔丝狄蒙娜同下。）

罗德利哥　伊阿古！

伊阿古　你怎么说，好人儿？

罗德利哥　你想我该怎么办？

伊阿古　上床睡觉去吧。

罗德利哥　我立刻就投水去。

伊阿古　好，要是你投了水，我从此不喜欢你了。嘿，你这傻大少爷！

罗德利哥　要是活着这样受苦，傻瓜才愿意活下去；一死可以了却烦恼，还是死了的好。

伊阿古　啊，该死！我在这世上也经历过四七二十八个年头了，自从我能够辨别利害以来，我从来不曾看见过什么人知道怎样爱惜他自己。要是我也会为了爱上一个雌儿的缘故而投水自杀，我宁愿变成一头猴子。

罗德利哥　我该怎么办？我承认这样痴心是一件丢脸的事，可是我没有力量把它补救过来呀。

伊阿古　力量！废话！我们变成这样那样，全在于我们自己。我们的身体就像一座园圃，我们的意志是这园圃里的园丁；不论我们插荨麻、种莴苣、栽下牛膝草、拔起百里香，或者单独培植一种草木，或者把全园种得万卉纷披，让它荒废不治也好，把它辛勤耕垦也好，那权力都在于我们的意志。要是在我们的生命之中，理智和情欲不能保持平衡，我们血肉的邪心就会引导我们到一个荒唐的结局；可是我们有的是理智，可以冲淡我们汹涌的热情，肉体的刺激和奔放的淫欲；我认为你所称为“爱情”的，也不过是那样一种东西。

罗德利哥　不，那不是。

伊阿古　那不过是在意志的默许之下一阵情欲的冲动而已。算了，做一个汉子。投水自杀！捉几头大猫小狗投在水里吧！我曾经声明我是你的朋友，我承认我对你的友谊是用不可摧折的、坚韧的缆索连结起来的；现在正是我应该为你出力的时候。把银钱放在你的钱袋里；跟他们出征去；装上一脸假胡子，遮住了你的本来面目——我说，把银钱放在你的钱袋里。苔丝狄蒙娜爱那摩尔人决不会长久——把银钱放在你的钱袋里——他也不会长久爱她。她一开始就把他爱得这样热烈，他们感情的破裂一定也是很突然的——你只要把银钱放在你的钱袋里。这些摩尔人很容易变心——把你的钱袋装满了钱——现在他吃起来像蝗虫一样美味的食物，不久便要变得像苦瓜柯萝辛一样涩口了。她必须换一个年轻的男子；当他的肉体使她餍足了以后，她就会觉悟她的选择的错误。她必须换换口味，她非换不可；所以把银钱放在你的钱袋里。要是你一定要寻死，也得想一个比投水巧妙一点的死法。尽你的力量搜括一些钱。要是凭着我的计谋和魔鬼们的奸诈，破坏这一个走江湖的蛮子和这一个狡猾的威尼斯女人之间的脆弱的盟誓，还不算是一件难事，那么你一定可以享受她——所以快去设法弄些钱来吧。投水自杀！什么话！那根本就不用提；你宁可因为追求你的快乐而被人吊死，也不要在没有一亲她的香泽以前投水自杀。

罗德利哥　要是我指望着这样的好事，你一定会尽力帮助我达到我的愿望吗？

伊阿古　你可以完全信任我。去，弄一些钱来。我常常对你说，一次一次反复告诉你，我恨那摩尔人；我的怨毒蓄积在心头，你也对他抱着同样深刻的仇恨，让我们同心合力向他复仇；要是你能够替他戴上一顶绿头巾，你固然是如愿以偿，我也可以拍掌称快。无数人事的变化孕育在时间的胚胎里，我们等着看吧。去，预备好你的钱。我们明天再谈这件事吧。再见。

罗德利哥　明天早上我们在什么地方会面？

伊阿古　就在我的寓所里吧。

罗德利哥　我一早就来看你。

伊阿古　好，再会。你听见吗，罗德利哥？

罗德利哥　你说什么？

伊阿古　别再提起投水的话了，你听见没有？

罗德利哥　我已经变了一个人了。我要去把我的田地一起变卖。

伊阿古　好，再会！多往你的钱袋里放些钱。（罗德利哥下）我总是这样让这种傻瓜掏出钱来给我花用；因为倘不是为了替自己解解闷，打算占些便宜，那我浪费时间跟这样一个呆子周旋，那才冤枉哩，那还算得什么有见识的人。我恨那摩尔人；有人说他和我的妻子私通，我不知道这句话是真是假；可是在这种事情上，即使不过是嫌疑，我也要把它当作确有其事一样看待。他对我很有好感，这样可以使我对他实行我的计策的时候格外方便一些。凯西奥是一个俊美的男子；让我想想看：夺到他的位置，实现我的一举两得的阴谋；怎么办？怎么办？让我看：等过了一些时候，在奥瑟罗的耳边捏造一些鬼话，说他跟他的妻子看上去太亲热了；他长得漂亮，性情又温和，天生一种媚惑妇人的魔力，像他这种人是很容易引起疑心的。那摩尔人是一个坦白爽直的人，他看见人家在表面上装出一副忠厚诚实的样子，就以为一定是个好人；我可以把他像一头驴子一般牵着鼻子跑。有了！我的计策已经产生。地狱和黑夜正酝酿成这空前的罪恶，它必须向世界显露它的面目。（下。）

第二幕

第一场　塞浦路斯岛海口一市镇。码头附近的广场

蒙太诺及二军官上。

蒙太诺　你从那海岬望出去，看见海里有什么船只没有？

军官甲　一点望不见。波浪很高，在海天之间，我看不见一片船帆。

蒙太诺　风在陆地上吹得也很厉害；从来不曾有这么大的暴风摇撼过我们的雉堞。要是它在海上也这么猖狂，哪一艘橡树造成的船身支持得住山一样的巨涛迎头倒下？我们将要从这场风暴中间听到什么消息呢？

军官乙　土耳其的舰队一定要被风浪冲散了。你只要站在白沫飞溅的海岸上，就可以看见咆哮的汹涛直冲云霄，被狂风卷起的怒浪奔腾山立，好像要把海水浇向光明的大熊星上，熄灭那照耀北极的永古不移的斗宿一样。我从来没有见过这样可怕的惊涛骇浪。

蒙太诺　要是土耳其舰队没有避进港里，它们一定沉没了；这样的风浪是抵御不了的。

另一军官上。

军官丙　报告消息！咱们的战事已经结束了。土耳其人遭受这场风暴的突击，不得不放弃他们进攻的计划。一艘从威尼斯来的大船一路上看见他们的船只或沉或破，大部分零落不堪。

蒙太诺　啊！这是真的吗？

军官丙　大船已经在这儿进港，是一艘维洛那造的船；迈克尔·凯西奥，那勇武的摩尔人奥瑟罗的副将，已经上岸来了；那摩尔人自己还在海上，他是奉到全权委任，到塞浦路斯这儿来的。

蒙太诺　我很高兴，这是一位很有才能的总督。

军官丙　可是这个凯西奥说起土耳其的损失，虽然兴高采烈，同时却满脸愁容，祈祷着那摩尔人的安全，因为他们是在险恶的大风浪中彼此失散的。

蒙太诺　但愿他平安无恙；因为我曾经在他手下做过事，知道他在治军用兵这方面，的确是一个大将之才。来，让我们到海边去！一方面看看新到的船舶，一方面把我们的眼睛遥望到海天相接的远处，盼候着勇敢的奥瑟罗。

军官丙　来，我们去吧；因为每一分钟都会有更多的人到来。

凯西奥上。

凯西奥　谢谢，你们这座尚武的岛上的各位壮士，因为你们这样褒奖我们的主帅。啊！但愿上天帮助他战胜风浪，因为我是在险恶的波涛之中和他失散的。

蒙太诺　他的船靠得住吗？

凯西奥　船身很坚固，舵师是一个大家公认的很有经验的人，所以我还抱着很大的希望。（内呼声：“一条船！一条船！一条船！”）

一使者上。

凯西奥　什么声音？

使　者　全市的人都出来了；海边站满了人，他们在嚷，“一条船！一条船！”

凯西奥　我希望那就是我们新任的总督。（炮声。）

军官乙　他们在放礼炮了；即使不是总督，至少也是我们的朋友。

凯西奥　请你去看一看，回来告诉我们究竟是什么人来了。

军官乙　我就去。（下。）

蒙太诺　可是，副将，你们主帅有没有结过婚？

凯西奥　他的婚姻是再幸福不过的。他娶到了一位小姐，她的美貌才德，胜过一切的形容和盛大的名；笔墨的赞美不能写尽她的好处，没有一句适当的言语可以充分表现出她的天赋的优美。

军官乙重上。

凯西奥　啊！谁到来了？

军官乙　是元帅麾下的一个旗官，名叫伊阿古。

凯西奥　他倒一帆风顺地到了。汹涌的怒涛，咆哮的狂风，埋伏在海底、跟往来的船只作对的礁石沙碛，似乎也懂得爱惜美人，收敛了它们凶恶的本性，让神圣的苔丝狄蒙娜安然通过。

蒙太诺　她是谁？

凯西奥　就是我刚才说起的，我们大帅的主帅。勇敢的伊阿古护送她到这儿来，想不到他们路上走得这么快，比我们的预期还早七天。伟大的乔武啊，保佑奥瑟罗，吹一口你的大力的气息在他的船帆上，让他的高大的桅樯在这儿海港里显现它的雄姿，让他跳动着一颗恋人的心投进了苔丝狄蒙娜的怀里，重新燃起我们奄奄欲绝的精神，使整个塞浦路斯充满了兴奋！

苔丝狄蒙娜、爱米利娅、伊阿古、罗德利哥及侍从等上。

凯西奥　啊！瞧，船上的珍宝到岸上来了。塞浦路斯人啊，向她下跪吧。祝福你，夫人！愿神灵在你前后左右周遭呵护你！

苔丝狄蒙娜　谢谢您，英勇的凯西奥。您知道我丈夫的什么消息吗？

凯西奥　他还没有到来；我只知道他是平安的，大概不久就会到来。

苔丝狄蒙娜　啊！可是我怕——你们怎么会分散的？

凯西奥　天风和海水的猛烈的激战，使我们彼此失散。可是听！有船来了。（内呼声：“一条船！一条船！”炮声。）

军官乙　他们向我们城上放礼炮了；到来的也是我们的朋友。

凯西奥　你去探看探看。（军官乙下。向伊阿古）老总，欢迎！（向爱米利娅）欢迎，嫂子！请你不要恼怒，好伊阿古，我总得讲究个礼貌，按照我的教养，我就得来这么一个大胆的见面礼。（吻爱米利娅。）

伊阿古　老兄，要是她向你掀动她的嘴唇，也像她向我掀动她的舌头一样，那你就要叫苦不迭了。

苔丝狄蒙娜　唉！她又不会多嘴。

伊阿古　真的，她太多嘴了；每次我想睡觉的时候，总是被她吵得不得安宁。不过，在您夫人的面前，我还要说一句，她有些话是放在心里说的，人家瞧她不开口，她却在心里骂人。

爱米利娅　你没有理由这样冤枉我。

伊阿古　得啦，得啦，你们跑出门来像图画，走进房去像响铃，到了灶下像野猫；害人的时候，面子上装得像个圣徒，人家冒犯了你们，你们便活像夜叉；叫你们管家，你们只会一味胡闹，一上床却又十足像个忙碌的主妇。

苔丝狄蒙娜　啊，啐！你这毁谤女人的家伙！

伊阿古　不，我说的话儿千真万确，你们起来游戏，上床工作。

爱米利娅　我再也不要你给我编什么赞美诗了。

伊阿古　好，不要叫我编。

苔丝狄蒙娜　要是叫你赞美我，你要怎么编法呢？

伊阿古　啊，好夫人，别叫我做这件事，因为我的脾气是要吹毛求疵的。

苔丝狄蒙娜　来，试试看。有人到港口去了吗？

伊阿古　是，夫人。

苔丝狄蒙娜　我虽然心里愁闷，姑且强作欢容。来，你怎么赞美我？

伊阿古　我正在想着呢；可是我的诗情粘在我的脑壳里，用力一挤就会把脑浆一起挤出的。我的诗神可在难产呢——有了——好容易把孩子养出来了;她要是既漂亮又智慧,就不会误用她的娇美。

苔丝狄蒙娜　赞美得好!要是她虽黑丑而聪明呢?

伊阿古　她要是虽黑丑却聪明,包她找到一位俊郎君。

苔丝狄蒙娜　不成话。

爱米利娅　要是美貌而愚笨呢?

伊阿古　美女人决不是笨冬瓜,蠢煞也会抱个小娃娃。

苔丝狄蒙娜　这些都是在酒店里骗傻瓜们笑笑的古老的歪诗。还有一种又丑又笨的女人,你也能够勉强赞美她两句吗?

伊阿古　别嫌她心肠笨相貌丑,女人的戏法一样拿手。

苔丝狄蒙娜　啊,岂有此理!你把最好的赞美给了最坏的女人。可是对于一个贤惠的女人——就连天生的坏蛋看见她这么好,也不由得对天起誓,说她真是个好女人——你又怎么赞美她呢?

伊阿古　她长得美,却从不骄傲,能说会道,却从不叫嚣;有的是钱,但从不妖娆;摆脱欲念,嘴里说"我要!"她受人气恼,想把仇报,却平了气,把烦恼打消;明白懂事,不朝三暮四,不拿鳕鱼头换鲑鱼翅[1];会动脑筋,却闭紧小嘴,有人盯梢,她头也不回;要是有这样的女娇娘——

苔丝狄蒙娜　要她干什么呢?

伊阿古　去奶傻孩子,去记油盐账。

苔丝狄蒙娜　啊,这可真是最蹩脚、最松劲的收梢!爱米利娅,不要听他的话,虽然他是你的丈夫。你怎么说,凯西奥?他不是一个粗俗的、胡说八道的家伙吗?

---

① 鳕鱼头比喻傻瓜;全句意谓:嫁了傻瓜,并不另找漂亮的相好。

凯西奥　他说得很直爽，夫人。您要是把他当作一个军人，不把他当作一个文士，您就不会嫌他出言粗俗了。

伊阿古　（旁白）他捏着她的手心。嗯，交头接耳，好得很。我只要张起这么一个小小的网，就可以捉住像凯西奥这样一只大苍蝇。嗯，对她微笑，很好；我要叫你跌翻在你自己的礼貌中间。——您说得对，正是正是。——要是这种鬼殷勤会葬送你的前程，你还是不要老是吻着你的三个指头，表示你的绅士风度吧。很好；吻得不错！绝妙的礼貌！正是正是。又把你的手指放到你的嘴唇上去了吗？让你的手指头变做你的通肠管我才高兴呢。（喇叭声）主帅来了！我听得出他的喇叭声音。

凯西奥　真的是他。

苔丝狄蒙娜　让我们去迎接他。

凯西奥　瞧！他来了。

奥瑟罗及侍从等上。

奥瑟罗　啊，我的娇美的战士！

苔丝狄蒙娜　我的亲爱的奥瑟罗！

奥瑟罗　看见你比我先到这里，真使我又惊又喜。啊，我的心爱的人！要是每一次暴风雨之后，都有这样和煦的阳光，那么尽管让狂风肆意地吹，把死亡都吹醒了吧！让那辛苦挣扎的船舶爬上一座座如山的高浪，就像从高高的天上堕下幽深的地狱一般，一泻千丈地跌下来吧！要是我现在死去，那才是最幸福的；因为我怕我的灵魂已经尝到了无上的欢乐，此生此世，再也不会有同样令人欣喜的事情了。

苔丝狄蒙娜　但愿上天眷顾，让我们的爱情和欢乐与日俱增！

奥瑟罗　阿门，慈悲的神明！我不能充分说出我心头的快乐；太多的欢喜憋住了我的呼吸。（吻苔丝狄蒙娜）一个——再来一个——这便是两颗心儿间最大的冲突了。

伊阿古　（旁白）啊，你们现在是琴瑟调和，看我不动声色，就叫你们松了弦线走了音。

奥瑟罗　来，让我们到城堡里去。好消息，朋友们；我们的战事已经结束，土耳其人全都淹死了。我的岛上的旧友，您好？爱人，你在塞浦路斯将要受到众人的宠爱，我觉得他们都是非常热情的。啊，亲爱的，我自己太高兴了，所以会说出这样忘形的话来。好伊阿古，请你到港口去一趟，把我的箱子搬到岸上。带那船长到城堡里来；他是一个很好的家伙，他的才能非常叫人钦佩。来，苔丝狄蒙娜，我们又在塞浦路斯岛团圆了。（除伊阿古、罗德利哥外均下。）

伊阿古　你马上就到港口来会我。过来。人家说，爱情可以刺激懦夫，使他鼓起本来所没有的勇气；要是你果然有胆量，请听我说。副将今晚在卫舍守夜。第一我必须告诉你，苔丝狄蒙娜直截了当地跟他发生了恋爱。

罗德利哥　跟他发生了恋爱！那是不会有的事。

伊阿古　闭住你的嘴，好好听我说。你看她当初不过因为这摩尔人向她吹了些法螺，撒下了一些漫天的大谎，她就爱他爱得那么热烈；难道她会继续爱他，只是为了他的吹牛的本领吗？你是个聪明人，不要以为世上会有这样的事。她的视觉必须得到满足；她能够从魔鬼脸上感到什么佳趣？情欲在一阵兴奋过了以后而渐生厌倦的时候，必须换一换新鲜的口味，方才可以把它重新刺激起来，或者是容貌的漂亮，或者是年龄的相称，或者是举止的风雅，这些都是这摩尔人所欠缺的；她因为在这些必要的方面不能得到满足，一定会觉得她的青春娇艳所托非人，而开始对这摩尔人由失望而憎恨，由憎恨而厌恶，她的天性就会迫令她再作第二次的选择。这种情形是很自然而可能的；要是承认了这一点，试问哪一个人比凯西奥更有享受这一种福分的便利？一个很会讲话的家伙，为了达到他的秘密的淫邪的欲望，他会恬不为意地装出一副殷勤文雅的外表。哼，谁也比不上他；哼，谁也比不上他！一个狡猾阴险的家伙，惯会乘机取利，无孔不钻——钻得进钻不进他才不管呢。一个鬼一样的家伙！而且，这家伙又漂亮，又年轻，凡是可以使无知妇女醉心的条件，他无一不备；一个十足害人的家伙。这女人已经把他勾上了。

罗德利哥　我不能相信，她是一位圣洁的女人。

伊阿古　他妈的圣洁！她喝的酒也是用葡萄酿成的；她要是圣洁，她就不会爱这摩尔人了。哼，圣洁！你没有看见她捏他的手心吗？你没有看见吗？

罗德利哥　是的，我看见的；可是那不过是礼貌罢了。

伊阿古　我举手为誓，这明明是奸淫！这一段意味深长的楔子，就包括无限淫情欲念的交流。他们的嘴唇那么贴近，他们的呼吸简直互相拥抱了。该死的思想，罗德利哥！这种表面上的亲热一开了端，主要的好戏就会跟着上场，肉体的结合是必然的结论。呸！可是，老兄，你依着我的话做去。我特意把你从威尼斯带来，今晚你去值班守夜，我会给你把命令弄来；凯西奥是不认识你的；我就在离你不远的地方看着你；你见了凯西奥就找一些借口向他挑衅，或者高声辱骂，破坏他的军纪，或者随你的意思用其他无论什么比较适当的方法。

罗德利哥　好。

伊阿古　老兄，他是个性情暴躁、易于发怒的人，也许会向你动武；即使他不动武，你也要激动他和你打起架来；因为借着这一个理由，我就可以在塞浦路斯人中间煽起一场暴动，假如要平息他们的愤怒，除了把凯西奥解职以外没有其他方法。这样你就可以在我的设计协助之下，早日达到你的愿望，你的阻碍也可以从此除去，否则我们的事情是决无成功之望的。

罗德利哥　我愿意这样干，要是我能够找到下手的机会。

伊阿古　那我可以向你保证。等会儿在城门口见我。我现在必须去替他把应用物件搬上岸来。再会。

罗德利哥　再会。（下。）

伊阿古　凯西奥爱她，这一点我是可以充分相信的；她爱凯西奥，这也是一件很自然而可能的事。这摩尔人我虽然气他不过，却有一副坚定、仁爱、正直的性格；我相信他会对苔丝狄蒙娜做一个最多情的丈夫。讲到我自己，我也是爱她的，并不完全出于情欲的冲动——虽然也许我犯的罪名也并不轻一些儿——可是一半是为要报复我的仇恨，因为我疑心这好色的摩尔人已经跳上了我的坐骑。这一种思想象毒药一样腐蚀我的肝肠，什么都不能使我心满意足，除非老婆对老婆，在他身上发泄这一口怨气；即使不能做到这一点，我也要叫这摩尔人心里长起根深蒂固的嫉妒来，没有一种理智的药饵可以把它治疗。为了达到这一个目的，我已经利用这威尼斯的瘟生做我的鹰犬；要是他果然听我的嗾使，我就可以抓住我们那位迈克尔·凯西奥的把柄，在这摩尔人面前大大地诽谤他——因为我疑心凯西奥跟我的妻子也是有些暧昧的。这样我可以让这摩尔人感谢我、喜欢我、报答我，因为我叫他做了一头大大的驴子，用诡计捣乱他的平和安宁，使他因气愤而发疯。方针已经决定，前途未可预料；阴谋的面目直到下手才会揭晓。（下。）

第二场 街道

传令官持告示上;民众随后。

传令官 我们尊贵英勇的元帅奥瑟罗有令,根据最近接到的消息,土耳其舰队已经全军覆没,全体军民听到这一个捷音,理应同伸庆祝:跳舞的跳舞,燃放焰火的燃放焰火,每一个人都可以随他自己的高兴尽情欢乐;因为除了这些可喜的消息以外,我们同时还要祝贺我们元帅的新婚。公家的酒窖、伙食房,一律开放;从下午五时起,直到深夜十一时,大家可以纵情饮酒宴乐。上天祝福塞浦路斯岛和我们尊贵的元帅奥瑟罗!(同下。)

第三场 城堡中的厅堂

奥瑟罗、苔丝狄蒙娜、凯西奥及侍从等上。

奥瑟罗 好迈克尔,今天请你留心警备;我们必须随时谨慎,免得因为纵乐无度而肇成意外。

凯西奥 我已经吩咐伊阿古怎样办了,我自己也要亲自督察照看。

奥瑟罗 伊阿古是个忠实可靠的汉子。迈克尔,晚安;明天你一早就来见我,我有话要跟你说。(向苔丝狄蒙娜)来,我的爱人,我们已经把彼此心身互相交换,愿今后花开结果,恩情美满。晚安!(奥瑟罗、苔丝狄蒙娜及侍从等下。)

伊阿古上。

凯西奥 欢迎,伊阿古;我们该守夜去了。

伊阿古 时候还早哪,副将;现在还不到十点钟。咱们主帅因为舍不得他的新夫人，所以这么早就打发我们出去；可是我们也怪不得他，他还没有跟她真个销魂，而她这个人，任是天神见了也要动心的。

凯西奥　她是一位人间无比的佳人。

伊阿古　我可以担保她迷男人的一套功夫可好着呢。

凯西奥　她的确是一个娇艳可爱的女郎。

伊阿古　她的眼睛多么迷人！简直在向人挑战。

凯西奥　一双动人的眼睛；可是却有一种端庄贞静的神气。

伊阿古　她说话的时候，不就是爱情的警报吗？

凯西奥　她真是十全十美。

伊阿古　好，愿他们被窝里快乐！来，副将，我还有一瓶酒；外面有两个塞浦路斯的军官，要想为黑将军祝饮一杯。

凯西奥　今夜可不能奉陪了，好伊阿古。我一喝了酒，头脑就会糊涂起来。我希望有人能够发明在宾客欢会的时候，用另外一种方法招待他们。

伊阿古　啊，他们都是我们的朋友；喝一杯吧——我也可以代你喝。

凯西奥　我今晚只喝了一杯，就是那一杯也被我偷偷地冲了些水，可是你看我这张脸，成个什么样子了。我知道自己的弱点，实在不敢再多喝了。

伊阿古　哎哟，朋友！这是一个狂欢的良夜，不要让那些军官们扫兴吧。

凯西奥　他们在什么地方？

伊阿古　就在这儿门外；请你去叫他们进来吧。

凯西奥　我去就去，可是我心里是不愿意的。（下。）

伊阿古　他今晚已经喝过了一些酒，我只要再灌他一杯下去。他就会像小狗一样到处惹是生非。我们那位为情憔悴的傻瓜罗德利哥今晚为了苔丝狄蒙娜也喝了几大杯的酒，我已经派他守夜了。还有三个心性高傲、重视荣誉的塞浦路斯少年，都是这座尚武的岛上数一数二的人物，我也把他们灌得酩酊大醉；他们今晚也是要守夜的。在这一群醉汉中间，我要叫我们这位凯西奥干出一些可以激动这岛上公愤的事来。可是他们来了。要是结果真就像我所梦想的，我这条顺风船儿顺流而下，前程可远大呢。凯西奥率蒙太诺及军官等重上；众仆持酒后随。

凯西奥　上帝可以作证，他们已经灌了我一满杯啦。

蒙太诺　真的，只是小小的一杯，顶多也不过一品脱的分量；我是一个军人，从来不会说谎的。

伊阿古　喂，酒来！（唱）

一瓶一瓶复一瓶，
饮酒击瓶玎鸣。
我为军人岂无情，
人命倏忽如烟云，
聊持杯酒遣浮生。

孩子们，酒来！

凯西奥　好一支歌儿！

伊阿古　这一支歌是我在英国学来的。英国人的酒量才厉害呢；什么丹麦人、德国人、大肚子的荷兰人——酒来！——比起英国人来都算不了什么。

凯西奥　英国人果然这样善于喝酒吗？

伊阿古　嘿，他会不动声色地把丹麦人灌得烂醉如泥，面不流汗地把德国人灌得不省人事，还没有倒满下一杯，那荷兰人已经呕吐狼藉了。

凯西奥　祝我们的主帅健康！

蒙太诺　赞成，副将，您喝我也喝。

伊阿古　啊，可爱的英格兰！（唱）

英明天子斯蒂芬，
做条裤子五百文；
硬说多花钱六个，
就把裁缝骂一顿。
王爷大名天下传，
你这小子是何人？
骄奢虚荣亡了国，
不如旧衣披在身。

喂，酒来！

凯西奥　呃，这支歌比方才唱的那一支更好听了。

伊阿古　你要再听一遍吗？

凯西奥　不，因为我认为他这样地位的人做出这种事来，是有失体统的。好，上帝在我们头上，有的灵魂必须得救，有的灵魂就不能得救。

伊阿古　对了，副将。

凯西奥　讲到我自己——我并没有冒犯我们主帅或是无论哪一位大人物的意思——我是希望能够得救的。

伊阿古　我也这样希望，副将。

凯西奥　嗯，可是，对不起，你不能比我先得救；副将得救了，然后才是旗官得救。咱们别提这种话啦，还是去干我们的公事吧。上帝赦免我们的罪恶！各位先生，我们不要忘记了我们的事情。不要以为我是醉了，各位先生。这是我的旗官；这是我的右手，这是我的左手。我现在并没有醉；我站得很稳，我说话也很清楚。

众　人　非常清楚。

凯西奥　那么很好；你们可不要以为我醉了。（下。）

蒙太诺　各位朋友，来，我们到露台上守望去。

伊阿古　你们看刚才出去的这一个人；讲到指挥三军的才能，他可以和凯撒争一日之雄；可是你们瞧他这一种酗酒的样子，它正好和他的长处互相抵消。我真为他可惜！我怕奥瑟罗对他如此信任，也许有一天会被他误了大事，使全岛大受震动的。

蒙太诺　可是他常常是这样的吗？

伊阿古　他喝醉了酒总要睡觉；要是没有酒替他催眠，他可以一昼夜睡不着觉。

蒙太诺　这种情形应该向元帅提起；也许他没有觉察，也许他秉性仁恕，因为看重凯西奥的才能而忽略了他的短处。这句话对不对？

罗德利哥上。

伊阿古　（向罗德利哥旁白）怎么，罗德利哥！你快追到那副将后面去吧；去。（罗德利哥下。）

蒙太诺　这高贵的摩尔人竟会让一个染上这种恶癖的人做他的辅佐，真是一件令人抱憾的事。谁能够老实对他这样说，才是一个正直的汉子。

伊阿古　即使把这一座大好的岛送给我，我也不愿意说；我很爱凯西奥，要是有办法，我愿意尽力帮助他除去这一种恶癖。可是听！什么声音？（内呼声：“救命！救命！”）

凯西奥驱罗德利哥重上。

凯西奥　浑蛋！狗贼！

蒙太诺　什么事，副将？

凯西奥　一个浑蛋竟敢教训起我来！我要把这浑蛋打进一只瓶子

里去。

罗德利哥　打我！

凯西奥　你还要利嘴吗，狗贼？（打罗德利哥。）

蒙太诺　（拉凯西奥）不，副将，请您住手。

凯西奥　放开我，先生，否则我要一拳打到你的头上来了。

蒙太诺　得啦，得啦，你醉了。

凯西奥　醉了！（与蒙太诺斗。）

伊阿古　（向罗德利哥旁白）快走！到外边去高声嚷叫，说是出了乱子啦。（罗德利哥下）不，副将！天哪，各位！喂，来人！副将！蒙太诺！帮帮忙，各位朋友！这算是守的什么夜呀！（钟鸣）谁在那儿打钟？该死，全市的人都要起来了。天哪！副将，住手！你的脸要从此丢尽啦。

奥瑟罗及侍从等重上。

奥瑟罗　这儿出了什么事情？

蒙太诺　他妈的！我的血流个不停；我受了重伤啦。

奥瑟罗　要活命的快住手！

伊阿古　喂，住手，副将！蒙太诺！各位！你们忘记你们的地位和责任了吗？住手！主帅在对你们说话；还不住手！

奥瑟罗　怎么，怎么！为什么闹起来的？难道我们都变成野蛮人了吗？上天不许土耳其人来打我们，我们倒自相残杀起来了吗？为了基督徒的面子，停止这场粗暴的争吵；谁要是一味怄气，再敢动一动，他就是看轻他自己的灵魂，他一举手我就叫他死。叫他们不要打那可怕的钟；它会扰乱岛上的人心。各位，究竟是怎么一回事？正直的伊阿古，瞧你懊恼得脸色惨淡，告诉我，谁开始这场争闹的？凭着你的忠心，老实对我说。

伊阿古　我不知道；刚才还是好好的朋友，像正在宽衣解带的新夫妇一般相亲相爱,一下子就好像受到什么星光的刺激,迷失了他们的本性,大家竟然拔出剑来,向彼此的胸前直刺过去,拼个你死我活了。我说不出这场任性的争吵是怎么开始的;只怪我这双腿不曾在光荣的战阵上失去,那么我也不会踏进这种是非中间了!

奥瑟罗　迈克尔,你怎么会这样忘记你自己的身份?

凯西奥　请您原谅我;我没有话可说。

奥瑟罗　尊贵的蒙太诺,您一向是个温文知礼的人,您的少年端庄为举世所钦佩,在贤人君子之间,您有很好的名声;为什么您会这样自贬身价,牺牲您的宝贵的名誉,让人家说您是个在深更半夜里酗酒闹事的家伙?给我一个回答。

蒙太诺　尊贵的奥瑟罗,我伤得很厉害,不能多说话;您的贵部下伊阿古可以告诉您我所知道的一切。其实我也不知道我在今夜说错了什么话或是做错了什么事,除非自重自爱有时会成了过失,在暴力侵凌的时候,自卫是一桩罪恶。

奥瑟罗　苍天在上,我现在可再也遏制不住我的怒气了;我的血气蒙蔽了清明的理性,叫我只知道凭着冲动的感情行事。我只要动一动,或是举一举这一只胳臂,就可以叫你们中间最有本领的人在我的一怒之下丧失了生命。让我知道这一场可耻的骚扰是怎么开始的,谁是最初肇起事端来的人;要是证实了哪一个人是启衅的罪魁,即使他是我的孪生兄弟,我也不能放过他。什么!一个新遭战乱的城市,秩序还没有恢复,人民的心里充满了恐惧,你们却在深更半夜,在全岛治安所系的所在为了私人间的事故争吵起来!岂有此理!伊阿古,谁是肇事的人?

蒙太诺　你要是意存偏袒,或是同僚相护,所说的话和事实不尽符合,你就不是个军人。

伊阿古　不要这样逼我;我宁愿割下自己的舌头,也不愿让它说迈克尔·凯西奥的坏话;可是事已如此,我想说老实话也不算对不起他。是这样的,主帅:蒙太诺跟我正在谈话,忽然跑进一个人来高呼救命,后面跟着凯西奥,杀气腾腾地提着剑,好像一定要杀死他才甘心似的;那时候这位先生就挺身前去拦住凯西奥,请他息怒;我自己追赶那个叫喊的人,因为恐怕他在外边大惊小怪,扰乱人心——后来果然不出我所料;可是他跑得快,我追不上,又听见背后刀剑碰撞和凯西奥高声咒骂的声音,所以就回来了;我从来没有听见他这样骂过人;我本来追得不远,一转身就看见他们在这儿你一刀、我一剑地厮杀得难解难分,正像您到来喝开他们的时候一样。我所能报告的就是这几句话。人总是人,圣贤也有错误的时候;一个人在愤怒之中,就是好朋友也会翻脸不认。虽然凯西奥给了他一点小小的伤害,可是我相信凯西奥一定从那逃走的家伙手里受到什么奇耻大辱,所以才会动起那么大的火性来的。

奥瑟罗　伊阿古,我知道你的忠实和义气,你把这件事情轻描淡写,替凯西奥减轻他的罪名。凯西奥,你是我的好朋友,可是从此以后,你不是我的部属了。

苔丝狄蒙娜率侍从重上。

奥瑟罗　瞧!我的温柔的爱人也给你们吵醒了!(向凯西奥)我要拿你做一个榜样。

苔丝狄蒙娜　什么事?

奥瑟罗　现在一切都没事了,亲爱的;去睡吧。先生,您受的伤我愿意亲自替您医治。把他扶出去。(侍从扶蒙太诺下)伊阿古,你去巡视市街,安定安定受惊的人心。来,苔丝狄蒙娜;难圆的是军人的好梦,才合眼又被杀声惊动。(除伊阿古、凯西奥外均下。)

伊阿古　什么!副将,你受伤了吗?

凯西奥　嗯，我的伤是无药可救的了。

伊阿古　哎哟，上天保佑没有这样的事！

凯西奥　名誉，名誉，名誉！啊，我的名誉已经一败涂地了！我已经失去我的生命中不死的一部分，留下来的也就跟畜生没有分别了。我的名誉，伊阿古，我的名誉！

伊阿古　我是个老实人，我还以为你受到了什么身体上的伤害，那是比名誉的损失痛苦得多的。名誉是一件无聊的骗人的东西；得到它的人未必有什么功德，失去它的人也未必有什么过失。你的名誉仍旧是好端端的，除非你自以为它已经扫地了。嘿，朋友，你要恢复主帅对你的欢心，尽有办法呢。你现在不过一时遭逢他的恼怒；他给你的这一种处分，与其说是表示对你的不满，还不如说是遮掩世人耳目的政策，正像有人为了吓退一头凶恶的狮子而故意鞭打他的驯良的狗一样。你只要向他恳求恳求，他一定会回心转意的。

凯西奥　我宁愿恳求他唾弃我，也不愿蒙蔽他的聪明，让这样一位贤能的主帅手下有这么一个酗酒放荡的不肖将校。纵饮无度！胡言乱道！吵架！吹牛！赌咒！跟自己的影子说些废话！啊，你空虚缥缈的旨酒的精灵，要是你还没有一个名字，让我们叫你做魔鬼吧！

伊阿古　你提着剑追逐不舍的那个人是谁？他怎么冒犯了你？

凯西奥　我不知道。

伊阿古　你怎么会不知道？

凯西奥　我记得一大堆的事情，可是全都是模模糊糊的；我记得跟人家吵起来，可是不知道为了什么。上帝啊！人们居然会把一个仇敌放进自己的嘴里，让它偷去他们的头脑！我们居然会在欢天喜地之中，把自己变成了畜生！

伊阿古　可是你现在已经很清醒了；你怎么会明白过来的？

凯西奥　气鬼一上了身，酒鬼就自动退让；一件过失引起了第二件过失，简直使我自己也瞧不起自己了。

伊阿古　得啦，你也太认真了。照此时此地的环境说起来，我但愿没有这种事情发生；可是既然事已如此，替自己谋算个好办法吧。

凯西奥　我要向他请求恢复我的原职；他会对我说我是一个酒棍！即使我有一百张嘴，这样一个答复也会把它们一起封住。现在还是一个清清楚楚的人，不一会儿就变成个傻子，然后立刻就变成一头畜生！啊，奇怪！每一杯过量的酒都是魔鬼酿成的毒汁。

伊阿古　算了，算了，好酒只要不滥喝，也是一个很好的伙伴；你也不用咒骂它了。副将，我想你一定把我当作一个好朋友看待。

凯西奥　我很信任你的友谊。我醉了！

伊阿古　朋友，一个人有时候多喝了几杯，也是免不了的。让我告诉你一个办法。我们主帅的夫人现在是我们真正的主帅；我可以这样说，因为他心里只念着她的好处，眼睛里只看见她的可爱。你只要在她面前坦白忏悔，恳求恳求她，她一定会帮助你官复原职。她的性情是那么慷慨仁慈，那么体贴人心，人家请她出十分力，她要是没有出到十二分，就觉得好像对不起人似的。你请她替你弥缝弥缝你跟她的丈夫之间的这一道裂痕，我可以拿我的全部财产打赌，你们的交情一定反而会因此格外加强的。

凯西奥　你的主意出得很好。

伊阿古　我发誓这一种意思完全出于一片诚心。

凯西奥　我充分信任你的善意；明天一早我就请求贤德的苔丝狄蒙娜替我尽力说情。要是我在这儿给他们革退了，我的前途也就从此毁了。

伊阿古　你说得对。晚安，副将；我还要守夜去呢。

凯西奥　晚安，正直的伊阿古！（下。）

伊阿古　谁说我作事奸恶？我贡献给他的这番意见，不是光明正大、很合理，而且的确是挽回这摩尔人的心意的最好办法吗？只要是正当的请求，苔丝狄蒙娜总是有求必应的；她的为人是再慷慨、再热心不过的了。至于叫她去说动这摩尔人，更是不费吹灰之力；他的灵魂已经完全成为她的爱情的俘虏，无论她要做什么事，或是把已经做成的事重新推翻，即使叫他抛弃他的信仰和一切得救的希望，他也会唯命是从，让她的喜恶主宰他的无力反抗的身心。我既然凑合着凯西奥的心意，向他指示了这一条对他有利的方策，谁还能说我是个恶人呢？佛面蛇心的鬼魅！恶魔往往用神圣的外表，引诱世人干最恶的罪行，正像我现在所用的手段一样；因为当这个老实的呆子恳求苔丝狄蒙娜为他转圜，当她竭力在那摩尔人面前替他说情的时候，我就要用毒药灌进那摩尔人的耳中，说是她所以要运动凯西奥复职，只是为了恋奸情热的缘故。这样她越是忠于所托，越是会加强那摩尔人的猜疑；我就利用她的善良的心肠污毁她的名誉，让他们一个个都落进了我的罗网之中。

罗德利哥重上。

伊阿古　啊，罗德利哥！

罗德利哥　我跟着大伙儿赶到这儿来，不像一头追寻狐兔的猎狗，倒像是替你们凑凑热闹的。我的钱也差不多花光了，今夜我还挨了一顿痛打；我想这番教训，大概就是我费去不少辛苦换来的代价了。现在我的钱囊已经空空如也，我的头脑里总算增加了一点智慧，我要回威尼斯去了。

伊阿古　没有耐性的人是多么可怜！什么伤口不是慢慢地平复起来的？你知道我们干事情全赖计谋。并不是用的魔法；用计谋就必须等待时机成熟。一切不是进行得很顺利吗？凯西奥固然把你打了一顿，可是你受了一点小小的痛苦，已经使凯西奥把官职都丢了。虽然在太阳光底下，各种草木都欣欣向荣，可是最先开花的果子总是最先成熟。你安心点儿吧。哎哟，天已经亮啦；又是喝酒，又是打架，闹哄哄的就让时间飞过去了。你去吧，回到你的宿舍里去；去吧，有什么消息我再来告诉你；去吧。（罗德利哥下）我还要做两件事情：第一是叫我的妻子在她的女主人面前替凯西奥说两句好话；我就去怂恿她；同时我就去设法把那摩尔人骗开，等到凯西奥去向他的妻子请求的时候，再让他亲眼看见这幕把戏。好，言之有理；不要迁延不决，耽误了锦囊妙计。（下。）

第三幕

第一场　塞浦路斯。城堡前

凯西奥及若干乐工上。

凯西奥　列位朋友，就在这儿奏起来吧；我会酬劳你们的。奏一支简短一些的乐曲，敬祝我们的主帅晨安。（音乐。）

小丑上。

小　丑　怎么，列位朋友，你们的乐器都曾到过那不勒斯，所以会这样嗡咙嗡咙地用鼻音说话吗？

乐工甲　怎么，大哥，怎么？

小　丑　请问这些都是管乐器吗？

乐工甲　正是，大哥。

小　丑　啊，怪不得下面有个那玩艺儿。

乐工甲　怪不得有个什么玩艺儿，大哥？

小　丑　我说，有好多管乐器就都是这么回事。可是，列位朋友，这儿是赏给你们的钱；将军非常喜欢你们的音乐；他请求你们千万不要再奏下去了。

乐工甲　好，大哥，我们不奏就是了。

小　丑　要是你们会奏听不见的音乐，请奏起来吧；可是正像人家说的，将军对于听音乐这件事不大感到兴趣。

乐工甲　我们不会奏那样的音乐。

小　丑　那么把你们的笛子藏起来，因为我要去了。去，消灭在空气里吧；去！（乐工等下。）

凯西奥　你听没听见，我的好朋友？

小　丑　不，我没有听见您的好朋友；我只听见您。

凯西奥　少说笑话。这一块小小的金币你拿了去；要是侍候将军夫人的那位奶奶已经起身，你就告诉她有一个凯西奥请她出来说话。你肯不肯？

小　丑　她已经起身了，先生；要是她愿意出来，我就告诉她。

凯西奥　谢谢你，我的好朋友。（小丑下。）

伊阿古上。

凯西奥　来得正好，伊阿古。

伊阿古　你还没有上过床吗？

凯西奥　没有；我们分手的时候，天早就亮了。伊阿古，我已经大胆叫人去请你的妻子出来；我想请她替我设法见一见贤德的苔丝狄蒙娜。

伊阿古　我去叫她立刻出来见你。我还要想一个法子把那摩尔人调开，好让你们谈话方便一些。

凯西奥　多谢你的好意。（伊阿古下）我从来没有认识过一个比他更善良正直的佛罗伦萨人。

爱米利娅上。

爱米利娅　早安，副将！听说您误触主帅之怒，真是一件令人懊恼的事；可是一切就会转祸为福的。将军和他的夫人正在谈起此事，夫人竭力替您辩白，将军说，被您伤害的那个人，在塞浦路斯是很有名誉、很有势力的，为了避免受人非难起见，他不得不把您斥革；可是他说他很喜欢您，即使没有别人替您说情，他由于喜欢您，也会留心着一有适当的机会，就让您恢复原职的。

凯西奥　可是我还要请求您一件事：要是您认为没有妨碍，或是可以办得到的话，请您设法让我独自见一见苔丝狄蒙娜，跟她作一次简短的谈话。

爱米利娅　请您进来吧；我可以带您到一处可以让您从容吐露您的心曲的所在。

凯西奥　那真使我感激万分了。（同下。）

第二场　城堡中一室

奥瑟罗、伊阿古及军官等上。

奥瑟罗　伊阿古，这几封信你拿去交给舵师，叫他回去替我呈上元老院。我就在堡垒上走走；你把事情办好以后，就到那边来见我。

伊阿古　是，主帅，我就去。

奥瑟罗　各位，我们要不要去看看这儿的防务？

众　人　我们愿意奉陪。（同下。）

第三场　城堡前

苔丝狄蒙娜、凯西奥及爱米利娅上。

苔丝狄蒙娜　好凯西奥，你放心吧，我一定尽力替你说情就是了。

爱米利娅　好夫人，请您千万出力。不瞒您说，我的丈夫为了这件事情，也懊恼得不得了，就像是他自己身上的事情一般。

苔丝狄蒙娜　啊！你的丈夫是一个好人。放心吧，凯西奥，我一定会设法使我的丈夫对您恢复原来的友谊。

凯西奥　大恩大德的夫人，无论迈克尔·凯西奥将来会有什么成就，他永远是您的忠实的仆人。

苔丝狄蒙娜　我知道；我感谢你的好意。你爱我的丈夫，你又是他的多年的知交；放心吧，他除了表面上因为避免嫌疑而对你略示疏远以外，决不会真把你见外的。

凯西奥　您说得很对，夫人；可是为了这“避嫌”，时间可能就要拖得很长，或是为了一些什么细碎小事，再三考虑之后还是不便叫我回来，结果我失去了在帐下供职奔走的机会，日久之后，有人代替了我的地位，恐怕主帅就要把我的忠诚和微劳一起忘记了。

苔丝狄蒙娜　那你不用担心；当着爱米利娅的面，我保证你一定可以恢复原职。请你相信我，要是我发誓帮助一个朋友，我一定会帮助他到底。我的丈夫将要不得安息，无论睡觉吃饭的时候，我都要在他耳旁聒噪；无论他干什么事，我都要插进嘴去替凯西奥说情。所以高兴起来吧，凯西奥，因为你的辩护人是宁死不愿放弃你的权益的。

奥瑟罗及伊阿古自远处上。

爱米利娅　夫人，将军来了。

凯西奥　夫人，我告辞了。

苔丝狄蒙娜　啊，等一等，听我说。

凯西奥　夫人，改日再谈吧；我现在心里很不自在，见了主帅恐怕反多不便。

苔丝狄蒙娜　好，随您的便。（凯西奥下。）

伊阿古　嘿！我不喜欢那种样子。

奥瑟罗　你说什么？

伊阿古　没有什么，主帅；要是——我不知道。

奥瑟罗　那从我妻子身边走开去的，不是凯西奥吗？

伊阿古　凯西奥，主帅？不，不会有那样的事，我不能够设想，他一看见您来了，就好像做了什么虚心事似的，偷偷地溜走了。

奥瑟罗　我相信是他。

苔丝狄蒙娜　啊,我的主！刚才有人在这儿向我请托,他因为失去了您的欢心,非常抑郁不快呢。

奥瑟罗　你说的是什么人?

苔丝狄蒙娜　就是您的副将凯西奥呀。我的好夫君,要是我还有几分面子,或是几分可以左右您的力量,请您立刻对他恢复原来的恩宠吧;因为他倘不是一个真心爱您的人,他的过失倘不是无心而是有意的,那么我就是看错了人啦。请您叫他回来吧。

奥瑟罗　他刚才从这儿走开吗?

苔丝狄蒙娜　嗯,是的;他是那样满含着羞愧,使我也不禁对他感到同情的悲哀。爱人,叫他回来吧。

奥瑟罗　现在不必,亲爱的苔丝狄蒙娜;慢慢再说吧。

苔丝狄蒙娜　可是那不会太久吗?

奥瑟罗　亲爱的,为了你的缘故,我叫他早一点复职就是了。

苔丝狄蒙娜　能不能在今天晚餐的时候?

奥瑟罗　不,今晚可不能。

苔丝狄蒙娜　那么明天午餐的时候?

奥瑟罗　明天我不在家里午餐;我要跟将领们在营中会面。

苔丝狄蒙娜　那么明天晚上吧;或者星期二早上,星期二中午,晚上,星期三早上,随您指定一个时间,可是不要超过三天以上。他对于自己的行为失检,的确非常悔恨;固然在这种战争的时期,听说必须惩办那最好的人物,给全军立个榜样,可是照我们平常的眼光看来,他的过失实在是微乎其微,不必受什么个人的处分。什么时候让他来?告诉我,奥瑟罗。要是您有什么事情要求我,我想我决不会拒绝您,或是这样吞吞吐吐的。什么！迈克尔·凯西奥,您向我求婚的时候,是他陪着您来的;好多次我表示对您不满意的时候，他总是为您辩护；现在我请您把他重新叙用，却会这样为难！相信我，我可以——

奥瑟罗　好了，不要说下去了。让他随便什么时候来吧；你要什么我总不愿拒绝的。

苔丝狄蒙娜　这并不是一个恩惠，就好像我请求您戴上您的手套，劝您吃些富于营养的菜肴，穿些温暖的衣服，或是叫您做一件对您自己有益的事情一样。不，要是我真的向您提出什么要求，来试探试探您的爱情，那一定是一件非常棘手而难以应允的事。

奥瑟罗　我什么都不愿拒绝你；可是现在你必须答应暂时离开我一会儿。

苔丝狄蒙娜　我会拒绝您的要求吗？不。再会，我的主。

奥瑟罗　再会，我的苔丝狄蒙娜；我马上就来看你。

苔丝狄蒙娜　爱米利娅，来吧。您爱怎么样就怎么样，我总是服从您的。（苔丝狄蒙娜、爱米利娅同下。）

奥瑟罗　可爱的女人！要是我不爱你，愿我的灵魂永堕地狱！当我不爱你的时候，世界也要复归于混沌了。

伊阿古　尊贵的主帅——

奥瑟罗　你说什么，伊阿古？

伊阿古　当您向夫人求婚的时候，迈克尔·凯西奥也知道你们在恋爱吗？

奥瑟罗　他从头到尾都知道。你为什么问起？

伊阿古　不过是为了解释我心头的一个疑惑，并没有其他用意。

奥瑟罗　你有什么疑惑，伊阿古？

伊阿古　我以为他本来跟夫人是不相识的。

奥瑟罗　啊，不，他常常在我们两人之间传递消息。

伊阿古　当真！

奥瑟罗　当真！嗯，当真。你觉得有什么不对吗？他这人不老实吗？

伊阿古　老实，我的主帅？

奥瑟罗　老实！嗯，老实。

伊阿古　主帅，照我所知道的——

奥瑟罗　你有什么意见？

伊阿古　意见，我的主帅！

奥瑟罗　意见，我的主帅！天哪，他在学我的舌，好像在他的思想之中，藏着什么丑恶得不可见人的怪物似的。你的话里含着意思。刚才凯西奥离开我的妻子的时候，我听见你说，你不喜欢那种样子；你不喜欢什么样子呢？当我告诉你在我求婚的全部过程中他都参与我们的秘密的时候，你又喊着说，“当真！”蹙紧了你的眉头，好像在把一个可怕的思想锁在你的脑筋里一样。要是你爱我，把你所想到的事告诉我吧。

伊阿古　主帅，您知道我是爱您的。

奥瑟罗　我相信你的话；因为我知道你是一个忠诚正直的人，从来不让一句没有忖度过的话轻易出口，所以你这种吞吞吐吐的口气格外使我惊疑。对一个奸诈的小人来说，这些不过是一套玩惯了的戏法；可是在一个正人君子，那就是从心底里不知不觉自然流露出来的秘密的抗议。

伊阿古　讲到迈克尔·凯西奥，我敢发誓我相信他是忠实的。

奥瑟罗　我也这样想。

伊阿古　人们的内心应该跟他们的外表一致，有的人却不是这样；要是他们能够脱下了假面，那就好了！

奥瑟罗　不错，人们的内心应该跟他们的外表一致。

伊阿古　所以我想凯西奥是个忠实的人。

奥瑟罗　不，我看你还有一些别的意思。请你老老实实把你心中的意思告诉我,尽管用最坏的字眼,说出你所想到的最坏的事情。

伊阿古　我的好主帅,请原谅我;凡是我名分上应尽的责任,我当然不敢躲避,可是您不能勉强我做那一切奴隶们也没有那种义务的事。吐露我的思想?也许它们是邪恶而卑劣的;哪一座庄严的宫殿里,不会有时被下贱的东西闯入呢?哪一个人的心胸这样纯洁,没有一些污秽的念头和正大的思想分庭抗礼呢。

奥瑟罗　伊阿古,要是你以为你的朋友受人欺侮了,可是却不让他知道你的思想,这不成合谋卖友了吗?

伊阿古　也许我是以小人之腹度君子之心,因为——我承认我有一种坏毛病,是个秉性多疑的人,常常会无中生有,错怪了人家;所以请您凭着您的见识,还是不要把我的无稽的猜测放在心上,更不要因为我的胡乱的妄言而自寻烦恼。要是我让您知道了我的思想,一则将会破坏您的安宁,对您没有什么好处;二则那会影响我的人格,对我也是一件不智之举。

奥瑟罗　你的话是什么意思?

伊阿古　我的好主帅,无论男人女人,名誉是他们灵魂里面最切身的珍宝。谁偷窃我的钱囊,不过偷窃到一些废物,一些虚无的东西,它只是从我的手里转到他的手里,而它也曾做过千万人的奴隶;可是谁偷去了我的名誉,那么他虽然并不因此而富足,我却因为失去它而成为赤贫了。

奥瑟罗　凭着上天起誓,我一定要知道你的思想。

伊阿古　即使我的心在您的手里,您也不能知道我的思想;当它还在我的保管之下,我更不能让您知道。

奥瑟罗　嘿!

伊阿古　啊,主帅,您要留心嫉妒啊;那是一个绿眼的妖魔,谁做了它的牺牲,就要受它的玩弄。本来并不爱他的妻子的那种丈夫,虽然明知被他的妻子欺骗，算来还是幸福的；可是啊！一方面那样痴心疼爱，一方面又是那样满腹狐疑，这才是活活的受罪！

奥瑟罗　啊，难堪的痛苦！

伊阿古　贫穷而知足，可以赛过富有；有钱的人要是时时刻刻都在担心他会有一天变成穷人，那么即使他有无限的资财，实际上也像冬天一样贫困。天啊，保佑我们不要嫉妒吧！

奥瑟罗　咦，这是什么意思？你以为我会在嫉妒里消磨我的一生，随着每一次月亮的变化，发生一次新的猜疑吗？不，我有一天感到怀疑，就要把它立刻解决。要是我会让这种捕风捉影的猜测支配我的心灵，像你所暗示的那样，我就是一头愚蠢的山羊。谁说我的妻子貌美多姿，爱好交际，口才敏慧，能歌善舞，弹得一手好琴，决不会使我嫉妒；对于一个贤淑的女子，这些是锦上添花的美妙的外饰。我也绝不因为我自己的缺点而担心她会背叛我；她倘不是独具慧眼，决不会选中我的。不，伊阿古，我在没有亲眼目睹以前，决不妄起猜疑；当我感到怀疑的时候，我就要把它证实；果然有了确实的证据，我就一了百了，让爱情和嫉妒同时毁灭。

伊阿古　您这番话使我听了很是高兴，因为我现在可以用更坦白的精神，向您披露我的忠爱之忱了；既然我不能不说，您且听我说吧。我还不能给您确实的证据。注意尊夫人的行动；留心观察她对凯西奥的态度；用冷静的眼光看着他们，不要一味多心，也不要过于大意。我不愿您的慷慨豪迈的天性被人欺罔；留心着吧。我知道我们国里娘们儿的脾气；在威尼斯她们背着丈夫干的风流话剧，是不瞒天地的；她们可以不顾羞耻，干她们所要干的事，只要不让丈夫知道，就可以问心无愧。

奥瑟罗　你真的这样说吗？

伊阿古　她当初跟您结婚，曾经骗过她的父亲；当她好像对您的容貌战栗畏惧的时候，她的心里却在热烈地爱着它。

奥瑟罗　她正是这样。

伊阿古　好，她这样小小的年纪，就有这般能耐，做作得不露一丝破绽，把她父亲的眼睛完全遮掩过去，使他疑心您用妖术把她骗走。——可是我不该说这种话；请您原谅我对您的过分的忠心吧。

奥瑟罗　我永远感激你的好意。

伊阿古　我看这件事情有点儿令您扫兴。

奥瑟罗　一点不，一点不。

伊阿古　真的，我怕您在生气啦。我希望您把我这番话当作善意的警戒。可是我看您真的在动怒啦。我必须请求您不要因为我这么说了，就武断地下了结论；不过是一点嫌疑，还不能就认为是事实哩。

奥瑟罗　我不会的。

伊阿古　您要是这样，主帅，那么我的话就要引起不幸的后果，完全违反我的本意了。凯西奥是我的好朋友——主帅，我看您在动怒啦。

奥瑟罗　不，并不怎么动怒。我怎么也不能不相信苔丝狄蒙娜是贞洁的。

伊阿古　但愿她永远如此！但愿您永远这样想！

奥瑟罗　可是一个人往往容易迷失本性——

伊阿古　嗯，问题就在这儿。说句大胆的话，当初多少跟她同国族、同肤色、同阶级的人向她求婚，照我们看来，要是成功了，那真是天作之合，可是她都置之不理，这明明是违反常情的举动；嘿！从这儿就可以看到一个荒唐的意志、乖僻的习性和不近人情的思想。可是原谅我，我不一定指着她说；虽然我恐怕她因为一时的孟浪跟随了您，也许后来会觉得您在各方面不能符合她自己国中的标准而懊悔她的选择的错误。

奥瑟罗　再会，再会。要是你还观察到什么事，请让我知道；叫你的妻子留心察看。离开我，伊阿古。

伊阿古　主帅，我告辞了。（欲去。）

奥瑟罗　我为什么要结婚呢？这个诚实的汉子所看到、所知道的事情，一定比他向我宣布出来的多得多。

伊阿古　（回转）主帅，我想请您最好把这件事情搁一搁，慢慢再说吧。凯西奥虽然应该让他复职，因为他对于这一个职位是非常胜任的；可是您要是愿意对他暂时延宕一下，就可以借此窥探他的真相，看他钻的是哪一条门路。您只要注意尊夫人在您面前是不是着力替他说情；从那上头就可以看出不少情事。现在请您只把我的意见认作无谓的过虑——我相信我的确太多疑了——仍旧把尊夫人看成一个清白无罪的人。

奥瑟罗　你放心吧，我不会失去自制的。

伊阿古　那么我告辞了。（下。）

奥瑟罗　这是一个非常诚实的家伙，对于人情世故是再熟悉不过的了。要是我能够证明她是一头没有驯伏的野鹰，虽然我用自己的心弦把她系住，我也要放她随风远去，追寻她自己的命运。也许因为我生得黑丑，缺少绅士们温柔风雅的谈吐。也许因为我年纪老了点儿——虽然还不算顶老——所以她才会背叛我；我已经自取其辱，只好割断对她这一段痴情。啊，结婚的烦恼！我们可以在名义上把这些可爱的人儿称为我们所有，却不能支配她们的爱憎喜恶！我宁愿做一只蛤蟆，呼吸牢室中的浊气，也不愿占住了自己心爱之物的一角，让别人把它享用。可是那是富贵者也不能幸免的灾祸，他们并不比贫贱者享有更多的特权；那是像死一样不可逃避的命运，我们一生下来就已经在冥冥中注定了要戴那顶倒霉的绿头巾。瞧！她来了。倘若她是不贞的，啊！那么上天在开自己的玩笑了。我不信。

苔丝狄蒙娜及爱米利娅重上。

苔丝狄蒙娜　啊，我的亲爱的奥瑟罗！您所宴请的那些岛上的贵人们都在等着您去就席哩。

奥瑟罗　是我失礼了。

苔丝狄蒙娜　您怎么说话这样没有劲？您不大舒服吗？

奥瑟罗　我有点儿头痛。

苔丝狄蒙娜　那一定是因为睡少的缘故，不要紧的；让我替您绑紧了，一小时内就可以痊愈。

奥瑟罗　你的手帕太小了。（苔丝狄蒙娜手帕坠地）随它去；来，我跟你一块儿进去。

苔丝狄蒙娜　您身子不舒服，我很懊恼。（奥瑟罗、苔丝狄蒙娜下。）

爱米利娅　我很高兴我拾到了这方手帕；这是她从那摩尔人手里第一次得到的礼物。我那古怪的丈夫向我说过了不知多少好话，要我把它偷出来；可是她非常喜欢这玩意儿，因为他叫她永远保存好，所以她随时带在身边，一个人的时候就拿出来把它亲吻，对它说话。我要去把那花样描下来，再把它送给伊阿古；究竟他拿去有什么用，天才知道，我可不知道。我只不过为了讨他的喜欢。

伊阿古重上。

伊阿古　啊！你一个人在这儿干吗？

爱米利娅　不要骂；我有一件好东西给你。

伊阿古　一件好东西给我？一件不值钱的东西——

爱米利娅　嘿！

伊阿古　娶了一个愚蠢的老婆。

爱米利娅　啊！只落得这句话吗？要是我现在把那方手帕给了你，你给我什么东西？

伊阿古　什么手帕?

爱米利娅　什么手帕!就是那摩尔人第一次送给苔丝狄蒙娜,你老是叫我偷出来的那方手帕呀。

伊阿古　已经偷来了吗?

爱米利娅　不,不瞒你说,她自己不小心掉了下来,我正在旁边,乘此机会就把它拾起来了。瞧,这不是吗?

伊阿古　好妻子,给我。

爱米利娅　你一定要我偷了它来,究竟有什么用?

伊阿古　哼,那干你什么事?(夺帕。)

爱米利娅　要是没有重要的用途,还是把它还了我吧。可怜的夫人!她失去这方手帕,准要发疯了。

伊阿古　不要说出来;我自有用处。去,离开我。(爱米利娅下)我要把这手帕丢在凯西奥的寓所里,让他找到它。像空气一样轻的小事,对于一个嫉妒的人,也会变成天书一样坚强的确证;也许这就可以引起一场是非。这摩尔人已经中了我的毒药的毒,他的心理上已经发生变化了;危险的思想本来就是一种毒药,虽然在开始的时候尝不到什么苦涩的味道,可是渐渐地在血液里活动起来,就会像硫矿一样轰然爆发。我的话果然不差;瞧,他又来了!

奥瑟罗重上。

伊阿古　罂粟、曼陀罗或是世上一切使人昏迷的药草,都不能使你得到昨天晚上你还安然享受的酣眠。

奥瑟罗　嘿!嘿!对我不贞?

伊阿古　啊,怎么,主帅!别老想着那件事啦。

奥瑟罗　去!滚开!你害得我好苦。与其知道得不明不白,还是糊里糊涂受人家欺弄的好。

伊阿古　怎么。主帅!

奥瑟罗　她瞒着我跟人家私通，我不是一无知觉吗？我没有看见，没有想到，它对我漠不相干；到了晚上，我还是睡得好好的，逍遥自得，无忧无虑，在她的嘴唇上找不到凯西奥吻过的痕迹。被盗的人要是不知道偷儿盗去了他什么东西，旁人也不去让他知道，他就等于没有被盗一样。

伊阿古　我很抱歉听见您说这样的话。

奥瑟罗　要是全营的将士，从最低微的工兵起，都曾领略过她的肉体的美趣，只要我一无所知，我还是快乐的。啊！从今以后，永别了，宁静的心绪！永别了，平和的幸福！永别了，威武的大军、激发壮志的战争！啊，永别了！永别了，长嘶的骏马、锐厉的号角、惊魂的鼙鼓、刺耳的横笛、庄严的大旗和一切战阵上的威仪！还有你，杀人的巨炮啊，你的残暴的喉管里模仿着天神乔武的怒吼，永别了！奥瑟罗的事业已经完了。

伊阿古　难道至于此吗，主帅？

奥瑟罗　恶人，你必须证明我的爱人是一个淫妇，你必须给我目击的证据；否则凭着人类永生的灵魂起誓，我的激起了的怒火将要喷射在你的身上，使你悔恨自己当初不曾投胎做一条狗！

伊阿古　竟会到了这样的地步吗？

奥瑟罗　让我亲眼看见这种事实，或者至少给我无可置疑的切实的证据，不这样可不行；否则我要活活要你的命！

伊阿古　尊贵的主帅——

奥瑟罗　你要是故意捏造谣言，毁坏她的名誉，使我受到难堪的痛苦，那么你再不要祈祷吧；放弃一切恻隐之心，让各种骇人听闻的罪恶丛集于你罪恶的一身，尽管做一些使上天悲泣、使人世惊愕的暴行吧，因为你现在已经罪大恶极，没有什么可以使你在地狱里沉沦得更深的了。

伊阿古　天啊！您是一个汉子吗？您有灵魂吗？您有知觉吗？上帝和您同在！我也不要做这捞什子的旗官了。啊，倒霉的傻瓜！你一生只想做个老实人，人家却把你的老实当作了罪恶！啊！丑恶的世界！注意，注意，世人啊！说老实话，做老实人，是一件危险的事哩。谢谢您给我这一个有益的教训；既然善意反而遭人嗔怪，从此以后，我再也不对什么朋友掬献我的真情了。

奥瑟罗　不，且慢；你应该做一个老实人。

伊阿古　我应该做一个聪明人；因为老实人就是傻瓜，虽然一片好心，结果还是自己吃了亏。

奥瑟罗　我想我的妻子是贞洁的，可是又疑心她不大贞洁；我想你是诚实的，可是又疑心你不大诚实。我一定要得到一些证据。她的名誉本来是像狄安娜的容颜一样皎洁的，现在已经染上污垢，像我自己的脸一样黝黑了。要是这儿有绳子、刀子、毒药、火焰或是使人窒息的河水，我一定不能忍受下去。但愿我能够扫空这一块疑团！

伊阿古　主帅，我看您完全被感情所支配了。我很后悔不该惹起您的疑心。那么您愿意知道究竟吗？

奥瑟罗　愿意！嘿，我一定要知道。

伊阿古　那倒是可以的；可是怎样办呢？怎样才算知道了呢，主帅？您还是眼睁睁地当场看她被人奸污吗？

奥瑟罗　啊！该死该死！

伊阿古　叫他们当场出丑，我想很不容易；他们干这种事，总是要避人眼目的。那么怎么样呢？又怎么办呢？我应该怎么说呢？怎样才可以拿到真凭实据？即使他们像山羊一样风骚，猴子一样好色，豺狼一样贪淫，即使他们是糊涂透顶的傻瓜，您也看不到他们这一幕把戏。可是我说，有了确凿的线索，就可以探出事实的真相；要是这一类间接的旁证可以替您解除疑惑，那倒是不难让你得到的。

奥瑟罗　给我一个充分的理由，证明她已经失节。

伊阿古　我不欢喜这件差使；可是既然愚蠢的忠心已经把我拉进了这一桩纠纷里去，我也不能再保持沉默了。最近我曾经和凯西奥同过榻；我因为牙痛不能入睡；世上有一种人，他们的灵魂是不能保守秘密的，往往会在睡梦之中吐露他们的私事，凯西奥也就是这一种人；我听见他在梦寐中说，亲爱的苔丝狄蒙娜，我们须要小心，不要让别人窥破了我们的爱情！于是，主帅，他就紧紧地捏住我的手，嘴里喊，“啊，可爱的人儿！”然后狠狠地吻着我，好像那些吻是长在我的嘴唇上，他恨不得把它们连根拔起一样；然后他又把他的脚搁在我的大腿上，叹一口气，亲一个吻，喊一声“该死的命运，把你给了那摩尔人！”

奥瑟罗　啊，可恶！可恶！

伊阿古　不，这不过是他的梦。

奥瑟罗　但是过去发生过什么事就可想而知；虽然只是一个梦，怎么能不叫人起疑呢。

伊阿古　本来只是很无谓的事，现在这样一看，也就大有文章了。

奥瑟罗　我要把她碎尸万段。

伊阿古　不，您不能太鲁莽了；我们还没有看见实际的行动；也许她还是贞洁的。告诉我这一点；您有没有看见过在尊夫人的手里有一方绣着草莓花样的手帕？

奥瑟罗　我给过她这样一方手帕；那是我第一次送给她的礼物。

伊阿古　那我不知道；可是今天我看见凯西奥用这样一方手帕抹他的胡子，我相信它一定就是尊夫人的。

奥瑟罗　假如就是那一方手帕——

伊阿古　假如就是那一方手帕，或者是其他她所用过的手帕，那么又是一个对她不利的证据了。

奥瑟罗　啊，我但愿那家伙有四万条生命！单单让他死一次是发泄不了我的愤怒的。现在我明白这件事情全然是真的了。瞧，伊阿古，我把我的全部痴情向天空中吹散；它已经随风消失了。黑暗的复仇，从你的幽窟之中升起来吧！爱情啊，把你的王冠和你的心灵深处的宝座让给残暴的憎恨吧！胀起来吧，我的胸膛，因为你已经满载着毒蛇的螫舌！

伊阿古　请不要生气。

奥瑟罗　啊，血！血！血！

伊阿古　忍耐点儿吧；也许您的意见会改变过来的。

奥瑟罗　决不，伊阿古。正像黑海的寒涛滚滚奔流，奔进马尔马拉海，直冲达达尼尔海峡，永远不会后退一样，我的风驰电掣的流血的思想，在复仇的目的没有充分达到以前，也决不会踟蹰回顾，化为绕指的柔情。（跪）苍天在上，我倘不能报复这奇耻大辱，誓不偷生人世。

伊阿古　且慢起来。（跪）永古闪耀的日月星辰，环抱宇宙的风云雨雾，请你们为我作证：从现在起，伊阿古愿意尽心竭力，为被欺的奥瑟罗效劳；无论他叫我做什么残酷的事，我一切唯命是从。

奥瑟罗　我不用空口的感谢接受你的好意，为了表示我的诚心的嘉纳，我要请你立刻履行你的诺言；在这三天以内，让我听见你说凯西奥已经不在人世。

伊阿古　我的朋友的死已经决定了，因为这是您的意旨；可是放她活命吧。

奥瑟罗　该死的淫妇！啊，咒死她！来，跟我去；我要为这美貌的魔鬼想出一个干脆的死法。现在你是我的副将了。

伊阿古　我永远是您的忠仆。(同下。)

第四场　城堡前

苔丝狄蒙娜、爱米利娅及小丑上。

苔丝狄蒙娜　喂,你知道凯西奥副将的家在什么地方吗?

小　丑　我可不敢说他有“家”。

苔丝狄蒙娜　为什么,好人儿?

小　丑　他是个军人,要是说军人心中有“假”,那可是性命出入的事儿。

苔丝狄蒙娜　好吧,那么他住在什么地方呢?

小　丑　告诉您他住在什么地方,就是告诉您我在撒谎。

苔丝狄蒙娜　那是什么意思?

小　丑　我不知道他住在什么地方,要是胡乱想出一个地方来,说他“家”住在这儿。“家”住在那儿,那就是我存心说“假”话了。

苔丝狄蒙娜　你可以打听打听他在什么地方呀。

小　丑　好,我就去到处向人家打听——那是说,去盘问人家,看他们怎么回答我。

苔丝狄蒙娜　找到了他,你就叫他到这儿来;对他说我已经替他在将军面前说过情了,大概可以得到圆满的结果。

小丑　干这件事是一个人的智力所能及的,所以我愿意去干一下。(下。)

苔丝狄蒙娜　我究竟在什么地方掉了那方手帕呢,爱米利娅?

爱米利娅　我不知道,夫人。

苔丝狄蒙娜　相信我,我宁愿失去我的一满袋金币;倘若我的摩尔人不是这样一个光明磊落的汉子,倘若他也像那些多疑善妒的卑鄙男人一样，这是很可以引起他的疑心的。

爱米利娅 他不会嫉妒吗？

苔丝狄蒙娜 谁！他？我想在他生长的地方，那灼热的阳光已经把这种气质完全从他身上吸去了。

爱米利娅 瞧！他来了。

苔丝狄蒙娜 我在他没有把凯西奥叫到他跟前来以前，决不离开他一步。

奥瑟罗上。

苔丝狄蒙娜 您好吗，我的主？

奥瑟罗 好，我的好夫人。（旁白）啊，装假脸真不容易！——你好，苔丝狄蒙娜？

苔丝狄蒙娜 我好，我的好夫君。

奥瑟罗 把你的手给我。我手很潮润呢，我的夫人。

苔丝狄蒙娜 它还没有感到老年的侵袭，也没有受过忧伤的损害。

奥瑟罗 这一只手表明它的主人是胸襟宽大而心肠慷慨的；这么热，这么潮。奉劝夫人努力克制邪心，常常斋戒祷告，反躬自责，礼拜神明，因为这儿有一个年少风流的魔鬼，惯会在人们血液里捣乱。这是一只好手，一只很慷慨的手。

苔丝狄蒙娜 您真的可以这样说，因为就是这一只手把我的心献给您的。

奥瑟罗 一只慷慨的手。从前的姑娘把手给人，同时把心也一起给了他；现在时世变了，得到一位姑娘的手的，不一定能够得到她的心。

苔丝狄蒙娜 这种话我不会说。来，您答应我的事怎么样啦？

奥瑟罗 我答应你什么，乖乖？

苔丝狄蒙娜 我已经叫人去请凯西奥来跟您谈谈了。

奥瑟罗　我的眼睛有些胀痛，老是淌着眼泪。把你的手帕借给我一用。

苔丝狄蒙娜　这儿，我的主。

奥瑟罗　我给你的那一方呢？

苔丝狄蒙娜　我没有带在身边。

奥瑟罗　没有带？

苔丝狄蒙娜　真的没有带，我的主。

奥瑟罗　那你可错了。那方手帕是一个埃及女人送给我的母亲的；她是一个能够洞察人心的女巫，她对我的母亲说，当她保存着这方手帕的时候，它可以使她得到我的父亲的欢心，享受专房的爱宠，可是她要是失去了它，或是把它送给旁人，我的父亲就要对她发生憎厌，他的心就要另觅新欢了。她在临死的时候把它传给我，叫我有了妻子以后，就把它交给新妇。我遵照她的吩咐给了你，所以你必须格外小心，珍惜它像珍惜你自己宝贵的眼睛一样；万一失去了，或是送给别人，那就难免遭到一场无比的灾祸。

苔丝狄蒙娜　真会有这种事吗？

奥瑟罗　真的，这一方小小的手帕，却有神奇的魔力织在里面；它是一个二百岁的神巫在一阵心血来潮的时候缝就的；它那一缕缕的丝线，也不是世间的凡蚕所吐；织成以后，它曾经在用处女的心炼成的丹液里浸过。

苔丝狄蒙娜　当真！这是真的吗？

奥瑟罗　绝对的真实；所以留心藏好它吧。

苔丝狄蒙娜　上帝啊，但愿我从来没有见过它！

奥瑟罗　嘿！为什么？

苔丝狄蒙娜　您为什么说得这样暴躁？

奥瑟罗　它已经失去了吗？不见了吗？说，它是不是已经丢了？

苔丝狄蒙娜　上天祝福我们！

奥瑟罗　你说。

苔丝狄蒙娜　它没有失去；可是要是失去了，那可怎么办呢？

奥瑟罗　怎么！

苔丝狄蒙娜　我说它没有失去。

奥瑟罗　去把它拿来给我看。

苔丝狄蒙娜　我可以去把它拿来，可是现在我不高兴。这是一个诡计，要想把我的要求赖了过去。请您把凯西奥重新录用了吧。

奥瑟罗　给我把那手帕拿来。我在起疑心了。

苔丝狄蒙娜　得啦，得啦，您再也找不到一个比他更能干的人。

奥瑟罗　手帕！

苔丝狄蒙娜　请您还是跟我谈谈凯西奥的事情吧。

奥瑟罗　手帕！

苔丝狄蒙娜　他一向把自己的前途寄托在您的眷爱上，又跟着您同甘共苦，历尽艰辛——

奥瑟罗　手帕！

苔丝狄蒙娜　凭良心说，您也太不该。

奥瑟罗　去！（下。）

爱米利娅　这个人在嫉妒吗？

苔丝狄蒙娜　我从来没有见过他这样子。这手帕一定有些不可思议的魔力；我真倒霉把它丢了。

爱米利娅　好的男人一两年里头也难得碰见一个。男人是一张胃，我们是一块肉；他们贪馋地把我们吞下去，吃饱了，就把我们呕出来。您瞧！凯西奥跟我的丈夫来啦。

伊阿古及凯西奥上。

伊阿古　没有别的法子，只好央求她出力。瞧！好运气！去求求她吧。

苔丝狄蒙娜　啊，好凯西奥！您有什么见教？

凯西奥　夫人，我还是要向您重提我的原来的请求，希望您发挥鼎力，让我重新做人，能够在我所尊敬的主帅麾下再邀恩眷。我不能这样延宕下去了。假如我果然罪大恶极，无论过去的微劳、现在的悔恨或是将来立功自赎的决心，都不能博取他的矜怜宽谅，那么我也希望得到一个明白的答复，我就死心塌地向别处去乞讨命运的布施了。

苔丝狄蒙娜　唉，善良的凯西奥！我的话已经变成刺耳的烦渎了；我的丈夫已经不是我的丈夫，要是他的面貌也像他的脾气一样变了样，我简直要不认识他了。愿神灵保佑我！我已经尽力替您说话；为了我的言辞的戆拙，我已经遭到他的憎恶。您必须暂时忍耐；只要是我力量所及的事，我都愿意为您一试；请您相信我，倘若那是我自己的事情，我也不会这样热心的。这样，您心里也该满意了吧。

伊阿古　主帅发怒了吗？

爱米利娅　他刚才从这儿走开，他的神气暴躁异常。

伊阿古　他会发怒吗？我曾经看见大炮冲散他的队伍，像魔鬼一样把他的兄弟从他身边轰掉，他仍旧不动声色。他也会发怒吗？那么一定出了什么重大的事情了。我要去看看他。他要是发怒，一定有些缘故。

苔丝狄蒙娜　请你就去吧。（伊阿古下）一定是威尼斯有什么国家大事，或是他在这儿塞浦路斯发现了什么秘密的阴谋，扰乱了他的清明的神志；人们在这种情形之下，往往会为了一些些小事而生气，虽然实际激怒他们的却是其他更大的原因。正是这样，我们一个指头疼痛的时候，全身都会觉得难受。我们不能把男人当作完善的天神，也不能希望他们永远像新婚之夜那样殷勤体贴。爱米利娅，我真该死，我可真是个不体面的“战士”，会在心里抱怨他的无情；

现在我才觉悟我是收买了假见证，让他受了冤枉。

爱米利娅　谢天谢地，但愿果然像您所想的，是为了些国家的事情，不是因为对您起了疑心。

苔丝狄蒙娜　唉！我从来没有给过他一些可以使他怀疑的理由。

爱米利娅　可是多疑的人是不会因此而满足的；他们往往不是因为有了什么理由而嫉妒，只是为了嫉妒而嫉妒，那是一个凭空而来、自生自长的怪物。

苔丝狄蒙娜　愿上天保佑奥瑟罗，不要让这怪物钻进他的心里！

爱米利娅　阿门，夫人。

苔丝狄蒙娜　我去找他去。凯西奥，您在这儿走走；要是我看见自己可以跟他说几句话，我会向他提起您的请求，尽力给您转圜就是了。

凯西奥　多谢夫人。（苔丝狄蒙娜、爱米利娅下。）

比恩卡上。

比恩卡　你好，凯西奥朋友！

凯西奥　你怎么不在家里？你好，我的最娇美的比恩卡？不骗你，亲爱的，我正要到你家里来呢。

比恩卡　我也是要到你的尊寓去的，凯西奥。什么！一个星期不来看我？七天七夜？一百六十八个小时？在相思里挨过的时辰，比时钟是要慢上一百六十倍的；啊，这一笔算不清的糊涂账。

凯西奥　对不起，比恩卡。这几天来我实在心事太重，改日加倍补报你就是了。亲爱的比恩卡，（以苔丝狄蒙娜手帕授比恩卡）替我把这手帕上的花样描下来。

比恩卡　啊，凯西奥！这是什么地方来的？这一定是哪个新相好送给你的礼物；我现在明白你不来看我的缘故了。有这等事吗？好，好。

凯西奥　得啦，女人！把你这种瞎疑心丢还给魔鬼吧。你在吃醋了，你以为这是什么情人送给我的纪念品；不，凭着我的良心发誓，比恩卡。

比恩卡　那么这是谁的？

凯西奥　我不知道，亲爱的；我在寝室里找到它。那花样我很喜欢，我想乘失主没有来问我讨还以前，把它描了下来。请你拿去给我描一描。现在请你暂时离开我。

比恩卡　离开你！为什么？

凯西奥　我在这儿等候主帅到来；让他看见我有女人陪着，恐怕不大方便，我不愿意这样。

比恩卡　为什么？我倒要请问。

凯西奥　不是因为我不爱你。

比恩卡　只是因为你并不爱我。请你陪我稍为走一段路，告诉我今天晚上你来不来看我。

凯西奥　我只能陪你稍走几步，因为我在这儿等人；可是我就会来看你的。

比恩卡　那很好；我也不能勉强你。（各下。）

第四幕

第一场　塞浦路斯。城堡前

奥瑟罗及伊阿古上。

伊阿古　您愿意这样想吗？

奥瑟罗　这样想，伊阿古！

伊阿古　什么！背着人接吻？

奥瑟罗　这样的接吻是为礼法所不许的。

伊阿古　脱光了衣服，和她的朋友睡在一床，经过一个多小时，却一点不起邪念？

奥瑟罗　伊阿古，脱光衣服睡在床上，还会不起邪念！这明明是对魔鬼的假意矜持；他们的本心是规矩的，可偏是做出了这种勾当；魔鬼欺骗了这两个规规矩矩的人，而他们就去欺骗上天。

伊阿古　要是他们不及于乱，那还不过是一个小小的过失；可是假如我把一方手帕给了我的妻子——

奥瑟罗　给了她便怎样？

伊阿古　啊，主帅，那时候它就是她的东西了；既然是她的东西，我想她可以把它送给无论什么人的。

奥瑟罗　她的贞操也是她自己的东西，她也可以把它送给无论什么人吗？

伊阿古　她的贞操是一种不可捉摸的品质；世上有几个真正贞洁的妇

人？可是讲到那方手帕——

奥瑟罗　天哪，我但愿忘记那句话！你说——啊！它笼罩着我的记忆，就像预兆不祥的乌鸦在染疫人家的屋顶上回旋一样——你说我的手帕在他的手里。

伊阿古　是的，在他手里便怎么样？

奥瑟罗　那可不大好。

伊阿古　什么！要是我说我看见他干那对您不住的事？或是听见他说——世上尽多那种家伙，他们靠着死命的追求征服了一个女人，或者得到什么情妇的自动的垂青，就禁不住到处向人吹嘘——

奥瑟罗　他说过什么话吗？

伊阿古　说过的，主帅；可是您放心吧，他说过的话，他都可以发誓否认的。

奥瑟罗　他说过什么？

伊阿古　他说，他曾经——我不知道他曾经干些什么事。

奥瑟罗　什么？什么？

伊阿古　跟她睡——

奥瑟罗　在一床？

伊阿古　睡在一床，睡在她的身上；随您怎么说吧。

奥瑟罗　跟她睡在一床！睡在她的身上！我们说睡在她身上，岂不是对她人身的污辱——睡在一床！该死，岂有此理！手帕——口供——手帕！叫他招供了，再把他吊死。先把他吊起来，然后叫他招供。我一想起就气得发抖。人们总是有了某种感应，阴暗的情绪才会笼罩他的心灵；一两句空洞的话是不能给我这样大的震动的。呸！磨鼻子，咬耳朵，吮嘴唇。会有这样的事吗？口供！——手帕！——啊，魔鬼！（晕倒。）

伊阿古　显出你的效力来吧，我的妙药，显出你的效力来吧！轻信的愚人是这样落进了圈套；许多贞洁贤淑的娘们儿，都是这样蒙上了不白之冤。喂，主帅！主帅！奥瑟罗！

凯西奥上。

伊阿古　啊，凯西奥！

凯西奥　怎么一回事？

伊阿古　咱们大帅发起癫痫来了。这是他第二次发作；昨天他也发过一次。

凯西奥　在他太阳穴上摩擦摩擦。

伊阿古　不，不行；他这种昏迷状态，必须保持安静；要不然的话，他就要嘴里冒出白沫，慢慢地会发起疯狂来的。瞧！他在动了。你暂时走开一下，他就会恢复原状的。等他走了以后，我还有要紧的话跟你说。（凯西奥下）怎么啦，主帅？您没有摔痛您的头吧？

奥瑟罗　你在讥笑我吗？

伊阿古　我讥笑您！不，没有这样的事！我愿您像一个大丈夫似的忍受命运的拨弄。

奥瑟罗　顶上了绿头巾，还算一个人吗？

伊阿古　在一座热闹的城市里，这种不算人的人多着呢。

奥瑟罗　他自己公然承认了吗？

伊阿古　主帅，您看破一点吧；您只要想一想，哪一个有家室的须眉男子，没有遭到跟您同样命运的可能；世上不知有多少男人，他们的卧榻上容留过无数素昧生平的人，他们自己还满以为这是一块私人的禁地哩；您的情形还不算顶坏。啊！这是最刻毒的恶作剧，魔鬼的最大的玩笑，让一个男人安安心心地搂着枕边的荡妇亲嘴，还以为她是一个三贞九烈的女人！不，我要睁开眼来，先看清自己成了个什么东西，我也就看准了该拿她怎么办。

奥瑟罗　啊！你是个聪明人；你说得一点不错。

伊阿古　现在请您暂时站在一旁，竭力耐住您的怒气。刚才您恼得昏过去的时候——大人物怎么能这样感情冲动啊——凯西奥曾经到这儿来过；我推说您不省人事是因为一时不舒服，把他打发走了，叫他过一会儿再来跟我谈谈；他已经答应我了。您只要找一处所在躲一躲，就可以看见他满脸得意忘形，冷嘲热讽的神气；因为我要叫他从头叙述他历次跟尊夫人相会的情形，还要问他重温好梦的时间和地点。您留心看看他那副表情吧。可是不要气恼；否则我就要说您一味意气用事，一点没有大丈夫的气概啦。

奥瑟罗　告诉你吧，伊阿古，我会很巧妙地不动声色；可是，你听着，我也会包藏一颗最可怕的杀心。

伊阿古　那很好；可是什么事都要看准时机。您走远一步吧。（奥瑟罗退后）现在我要向凯西奥谈起比恩卡，一个靠着出卖风情维持生活的雌儿；她热恋着凯西奥；这也是娼妓们的报应，往往她们迷惑了多少的男子，结果却被一个男人迷昏了心。他一听见她的名字，就会忍不住捧腹大笑。他来了。

凯西奥重上。

伊阿古　他一笑起来，奥瑟罗就会发疯；可怜的凯西奥的嬉笑的神情和轻狂的举止，在他那充满着无知的嫉妒的心头，一定可以引起严重的误会。——您好，副将？

凯西奥　我因为丢掉了这个头衔，正在懊恼得要死，你却还要这样称呼我。

伊阿古　在苔丝狄蒙娜跟前多说几句央求的话，包你原官起用。（低声）要是这件事情换在比恩卡手里，早就不成问题了。

凯西奥　唉，可怜虫！

奥瑟罗　（旁白）瞧！他已经在笑起来啦！

伊阿古　我从来不知道一个女人会这样爱一个男人。

凯西奥　唉,小东西！我看她倒是真的爱我。

奥瑟罗　(旁白)现在他在含糊否认,想把这事情用一笑搪塞过去。

伊阿古　你听见吗,凯西奥？

奥瑟罗　(旁白)现在他缠住他要他讲一讲经过情形啦。说下去；很好,很好。

伊阿古　她向人家说你将要跟她结婚；你有这个意思吗？

凯西奥　哈哈哈！

奥瑟罗　(旁白)你这样得意吗,好家伙？你这样得意吗？

凯西奥　我跟她结婚！什么？一个卖淫妇？对不起,你不要这样看轻我,我还不至于糊涂到这等地步哩。哈哈哈！

奥瑟罗　(旁白)好,好,好,好。得胜的人才会笑逐颜开。

伊阿古　不骗你,人家都在说你将要跟她结婚。

凯西奥　对不起,别说笑话啦。

伊阿古　我要是骗了你,我就是个大大的浑蛋。

奥瑟罗　(旁白)你这算是一报还一报吗？好。

凯西奥　一派胡说！她自己一厢情愿,相信我会跟她结婚；我可没有答应她。

奥瑟罗　(旁白)伊阿古在向我打招呼；现在他开始讲他的故事啦。

凯西奥　她刚才还在这儿；她到处缠着我。前天我正在海边跟几个威尼斯人谈话,那傻东西就来啦；不瞒你说,她这样攀住我的颈项——

奥瑟罗　(旁白)叫一声“啊,亲爱的凯西奥！”我可以从他的表情之间猜得出来。

凯西奥　她这样拉住我的衣服,靠在我的怀里,哭个不停,还这样把我拖来拖去,哈哈哈！

奥瑟罗 （旁白）现在他在讲她怎样把他拖到我的寝室里去啦。啊！我看见你的鼻子，可是不知道应该把它丢给哪一条狗吃。

凯西奥 好，我只好离开她。

伊阿古 啊！瞧，她来了。

凯西奥 好一头抹香粉的臭猫！

比恩卡上。

凯西奥 你这样到处盯着我不放，是什么意思呀？

比恩卡 让魔鬼跟他的老娘盯着你吧！你刚才给我的那方手帕算是什么意思？我是个大傻瓜，才会把它受了下来。叫我描下那花样！好看的花手帕可真多哪，居然让你在你的寝室里找到它，却不知道谁把它丢在那边！这一定是哪一个贱丫头送给你的东西，却叫我描下它的花样来！拿去，还给你那个相好吧；随你从什么地方得到这方手帕，我可不高兴描下它的花样。

凯西奥 怎么，我的亲爱的比恩卡！怎么！怎么！

奥瑟罗 （旁白）天哪，那该是我的手帕哩！

比恩卡 今天晚上你要是愿意来吃饭，尽管来吧；要是不愿意来，等你下回有兴致的时候再来吧。（下。）

伊阿古 追上去，追上去。

凯西奥 真的，我必须追上去，否则她会沿街谩骂的。

伊阿古 你预备到她家里去吃饭吗？

凯西奥 是的，我想去。

伊阿古 好，也许我会再碰见你；因为我很想跟你谈谈。

凯西奥 请你一定来吧。

伊阿古 得啦，别多说啦。（凯西奥下）

奥瑟罗 （趋前）伊阿古，我应该怎样杀死他？

伊阿古 您看见他一听到人家提起他的丑事，就笑得多么高兴吗？

奥瑟罗　啊,伊阿古!

伊阿古　您还看见那方手帕吗?

奥瑟罗　那就是我的吗?

伊阿古　我可以举手起誓,那是您的。瞧他多么看得起您那位痴心的太太她把手帕送给他,他却拿去给了他的娼妇。

奥瑟罗　我要用九年的时间慢慢地磨死她。一个高雅的女人!一个美貌的女人!一个温柔的女人!

伊阿古　不,您必须忘掉那些。

奥瑟罗　嗯,让她今夜腐烂、死亡、堕入地狱吧,因为她不能再活在世上。不,我的心已经变成铁石了;我打它,反而打痛了我的手。啊!世上没有一个比她更可爱的东西;她可以睡在一个皇帝的身边,命令他干无论什么事。

伊阿古　您素来不是这个样子的。

奥瑟罗　让她死吧!我不过说她是怎么样的一个人。她的针线活儿是这样精妙。一个出色的音乐家!啊,她唱起歌来,可以驯服一头野熊的心!她的心思才智,又是这样敏慧多能!

伊阿古　唯其这样多才多艺,干出这种丑事来,才格外叫人气恼。

奥瑟罗　啊!一千倍、一万倍的可恼!而且她的性格又是这样温柔!

伊阿古　嗯,太温柔了。

奥瑟罗　对啦,一点不错。可是,伊阿古,可惜!啊!伊阿古!伊阿古!太可惜啦!

伊阿古　要是您对于一个失节之妇,还是这样恋恋不舍,那么索性采取放任吧。因为既然您自己也不以为意,当然更不干别人的事。

奥瑟罗　我要把她剁成一堆肉酱。叫我当一个王八!

伊阿古　啊,她太不顾羞耻啦!

奥瑟罗　跟我的部将通奸!

伊阿古　那尤其可恶。

奥瑟罗　给我弄些毒药来，伊阿古；今天晚上。我不想跟她多费唇舌，免得她的肉体和美貌再打动了我的心。今天晚上，伊阿古。

伊阿古　不要用毒药，在她床上扼死她，就在那被她玷污了的床上。

奥瑟罗　好，好；那是一个大快人心的处置，很好。

伊阿古　至于凯西奥，让我去取他的命吧；您在午夜前后，一定可以听到消息。

奥瑟罗　好极了。（内喇叭声）那是什么喇叭的声音？

伊阿古　一定是从威尼斯来了什么人。——是罗多维科奉公爵之命到这儿来了；瞧，您那位太太也跟他在一起。

罗多维科、苔丝狄蒙娜及侍从等上。

罗多维科　上帝保佑您，尊贵的将军！

奥瑟罗　祝福您，大人。

罗多维科　公爵和威尼斯的元老们问候您安好。（以信交奥瑟罗。）

奥瑟罗　我敬吻他们的恩命。（拆信阅读。）

苔丝狄蒙娜　罗多维科大哥，威尼斯有什么消息？

伊阿古　我很高兴看见您，大人；欢迎您到塞浦路斯来！

罗多维科　谢谢。凯西奥副将好吗？

伊阿古　他还健在，大人。

苔丝狄蒙娜　大哥，他跟我的丈夫闹了点儿别扭；可是您可以使他们言归于好。

奥瑟罗　你有把握吗？

苔丝狄蒙娜　您怎么说，我的主？

奥瑟罗　（读信）“务必照办为要，不得有误。——”

罗多维科　他没有回答；他正在忙着读信。将军跟凯西奥果然有了意见吗？

苔丝狄蒙娜　有了很不幸的意见；为了我对凯西奥所抱的好感，我很愿意尽力调解他们。

奥瑟罗　该死！

苔丝狄蒙娜　您怎么说，我的主。

奥瑟罗　你聪明吗？

苔丝狄蒙娜　什么！他生气了吗？

罗多维科　也许这封信激动了他；因为照我猜想起来，他们是要召他回国，叫凯西奥代理他的职务。

苔丝狄蒙娜　真的吗？那好极了。

奥瑟罗　当真！

苔丝狄蒙娜　您怎么说，我的主？

奥瑟罗　你要是发了疯，我才高兴。

苔丝狄蒙娜　为什么，亲爱的奥瑟罗？

奥瑟罗　魔鬼！（击苔丝狄蒙娜。）

苔丝狄蒙娜　我没有错处，您不该这样对待我。

罗多维科　将军，我要是把这回事情告诉威尼斯人，即使发誓说我亲眼看见，他们也一定不会相信我。这太过分了；向她赔罪吧，她在哭了。

奥瑟罗　啊，魔鬼！魔鬼！要是妇人的眼泪有孳生化育的力量，她的每一滴泪，掉在地上，都会变成一条鳄鱼。走开，不要让我看见你！

苔丝狄蒙娜　我不愿留在这儿害您生气。（欲去。）

罗多维科　真是一位顺从的夫人。将军，请您叫她回来吧。

奥瑟罗　夫人！

苔丝狄蒙娜　我的主？

奥瑟罗　大人，您要跟她说些什么话？

罗多维科　谁？我吗，将军？

奥瑟罗　嗯，您要我叫她转来，现在她转过来了。她会转来转去。走一步路回一个身；她还会哭，大人，她还会哭；她是非常顺从的，正像您所说，非常顺从。尽管流你的眼泪吧。大人，这信上的意思——好一股装腔作势的劲儿！——是要叫我回去——你去吧，等会儿我再叫人来唤你——大人，我服从他们的命令，不日就可以束装上路，回到威尼斯去——去！滚开！（苔丝狄蒙娜下）凯西奥可以接替我的位置。今天晚上，大人，我还要请您赏光便饭。欢迎您到塞浦路斯来！——山羊和猴子！（下。）

罗多维科　这就是为我们整个元老院所同声赞叹、称为全才全德的那位英勇的摩尔人吗？这就是那喜怒之情不能把它震撼的高贵的天性吗？那命运的箭矢不能把它擦伤穿破的坚定的德操吗？

伊阿古　他已经大大变了样子啦。

罗多维科　他的头脑没有毛病吗？他的神经是不是有点错乱？

伊阿古　他就是他那个样子；我实在不敢说他还会变成怎么一个样子；如果他不是像他所应该的那样，那么但愿他也不至于这个样子！

罗多维科　什么！打他的妻子！

伊阿古　真的，那可不大好；可是我但愿知道他对她没有比这更暴虐的行为！

罗多维科　他一向都是这样的吗？还是因为信上的话激怒了他，才会有这种以前所没有的过失？

伊阿古　唉！唉！按着我的地位，我实在不便把我所看见所知道的一切说出口来。您不妨留心注意他，他自己的行动就可以说明一切，用不着我多说了。请您跟上去，看他还会做出什么花样来。

罗多维科　他竟是这样一个人，真使我大失所望啊。（同下。）

第二场　城堡中一室

奥瑟罗及爱米利娅上。

奥瑟罗　那么你没有看见什么吗?

爱米利娅　没有看见,没有听见,也没有疑心到。

奥瑟罗　你不是看见凯西奥跟她在一起吗?

爱米利娅　可是我不知道那有什么不对,而且我听见他们两人所说的每一个字。

奥瑟罗　什么!他们从来不曾低声耳语吗?

爱米利娅　从来没有,将军。

奥瑟罗　也不曾打发你走开吗?

爱米利娅　没有。

奥瑟罗　没有叫你去替她拿扇子、手套、脸罩、或是什么东西吗?

爱米利娅　没有,将军。

奥瑟罗　那可奇怪了。

爱米利娅　将军,我敢用我的灵魂打赌她是贞洁的。要是您疑心她有非礼的行为,赶快除掉这种思想吧,因为那是您心理上的一个污点。要是哪一个浑蛋把这种思想放进您的脑袋里,让上天罚他变成一条蛇,受永远的诅咒!假如她不是贞洁、贤淑和忠诚的,那么世上没有一个幸福的男人了;最纯洁的妻子,也会变成最丑恶的淫妇。

奥瑟罗　叫她到这儿来;去。(爱米利娅下)她的话说得很动听;可是这种拉惯皮条的人,都是天生的利嘴。这是一个狡猾的淫妇,一肚子千刁万恶,当着人却会跪下来向天祈祷;我看见过她这一种手段。

爱米利娅偕苔丝狄蒙娜重上。

苔丝狄蒙娜　我的主，您有什么吩咐？

奥瑟罗　过来，乖乖。

苔丝狄蒙娜　您要我怎么样？

奥瑟罗　让我看看你的眼睛；瞧着我的脸。

苔丝狄蒙娜　这是什么古怪的念头？

奥瑟罗　（向爱米利娅）你去留心你的事吧，奶奶；把门关了，让我们俩人在这儿谈谈心。要是有人来了，你就在门口咳嗽一声。干你的贵营生去吧；快，快！（爱米利娅下。）

苔丝狄蒙娜　我跪在您的面前，请您告诉我您这些话是什么意思？我知道您在生气，可是我不懂您的话。

奥瑟罗　嘿，你是什么人？

苔丝狄蒙娜　我的主，我是您的妻子，您的忠贞不二的妻子。

奥瑟罗来　发一个誓，让你自己死后下地狱吧；因为你的外表太像一个天使了，倘不是在不贞之上，再加一重伪誓的罪名，也许魔鬼们会不敢抓你下去的；所以发誓说你是贞洁的吧。

苔丝狄蒙娜　天知道我是贞洁的。

奥瑟罗　天知道你是像地狱一样淫邪的。

苔丝狄蒙娜　我的主，我对谁干了欺心的事？我跟哪一个人有不端的行为？我怎么是淫邪的？

奥瑟罗　啊，苔丝狄蒙娜！去！去！去！

苔丝狄蒙娜　唉，不幸的日子！——您为什么哭？您的眼泪是为我而流的吗，我的主？要是您疑心这次奉召回国，是我父亲的主意，请您不要怪我；您固然失去他的好感，我也已经失去他的慈爱了。

奥瑟罗　要是上天的意思，要让我受尽种种的折磨；要是他用诸般的痛苦和耻辱降在我的毫无防卫的头上，把我浸没在贫困的泥沼里，剥夺我的一切自由和希望，我也可以在我的灵魂的一隅之中，找到一滴忍耐的甘露。可是唉！在这尖酸刻薄的世上，做一个被人戟指笑骂的目标！就连这个，我也完全可以容忍；可是我的心灵失去了归宿，我的生命失去了寄托，我的活力的源泉枯竭了，变成了蛤蟆繁育生息的污池！忍耐，你朱唇韶颜的天婴啊，转变你的脸色，让它化成地狱般的狰狞吧！

苔丝狄蒙娜　我希望我在我的尊贵的夫主眼中，是一个贤良贞洁的妻子。

奥瑟罗　啊，是的，就像夏天肉铺里的苍蝇一样贞洁——一边撒它的卵子，一边就在受孕。你这野草闲花啊！你的颜色是这样娇美，你的香气是这样芬芳，人家看见你嗅到你就会心疼；但愿世上从来不曾有过你！

苔丝狄蒙娜　唉！我究竟犯了什么连我自己也不知道的罪恶呢？

奥瑟罗　这一张皎洁的白纸，这一本美丽的书册，是要让人家写上“娼妓”两个字的吗？犯了什么罪恶！啊，你这人尽可夫的娼妇！我只要一说起你所干的事，我的两颊就会变成两座熔炉，把“廉耻”烧为灰烬。犯了什么罪恶！天神见了它要掩鼻而过；月亮看见了要羞得闭上眼睛；碰见什么都要亲吻的淫荡的风，也静悄悄地躲在岩窟里面。不愿听见人家提起它的名字。犯了什么罪恶！不要脸的娼妇！

苔丝狄蒙娜　天啊，您不该这样侮辱我！

奥瑟罗　你不是一个娼妇吗？

苔丝狄蒙娜　不，我发誓我不是，否则我就不是一个基督徒。要是为我的主保持这一个清白的身子，不让淫邪的手把它污毁，要是这样的行为可以使我免去娼妇的恶名，那么我就不是娼妇。

奥瑟罗　什么！你不是一个娼妇吗？

苔丝狄蒙娜　不，否则我死后没有得救的希望。

奥瑟罗　真的吗？

苔丝狄蒙娜　啊！上天饶恕我们！

奥瑟罗　那么我真是多多冒昧了；我还以为你就是那个嫁给奥瑟罗的威尼斯的狡猾的娼妇哩。——喂，你这位刚刚和圣彼得干着相反的差使的，看守地狱门户的奶奶！

爱米利娅重上。

奥瑟罗　你，你，对了，你！我们已经完事了。这几个钱是给你作为酬劳的；请你开了门上的锁，不要泄露我们的秘密。（下。）

爱米利娅　唉！这位老爷究竟在转些什么念头呀？您怎么啦？夫人？您怎么啦，我的好夫人？

苔丝狄蒙娜　我是在半醒半睡之中。

爱米利娅　好夫人，我的主到底有些什么心事？

苔丝狄蒙娜　谁？

爱米利娅　我的主呀，夫人。

苔丝狄蒙娜　谁是你的主？

爱米利娅　我的主就是你的丈夫，好夫人。

苔丝狄蒙娜　我没有丈夫。不要对我说话，爱米利娅；我不能哭，我没有话可以回答你，除了我的眼泪。请你今夜把我结婚的被褥铺在我的床上，记好了；再去替我叫你的丈夫来。

爱米利娅　真是变了，变了！（下。）

苔丝狄蒙娜　我应该受到这样的待遇，全然是应该的。我究竟有些什么不检的行为——哪怕只是一丁点儿的错误，才会引起他的猜疑呢？

爱米利娅率伊阿古重上。

伊阿古　夫人，您有什么吩咐？您怎么啦？

苔丝狄蒙娜　我不知道。小孩子做了错事，做父母的总是用温和的态度，轻微的责罚教训他们；他也可以这样责备我，因为我是一个该受管教的孩子。

伊阿古　怎么一回事，夫人？

爱米利娅　唉！伊阿古，将军口口声声骂她娼妇，用那样难堪的名字加在她的身上，稍有人心的人，谁听见了都不能忍受。

苔丝狄蒙娜　我应该得到那样一个称呼吗，伊阿古？

伊阿古　什么称呼，好夫人？

苔丝狄蒙娜　就像她说我的主称呼我的那种名字。

爱米利娅　他叫她娼妇；一个喝醉了酒的叫花子，也不会把这种名字加在他的姘妇身上。

伊阿古　为什么他要这样？

苔丝狄蒙娜　我不知道；我相信我不是那样的女人。

伊阿古　不要哭，不要哭，唉！

爱米利娅　多少名门贵族向她求婚，她都拒绝了；她抛下了老父，离乡背井，远别亲友，结果却只讨他骂一声娼妇吗？这还不叫人伤心吗？

苔丝狄蒙娜　都是我自己命薄。

伊阿古　他太岂有此理了！他怎么会起这种心思的？

苔丝狄蒙娜　天才知道。

爱米利娅　我可以打赌，一定有一个万劫不复的恶人，一个爱管闲事、鬼讨好的家伙，一个说假话骗人的奴才，因为要想钻求差使，造出这样的谣言来；要是我的话说得不对，我愿意让人家把我吊死。

伊阿古　呸！哪里有这样的人？一定不会的。

苔丝狄蒙娜　要是果然有这样的人，愿上天宽恕他！

爱米利娅　宽恕他！一条绳子箍住他的颈项，地狱里的恶鬼咬碎他的骨头！他为什么叫她娼妇？谁跟她在一起？什么所在？什么时候？什么方式？什么根据？这摩尔人一定是上了不知哪一个千刁万恶的坏人的当，一个下流的大浑蛋，一个卑鄙的家伙；天啊！愿你揭破这种家伙的嘴脸，让每一个老实人的手里都拿一根鞭子，把这些浑蛋们脱光了衣服抽一顿，从东方一直抽到西方！

伊阿古　别嚷得给外边都听见了。

爱米利娅　哼，可恶的东西！前回弄昏了你的头，使你疑心我跟这摩尔人有暧昧的，也就是这种家伙。

伊阿古　好了，好了；你是个傻瓜。

苔丝狄蒙娜　好伊阿古啊，我应当怎样重新取得我的丈夫的欢心呢？好朋友，替我向他解释解释；因为凭着天上的太阳起誓，我实在不知道我怎么会失去他的宠爱。我对天下跪，要是在思想上、行动上，我曾经有意背弃他的爱情；要是我的眼睛、我的耳朵或是我的任何感觉，曾经对别人发生爱悦；要是我在过去、现在和将来，不是那样始终深深地爱着他，即使他把我弃如敝屣，也不因此而改变我对他的忠诚；要是我果然有那样的过失，愿我终身不能享受快乐的日子！无情可以给人重大的打击；他的无情也许会摧残我的生命，可是永不能毁坏我的爱情。我不愿提起“娼妇”两个字，一说到它就会使我心生憎恶，更不用说亲自去干那博得这种丑名的勾当了；整个世界的荣华也不能诱动我。

伊阿古　请您宽心，这不过是他一时的心绪恶劣，在国家大事方面受了点刺激，所以跟您怄起气来啦。

苔丝狄蒙娜　要是没有别的原因——

伊阿古　只是为了这个原因，我可以保证。（喇叭声）听！喇叭在吹晚餐的信号了；威尼斯的使者在等候进餐。进去，不要哭；一切都会圆满解决的。（苔丝狄蒙娜、爱米利娅下。）

罗德利哥上。

伊阿古　啊，罗德利哥！

罗德利哥　我看你全然在欺骗我。

伊阿古　我怎么欺骗你？

罗德利哥　伊阿古，你每天在我面前耍手段，把我支吾过去；照我现在看来，你非但不给我开一线方便之门，反而使我的希望一天小似一天。我实在再也忍不住了。为了自己的愚蠢，我已经吃了不少的苦头，这一笔账我也不能就此善罢甘休。

伊阿古　你愿意听我说吗，罗德利哥？

罗德利哥　哼，我已经听得太多了；你的话和行动是不相符合的。

伊阿古　你太冤枉人啦。

罗德利哥　我一点没有冤枉你。我的钱都花光啦。你从我手里拿去送给苔丝狄蒙娜的珠宝，即使一个圣徒也会被它诱惑的；你对我说她已经收下了，告诉我不久就可以听到喜讯，可是到现在还不见一点动静。

伊阿古　好，算了；很好。

罗德利哥　很好！算了！我不能就此算了，朋友；这事情也不很好。我举手起誓，这种手段太卑鄙了；我开始觉得我自己受了骗了。

伊阿古　很好。

罗德利哥　我告诉你这事情不很好。我要亲自去见苔丝狄蒙娜，要是她肯把我的珠宝还我，我愿意死了这片心，忏悔我这种非礼的追求；要不然的话，你留心点儿吧，我一定要跟你算账。

伊阿古　你现在话说完了吧？

罗德利哥　嗯，我的话都是说过就做的。

伊阿古　好，现在我才知道你是一个有骨气的人；从这一刻起你已经使我比从前加倍看重你了。把你的手给我，罗德利哥。你责备我的话，都非常有理；可是我还要声明一句，我替你干这件事情，的的确确是尽忠竭力，不敢昧一分良心的。

罗德利哥　那还没有事实的证明。

伊阿古　我承认还没有事实的证明，你的疑心不是没有理由的。可是，罗德利哥，要是你果然有决心，有勇气，有胆量——我现在相信你一定有的——今晚你就可以表现出来；要是明天夜里你不能享用苔丝狄蒙娜，你可以用无论什么恶毒的手段、什么阴险的计谋，取走我的生命。

罗德利哥　好，你要我怎么干？是说得通做得到的事吗？

伊阿古　老兄，威尼斯已经派了专使来，叫凯西奥代替奥瑟罗的职位。

罗德利哥　真的吗？那么奥瑟罗和苔丝狄蒙娜都要回到威尼斯去了。

伊阿古　啊，不，他要到毛里塔尼亚去，把那美丽的苔丝狄蒙娜一起带走，除非这儿出了什么事，使他耽搁下来。最好的办法是把凯西奥除掉。

罗德利哥　你说把他除掉是什么意思？

伊阿古　砸碎他的脑袋，让他不能担任奥瑟罗的职位。

罗德利哥　那就是你要我去干的事吗？

伊阿古　嗯，要是你敢做一件对你自己有利益的事。他今晚在一个妓女家里吃饭，我也要到那儿去见他。现在他还没有知道他自己的命运。我可以设法让他在十二点钟到一点钟之间从那儿出来，你只要留心在门口守候，就可以照你的意思把他处置；我就在附近接应你，他在我们两人之间一定逃不了。来，不要发呆，跟我去；我可以告诉你为什么他的死是必要的，你听了就会知道这是你的一件无可推辞的行动。现在正是晚餐的时候，夜过去得很快，准备起来吧。

罗德利哥　我还要听一听你要教我这样做的理由。

伊阿古　我一定可以向你解释明白。（同下。）

第三场　城堡中另一室

奥瑟罗、罗多维科、苔丝狄蒙娜、爱米利娅及侍从等上。

罗多维科　将军请留步吧。

奥瑟罗　啊，没有关系；散散步对我也是很有好处的。

罗多维科　夫人，晚安；谢谢您的盛情。

苔丝狄蒙娜　大驾光临，我们是十分欢迎的。

奥瑟罗　请吧，大人。啊！苔丝狄蒙娜——

苔丝狄蒙娜　我的主？

奥瑟罗　你快进去睡吧；我马上就回来的。把你的侍女们打发开了，不要忘记。

苔丝狄蒙娜　是，我的主。（奥瑟罗、罗多维科及侍从等下。）

爱米利娅　怎么？他现在的脸色温和得多啦。

苔丝狄蒙娜　他说他就会回来的；他叫我去睡，还叫我把你遣开。

爱米利娅　把我遣开！

苔丝狄蒙娜　这是他的吩咐；所以，好爱米利娅，把我的睡衣给我，你去吧，我们现在不能再惹他生气了。

爱米利娅　我希望您当初并不和他相识！

苔丝狄蒙娜　我却不希望这样；我是那么喜欢他，即使他的固执、他的呵斥、他的怒容——请你替我取下衣上的扣针——在我看来也是可爱的。

爱米利娅　我已经照您的吩咐，把那些被褥铺好了。

苔丝狄蒙娜　很好。天哪！我们的思想是多么傻！要是我比你先死，请你就把那些被褥做我的殓衾。

爱米利娅　得啦得啦，您在说呆话。

苔丝狄蒙娜　我的母亲有一个侍女名叫巴巴拉，她跟人家有了恋爱；她的情人发了疯，把她丢了。她有一支《杨柳歌》，那是一支古老的曲调，可是正好说中了她的命运；她到死的时候，嘴里还在唱着它。那支歌今天晚上老是萦回在我的脑际；我的烦乱的心绪，使我禁不住侧下我的头，学着可怜的巴巴拉的样子把它歌唱。请你赶快点儿。

爱米利娅　我要不要就去把您的睡衣拿来？

苔丝狄蒙娜　不，先替我取下这儿的扣针。这个罗多维科是一个俊美的男子。

爱米利娅　一个很漂亮的人。

苔丝狄蒙娜　他的谈吐很高雅。

爱米利娅　我知道威尼斯有一个女郎，愿意赤了脚步行到巴勒斯坦，为了希望碰一碰他的下唇。

苔丝狄蒙娜　（唱）

可怜的她坐在枫树下啜泣，
歌唱那青青杨柳；
她手抚着胸膛，她低头靠膝，
唱杨柳，杨柳，杨柳。
清澈的流水吐出她的呻吟，
唱杨柳，杨柳，杨柳。
她的热泪溶化了顽石的心——

把这些放在一旁。——（唱）

唱杨柳，杨柳，杨柳。

快一点，他就要来了。——（唱）

青青的柳枝编成一个翠环；
不要怪他；我甘心受他笑骂——

不，下面一句不是这样的。听！谁在打门？

爱米利娅　是风哩。

苔丝狄蒙娜　（唱）

我叫情哥负心郎，他又怎讲？
唱杨柳，杨柳，杨柳。
我见异思迁，由你另换情郎。

你去吧；晚安。我的眼睛在跳，那是哭泣的预兆吗？

爱米利娅　没有这样的事。

苔丝狄蒙娜　我听见人家这样说。啊，这些男人！这些男人！凭你的良心说，爱米利娅，你想世上有没有背着丈夫干这种坏事的女人？

爱米利娅　怎么没有？

苔丝狄蒙娜　你愿意为了整个世界的财富而干这种事吗？

爱米利娅　难道您不愿意吗？

苔丝狄蒙娜　不，我对着明月起誓！

爱米利娅　不，对着光天化日，我也不干这种事；要干也得暗地里干。

苔丝狄蒙娜　难道你愿意为了整个的世界而干这种事吗？

爱米利娅　世界是一个大东西；用一件小小的坏事换得这样大的代价是值得的。

苔丝狄蒙娜　真的，我想你不会。

爱米利娅　真的，我想我应该干的；等干好之后，再想法补救。当然，为了一枚对合的戒指、几丈细麻布或是几件衣服、几件裙子、一两顶帽子,以及诸如此类的小玩意儿而叫我干这种事,我当然不愿意;可是为了整个的世界,谁不愿意出卖自己的贞操,让她的丈夫做一个皇帝呢?我就是因此而下炼狱,也是甘心的。

苔丝狄蒙娜　我要是为了整个的世界,会干出这种丧心病狂的事来,一定不得好死。

爱米利娅　世间的是非本来没有定准;您因为干了一件错事而得到整个的世界,在您自己的世界里,您还不能把是非颠倒过来吗?

苔丝狄蒙娜　我想世上不会有那样的女人的。

爱米利娅　这样的女人不是几个,可多着呢,足够把她们用小小的坏事换来的世界塞满了。照我想来,妻子的堕落总是丈夫的过失;要是他们疏忽了自己的责任,把我们所珍爱的东西浪掷在外人的怀里,或是无缘无故吃起醋来,约束我们行动的自由,或是殴打我们,削减我们的花粉钱,我们也是有脾气的,虽然生就温柔的天性,到了一个时候也是会复仇的。让做丈夫的人们知道,他们的妻子也和他们有同样的感觉;她们的眼睛也能辨别美恶,她们的鼻子也能辨别香臭,她们的舌头也能辨别甜酸,正像她们的丈夫们一样。他们厌弃了我们,别寻新欢,是为了什么缘故呢?是逢场作戏吗?我想是的。是因为爱情的驱使吗?我想也是的。还是因为喜新厌旧的人之常情呢?那也是一个理由。那么难道我们就不会对别人发生爱情,难道我们就没有逢场作戏的欲望,难道我们就不会喜新厌旧,跟男人们一样吗?所以让他们好好地对待我们吧;否则我们要让他们知道,我们所干的坏事都是出于他们的指教。

苔丝狄蒙娜　晚安,晚安!愿上天监视我们的言行;我不愿以恶为师,我只愿鉴非自警!(各下。)

第五幕

第一场 塞浦路斯。街道

伊阿古及罗德利哥上。

伊阿古 来,站在这堵披屋后面;他就会来的。把你的宝剑拔出鞘来,看准要害刺过去。快,快;不要怕;我就在你旁边。成功失败,在此一举,你得下定决心。

罗德利哥 不要走开,也许我会失手。

伊阿古 我就在这儿,你的近旁。胆子放大些,站定了。(退后。)

罗德利哥 我对于这件事情不是顶热心;可是他讲的理由十分充足。反正不过是去掉一个人。出来,我的剑;他必须死!

伊阿古 我已经激动这小脓包的心,他居然动起怒来了。不管是他杀死凯西奥,还是凯西奥杀死他,或者两败俱伤,对于我都是有好处的。要是罗德利哥活在世上,他总有一天要问我讨还那许多我从他手里干没下来、说是送给苔丝狄蒙娜的金银珠宝;这可断断不能。要是凯西奥活在世上,他那种翩翩风度,叫我每天都要在他的旁边相形见绌;而且那摩尔人万一向他当面质问起来,我的阴谋就会暴露,那时候我的地位就非常危险了。不,他非死不可。就这样吧。我听见他来了。

凯西奥上。

罗德利哥 我认识他的走路的姿势;正是他。——恶人,你给我死吧!

（挺剑刺凯西奥。）

凯西奥　幸亏我穿着一身好甲，否则那一剑一定会致我的死命。让我也来试一试你的甲牢不牢吧。（拔剑刺伤罗德利哥。）

罗德利哥　啊，我死了！（伊阿古自后刺伤凯西奥腿，下。）

凯西奥　我从此终身残废了！救命啊！杀了人啦！杀了人啦！（倒地。）

奥瑟罗自远处上。

奥瑟罗　凯西奥的声音。伊阿古果然没有失信。

罗德利哥　啊，我真是个恶人！

奥瑟罗　一点不错。

凯西奥　啊，救命哪！拿火来！找一个医生！

奥瑟罗　正是他。勇敢正直的伊阿古呀，你这样奋不顾身，为你的朋友复仇雪耻，真是难得！你给我一个教训了。贱人，你心爱的人已经死在这儿，你的末日就在眼前；娼妇，我来了！从我的心头抹去你的媚眼的魔力；让淫邪的血溅洒你那被淫邪玷污了的枕席。（下。）

罗多维科及葛莱西安诺自远处上。

凯西奥　喂！怎么！没有巡夜的逻卒？没有过路的行人？杀了人啦！杀了人啦！

葛莱西安诺　出了什么乱子啦？这叫声很是凄惨。

凯西奥　救命啊！

罗多维科　听！

罗德利哥　啊，该死的恶人！

罗多维科　两三个人在那儿呻吟。这是一个很阴沉的黑夜；也许他们是故意假装出来的，我们人手孤单，冒冒失失过去，恐怕不大安全。

罗德利哥　没有人来吗？那么我要流血而死了！

罗多维科　听！

伊阿古持火炬重上。

葛莱西安诺　有一个人穿着衬衫、一手拿火、一手举着武器来了。

伊阿古　那边是谁？什么人在那儿喊杀人？

罗多维科　我们不知道。

伊阿古　你们听见一个呼声吗？

凯西奥　这儿，这儿！看在上天的面上，救救我！

伊阿古　怎么一回事？

葛莱西安诺　这个人好像是奥瑟罗麾下的旗官。

罗多维科　正是；一个很勇敢的汉子。

伊阿古　你是什么人，在这儿叫喊得这样凄惨？

凯西奥　伊阿古吗？啊，我被恶人算计，害得我不能做人啦！救救我！

伊阿古　哎哟，副将！这是什么恶人干的事？

凯西奥　我想有一个暴徒还在这儿；他逃不了。

伊阿古　啊，可恶的奸贼！（向罗多维科、葛莱西安诺）你们是什么人？过来帮帮忙。

罗德利哥　啊，救救我！我在这儿。

凯西奥　他就是恶党中的一人。

伊阿古　好一个杀人的凶徒！啊，恶人！（刺罗德利哥。）

罗德利哥　啊，万恶的伊阿古！没有人心的狗！

伊阿古　在暗地里杀人！这些凶恶的贼党都在哪儿？这地方多么寂静！喂！杀了人啦！杀了人啦！你们是什么人？是好人还是坏人？

罗多维科　请你自己判断我们吧。

伊阿古　罗多维科大人吗？

罗多维科　正是，老总。

伊阿古　恕我失礼了。这儿是凯西奥，被恶人们刺伤，倒在地上。

葛莱西安诺　凯西奥！

伊阿古　怎么样，兄弟？

凯西奥　我的腿断了。

伊阿古　哎哟，罪过罪过！两位先生，请替我照着亮儿；我要用我的衫子把它包扎起来。

比恩卡上。

比恩卡　喂，什么事？谁在这儿叫喊？

伊阿古　谁在这儿叫喊！

比恩卡　哎哟，我的亲爱的凯西奥！我的温柔的凯西奥！啊，凯西奥！凯西奥！凯西奥！

伊阿古　哼，你这声名狼藉的娼妇！凯西奥，照你猜想起来，向你下这样毒手的大概是些什么人？

凯西奥　我不知道。

葛莱西安诺　我正要来找你，谁料你会遭逢这样的祸事，真是恼人！

伊阿古　借给我一条吊袜带。好。啊，要是有一张椅子，让他舒舒服服躺在上面，把他抬去才好！

比恩卡　哎哟，他晕过去了！啊；凯西奥！凯西奥！凯西奥！

伊阿古　两位先生，我很疑心这个贱人也是那些凶徒们的同党。——忍耐点儿，好凯西奥。——来，来，借我一个火。我们认不认识这一张面孔？哎哟！是我的同国好友罗德利哥吗？不。唉，果然是他！天哪！罗德利哥！

葛莱西安诺　什么！威尼斯的罗德利哥吗？

伊阿古　正是他，先生。你认识他吗？

葛莱西安诺　认识他！我怎么不认识他？

伊阿古　葛莱西安诺先生吗？请您原谅，这些流血的惨剧，使我礼貌不周，失敬得很。

葛莱西安诺　哪儿的话；我很高兴看见您。

伊阿古　你怎么啦，凯西奥？啊，来一张椅子！来一张椅子！

葛莱西安诺　罗德利哥！

伊阿古　他，他，正是他。（众人携椅上）啊！很好；椅子。几个人把他小心抬走；我就去找军医官来。（向比恩卡）你，奶奶，你也不用装腔作势啦。——凯西奥，死在这儿的这个人是我的好朋友。你们两人有什么仇恨？

凯西奥　一点没有；我根本不认识这个人。

伊阿古　（向比恩卡）什么！你脸色变白了吗？——啊！把他抬进屋子里去。（众人抬凯西奥、罗德利哥二人下）等一等，两位先生。奶奶，你脸色变白了吗？你们看见她眼睛里这一股惊慌的神气吗？哼，要是你这样睁大了眼睛我们还要等着听一些新鲜的话哩。留心瞧着她；你们瞧；你们看见了吗？两位先生？哼，犯了罪的人，即使舌头僵住了，也会不打自招的。

爱米利娅上。

爱米利娅　唉！出了什么事啦？出了什么事啦，丈夫？

伊阿古　凯西奥在这儿黑暗之中，被罗德利哥和几个在逃的同党袭击；他几乎送了性命，罗德利哥已经死了。

爱米利娅　哎哟，好一位绅士！哎哟，好凯西奥！

伊阿古　这是他爱嫖的结果。爱米利娅，你去问问凯西奥，他今天晚上在什么地方吃饭的。——什么！你听了这句话就发抖吗？

比恩卡　他在我家里吃饭；可我并不是因为这个而发抖。

伊阿古　噢，他在你家里吃饭？你跟我走！

爱米利娅　呸，呸，你这不要脸的娼妇！

比恩卡　我不是娼妇；我跟你一样清白。

爱米利娅　跟我一样清白！呸！不要脸！

伊阿古　两位好先生,让我们去帮助帮助可怜的凯西奥,替他把伤口扎好。来,奶奶,你必须对我们讲老实话。爱米利娅,你快奔到城堡里去,告诉将军和夫人这儿发生了什么事。你们先请吧。(旁白)今夜是我的命运所寄,倘不能青云直上,就要一败涂地。(同下。)

第二场　城堡中的卧室

苔丝狄蒙娜睡床上,一灯照耀室内;奥瑟罗上。

奥瑟罗　只是为了这一个原因,只是为了这一个原因,我的灵魂!纯洁的星星啊,不要让我向你们说出它的名字!只是为了这一个原因……可是我不愿溅她的血,也不愿毁伤她那比白雪更皎洁、比石膏更腻滑的肌肤。可是她不能不死,否则她将要陷害更多的男子。让我熄灭了这一盏灯,然后我就熄灭你的生命的火焰。融融的灯光啊,我把你吹熄以后,要是我心生后悔,仍旧可以把你重新点亮;可是你,造化最精美的形象啊,你的火焰一旦熄灭,我不知道什么地方有那天上的神火,能够燃起你的原来的光彩!我摘下了蔷薇,就不能再给它已失的生机,只好让它枯萎凋谢;当它还在枝头的时候,我要嗅一嗅它的芳香。(吻苔丝狄蒙娜)啊,甘美的气息!你几乎诱动公道的心,使她折断她的利剑了!再一个吻,再一个吻。愿你到死都是这样;我要杀死你,然后再爱你。再一个吻,这是最后的一吻了;这样销魂,却又是这样无比的惨痛!我必须哭泣,然而这些是无情的眼泪。这一阵阵悲伤是神圣的,因为它要惩罚的正是它最疼爱的。她醒来了。

苔丝狄蒙娜　谁?奥瑟罗吗?

奥瑟罗　嗯,苔丝狄蒙娜。

苔丝狄蒙娜　您要睡了吗,我的主?

奥瑟罗　你今晚有没有祈祷过,苔丝狄蒙娜?

苔丝狄蒙娜　祈祷过了,我的主。

奥瑟罗　要是你想到在你的一生之中,还有什么罪恶不曾为上帝所宽恕,赶快恳求他的恩赦吧。

苔丝狄蒙娜　哎哟! 我的主,您这句话是什么意思?

奥瑟罗　嘿,祈祷吧,干脆点儿;我就在一旁等着你。我不愿杀害你的没有准备的灵魂;不,上天禁止这种罪行! 我不愿杀害你的灵魂。

苔丝狄蒙娜　您在说杀人的话吗?

奥瑟罗　嗯,是的。

苔丝狄蒙娜　那么愿上天垂怜于我!

奥瑟罗　阿门,但愿如此!

苔丝狄蒙娜　要是您这样说,我希望您不至于把我杀死。

奥瑟罗　哼!

苔丝狄蒙娜　可是我怕您;因为您的眼珠这样滚转的时候,您已经动了杀机。我不知道我为什么害怕,因为我不知道我有什么罪;可是我觉得害怕。

奥瑟罗　想想你的罪恶吧。

苔丝狄蒙娜　除非我对您的爱是罪恶,我不知道我有什么罪恶。

奥瑟罗　好,你必须因此而死。

苔丝狄蒙娜　为了爱而被杀,那样的死是违反人情的。唉! 您为什么这样咬着您的下唇呢? 一种饮血的欲念震撼您的全身,这便是它的征兆;可是我希望,我希望您的怒气不是对我而发。

奥瑟罗　闭嘴,不要作声!

苔丝狄蒙娜　是;可是请您告诉我究竟为了什么事?

奥瑟罗　你把我给你的那条我的心爱的手帕送给凯西奥。

苔丝狄蒙娜　不,凭着我的生命和灵魂起誓!您叫他来问好了。

奥瑟罗　好人儿,留心不要发伪誓;你的死已在眼前了。

苔丝狄蒙娜　不,我现在还不能死。

奥瑟罗　你必须立刻死,所以赶快坦白招认你的罪恶吧;即使你发誓否认每一件事实,也不能除去那使我痛心的坚强的确信。你必须死。

苔丝狄蒙娜　那么愿上帝垂怜于我!

奥瑟罗　阿门。

苔丝狄蒙娜　愿您也大发慈悲!我生平从不曾得罪过您,也从不曾用上天所不容的非分的爱情滥施在凯西奥的身上;我没有给过他什么东西。

奥瑟罗　苍天在上,我亲眼看见我的手帕在他的手里。欺罔神明的妇人!你使我的心变成坚硬;我本来想把你作为献祭的牺牲,现在却被你激起我的屠夫的恶念来了。我明明看见那手帕的。

苔丝狄蒙娜　那么是他在什么地方拾到的;我没有给他。叫他到这儿来,让他供认事实的真相。

奥瑟罗　他已经承认了。

苔丝狄蒙娜　承认什么,我的主?

奥瑟罗　承认他已经和你发生关系。

苔丝狄蒙娜　怎么?非法的关系吗?

奥瑟罗　嗯。

苔丝狄蒙娜　他不会这样说的。

奥瑟罗　是的,他的嘴已经闭住,正直的伊阿古已经把他解决了。

苔丝狄蒙娜　啊,我的恐惧叫我明白过来了!什么!他死了吗?

奥瑟罗　即使他每一根头发里都有生命,我的复仇的怒火也会把它们一起吞下。

苔丝狄蒙娜　唉！他被人陷害，我的一生也从此断送了！

奥瑟罗　不要脸的娼妇！你当着我的面为他哭泣吗？

苔丝狄蒙娜　啊，我的主，把我放逐，可是不要杀我。

奥瑟罗　倒下，娼妇！

苔丝狄蒙娜　明天杀我，让我活过今天！

奥瑟罗　不，要是你想挣扎——

苔丝狄蒙娜　给我半点钟的时间！

奥瑟罗　已经决定了，没有挽回的余地。

苔丝狄蒙娜　可是让我作一次祷告吧！

奥瑟罗　太迟了。（扼苔丝狄蒙娜咽喉。）

爱米利娅　（在内）将军，将军！喂！将军，将军！

奥瑟罗　这是什么声音？没有死吗？还没有完全死去吗？我虽然狠心，却还有几分慈悲；我不愿你多挨受一刻痛苦。好，好。（刺苔丝狄蒙娜。）

爱米利娅　（在内）喂！将军，将军！

奥瑟罗　哪一个？

爱米利娅　（在内）啊，将军！我要跟您说句话儿。

奥瑟罗　是的，这是爱米利娅。——等一等。——她死了。她多半要来说起凯西奥的死。外边已经听得见嘈杂的声音。嘿！一动也不动了吗？像坟墓一样沉寂。要不要让她进来？妥当不妥当？我想她又在动了，不，怎么办呢？要是她进来，她一定要跟我的妻子说话。我的妻子！我的妻子！什么妻子？我没有妻子。啊，难堪！啊，不幸的时辰！我想现在日月应该晦暗不明，受惊的地球看见这种非常的灾变，也要吓得目瞪口呆。

爱米利娅　（在内）啊，好将军！请您让我进来对您说句话儿。

奥瑟罗　我忘记了。啊，进来，爱米利娅。慢点儿，等一等。让我把帐幕拉下来。你在哪儿？（启锁开门。）

爱米利娅上。

奥瑟罗　什么事？

爱米利娅　啊，好将军！那边出了杀人命案啦！

奥瑟罗　什么！现在？

爱米利娅　就是刚才，将军。

奥瑟罗　那都是因为月亮走错了轨道，比平常更接近地球，所以人们都发起疯来了。

爱米利娅　将军，凯西奥杀死了一个名叫罗德利哥的威尼斯青年。

奥瑟罗　罗德利哥被杀了！凯西奥也被杀了吗？

爱米利娅　不，凯西奥没有死。

奥瑟罗　凯西奥没有死！那么杀人认错了对象，痛快的复仇又有了变卦啦。

苔丝狄蒙娜　啊，死得好冤枉呀！

爱米利娅　哎哟！那是什么呼声？

奥瑟罗　那！什么？

爱米利娅　哎哟！那是夫人的声音。救命！救命啊！救命！啊，夫人，再说一声话儿！亲爱的苔丝狄蒙娜！啊，亲爱的夫人，说呀！

苔丝狄蒙娜　我是无罪而死的。

爱米利娅　啊！这是谁干的事？

苔丝狄蒙娜　谁也没有干；是我自己。再会吧；替我向我的仁慈的夫君致意。啊，再会吧！（死。）

奥瑟罗　啊！她怎么会被人杀死的？

爱米利娅　唉！谁知道？

奥瑟罗　你听见她说是她自己，我没有杀死她。

爱米利娅　她是这样说；我只好按照事实去报告。

奥瑟罗　她到地狱的火焰里去,还不愿说一句真话。杀死她的是我。

爱米利娅　啊,那么她尤其是一个天使,你尤其是一个黑心的魔鬼了!

奥瑟罗　她干了无耻的事,她是个淫妇。

爱米利娅　你冤枉她,你是个魔鬼。

奥瑟罗　她像水一样轻浮。

爱米利娅　你说她轻浮,你自己才像火一样粗暴。啊,她是圣洁而忠贞的!

奥瑟罗　凯西奥和她通奸,不信你去问你的丈夫吧。啊,要是我采取这种极端的手段,并没有正当的理由,死后就要永远堕入地狱的底层!你的丈夫一切全都知道。

爱米利娅　我的丈夫!

奥瑟罗　你的丈夫。

爱米利娅　他知道她不守贞节吗?

奥瑟罗　嗯,他知道她跟凯西奥有暧昧。嘿,要是她是个贞洁的妇人。即使上帝为我用一颗完整的宝石另外造一个世界,我也不愿用她去交换。

爱米利娅　我的丈夫!

奥瑟罗　嗯,他最初告诉我这件事。他是个正人君子,他痛恨卑鄙龌龊的行为。

爱米利娅　我的丈夫!

奥瑟罗　妇人,为什么把这句话说了又说呢?我是说你的丈夫。

爱米利娅　啊,夫人!你因为多情,受了奸人的愚弄了!我的丈夫说她不贞!

奥瑟罗　正是他,妇人;我说你的丈夫;你懂得这句话吗?我的朋友,你的丈夫,正直的、正直的伊阿古。

爱米利娅　要是他果然说了这样的话，愿他恶毒的灵魂每天一分一寸地糜烂！他全然胡说；她对于她的最卑鄙的男人是太痴心了。

奥瑟罗　嘿！

爱米利娅　随你把我怎么样吧。你配不上这样的好妻子，你这种行为是上天所不容的。

奥瑟罗　还不闭嘴！

爱米利娅　你没有半分力量可以伤害我；我的心碎了，还怕你什么！啊，笨伯！傻瓜！泥土一样蠢的家伙！你已经做了一件大大不该的事——我不怕你的剑；我要宣布你的罪恶，即使我将要因此而丧失二十条生命。救命！救命啊！救命！摩尔人杀死了夫人啦！杀了人啦！杀了人啦！

蒙太诺、葛莱西安诺、伊阿古及余人等上。

蒙太诺　什么事？怎么，将军！

爱米利娅　啊！你来了吗，伊阿古？你做得好事，人家都把杀人的罪名架在你头上啦！

葛莱西安诺　什么事？

爱米利娅　你倘是个汉子，赶快否认这恶人所说的话吧；他说你告诉他他的妻子不贞。我知道你不会说这种话，你还不会是这样一个恶人。说吧，我的心都要胀破了。

伊阿古　我不过把我自己的意思告诉他；我对他所说的话，已经由他自己证实了。

爱米利娅　可是你有没有对他说她是不贞的？

伊阿古　我对他说过。

爱米利娅　你说谎，一个可憎的、万恶不赦的谎！凭着我的灵魂起誓，一个谎，一个罪恶的谎！她跟凯西奥私通！你说她跟凯西奥私通吗？

伊阿古　跟凯西奥私通，太太。好了好了，收住你的舌头吧。

爱米利娅　我不愿收住我的舌头；我必须说话。夫人在这儿床上给人谋杀了。

众　人　啊，哪会有这样的事！

爱米利娅　都是你造的谣言，引起这场血案。

奥瑟罗　各位不必惊慌；这事情是真的。

葛莱西安诺　真有这样的事，那可奇了！

蒙太诺　啊，骇人的行为！

爱米利娅　诡计！诡计！诡计！我现在想起来了；啊，诡计！那时候我就有些怀疑；我要伤心死了！啊，诡计！诡计！

伊阿古　什么！你疯了吗？快给我回家去！

爱米利娅　各位先生，让我有一个说话的机会。照理我应该服从他，可是现在却不能服从他。也许，伊阿古，我永远不再回家了。

奥瑟罗　啊！啊！啊！（扑卧床上。）

爱米利娅　哼，你躺下来哭叫吧；因为你已经杀死一个世间最温柔纯洁的人。

奥瑟罗　啊，她是淫污的！我简直不认识您啦，叔父。那边躺着您的侄女，她的呼吸刚才被我这双手扼断；我知道这件行为在世人眼中看起来是惊人而惨酷的。

葛莱西安诺　可怜的苔丝狄蒙娜！幸亏你父亲已经死了；你的婚事是他的致死的原因，悲伤摧折了他的衰老的生命。要是他现在还活着，看见这种惨状，一定会干出一些疯狂的事情来的；他会咒天骂地，赶走了身边的守护神，毁灭了自己的灵魂。

奥瑟罗　这诚然是一件伤心的事；可是伊阿古知道她曾经跟凯西奥干过许多回无耻的勾当，凯西奥自己也承认了。她还把我的定情礼物送给凯西奥，作为他殷勤献媚的酬劳。我看见它在他的手里；那是一方手帕，我的父亲给我母亲的一件古老的纪念品。

爱米利娅　天啊！天上的神明啊！

伊阿古　算了，闭住你的嘴！

爱米利娅　事情总会暴露的，事情总会暴露的。闭住我的嘴？不，不，我要像北风一样自由地说话；让天神、世人和魔鬼全都把我嘲骂羞辱，我也要说我的话。

伊阿古　放明白一些，回家去吧。

爱米利娅　我不愿回家。（伊阿古拔剑欲刺爱米利娅。）

葛莱西安诺　呸！你向一个妇人动武吗？

爱米利娅　你这愚笨的摩尔人啊！你所说起的那方手帕，是我偶然拾到，把它给了我的丈夫的；虽然那只是一件小小的东西，他却几次三番恳求我替他偷出来。

伊阿古　长舌的淫妇！

爱米利娅　她送给凯西奥！唉！不，是我拾到了，把它交给我的丈夫的。

伊阿古　贱人，你说谎！

爱米利娅　苍天在上，我没有说谎；我没有说谎，各位先生。杀人的傻瓜啊！像你这样一个蠢材，怎么配得上这样好的一位妻子呢？

奥瑟罗　天上没有石块，可以像雷霆一样打下来吗？好一个奸贼！（向伊阿古扑奔；伊阿古刺爱米利娅逃下。）

葛莱西安诺　这妇人倒下来了；他把他的妻子杀死了。

爱米利娅　是，是；啊！把我放在夫人的身旁吧！

葛莱西安诺　他走了，他的妻子给他杀了。

蒙太诺　这是一个罪大恶极的凶徒。你拿着我从这摩尔人手里夺下来的剑。来，在门外看守好了，别让他出去；他要是想逃走，尽管把他杀死。我要去追那恶人，那是一个不可宽恕的家伙。（蒙太诺、葛莱西安诺下。）

奥瑟罗　我的勇气也离我而去了，每一个孱弱的懦夫都可以夺下我的剑来。可是奸恶既然战胜了正直，哪里还会有荣誉存在呢？让一切都归于幻灭吧！

爱米利娅　你的歌儿是一个谶兆吗，夫人？听，你听没听见我的声音？我要像天鹅一般在歌声中死去[①]。（唱）

杨柳，杨柳，杨柳……

摩尔人，她是贞洁的；她爱你，狠心的摩尔人。我说的是真话，愿我的灵魂享受天福；我的话是跟我的思想一致的。我死了，我死了。（死。）

奥瑟罗　我还有一柄剑在这屋子里，那是一柄用冰泉的水所浸炼的西班牙宝剑。啊，在这儿！叔父，我一定要出来。

葛莱西安诺　（在内）你要是敢试一试，就得付重大的代价；你没有武器，只好屈服。

奥瑟罗　那么进来瞧瞧我吧，我有话对你说；否则我虽然没有武器，也只好不顾一切跟你拼一下了。

葛莱西安诺重上。

葛莱西安诺　什么事？

奥瑟罗　瞧！我有一柄剑；从来没有一个战士佩带过比这更好的剑；凭着这一条小小的胳臂和这一柄利剑，我曾经冲破二十倍于你们这样人数的包围；可是，无聊的夸口啊！谁能主宰他自己的命运

① 据说天鹅在临终时为自己唱起挽歌。

呢？现在我已经没有那样的本领了。虽然你看我拿着武器，可是不用害怕，这儿是我的旅途的终点，我的航程的最后的目标。你吓得退走了吗？这是不必要的惊恐；谁只要拿一根灯草向奥瑟罗的胸前刺去，他也会向后退缩的。奥瑟罗应该到什么地方去呢？——啊，让我再看看你的脸吧，薄命的女郎！像你的衬衣一样惨白！我们在天庭对簿的时候，你这一副脸色就可以把我的灵魂赶下天堂，让魔鬼把它抓去。你的全身冰冷，我的恋人！正像你的贞洁一样凛若寒霜。啊，该死的、该死的奴才！魔鬼啊，把我从这天仙一样的美人的面前鞭逐出去吧！让狂风把我吹卷、硫磺把我熏烤、沸汤的深渊把我沉浸吧！啊，苔丝狄蒙娜！苔丝狄蒙娜！死了！啊！啊！啊！

罗多维科、蒙太诺、二侍从以卧椅抬凯西奥及吏役等押伊阿古同上。

罗多维科　这鲁莽而不幸的人在哪儿？

奥瑟罗　那就是从前的奥瑟罗；我在这儿。

罗多维科　那条毒蛇呢？把这恶人带上来。

奥瑟罗　据说魔鬼的脚是分趾的，让我看看他的脚是不是这样。要是你真的是一个魔鬼，我也不能杀死你。（刺伤伊阿古。）

罗多维科　把他手里的剑夺下来。

伊阿古　我不过流了点儿血，还没有给他杀死。

奥瑟罗　那也好，我要你留着活命；因为在我看来，死倒是一桩幸福。

罗多维科　啊，奥瑟罗！你本来是一个很好的汉子，却会中一个万恶的奸人的诡计，我们该说你什么呢？

奥瑟罗　随便你们怎么说吧；要是你们愿意，不妨说我是一个正直的凶手，因为我所干的事，都是出于荣誉的观念，不是出于猜嫌的私恨。

罗多维科　这恶人已经承认了一部分他的奸谋；杀死凯西奥是你跟他

同谋的吗？

奥瑟罗　是的。

凯西奥　主帅，我从来不曾得罪过您。

奥瑟罗　我相信你的话；愿你原谅我吧。你们问一问那个顶着人头的恶魔，为什么他要这样陷害我的灵魂和肉体？

伊阿古　什么也不要问我；你们所知道的，你们已经知道了；从这一刻起，我不再说一句话。

罗多维科　什么！你也不要祈祷吗？

葛莱西安诺　酷刑可以逼你开口。

奥瑟罗　嘿，你这是最好的办法。

罗多维科　将军，一切经过，你将会明白的，我相信你现在还一点也不知道。这是从已死的罗德利哥衣袋里搜到的一封信；这儿还有一封；其中一封信里说到杀死凯西奥的事情由罗德利哥动手执行。

奥瑟罗　啊，奸贼！

凯西奥　野蛮残忍的阴谋！

罗多维科　这儿还有从他的衣袋里找到的一封充满怨言的信，看来好像是罗德利哥预备寄给这个万恶的奸人的；可是信还没有寄出，伊阿古就给了他回答了。

奥瑟罗　啊，恶毒的奸贼！凯西奥，我的妻子的手帕怎么会到你手里的？

凯西奥　我在我的房间里找到它；他刚才已经亲口承认是他有意把它丢在那里的，借此可以达到他自己的图谋。

奥瑟罗　啊，傻瓜！傻瓜！傻瓜！

凯西奥　在罗德利哥的信里，他又埋怨伊阿古不该撺掇他在我值夜的时候向我寻事；我就是为了那一回事情而去职的。就在刚才，他从长时间的昏迷中醒了过来，还说起他一切都受伊阿古的指使，结果却是伊阿古伤了他的生命。

罗多维科　你必须离开这所屋子，跟我们去；你的军队和兵权必须全部交卸，让凯西奥主持塞浦路斯的军政重务。对于这一个家伙，我们将要用一切巧妙的酷刑加在他的身上，使他遍受种种的痛苦，而不至于立刻死去。我们还要把你严密监禁，等候威尼斯政府判决你的罪状。来，把他带下去。

奥瑟罗　且慢，在你们未走以前，再听我说一两句话。我对于国家曾经立过相当的功劳，这是执政诸公所知道的；那些话现在也不用说了。当你们把这种不幸的事实报告他们的时候，请你们在公文上老老实实照我本来的样子叙述，不要徇情回护，也不要恶意构陷；你们应当说我是一个在恋爱上不智而过于深情的人；一个不容易发生嫉妒的人，可是一旦被人煽动以后，就会糊涂到极点；一个像印度人一样糊涂的人，会把一颗比他整个部落所有的财产更贵重的珍珠随手抛弃；一个不惯于流妇人之泪的人，可是当他被感情征服的时候，也会像涌流着胶液的阿拉伯胶树一般两眼泛滥。请你们把这些话记下，再补充一句说：在阿勒坡地方，曾经有一个裹着头巾的敌意的土耳其人殴打一个威尼斯人，诽谤我们的国家，那时候我就一把抓住这受割礼的狗子的咽喉，就这样把他杀了。（以剑自刎。）

罗多维科　啊，惨酷的结局！

葛莱西安诺　一切说过的话，现在又要颠倒过来了。

奥瑟罗　我在杀死你以前，曾经用一吻和你诀别；现在我自己的生命也在一吻里终结。（倒扑在苔丝狄蒙娜身上，死。）

凯西奥　我早就担心会有这样的事发生，可是我还以为他没有武器；他的心地是光明正大的。

罗多维科 （向伊阿古）你这比痛苦、饥饿和大海更凶暴的猛犬啊！瞧瞧这床上一双浴血的尸身吧；这是你干的好事。这样伤心惨目的景象，赶快把它遮盖起来吧。葛莱西安诺，请您接收这一座屋子；这摩尔人的全部家产，都应该归您继承。总督大人，怎样处置这一个恶魔般的奸徒，什么时候，什么地点，用怎样的刑法，都要请您全权办理，千万不要宽纵他！我现在就要上船回去禀明政府，用一颗悲哀的心报告这一段悲哀的事故。（同下。）

William Shakespeare
COMPLETE WORKS

安东尼与克莉奥佩特拉

朱生豪　译

莎士比亚
全集

剧中人物

<table>
<tr><td>玛克·安东尼</td><td></td></tr>
<tr><td>奥克泰维斯·凯撒</td><td rowspan="2">罗马三执政</td></tr>
<tr><td>伊米力斯·莱必多斯</td></tr>
<tr><td>塞克斯特斯·庞贝厄斯</td><td></td></tr>
<tr><td>道密歇斯·爱诺巴勃斯</td><td rowspan="7">安东尼部下将佐</td></tr>
<tr><td>文提狄斯</td></tr>
<tr><td>爱洛斯</td></tr>
<tr><td>斯凯勒斯</td></tr>
<tr><td>德西塔斯</td></tr>
<tr><td>狄米特律斯</td></tr>
<tr><td>菲罗</td></tr>
<tr><td>茂西那斯</td><td rowspan="6">凯撒部下将佐</td></tr>
<tr><td>阿格立巴</td></tr>
<tr><td>道拉培拉</td></tr>
<tr><td>普洛丘里厄斯</td></tr>
<tr><td>赛琉斯</td></tr>
<tr><td>盖勒斯</td></tr>
<tr><td>茂那斯</td><td rowspan="3">庞贝部下将佐</td></tr>
<tr><td>茂尼克拉提斯</td></tr>
<tr><td>凡里厄斯</td></tr>
</table>

陶勒斯　凯撒副将

凯尼狄斯　安东尼副将

西里厄斯　文提狄斯属下裨将

尤弗洛涅斯　安东尼遣往凯撒处的使者

艾勒克萨斯
玛狄恩
塞琉克斯
狄俄墨得斯
预言者
小丑　｝克莉奥佩特拉的侍从

克莉奥佩特拉　埃及女王

奥克泰维娅　凯撒之妹，安东尼之妻

查米恩
伊拉丝　｝克莉奥佩特拉的侍女

将佐、兵士、使者及其他侍从等

地　点

罗马帝国各部

第一幕

第一场　亚历山大里亚。克莉奥佩特拉宫中一室

狄米特律斯及菲罗上。

菲　罗　嘿,咱们主帅这样迷恋,真太不成话啦。从前他指挥大军的时候,他的英勇的眼睛像全身盔甲的战神一样发出冷冷的威光,现在却如醉如痴地尽是盯在一张黄褐色的脸上。他的大将的雄心曾经在激烈的鏖战里涨断了胸前的扣带,现在却失掉一切常态,甘愿做一具风扇,扇凉一个吉卜赛女人的欲焰。瞧!他们来了。

喇叭奏花腔。安东尼及克莉奥佩特拉率侍从上;太监掌扇随侍。

菲　罗　留心看着,你就可以知道他本来是这世界上三大柱石之一,现在已经变成一个娼妇的弄人了,瞧吧。克莉奥佩特拉要是那真的是爱,告诉我多么深。安东尼可以量深浅的爱是贫乏的。

克莉奥佩特拉　我要立一个界限,知道你能够爱我到怎么一个极度。

安东尼　那么你必须发现新的天地。

一侍从上。

侍　从　禀将军,罗马有信来了。

安东尼　讨厌!简简单单告诉我什么事。

克莉奥佩特拉　不,听听他们怎么说吧,安东尼。富尔维娅也许在生气了;也许那乳臭未干的凯撒会降下一道尊严的谕令来,吩咐你

说，“做这件事，做那件事；征服这个国家，清除那个国家；照我的话执行，否则就要处你一个违抗命令的罪名。”

安东尼　怎么会，我爱！

克莉奥佩特拉　也许！不，那是非常可能的！你不能再在这儿逗留了；凯撒已经把你免职；所以听听他们怎么说吧，安东尼。富尔维娅签发的传票呢？我应该说是凯撒的？还是他们两人的？叫那送信的人进来。我用埃及女王的身份起誓，你在脸红了，安东尼；你那满脸的热血是你对凯撒所表示的敬礼；否则就是因为长舌的富尔维娅把你骂得不好意思。叫那送信的人进来！

安东尼　让罗马融化在台伯河的流水里，让广袤的帝国的高大的拱门倒塌吧！这儿是我的生存的空间。纷纷列国，不过是一堆堆泥土；粪秽的大地养育着人类，也养育着禽兽；生命的光荣存在于一双心心相印的情侣的及时互爱和热烈拥抱之中；（拥抱克莉奥佩特拉）这儿是我的永远的归宿；我们要让全世界知道，我们是卓立无比的。

克莉奥佩特拉　巧妙的谎话！他既然不爱富尔维娅，为什么要跟她结婚呢？我还是假作痴呆吧；安东尼就会回复他的本色的。

安东尼　没有克莉奥佩特拉鼓起他的活力，安东尼就是一个毫无生气的人。可是看在爱神和她那温馨的时辰的份上，让我们不要把大好的光阴在口角争吵之中蹉跎过去；从现在起，我们生命中的每一分钟，都要让它充满了欢乐。今晚我们怎样玩？

克莉奥佩特拉　接见罗马的使者。

安东尼　哎哟，淘气的女王！你生气、你笑、你哭，都是那么可爱；每一种情绪在你的身上都充分表现出它的动人的姿态。我不要接见什么使者，只要和你在一起；今晚让我们两人到市街上去逛逛，察看察看民间的情况。来，我的女王；你昨晚就有这样一个愿望的。

不要对我们说话。(安东尼、克莉奥佩特拉及侍从同下。)

狄米特律斯　安东尼会这样藐视凯撒吗?

菲　罗　先生,有时候他不是安东尼,他的一言一动,都够不上安东尼所应该具有的伟大的品格。

狄米特律斯　那些在罗马造谣的小人,把他说得怎样怎样不堪,想不到他竟会证实他们的话;可是我希望他明天能够改变他的态度。再会!(各下。)

第二场　同前。另一室

查米恩、伊拉丝、艾勒克萨斯及一预言者上。

查米恩　艾勒克萨斯大人,可爱的艾勒克萨斯,什么都是顶好的艾勒克萨斯,顶顶顶好的艾勒克萨斯,你在娘娘面前竭力推荐的那个算命的呢?我倒很想知道我的未来的丈夫,你不是说他会在他的角上挂起花圈吗?

艾勒克萨斯　预言者!

预言者　您有什么吩咐?

查米恩　就是他吗?先生,你能够预知未来吗?

预言者　在造化的无穷尽的秘籍中,我曾经涉猎一二。

艾勒克萨斯　把你的手让他相相看。

爱诺巴勃斯上。

爱诺巴勃斯　筵席赶快送进去;为克莉奥佩特拉祝饮的酒要多一些。

查米恩　好先生,给我一些好运气。

预言者　我不能制造命运,只能预知休咎。

查米恩　那么请你替我算出一注好运气来。

预言者　你将来要比现在更美好。

查米恩　他的意思是说我的皮肤会变得白嫩一些。

伊拉丝　不,你老了可以搽粉的。

查米恩　千万不要长起皱纹来才好!

艾勒克萨斯　不要打扰他的预言;留心听着。

查米恩　嘘!

预言者　你将要爱别人甚于被别人所爱。

查米恩　那我倒宁愿让酒来燃烧我的这颗心。

艾勒克萨斯　不,听他说。

查米恩　好,现在可给我算出一些非常好的命运来吧!让我在一个上午嫁了三个国王,再让他们一个个死掉;让我在五十岁生了一个孩子,犹太的希律王都要向他鞠躬致敬;让我嫁给奥克泰维斯·凯撒,和娘娘做一个并肩的人。

预言者　你将要比你的女主人活得长久。

查米恩　啊,好极了!多活几天总是好的。

预言者　你的前半生的命运胜过后半生的命运。

查米恩　那么大概我的孩子们都是没出息的;请问我有几个儿子几个女儿?

预言者　要是你的每一个愿望都会怀胎受孕,你可以有一百万个儿女。

查米恩　啐,呆子!妖言惑众,恕你无罪。

艾勒克萨斯　你以为除了你的枕席以外,谁也不知道你在转些什么念头。

查米恩　来,来,替伊拉丝也算个命。

艾勒克萨斯　我们大家都要算个命。

爱诺巴勃斯　我知道我们今晚的命运,是喝得烂醉上床。

伊拉丝　从这一只手掌即使看不出别的什么来,至少可以看出一个贞洁的性格。

查米恩　正像从泛滥的尼罗河可以看出旱灾一样。

伊拉丝　去,你这浪蹄子,你又不会算命。

查米恩　哎哟,要是一只滑腻的手掌不是多子的征兆,那么就是我的臂膊疯瘫了。请你为她算出一个平平常常的命运来。

预言者　你们的命运都差不多。

伊拉丝　怎么差不多?怎么差不多?说得具体些。

预言者　我已经说过了。

伊拉丝　难道我的命运一寸一分也没有胜过她的地方吗?

查米恩　好,要是你的命运比我胜过一分,你愿意在什么地方胜过我?

伊拉丝　不是在我丈夫的鼻子上。

查米恩　愿上天改变我们邪恶的思想!艾勒克萨斯,——来,他的命运,他的命运。啊!让他娶一个不能怀孕的女人,亲爱的爱昔斯[①]女神,我求求你;让他第一个妻子死了,再娶一个更坏的;让他娶了一个又一个,一个不如一个,直到最坏的一个满脸笑容地送他戴着五十顶绿头巾下了坟墓!好爱昔斯女神,你可以拒绝我其他更重要的请求,可是千万听从我这一个祷告;好爱昔斯,我求求你!

伊拉丝　阿门。亲爱的女神,俯听我们下民的祷告吧!因为正像看见一个漂亮的男人娶到一个淫荡的妻子,可以叫人心碎一样,看见一个奸恶的坏人有一个不偷汉子的老婆,也是会使人大失所望的;所以亲爱的爱昔斯,给他应得的命运吧!

查米恩　阿门。

艾勒克萨斯　瞧,瞧!要是她们有权力使我做一个王八,就是叫她们当婊子,她们也会干的。

爱诺巴勃斯　嘘,安东尼来了。(克莉奥佩特拉上。)

① 爱昔斯(Isis):埃及神话中司丰饶繁殖的女神。

查米恩　不是他，是娘娘。

克莉奥佩特拉　你们看见主上吗？

爱诺巴勃斯　没有，娘娘。

克莉奥佩特拉　他刚才不是在这儿吗？

查米恩　不在，娘娘。

克莉奥佩特拉　他本来高高兴兴的，忽然一下子又触动了他的思念罗马的心。爱诺巴勃斯！

爱诺巴勃斯　娘娘！

克莉奥佩特拉　你去找找他，把他带到这儿来。艾勒克萨斯呢？

艾勒克萨斯　有，娘娘有什么吩咐？主上来了。

安东尼偕一使者及侍从等上。

克莉奥佩特拉　我不要见他；跟我去。（克莉奥佩特拉、爱诺巴勃斯、艾勒克萨斯、伊拉丝、查米恩、预言者及侍从等同下。）

使　者　你的妻子富尔维娅第一个上战场。

安东尼　向我的兄弟路歇斯开战吗？

使　者　是，可是那次战事很快就结束了，当时形势的变化，使他们捐嫌修好，合力反抗凯撒的攻击；在初次交锋的时候，凯撒就得到胜利，把他们驱出了意大利境外。

安东尼　好，还有什么最坏的消息？

使　者　人们因为不爱听恶消息，往往会连带憎恨那报告恶消息的人。

安东尼　只有愚人和懦夫才会这样。说吧；已经过去的事，我决不再介意。谁告诉我真话，即使他的话里藏着死亡，我也会像听人家恭维我一样听着他。

使　者　拉卜纳斯——这是很刺耳的消息——已经带着他的帕提亚军队长驱直进，越过亚洲境界；沿着幼发拉底河岸，他的胜利的旌旗从叙利亚招展到吕底亚和爱奥尼亚；可是——

安东尼　可是安东尼却无所事事，你的意思是这样说。

使　者　啊，将军！

安东尼　直接痛快地把一般人怎么批评我的话告诉我，不要吞吞吐吐地怕什么忌讳；罗马人怎样称呼克莉奥佩特拉，你也怎样称呼她；富尔维娅怎样责骂我，你也怎样责骂我；尽管放胆指斥我的过失，无论它是情真罪当的，或者不过是恶意的讥弹。啊！只有这样才可以使我们反躬自省，平心静气地拔除我们内心的莠草，耕垦我们荒芜的德性。你且暂时退下。

使　者　遵命。（下）

安东尼　喂！从息些温来的人呢？

侍从甲　有没有从息些温来的人？

侍从乙　他在等候着您的旨意。

安东尼　叫他进来。我必须挣断这副坚强的埃及镣铐，否则我将在沉迷中丧失自己了。（另一使者上。）

安东尼　你是什么人？

使者乙　你的妻子富尔维娅死了。

安东尼　她死在什么地方？

使者乙　在息些温。她的抱病的经过，还有其他更重要的事情，都在这封信里。（呈上书信。）

安东尼　下去。（使者乙下）一个伟大的灵魂去了！我曾经盼望她死；我们一时间的憎嫌，往往引起过后的追悔；眼前的欢愉冷淡了下来，便会变成悲哀；因为她死了，我才感念到她生前的好处；喜怒爱恶，都只在一转手之间。我必须割断情丝，离开这个迷人的女王；千万种我所意料不到的祸事已在我的怠惰之中萌蘖生长。喂！爱诺巴勃斯！（爱诺巴勃斯重上。）

爱诺巴勃斯　主帅有什么吩咐?

安东尼　我必须赶快离开这儿。

爱诺巴勃斯　哎哟,那么我们那些娘们儿一个个都要活不成啦。我们知道一件无情的举动会多么刺伤她们的心;要是她们见我们走了,她们一定会死的。

安东尼　我非去不可。

爱诺巴勃斯　要是果然有逼不得已的原因,那么就让她们死了吧;好端端把她们丢了,未免可惜,虽然在一个重大的理由之下,只好把她们置之不顾。克莉奥佩特拉只要略微听到了这一个风声,就会当场死去;我曾经看见她为了一点点的细事死过二十次。我想死神倒也是一个懂得怜香惜玉的多情种子,她总是死得那么容易。

安东尼　她的狡狯简直是不可思议的。

爱诺巴勃斯　唉!主帅,不,她的感情完全是从最纯洁微妙的爱心里提炼出来的。我们不能用风雨形容她的叹息和眼泪;它们是历书上从来没有记载过的狂风暴雨。这决不是她的狡狯,否则她就跟乔武一样有驱风召雨的神力了。

安东尼　但愿我从来没有看见她!

爱诺巴勃斯　啊,主帅,那您就要错过了一件神奇的杰作;失去这样的眼福,您的壮游也会大大地减色的。

安东尼　富尔维娅死了。

爱诺巴勃斯　主帅?

安东尼　富尔维娅死了。

爱诺巴勃斯　富尔维娅!

安东尼　死了。

爱诺巴勃斯　啊,主帅,快向天神举行一次感谢的献祭吧。旧衣服破了,裁缝会替人重做新的;一个妻子死了,天神也早给他另外注定一段姻缘。要是世上除了富尔维娅以外，再没有别的女人，那么您确是遭到了重大的打击，听见了这样的噩耗，也的确应该痛哭流涕；可是在这一段不幸之上，却有莫大的安慰；旧裙换了新裙，旧人换了新人；要是为了表示对于死者的恩情，必须洒几滴眼泪的话，尽可以借重洋葱的力量的。

安东尼　我不能不去料理料理她在国内的未了之事。

爱诺巴勃斯　您在这儿也有未了之事，不能抛开不管；尤其是克莉奥佩特拉的事情，她一刻也少不了您。

安东尼　不要一味打趣。把我的决心传谕我的部下。我要去向女王告知我们必须立刻出发的原因，请她放我们远走。因为不但富尔维娅的死讯和其他更迫切的动机在敦促我就道，而且我在罗马的许多同志也有信来恳求我急速回国。塞克斯特斯·庞贝厄斯已经向凯撒挑战，他的威力控制了海上的帝国；我们那些反复无常的民众——他们在一个人的生前从来不知道感激他的功德，一定要等他死了以后才会把他视若神明——已经开始把庞贝大王的一切尊荣加在他的儿子的身上；凭借着这样盛大的名誉和权力，再加上天赋高贵的血统和身世，他已经成为一个雄视一世的战士；要是让他的势力继续发展下去，全世界都会受到他的威胁。无数的变化正在酝酿之中，它们像初出卵的小蛇一样，虽然已经有了生命，它们的毒舌还不会伤人。你去通告我的手下将士，就说我命令他们准备立刻动身。

爱诺巴勃斯　我就去照您的话办。（各下。）

第三场　同前。另一室

克莉奥佩特拉、查米恩、伊拉丝及艾勒克萨斯上。

克莉奥佩特拉　他呢？

查米恩　我后来一直没看见他。

克莉奥佩特拉　瞧瞧他在什么地方，跟什么人在一起，在干些什么事。不要说是我叫你去的。要是你看见他在发恼，就说我在跳舞；要是他样子很高兴，就对他说我突然病了。快去快来。（艾勒克萨斯下。）

查米恩　娘娘，我想您要是真心爱他，这一种手段是不能取得他的好感的。

克莉奥佩特拉　我有什么应该做的事没有做过呢？

查米恩　您应该什么事都顺从他的意思，别跟他闹别扭。

克莉奥佩特拉　你是个傻瓜；听了你的教训，我就要永远失去他了。

查米恩　不要过分玩弄他；我希望您不要这样。人们对于他们所畏惧的人，日久之后，往往会心怀怨恨。可是安东尼来了。（安东尼上。）

克莉奥佩特拉　我身子不舒服，心绪很恶劣。

安东尼　我觉得非常难于启口——

克莉奥佩特拉　搀我进去，亲爱的查米恩，我快要倒下来了；我这身子再也支持不住，恐怕不久于人世了。

安东尼　我的最亲爱的女王——

克莉奥佩特拉　请你站得离开我远一点。

安东尼　究竟为了什么事？

克莉奥佩特拉　就从你那双眼睛里，我知道一定有些好消息。那位明媒正娶的娘子怎么说？你去吧。但愿她从来没有允许你来！不要让她说是我把你羁留在这里；我做不了你的主，你是她的。

安东尼　天神知道——

克莉奥佩特拉　啊！从来不曾有过一个女王受到这样大的欺骗；可是我早就看出你是不怀好意的。

安东尼　克莉奥佩特拉——

克莉奥佩特拉　你已经不忠于富尔维娅，虽然你向神明旦旦而誓，为什么我要相信你会真心爱我呢？被这些随口毁弃的空口的盟誓所迷惑，简直是无可理喻的疯狂！

安东尼　最可爱的女王——

克莉奥佩特拉　不，请你不必找什么借口，你要去就去吧。当你要求我准许你留下的时候，才用得着你的花言巧语；那时候你是怎么也不想走的；我的嘴唇和眼睛里有永生的欢乐，我的弯弯的眉毛里有天堂的幸福；我身上的每一部分都带着天国的馨香。它们并没有变样，除非你这全世界最伟大的战士已经变成了最伟大的说谎者。

安东尼　哎哟，爱人！

克莉奥佩特拉　我希望我也长得像你一样高，让你知道埃及女王也有一颗勇敢豪迈的心呢。

安东尼　听我说，女王：为了应付时局的需要，我不能不暂时离开这里，可是我的整个的心还是继续和你厮守在一起的。内乱的刀剑闪耀在我们意大利全境；塞克斯特斯·庞贝厄斯已经向罗马海口进发；国内两支势均力敌的军队，还在那儿彼此摩擦。不齿众口的人，只要培植起强大的势力，人心就会自然趋附他；被摒斥的庞贝仗着他父亲的威名，已经在不知不觉中取得那些现政局下失意分子的拥戴，他们人数众多，是罗马的心腹之患；蠢蠢思乱的人心，只要一旦起了什么剧烈的变化，就会造成不可收拾的混乱。关于我自己个人方面的，还有一个你可以放心让我走的理由，富尔维娅死了。

克莉奥佩特拉　年龄的增长虽然改不掉我的愚蠢，却能去掉我轻信人言的稚气。富尔维娅也会死吗？

安东尼　她死了，我的女王。瞧，请你有空读一读这封信，就知道她一手掀起了多少风波；我的好人儿，最后你还可以看到她死在什么时候、什么地方。

克莉奥佩特拉　啊，最负心的爱人！那应该盛满了你悲哀的泪珠的泪壶呢？现在我知道了，我知道了，富尔维娅死了，你是这个样子，将来我死了，我也推想得到你会怎样对待我。

安东尼　不要吵嘴了，静静地听我说明我的决意；要是你听了不以为然，我也可以放弃我的主张。凭着蒸晒尼罗河畔黏土的骄阳起誓，我现在离此他去，永远是你的兵士和仆人，或战或和，都遵照着你的意旨。

克莉奥佩特拉　解开我的衣带，查米恩，赶快；可是让他去吧，我是很容易害病，也很容易痊愈的。只消安东尼还懂得爱。

安东尼　我的宝贝女王，别说这种话，给我一个机会，试验试验我对你的真情吧。

克莉奥佩特拉　富尔维娅给了我一些教训。请你转过头去为她哀哭；然后再向我告别，就说那些眼泪是属于埃及女王的。好，扮演一幕绝妙的假戏，让它瞧上去活像真心的流露吧。

安东尼　你再说下去，我要恼了。

克莉奥佩特拉　你还可以表演得动人一些，可是这样也就不错了。

安东尼　凭着我的宝剑——

克莉奥佩特拉　和盾牌起誓。他越演越有精神了；可是这还不是他的登峰造极的境界。瞧，查米恩，这位罗马巨人的怒相有多么庄严。

安东尼　我要告辞了，陛下。

克莉奥佩特拉　多礼的将军，一句话。将军，你我既然必须分别——不，不是那么说；将军，你我曾经相爱过——不，也不是那么说；您知道——我想要说的是句什么话呀？唉！我的好记性正像安东尼一样，把什么都忘得干干净净了。

安东尼　倘不是为了你的高贵的地位，我就要说你是个无事嚼舌的女人。

克莉奥佩特拉　克莉奥佩特拉要是有那么好的闲情逸致，她也不会这样满腹悲哀了。可是，将军，原谅我吧；既然我的一举一动您都瞧不上眼，我也不知道怎样的行为才是适当的。您的荣誉在呼唤您去；所以不要听我的不足怜悯的痴心的哀求，愿所有的神明和您同在吧！愿胜利的桂冠悬在您的剑端，敌人到处俯伏在您的足下！

安东尼　我们去吧。来，我们虽然分离，实际上并没有分离；你住在这里，你的心却跟着我驰骋疆场；我离开了这里，我的心仍旧留下在你身边。走吧！（同下）

第四场　罗马。凯撒府中一室

奥克泰维斯·凯撒，莱必多斯及侍从等上。

凯　撒　你现在可以知道，莱必多斯，我不是因为气量狭隘，才这样痛恨我们这位伟大的同僚。从亚历山大里亚传来的消息，都说他每天钓钓鱼，喝喝酒，嬉游纵乐，彻夜不休，比克莉奥佩特拉更没有男人的气概，既不接见宾客使者，也不把他旧日的同僚放在心上；凡是众人所最容易犯的过失，都可以在他身上找到。

莱必多斯　他的一二缺陷，决不能掩盖住他的全部优点；他的过失就像天空中的星点一般，因为夜间的黑暗而格外显著；它们是与生俱来的，不是有意获得的；他这是连自己也无能为力，决不是存心如此。

凯　撒　你太宽容了。即使我们承认淫乱了托勒密[1]王室的宫闱，为了一时的欢乐而牺牲了一个王国，和一个下贱的奴才对坐饮酒，踏着蹒跚的醉步白昼招摇过市，和那些满身汗臭的小人互相殴打，这种种恶劣的行为，都算不得他的过失；即使安东尼果然有那样希世的威仪，能够不因这些秽德而减色，我们也绝对不能宽恕他，因为他的轻举妄动，已经加重了我们肩头的负担。假如他因为闲散无事，用醇酒妇人消磨他的光阴，那么即使过度的淫乐煎枯了他的骨髓，也只是他自作自受，不干别人的事；可是在这样国家多难的时候，他还是沉迷不返，就像一个已经能够明白事理的孩子，因为贪图眼前的欢乐而忘记父兄的教诲一样，我们不能不对他严辞谴责。

一使者上。

莱必多斯　又有什么消息来了。

使　者　尊贵的凯撒，你的命令已经遵照实行，每一小时你都可以听到外边的消息。庞贝在海上的势力非常强大，那些因为畏惧而臣服凯撒的人，似乎都对他表示衷心的爱戴；不满意现状的，一个个都到海边投奔他。一般人都说罗马亏待了他。

凯　撒　我应该早就料到这一点。人类的常情教训我们，一个人未在位的时候，是为众人所钦佩的，等到他一旦在位，大家就对他失去了信仰；受尽冷眼的失势英雄，身败名裂以后，也会受到世人的爱

① 托勒密（Ptolemy）：公元前三世纪至公元前一世纪埃及王室的名字。

慕。群众就像漂浮在水上的菖蒲，随着潮流的方向而进退，在盲目的行动之中湮灭腐烂。

使　者　凯撒，我还要报告你一件消息。茂尼克拉提斯和茂那斯，两个著名的海盗，啸集了大小船只，横行海上，四处剽掠，屡次侵犯意大利的海疆；沿海居民望风胆裂，年轻力壮的相率入伙，协同作乱；凡是出口的船舶，才离海岸，就被他们邀截而去；因为他们只要一提起庞贝的名字，就可以所向无敌。

凯　撒　安东尼，离开你的荒唐的淫乐吧！你从前杀死了赫息斯和潘萨两个执政、从摩地那被逐出亡的时候，饥荒到处追随着你，你虽然是一个娇生惯养的人，却用无比的毅力和环境苦斗，忍受山谷野人所不堪忍受的苦难；你喝的是马尿和畜类嗅到了也会恶心的污水；吃的是荒野中粗恶生涩的浆果，甚至于像失食的牡鹿一样，当白雪铺盖牧场的时候，啃着树皮充饥；在阿尔卑斯山上，据说你曾经吃过腐烂的尸体，有些人看见这种东西是会惊怖失色的。我现在提起这些往事，虽然好像有伤你的名誉，可是当时你的确用百折不挠的战士精神忍受这一切，你的神采奕奕的脸上，并不因此而现出一些憔悴的痕迹。

莱必多斯　可惜他不能全始全终。

凯　撒　但愿他自知惭愧，赶快回到罗马来。现在我们两人必须临阵应战，所以应该立刻召集将士，决定方略；庞贝的势力是会在我们的怠惰之中一天一天强大起来的。

莱必多斯　凯撒，明天我就可以确实告诉你我能够在海陆双方集合多少的军力，应付当前的变局。

凯　撒　我也要去调度一下。那么明天见。

莱必多斯　明天见，阁下。要是你听见外面有什么变动，请通知我一声。

凯　撒　当然当然，那是我的责任。（各下。）

第五场 亚历山大里亚。宫中一室

克莉奥佩特拉、查米恩、伊拉丝及玛狄恩上。

克莉奥佩特拉 查米恩!

查米恩 娘娘!

克莉奥佩特拉 唉唉!给我喝一些曼陀罗汁。

查米恩 为什么,娘娘?

克莉奥佩特拉 我的安东尼去了,让我把这一段长长的时间昏睡过去吧。

查米恩 您太想念他了。

克莉奥佩特拉 啊!胡说!

查米恩 娘娘,我不敢。

克莉奥佩特拉 你,太监玛狄恩!

玛狄恩 陛下有什么吩咐?

克莉奥佩特拉 我现在不想听你唱歌;我不喜欢一个太监能作的任何事:好在你净了身子,再也不会胡思乱想,让你的一颗心飞出埃及。你也有爱情吗?

玛狄恩 有的,娘娘。

克莉奥佩特拉 当真!

玛狄恩 当真不了的,娘娘,因为我干不来那些伤风败俗的行为;可是我也有强烈的爱情,我常常想起维纳斯和马斯所干的事。

克莉奥佩特拉 啊,查米恩!你想他现在是在什么地方?他是站着还是坐着?他在走吗?还是骑在马上?幸运的马啊,你能够把安东尼驮在你的身上!出力啊,马儿,你知道谁骑着你吗?他是撑持着半个世界的巨人，全人类的勇武的干城哩。他现在在说话了，也许他在低声微语，“我那古老的尼罗河畔的花蛇呢？”因为他是这样称呼我的。现在我在用最美味的毒药陶醉我自己。他在想念我吗，我这被福玻斯的热情的眼光烧灼得遍身黝黑、时间已经在我额上留下深深皱纹的人？阔面广颐的凯撒啊，当你大驾光临的时候，我还只是一个少不更事的女郎，伟大的庞贝老是把他的眼睛盯在我的脸上，好像永远舍不得离开一般。

艾勒克萨斯上。

艾勒克萨斯　埃及的女王，万岁！

克莉奥佩特拉　你和玛克·安东尼是多么不同！可是因为你是从他的地方来的，你的身上也带着几分他的光彩了。我的勇敢的玛克·安东尼怎样？

艾勒克萨斯　亲爱的女王，他在无数次的热吻以后，最后吻着这一颗东方的珍珠。他的话紧紧粘在我的心上。

克莉奥佩特拉　那就要靠我的耳朵来摘取了。

艾勒克萨斯　他说，“好朋友，你去说，那忠实的罗马人把这一颗蚌壳里的珍宝献给伟大的埃及女王；请她不要嫌这礼物的菲薄，因为我还要为她征服无数的王国，让它们在她富饶的王座之下臣服纳贡；你对她说，所有东方的国家，都要称她为它们的女王。”于是他点了点头，很庄严地骑上了一匹披甲的骏马；我虽然还想对他说话，可是那马儿的震耳的长嘶，把一切声音全都盖住了。

克莉奥佩特拉　啊！他是忧愁的还是快乐的？

艾勒克萨斯　就像在盛暑和严寒之间的季候一样，他既不忧愁也不快乐。

克莉奥佩特拉　多么平衡沉稳的性情！听着，听着，查米恩，这才是一个男子；可是听着。他并不忧愁，因为他必须把他的光辉照耀到那些仰望他的人的脸上；他并不快乐，那似乎告诉他们他的眷念是和他的欢乐一起留在埃及的;可是在这两者之间,啊,神圣的混合,无论你忧愁或快乐,那强烈的情绪都可以显出你的可爱,没有一个人能够比得上你。你碰见我的使者吗?

艾勒克萨斯　是,娘娘,我碰见二十个给您送信的人。为什么您这样接连不断地叫他们寄信去?

克莉奥佩特拉　谁要是在我忘记寄信给安东尼的那一天出世的,一定穷苦而死。查米恩,拿墨水和信纸来。欢迎,我的好艾勒克萨斯。查米恩,我曾经这样爱过凯撒吗?

查米恩　啊,那勇敢的凯撒!

克莉奥佩特拉　让另外一句感叹窒塞了你的咽喉吧!你应该说勇敢的安东尼。

查米恩　威武的凯撒!

克莉奥佩特拉　凭着爱昔斯女神起誓,你要是再把凯撒的名字和我的唯一的英雄相提并论,我要打得你满口出血了。

查米恩　请娘娘开恩恕罪,我不过把您说过的话照样说说罢了。

克莉奥佩特拉　那时候我年轻识浅,我的热情还没有煽起,所以才会说那样的话!可是来。我们进去吧;把墨水和信纸给我。他将要每天收到一封信,要不然我要把埃及全国的人都打发去为我送信。(同下。)

第二幕

第一场　墨西拿。庞贝府中一室

庞贝、茂尼克拉提斯及茂那斯同上。

庞　贝　伟大的天神们假如是公平正直的，他们一定会帮助理直辞正的人。

茂尼克拉提斯　尊贵的庞贝，天神对于他们所眷顾的人，也许给他一时的留难，但决不会长久使他失望。

庞　贝　当我们还在向他们神座之前祈求的时候，也许我们的希望已经毁灭了。

茂尼克拉提斯　我们昧于利害，往往所祈求的反而对我们自己有损无益；聪明的天神拒绝我们的祷告，正是玉成我们的善意；我们虽然所愿不遂，其实还是实受其利。

庞　贝　我一定可以成功：人民这样爱戴我，海上的霸权已经操纵在我的手里；我的势力正像上弦月一样逐渐扩张，终有一天会变成一轮高悬中天的满月。玛克·安东尼正在埃及闲坐宴饮，懒得出外作战，凯撒搜括民财，弄得众怒沸腾；莱必多斯只知道两面讨好，他们两人也对他假意殷勤，可是他对他们两人既然并无好感，他们两人也不把他放在心上。

茂那斯　凯撒和莱必多斯已经上了战场；他们带着一支很强大的军队。

庞　贝　你从什么地方听到这个消息？那是假的。

茂那斯　西尔维斯说的，主帅。

庞　贝　他在做梦；我知道他们都在罗马等候着安东尼。淫荡的克莉奥佩特拉啊，但愿一切爱情的魔力柔润你的褪了色的朱唇！让妖术和美貌互相结合，再用淫欲加强它们的魅力！把这浪子围困在酒色阵里，让他的头脑终日昏迷；美味的烹调刺激他的食欲，醉饱酣眠消磨了他的雄心，直到长睡不醒的一天！

凡里厄斯上。

庞　贝　啊，凡里厄斯！

凡里厄斯　要报告一个非常确实的消息：玛克·安东尼快要到罗马了；他早已离开埃及，算起日子来应该早到了。

庞　贝　真不愿相信这句话。茂那斯，我想这位好色之徒未必会为了这样一场小小的战争而披起他的甲胄来。讲到他的将才，确实要比那两个人胜过一倍；要是我们这一次行动，居然能够把沉湎女色的安东尼从那埃及寡妇的怀中惊醒起来，那倒很可以抬高我们的身价。

茂那斯　想凯撒和安东尼未必能够彼此相容；他的已故的妻子曾经得罪凯撒，他的兄弟也和凯撒动过刀兵，虽然我想不是出于安东尼的指使。

庞　贝　茂那斯，我不知道他们大敌当前，会不会捐弃私人间的嫌怨。倘不是我向他们三人揭起了挑战的旗帜，他们大概就会自相火并的，因为他们彼此间的积恨，已经到了剑拔弩张的境地了；可是我们还要看看同仇敌忾的心理究竟能够把他们团结到什么程度。一切依照神明的意旨吧！我们的成败存亡，全看我们能不能运用坚强的手腕。来，茂那斯。（同下。）

第二场　罗马。莱必多斯府中一室

爱诺巴勃斯及莱必多斯上。

莱必多斯　好爱诺巴勃斯,你要是能够劝告你家主帅,请他在说话方面温和一些,那就是做了一件大大的好事了。

爱诺巴勃斯　我要请他按照他自己的本性说话;要是凯撒激恼了他,让安东尼向凯撒睥睨而视,发出像战神一样的怒吼吧。凭着朱庇特起誓,要是安东尼的胡子装在我的脸上,我今天决不愿意修剪。

莱必多斯　现在不是闹私人意气的时候。

爱诺巴勃斯　要是别人有意寻事,那就随时都可以闹起来的。

莱必多斯　可是我们现在有更重大的问题,应该抛弃小小的争执。

爱诺巴勃斯　要是小小的争执在前,重大的问题在后,那就不能这么说。

莱必多斯　你的话全然是感情用事;可是请你不要拨起火灰来。尊贵的安东尼来了。

安东尼及文提狄斯上。

爱诺巴勃斯　凯撒也打那边来了。

凯撒、茂西那斯及阿格立巴上。

安东尼　要是我们在这儿相安无事,你就到帕提亚去;听着,文提狄斯。

凯　撒　我不知道,茂西那斯;问阿格立巴。

莱必多斯　尊贵的朋友们,非常重大的事故把我们联合在一起,让我们不要因为细微的小事而彼此参商。各人有什么不痛快的地方,不妨平心静气提出来谈谈;要是为了一点小小的意见而弄得面红耳赤，那就不单是见伤不救，简直是向病人行刺了。所以，尊贵的同僚们，请你们俯从我的诚恳的请求，用最友好的态度讨论你们最不愉快的各点，千万不要意气用事，处理当前的大事是主要的。

安东尼　说得有理。即使我们现在彼此以兵戎相见，也应该保持这样的精神。

凯　撒　欢迎你回到罗马来！

安东尼　谢谢你。

凯　撒　请坐。

安东尼　请坐。

凯　撒　那么有僭了。

安东尼　听说你为了一些捕风捉影或者和你毫不相干的事情，心里不大痛快。

凯　撒　要是我无缘无故，或者为了一些小小的事情而生起气来，尤其是生你的气，那不是笑话了吗？要是你的名字根本用不着我提在嘴上，我却好端端把它诋毁，那不更是笑话了吗？

安东尼　凯撒，我在埃及跟你有什么相干？

凯　撒　本来你在埃及，就跟我在罗马一样，大家都是各不相干的；可是假如你在那边图谋危害我的地位，那我就不能不把它当作一个与我有关的问题了。

安东尼　你说我图谋危害是什么意思？

凯　撒　你只要看看我在这儿遭到些什么事情，就可以懂得我的意思。你的妻子和兄弟都向我宣战，他们用的都是你的名义。

安东尼　你完全弄错了；我的兄弟从来没有让我与闻他的行动。我曾经调查这件事情的经过，从几个和你交锋过的人的嘴里听到确实的报告。他不是把你我两人一律看待，同样向我们两人的权力挑战吗？我早就有信给你，向你解释过了。你要是有意寻事，应该找一个更充分的理由，这样的借口是不能成立的。

凯　撒　你推托得倒很干净，可是太把我看得不明事理啦。

安东尼　那倒不是这样说；我相信你一定不会不想到，他既然把我们两人同时作为攻击的目标，我当然不会赞许他这一种作乱的行为。至于我的妻子，那么我希望你也有一位像她这样强悍的夫人：三分之一的世界在你的统治之下，你可以很容易地把它驾驭，可是你永远驯服不了这样一个妻子。

爱诺巴勃斯　但愿我们都有这样的妻子，那么男人可以和女人临阵对垒了！

安东尼　凯撒，她的脾气实在太暴躁了，虽然她也是个精明强干的人；我很抱歉她给了你很大的烦扰，你必须原谅我没有力量控制她。

凯　撒　你在亚历山大里亚喝酒作乐的时候，我有信写给你；你却把我的信置之不理，把我的使者一顿辱骂赶出去。

安东尼　阁下，这是他自己不懂礼节。我还没有叫他进来，他就莽莽撞撞走到我的面前；那时候我刚宴请过三个国王，不免有些酒后失态；可是第二天我就向他当面说明，那也等于向他道歉一样。让我们不要把这个人作为我们争论的题目吧；我们即使反目，也不要把他当作借口。

凯　撒　你已经破坏盟约，我却始终信守。

莱必多斯　得啦，凯撒！

安东尼　不，莱必多斯，让他说吧；这是攸关我的荣誉的事，果然如他所说，我就是一个不讲信义的人了。说，凯撒，我怎么破坏了盟约。

凯　撒　我们有约在先，当我需要你的助力的时候，你必须举兵相援，可是你却拒绝我的请求。

安东尼　那是我一时糊涂，疏忽了我的责任；我愿意向你竭诚道歉。我的诚实决不会减低我的威信；失去诚实，我的权力也就无法行施。那个时候我实在不知道富尔维娅为了希望我离开埃及，已经在这儿发动战事。在这一点上，我应该请你原谅。

莱必多斯　这才是英雄的口气。

茂西那斯　请你们两位不要记念旧恶，还是合力同心，应付当前的局势吧。

莱必多斯　说得有理，茂西那斯。

爱诺巴勃斯　或者你们可以暂时做一会儿好朋友，等到庞贝的名字不再被人提起以后，你们没有别的事情可做，不妨旧事重提，那时候尽你们去争吵好了。

安东尼　你是个武夫，不要胡说。

爱诺巴勃斯　老实人是应该闭口不言的，我倒几乎忘了。

安东尼　少说话，免得伤了在座众人的和气。

爱诺巴勃斯　好，好，我就做一块小心翼翼的石头。

凯　撒　他的出言虽然莽撞，却有几分意思；因为我们的行动这样互相背驰，要维持长久的友谊是不可能的。不过要是我知道有什么方法可以加强我们的团结，那我即使踏遍天涯去访求也是愿意的。

阿格立巴　允许我说一句话，凯撒。

凯　撒　说吧，阿格立巴。

阿格立巴　你有一个同母姊妹，贤名久播的奥克泰维娅；玛克·安东尼现在是一个鳏夫。

凯　撒　不要这样说，阿格立巴；要是给克莉奥佩特拉听见了，少不了一顿骂。

安东尼　我没有妻室，凯撒；让我听听阿格立巴有些什么话说。

阿格立巴　为了保持你们永久的和好，使你们成为兄弟，把你们的心紧紧结合在一起，让安东尼娶奥克泰维娅做他的妻子吧；她的美貌配得上世间第一等英雄,她的贤德才智胜过任何人所能给她的誉扬。缔结了这一段姻缘以后,一切现在所看得十分重大的猜嫉疑虑,一切对于目前的危机所感到的严重的恐惧,都可以一扫而空;现在你们把无稽的传闻看得那样认真,到了那时候,真正的事实也都可以一笑置之了;她对于你们两人的爱,一定可以促进你们两人间的情谊。请你们恕我冒昧,提出了这样一个意见;这并不是我临时想起来的,我觉得自己责任所在,早就把这意思详细考虑过了。

安东尼　凯撒愿意表示他的意见吗?

凯　撒　他必须先听听安东尼对于这番话有什么反应。

安东尼　要是我说,"阿格立巴,照你的话办吧,"阿格立巴有什么力量,可以使它成为事实呢?

凯　撒　凯撒有这样的力量,他可以替奥克泰维娅做主。

安东尼　但愿这一件大好的美事没有一点阻碍,顺利达到我们的愿望!把你的手给我;从现在起,让兄弟的友爱支配着我们远大的计划!

凯　撒　这儿是我的手。我给了你一个妹妹,没有一个兄长爱他的妹妹像我爱她一样;让她联系我们的王国和我们的心,永远不要彼此离二!

莱必多斯　但愿如此。阿门!

安东尼　我不想对庞贝作战,因为他最近对我礼意非常优渥,我必须先答谢他的盛情,免得被他批评我无礼;然后我再责问他兴师犯境的理由。

莱必多斯　时间不容我们犹豫;我们倘不立刻就去找庞贝,庞贝就要来找我们了。

安东尼　他驻屯在什么地方?

凯　撒　在密西嫩山附近。

安东尼　他在陆地上的实力怎样?

凯　撒　很强大,而且每天都在扩充;可是在海上他已经握有绝对的主权。

安东尼　外边的传说正是这样。我们大家早一点商量商量就好了!事不宜迟;可是在我们穿上武装以前,先把刚才所说的事情办好吧。

凯　撒　很好,我现在就带你到舍妹那儿去,介绍你们见见面。

安东尼　去吧;莱必多斯,你也必须陪我们去。

莱必多斯　尊贵的安东尼,即使有病我也要扶杖追随的。(喇叭奏花腔。凯撒、安东尼、莱必多斯同下。)

茂西那斯　欢迎你从埃及回来,朋友!

爱诺巴勃斯　凯撒的心腹,尊贵的茂西那斯!我的正直的朋友阿格立巴!

阿格立巴　好爱诺巴勃斯!

茂西那斯　事情这样圆满解决,真是可喜。你在埃及将养得很好。

爱诺巴勃斯　是的,老兄;我们白天睡得日月无光,夜里喝得天旋地转。

茂西那斯　听说十二个人吃一顿早餐,烤了八口整个的野猪,有这回事吗?

爱诺巴勃斯　这不过是大鹰旁边的一只苍蝇而已;我们还有更惊人的豪宴,那说来才叫人咋舌呢。

茂西那斯　她是一位非常豪华的女王,要是一般的传说没有把她夸张过分的话。

爱诺巴勃斯　她在昔特纳斯河上第一次遇见玛克·安东尼的时候,就把他的心捉住了。

阿格立巴　我也听见说他们在那里会面。

爱诺巴勃斯　让我告诉你们。她坐的那艘画舫就像一尊在水上燃烧的发光的宝座；舵楼是用黄金打成的；帆是紫色的，熏染着异香，逗引得风儿也为它们害起相思来了；桨是白银的，随着笛声的节奏在水面上下，使那被它们击动的痴心的水波加快了速度追随不舍。讲到她自己，那简直没有字眼可以形容；她斜卧在用金色的锦绸制成的天帐之下，比图画上巧夺天工的比维纳斯女神还要娇艳万倍，在她的两旁站着好几个脸上浮着可爱的酒窝的小童，就像一群微笑的丘比特一样，手里执着五彩的羽扇，那羽扇的风，本来是为了让她柔嫩的面颊凉快一些的，反而使她的脸色变得格外绯红了。

阿格立巴　啊！安东尼看见这样一位美人，真是几生有幸！

爱诺巴勃斯　她的侍女们像一群海上的鲛人神女，在她眼前奔走服侍，她们的周旋进退，都是那么婉娈多姿；一个作着鲛人装束的女郎掌着舵，她那如花的纤手矫捷地执行她的职务，沾沐芳泽的丝缆也都得意得心花怒放了。从这画舫之上散出一股奇妙扑鼻的芳香，弥漫在附近的两岸。倾城的仕女都出来瞻望她，只剩安东尼一个人高坐在市场上，向着空气吹啸；那空气倘不是因为填充空隙的缘故，也一定飞去观看克莉奥佩特拉，而在天地之间留下一个缺口了。

阿格立巴　稀有的埃及人！

爱诺巴勃斯　她上了岸，安东尼就遣使请她晚餐；她回答说他是客人，应当让她自己尽东道之谊，请他进宫赴宴。我们这位娴习礼仪的安东尼是从来不曾在一个妇女面前说过一个“不”字的，整容十次方才前去；这一去不打紧，为了他眼睛所享受的盛餐，他把一颗心付了下来，作为一席之欢的代价了。

阿格立巴　了不得的女人！怪不得我们从前那位凯撒为了她竟放下

刀枪，安置在她的床边：他耕耘，她便发出芽苗。

爱诺巴勃斯　我有一次看见她从市街上奔跳过去，一边喘息一边说话；那吁吁娇喘的神气，也是那么楚楚动人，在她破碎的语言里，自有一种天生的魅力。

茂西那斯　现在安东尼必须把她完全割舍了。

爱诺巴勃斯　不，他决不会丢弃她，年龄不能使她衰老，习惯也腐蚀不了她的变化无穷的伎俩；别的女人使人日久生厌，她却越是给人满足，越是使人饥渴；因为最丑恶的事物一到了她的身上，也会变成美好，即使她在卖弄风情的时候，神圣的祭司也不得不为她祝福。

茂西那斯　要是美貌、智慧和贤淑可以把安东尼的心安定下来，那么奥克泰维娅是他的一位很好的内助。

阿格立巴　我们走吧。好爱诺巴勃斯，当你在这儿停留的时候，请你做我的客人吧。

爱诺巴勃斯　多谢你的好意。（同下。）

第三场　同前。凯撒府中一室

凯撒、安东尼、奥克泰维娅（居二人之间）及侍从等上。

安东尼　这广大的世界和我的重要的职务，使我有时不得不离开你的怀抱。

奥克泰维娅　当你出去的时候，我将要长跪神前，为你祈祷。

安东尼　晚安，阁下！我的奥克泰维娅，不要从世间的传说之中诵读我的缺点；我过去诚然有行止不检的地方，可是从今以后，一定循规蹈矩。晚安，亲爱的女郎！

奥克泰维娅　晚安，将军！

凯　撒　晚安！（凯撒、奥克泰维娅同下。）

预言者上。

安东尼　喂，我问你，你想不想回埃及去？

预言者　我希望我从来没有离开埃及，我更希望你从来没有到过埃及！

安东尼　你能够告诉我你的理由吗？

预言者　我心里明白，嘴里却说不出来。可是我看你还是赶快到埃及去吧。

安东尼　对我说，将来是凯撒的命运强，还是我的命运强？

预言者　凯撒的命运强。所以，安东尼啊！不要留在他的旁边吧。你的本命星是高贵勇敢、一往无敌的，可是一挨近凯撒的身边，它就黯然失色，好像被他掩去了光芒一般；所以你应该和他离得远一点儿才好。

安东尼　不要再提起这些话了。

预言者　这些话我只对你说；别人面前我可再也不提起。你无论跟他玩什么游戏，一定胜不过他，因为他有那种天赋的幸运，即使明明你比他本领高强，他也会把你击败。凡是他的光辉所在，你的光总是黯淡的。我再说一句，你在他旁边的时候，你的本命星就会惴惴不安，失去了主宰你的力量，可是他一走开，它又变得不可一世了。

安东尼　你去对文提狄斯说，我要跟他谈谈。（预言者下）他必须到帕提亚去。这家伙也许果然能够知道过去未来，也许给他偶然猜中，说的话倒很有道理。就是骰子也会听他的话；我们在游戏之中，虽然我的技术比他高明，总敌不过他的手风顺利；抽签的时候，总是他占便宜；无论斗鸡斗鹑，他都能够以弱胜强。我还是到埃及去；虽然为了息事宁人而缔结了这门婚事，可是我的快乐是在东方。

文提狄斯上。

安东尼　啊！来，文提狄斯，你必须到帕提亚去一次；你的委任文书已经办好了，跟我来拿吧。（同下。）

第四场　同前。街道

莱必多斯、茂西那斯及阿格立巴上。

莱必多斯　不劳远送，请两位催促你们的主帅早日就道。

阿格立巴　将军，等玛克·安东尼和奥克泰维娅温存一下，我们就会来的。

莱必多斯　那么等你们披上戎装以后，我再跟你们相见吧。

茂西那斯　照路程计算起来，莱必多斯，我们可以比你先到密西嫩山。

莱必多斯　你们的路程要短一些；我因为还有其他的任务，不能不多绕一些远路。你们大概比我先到两天。

茂西那斯
阿格立巴　将军，祝你成功！

莱必多斯　再会！（各下。）

第五场　亚历山大里亚。宫中一室

克莉奥佩特拉、查米恩、伊拉丝、艾勒克萨斯及侍从等上。

克莉奥佩特拉　给我奏一些音乐；对于我们这些以恋爱为职业的人，音乐是我们忧郁的食粮。

侍　从　奏乐！

玛狄恩上。

克莉奥佩特拉　算了；我们打弹子吧。来，查米恩。

查米恩　我的手腕疼；您跟玛狄恩打吧。

克莉奥佩特拉　女人跟太监玩，就像女人跟女人玩一样。来，你愿意陪我玩玩吗？

玛狄恩　我愿意勉力奉陪，娘娘。

克莉奥佩特拉　心有余而力不足，那一片好意，总是值得嘉许的。我现在也不要打弹子了。替我把钓竿拿来，我们到河边去；你们在远远的地方奏着音乐，我就把钓竿放下去，诱那长着赭色鳍片的鱼儿上钩；我的弯弯的钓钩要钩住它们滑溜溜的嘴巴；当我拉起它们来的时候，我要把每一尾鱼当作一个安东尼；我要说，"啊哈！你可给我捉住啦！"

查米恩　那一次您跟他在一起钓鱼，你们还打赌哩；他不知道您已经叫一个人钻在水里，悄悄把一条腌鱼挂在他的钓钩上了，而他还当是什么好东西，拼命地往上提，想起来真是有趣得很。

克莉奥佩特拉　唉，提起那些话，真叫人不胜今昔之感！那时候我笑得他老羞成怒，可是一到晚上，我又笑得他回嗔作喜；第二天早晨我在九点钟以前就把他灌醉上床，替他穿上我的衣帽，我自己佩带了他那柄腓力比的宝剑。

一使者上。

克莉奥佩特拉　啊！从意大利来的；我的耳朵里久已不听见消息了，你有多少消息，一起把它们塞了进去吧。

使　者　娘娘，娘娘——

克莉奥佩特拉　安东尼死了！你要是这样说，狗才，你就杀死你的女主人了；可是你要是说他平安无恙，这儿有的是金子，你还可以吻一吻这一只许多君王们曾经吻过的手；他们一面吻，一面还发抖呢。

使　者　第一，娘娘，他是平安的。

克莉奥佩特拉　啊，我还要给你更多的金子。可是听着，我们常常说已死的人是平安的；要是你也是这个意思，我就要把那赏给你的金子熔化了，灌下你这报告凶讯的喉咙里去。

使　者　好娘娘，听我说。

克莉奥佩特拉　好，好，我听你说；可是瞧你的相貌不像是个好人；安东尼要是平安无恙，不该让这样一张难看的面孔报告这样大好的消息；要是他有什么疾病灾难，你应该像一尊头上盘绕着毒蛇的凶神，不该仍旧装作人的样子。

使　者　请您听我说下去吧。

克莉奥佩特拉　我很想在你没有开口以前先把你捶一顿；可是你要是说安东尼没有死，很平安，凯撒待他很好，没有把他监禁起来，我就把金子像暴雨一般淋在你头上，把珍珠像冰雹一样撒在你身上。

使　者　娘娘，他很平安。

克莉奥佩特拉　说得好。

使　者　他跟凯撒感情很好。

克莉奥佩特拉　你是个好人。

使　者　凯撒和他的友谊已经比从前大大增进了。

克莉奥佩特拉　我要赏给你一大笔财产。

使　者　可是，娘娘——

克莉奥佩特拉　我不爱听“可是”，它会推翻先前所说的那些好消息；呸，“可是”！“可是”就像一个狱卒，它会带上一个大奸巨恶的罪犯。朋友，请你把你所知道的消息，不管是好的坏的，一起灌进我的耳朵里吧。他跟凯撒很要好；他身体健康，你说；你还说他行动自由。

使　者　自由，娘娘！不，我没有这样说；他已经被奥克泰维娅约束住了。

克莉奥佩特拉　什么约束？

使　者　他们已经缔结了百年之好。

克莉奥佩特拉　查米恩，我的脸色发白了！

使　者　娘娘，他跟奥克泰维娅结了婚啦。

克莉奥佩特拉　最恶毒的瘟疫染在你身上！（击使者倒地。）

使　者　好娘娘，请息怒。

克莉奥佩特拉　你说什么？滚，（又击）可恶的狗才！否则我要把你的眼珠放在脚前踢出去；我要拔光你的头发；（将使者拉扯殴辱）我要用钢丝鞭打你，用盐水煮你，用酸醋慢慢地浸死你。

使　者　好娘娘，我不过报告您这么一个消息，又不是我做的媒。

克莉奥佩特拉　说没有这样的事，我就赏给你一处封邑，让你安享富贵；你惹我生气，我已经打过了你，也不再计较了；你还有什么要求，只要向我说，我都可以答应你。

使　者　他真的结了婚啦，娘娘。

克莉奥佩特拉　浑蛋！你不要活命吗？（拔刀。）

使　者　哎哟，那我可要逃了。您这是什么意思，娘娘？我没有过失呀。（下）

查米恩　好娘娘，定一定心吧；这人是没有罪的。

克莉奥佩特拉　天雷殛死的不一定是有罪的人。让埃及溶解在尼罗河里，让善良的人都变成蛇吧！叫那家伙进来；我虽然发疯，我还不会咬他。叫他进来。

查米恩　他不敢来。

克莉奥佩特拉　我不伤害他就是了。（查米恩下）这一双手太有失自己的尊严了，是我自己闯的祸，却去殴打一个比我卑微的人。

查米恩及使者重上。

克莉奥佩特拉　过来，先生。把坏消息告诉人家，即使诚实不虚，总不是一件好事；悦耳的喜讯不妨极口渲染，不幸的噩耗还是缄口不言，让那身受的人自己感到的好。

使　者　我不过尽我的责任。

克莉奥佩特拉　他已经结了婚吗？你要是再说一声“是”，我就更恨你了。

使　者　他已经结了婚了，娘娘。

克莉奥佩特拉　愿天神重罚你！你还是这么说吗？

使　者　我应该说谎吗，娘娘？

克莉奥佩特拉　啊！我但愿你说谎，即使我的半个埃及完全陆沉，变成鳞蛇栖息的池沼。出去；要是你有美少年那耳喀索斯一般美好的姿容，在我的眼中你也是最丑陋的伧夫。他结了婚吗？

使　者　求陛下恕罪。

克莉奥佩特拉　他结了婚吗？

使　者　陛下不要见气，我也不过遵照您的命令行事，要是因此而受责，那真是太冤枉啦。他跟奥克泰维娅结了婚了。

克莉奥佩特拉　啊，他的过失现在都要叫你承担，虽然你所肯定的，又与你无关！滚出去；你从罗马带来的货色我接受不了；让它堆在你身上，把你压死！（使者下。）

查米恩　陛下息怒。

克莉奥佩特拉　我在赞美安东尼的时候，把凯撒诋毁得太过分了。

查米恩　您好多次都是这样！娘娘。

克莉奥佩特拉　现在我可受到报应啦。带我离开这里；我要晕倒了。啊，伊拉丝！查米恩！算了。好艾勒克萨斯，你去问问那家伙，奥克泰维娅容貌长得怎样，多大年纪，性格怎样；不要忘记问她的头发是什么颜色；问过了赶快回来告诉我。（艾勒克萨斯下）让他一去不回吧；不，查米恩！我还是望他回来，虽然他一边的面孔像个狰狞的怪物，另一边却像威武的战神。（向玛狄恩）你去叫艾勒克萨斯再问问她的身材有多高。可怜我，查米恩，可是不要对我说话。带我到我的寝室里去（同下。）

第六场　密西嫩附近

喇叭奏花腔。鼓角前导，庞贝及茂那斯自一方上，凯撒、安东尼、莱必多斯、爱诺巴勃斯、茂西那斯率兵士等自另一方行进上。

庞　贝　我已经得到你们的保证，你们也已经得到我的保证，在没有交战以前，让我们先来举行一次谈判。

凯　撒　先礼后兵是最妥当的办法，所以我们已经把我们的目的预先用书面通知你了；你要是已经把它考虑过，请让我们知道那些条件能不能使你收起你的愤愤不平的剑，带领你的子弟们回到西西里去，免得白白在这里牺牲许多有用的青年。

庞　贝　你们三位是当今宰制天下的元老，神明意旨的主要执行者，你们还记得裘力斯·凯撒的阴魂在腓利比向善良的勃鲁托斯作祟的时候，他看见你们怎样为他出力；　我的父亲也是有儿子、有朋友的，为什么他就没有人替他复仇？脸色惨白的凯歇斯为什么要阴谋作乱？那正直无私、为众人所尊敬的罗马人勃鲁托斯，和他的武装的党徒们，那一群追求着可爱的自由的人，为什么要血溅圣殿？他们的目的不是希望有一个真正的英雄出来统治罗马吗？我现在兴起水上的雄师，驾着怒海的波涛而来，也就是为了这一个目的；凭着我的盛大的军力，我要痛惩无情的罗马！报复它对我尊贵的父亲负心的罪辜。

凯　撒　什么事情都好慢慢商量。

安东尼　庞贝，你不能用你船只的强盛吓退我们；就是到海上见面，我们也决不怕你。在陆地上你知道我们的力量是远远胜过你的。

庞　贝　不错，在陆地上你把我父亲的屋子也占去了；可是既然杜鹃不会自己筑巢，你就住下去吧。

莱必多斯　现在我们不必讲别的话，请告诉我们，你对于我们向你提出的条件觉得怎样？

凯　撒　这是我们今天谈话的中心。

安东尼　我们并不一定要求你接受，请你自己熟权利害。

凯　撒　要是这样的条件还不能使你满足，那么妄求非分的结果也是值得考虑的。

庞　贝　你们允许把西西里和撒丁尼亚两岛让给我；我必须替你们扫除海盗，还要把多少小麦送到罗马；双方同意以后，就可以完盾全刃，各自回去。

凯　撒
安东尼
莱必多斯　这正是我们所提的条件。

庞　贝　那么告诉你们吧，我到这儿来跟你们会见，本来是预备接受你们的条件的，可是看见了玛克·安东尼，却有点儿气愤不过。虽然一个人不该自己卖弄恩德，不过你要知道，凯撒和你兄弟交战的时候，你的母亲到西西里来，曾经受到殷勤的礼遇。

安东尼　我也听见说起过，庞贝；我早就想重重谢你。

庞　贝　让我握你的手。将军，想不到我会在这儿碰见你。

安东尼　东方的枕褥是温暖的；幸亏你把我叫了起来，否则我还要在那边留恋下去，错过许多机会了。

凯　撒　自从我上次看见你以后，你已经变了许多啦。

庞　贝　嗯,我不知道冷酷的命运在我的脸上留下了什么痕迹,可是我决不让她钻进我的胸中,使我的心成为她的臣仆。

茉必多斯　今天相遇,真是一件幸事。

庞　贝　我也希望这样,莱必多斯。那么我们已经彼此同意了。为了表示郑重起见,我希望把我们的协定写下来,各人签署盖印。

凯　撒　那是当然的手续。

庞　贝　我们在分手以前,还要各人互相请一次客;让我们抽签决定哪一个人先请。

安东尼　我先来吧,庞贝。

庞　贝　不,安东尼,你也得抽签;可是不管先请后请,你那很好的埃及式烹调是总要领教领教的。我听说裘力斯·凯撒在那边吃成了一个胖子。

安东尼　你倒听到不少事哪。

庞　贝　我并无恶意,将军。

安东尼　那么你就好好地讲吧。

庞　贝　这些我都是听来的。我还听见说,阿坡罗陀勒斯把一个——

爱诺巴勃斯　那话不用说了,是有这一回事。

庞　贝　请问是怎么一回事?

爱诺巴勃斯　把一个女王裹在褥子里送到凯撒的地方。

庞　贝　我现在记起你来了;你好,壮士?

爱诺巴勃斯　有酒有肉,怎么不好;看来我的口福不浅,眼前就要有四次宴会了。

庞　贝　让我握握你的手;我从来没有对你怀恨。我曾经看见你打仗,很钦慕你的勇敢。

爱诺巴勃斯　将军,我对您一向没有多大好感,可是我不是没有称赞过您,虽然我给您的称赞,还不及您实际价值的十分之一。

庞　贝　你的爽直正是你的好处。现在我要请各位赏光到敝船上去叙叙；请了，各位将军。

凯　撒
安东尼　请你领路，将军。（除茂那斯、爱诺巴勃斯外皆下。）
莱必多斯

茂那斯　庞贝，你的父亲是决不会签订这样的条约的。朋友，我们曾经有一面之雅。

爱诺巴勃斯　我想我在海上见过你。

茂那斯　正是，朋友。

爱诺巴勃斯　你在海上很了不得。

茂那斯　你在陆地上也不错。

爱诺巴勃斯　谁愿意恭维我的，我都愿意恭维他；虽然我在陆地上横行无敌，是一件无可否认的事。

茂那斯　我在水上横行无敌，也是不可否认的。

爱诺巴勃斯　为了你自己的安全，你还是否认了的好；你是一个海上的大盗。

茂那斯　你是一个陆地的暴徒。

爱诺巴勃斯　那么我就否认我的陆地上的功劳。可是把你的手给我，茂那斯；要是我们的眼睛可以替我们作见证，它们在这儿可以看见两个盗贼握手言欢。

茂那斯　人们的手尽管不老实，他们的脸总是老实的。

爱诺巴勃斯　可是没有一个美貌的女人有一张老实的脸。

茂那斯　不错，她们是会把男人的心偷走的。

爱诺巴勃斯　我们到这儿来，本来是要跟你们厮杀。

茂那斯　拿我自己说，打仗变成了喝酒，真是扫兴得很。庞贝今天把他的一份家私笑掉了。

爱诺巴勃斯　要是他真的把家私笑掉了，那可是再也哭不回来的。

茂那斯　你说得有理，朋友。我们没有想到会在这儿看见玛克·安东尼。请问他已经跟克莉奥佩特拉结了婚吗？

爱诺巴勃斯　凯撒的妹妹名叫奥克泰维娅。

茂那斯　不错，朋友；她本来是卡厄斯·玛瑟勒斯的妻子。

爱诺巴勃斯　可是她现在是玛克·安东尼的妻子了。

茂那斯　怎么？

爱诺巴勃斯　这句话是真的。

茂那斯　那么凯撒跟他永远联合在一起了。

爱诺巴勃斯　要是叫我预测这一个结合的将来，我可不敢发表这样乐观的论断。

茂那斯　我想这一门婚事，大概还是政策上的权宜，不是出于男女双方的爱恋。

爱诺巴勃斯　我也这样想；可是你不久就会发现连接他们友谊的这一条带子，结果反而勒毙了他们的感情。奥克泰维娅的性情是端庄而冷静的。

茂那斯　谁不愿意有这样一个妻子？

爱诺巴勃斯　玛克·安东尼自己不是这样一个人，所以他也不喜欢这样一个妻子。他一定会再到埃及去领略他的异味；那时候奥克泰维娅的叹息便会煽起凯撒心头的怒火，正像我刚才所说的“她现在是他们两人之间感情的联系，将来却会变成促动两人反目的原因。安东尼的心早已另有所属了，他在这儿结婚只是一种应付环境的手段”。

茂那斯　你的话也许会成为事实。来，朋友，上船去吧。我要请你喝杯酒呢。

爱诺巴勃斯　我一定领情；我们在埃及是喝惯了大口的酒的。

茂那斯　来，我们去吧。（同下）

第七场　密西嫩附近海面庞贝大船上

音乐；两三仆人持酒食上。

仆　甲　他们就要到这儿来啦，伙计。有几个人已经醉得站立不稳，一丝最轻微的风都可以把他们吹倒。

仆　乙　莱必多斯喝得满脸通红。

仆　甲　他们故意开他的玩笑，尽是哄他一杯一杯灌下去。

仆　乙　他们自己却留着酒量，他只顾叫喊不喝了，不喝了；结果还是自己管不住自己。

仆　甲　他岂不是失去了理智，开了自己的玩笑。

仆　乙　混在大人物中间，给他们玩弄玩弄也是活该。叫我举一根掮不起的枪杆子，不如拈一根不中用的芦苇。

仆　甲　高居于为众人所仰望的地位而毫无作为，正像眼眶里没有眼珠、只留下两个怪可怜的空洞的凹孔一样。

喇叭奏花腔。凯撒、安东尼、莱必多斯、庞贝、阿格立巴、茂西那斯、爱诺巴勃斯、茂那斯及其他将领等上。

安东尼　他们都是这样的，阁下。他们用金字塔做标准，测量尼罗河水位的高低，由此判断年岁的丰歉。尼罗河的河水越是高涨，收成越有把握；潮水退落以后农夫就可以在烂泥上播种，不多几时就结实了。莱必多斯你们那边有很奇怪的蛇。

安东尼　是的，莱必多斯。

莱必多斯　你们埃及的蛇是生在烂泥里，晒着太阳光长大的；你们的鳄鱼也是一样。

安东尼　正是这样。

庞　贝　请坐——酒来！我们干一杯祝莱必多斯健康！

莱必多斯　我身子不顶舒服，可是我决不示弱。

爱诺巴勃斯　除非等你睡去，他们决不会放过你的。

莱必多斯　嗯，的确，我听说托勒密王朝的金字塔造得很好；我听见人家都是这样一致公认。

茂那斯　庞贝，我要跟你说句话。

庞　贝　就在我的耳边说；什么事？

茂那斯　主帅，请你离开你的坐位，听我对你说。

庞　贝　等一等，我就来。这一杯酒祝莱必多斯健康！

莱必多斯　你们的鳄鱼是怎么一种东西？

安东尼　它的形状就像一条鳄鱼；它有鳄鱼那么大，也有鳄鱼那么高；它用它自己的肢体行动，靠着它所吃的东西活命；它的精力衰竭以后，它就死了。

莱必多斯　它的颜色是怎样的？

安东尼　也跟鳄鱼的颜色差不多。

莱必多斯　那是一种奇怪的蛇。

安东尼　可不是；而且它的眼泪是湿的。

凯　撒　你这样说，他会信服么？

安东尼　有庞贝向他敬酒还有问题吗？否则他真是个穷奢极欲之人了。

庞　贝　该死，该死！这算什么话？去！照我吩咐你的做去。我叫你们替我斟下的这杯酒呢？

茂那斯　要是你愿意听我说话，请你站起来。

庞　贝　我想你在发疯了。什么事？（二人走至一旁。）

茂那斯　我一向都是忠心耿耿。为你的利益打算。

庞　贝　你替我做事很忠实。还有什么话说？各位将军，大家痛痛快快乐一下。

安东尼　莱必多斯，留心你脚底下的浮沙，你要摔下来了。

茂那斯　你要做全世界的主人吗？

庞　贝　你说什么？

茂那斯　你要做全世界的主人吗？再干一场。

庞　贝　怎么做法？

茂那斯　你只要抱着这样的决心，虽然你看我是一个微贱的人，我能够把全世界交在你的手里。

庞　贝　你喝醉了吗？

茂那斯　不，庞贝，我一口酒也没有沾唇。你要是有胆量，就可以做地上的君王；大洋环抱之内，苍天覆盖之下，都归你所有，只要你有这样的雄心。

庞　贝　指点我一条路径。

茂那斯　这三个统治天下、鼎峙称雄的人物，现在都在你的船上；让我割断缆绳，把船开到海心，砍下他们的头颅，那么一切都是你的了。

庞　贝　唉！这件事你应该自己去干，不该先来告诉我。我干了这事，人家要说我不顾信义；你去干了，却是为主尽忠。你必须知道，我不能把利益放在荣誉的前面，我的荣誉是比利益更重要的。你应该懊悔让你的舌头说出了你的计谋；要是趁我不知道的时候干了，我以后会觉得你这件事情干得很好，可是现在我必须斥责这样的行为。放弃了这一个念头，还是喝酒吧。

茂那斯　（旁白）从此以后，我再也不追随你这前途黯淡的命运了。放着这样大好机会当面错过，以后再找，还找得到吗？

庞　贝　再敬莱必多斯一杯！

安东尼　把他抬上岸去。我来替他干了吧，庞贝。

爱诺巴勃斯　敬你一杯，茂那斯！

茂那斯　爱诺巴勃斯，太客气了！

庞　贝　把酒满满地倒在杯子里，让它一直齐到杯口。

爱诺巴勃斯　茂那斯，那是一个很有力气的家伙。（指一背负莱必多斯下场之侍从。）

茂那斯　为什么？

爱诺巴勃斯　你没看见他把三分之一的世界负在背上吗？

茂那斯　那么三分之一的世界已经喝醉了，但愿整个世界都喝得酩酊大醉，像车轮般旋转起来！

爱诺巴勃斯　你也喝，大家喝个痛快。

茂那斯　来。

庞　贝　我们今天的聚会，比起亚历山大里亚的豪宴来，恐怕还是望尘莫及。

安东尼　也差不多了。来，碰杯！这一杯是敬凯撒的！

凯　撒　我可喝不下去了；我这头脑越洗越糊涂。

安东尼　今天大家不醉不归，不能让你例外。

凯　撒　那么你先喝，我陪着你喝；可是与其在一天之内喝这么多的酒，我宁愿绝食整整四天。

爱诺巴勃斯　（向安东尼）哈！我的好皇帝；我们现在要不要跳起埃及酒神舞来，庆祝我们今天的欢宴？

庞　贝　好壮士，让我们跳起来吧。

安东尼　来，我们大家手挽着手，一直跳到美酒浸透了我们的知觉，把我们送进了温柔的黑甜乡里。

爱诺巴勃斯　大家挽着手。当我替你们排队的时候，让音乐在我们的耳边高声弹奏；于是歌童唱起歌来，每一个人都要拉开喉咙和着他唱，唱得越响越好。（奏乐；爱诺巴勃斯同众人携手列队。）

（歌。）

来，巴克科斯，酒国的仙王，
你两眼红红，胖胖皮囊！
替我们浇尽满腹牢骚，
替我们满头挂上葡萄：
喝，喝，喝一个天旋地转，
喝，喝，喝一个天旋地转！

凯　撒　够了，够了。庞贝，晚安！好兄弟，我求求你，跟我回去吧；不要一味游戏，忘记了我们的正事。各位将军，我们分手吧；你们看我们的脸烧得这样红；强壮的爱诺巴勃斯喝得一点力气都没有了；我自己的舌头也有点结结巴巴；大家疯疯癫癫的，都变成一群傻瓜啦。不必多说了。晚安！好安东尼，让我搀着你。

庞　贝　我一定要到岸上来陪你们乐一下。

安东尼　很好，庞贝。把你的手给我。

庞　贝　啊，安东尼！你占住了我父亲的屋子，可是那有什么关系？我们还是朋友。来，我们下小船吧。

爱诺巴勃斯　留心不要跌在水里。（庞贝、凯撒、安东尼及侍从等下）茂那斯，我不想上岸去。

茂那斯　别去，到我舱里坐坐。这些鼓！这些喇叭、笛子！嘿！让海神听见我们向这些大人物高声道别吧；吹起来，他妈的！吹响一点！（喇叭奏花腔，间以鼓声。）

爱诺巴勃斯　嘿！他说的。瞧我的帽子。（掷帽。）

茂那斯　嘿！好家伙！来。（同下。）

第三幕

第一场　叙利亚一平原

文提狄斯率西里厄斯及其他罗马将校士卒奏凯上；兵士抬巴科勒斯尸体前行。

文提狄斯　横行无敌的帕提亚，你也有失败的一天；命运选定了我，叫我替已死的玛克斯·克拉苏复仇。把这王子的尸身在我们大军之前抬着走。奥洛第斯啊，你杀了我们的玛克斯·克拉苏，现在我们叫你的巴科勒斯抵了命啦。

西里厄斯　尊贵的文提狄斯，趁着帕提亚人的血在你的剑上还没有冷却的时候，继续追逐那些逃亡的敌人吧；驰骋你的铁骑，越过米太、美索不达米亚以及其他可以让溃败的帕提亚人栖身的地方；这样你的伟大的主帅安东尼就要使你高坐在凯旋的战车里，用花冠加在你的头上了。

文提狄斯　啊，西里厄斯，西里厄斯！这样已经很够了；一个地位在下的人，不应该立太大的功勋；因为，你要知道，西里厄斯，与其当长官不在的时候出力博得一个太高的名声，宁可把一件事情做到一半就歇手。凯撒和安东尼的赫赫功业，大部分是他们的部下替他们建立起来的，并不是靠他们自己的力量。我在叙利亚的一个同僚索歇斯，本来在他手下当副将的，就是因为太露锋芒而失去了他的欢心。在战场上，部下的军功如果超过主将，主将的威名就会被他所掩罩;凡是军人都有争强好胜的心理,他们宁愿吃一次败仗;也不愿让别人夺去了胜利的光荣。我本来还可以替安东尼多出一些力,可是那反而会使他恼怒,他一恼我的辛苦就白费了。

西里厄斯　文提狄斯,你真是深谋远虑;一个军人要是不能审察利害,那就跟他的剑没有分别了。你要写信去向安东尼报捷吗?

文提狄斯　我要很谦恭地告诉他,我们凭借他的先声夺人的威名,已经得到了怎样的战果;他的雄壮的旗帜和精神饱满的部队,怎样把百战百胜的帕提亚骑兵驱出了战场之外。

西里厄斯　他现在在什么地方?

文提狄斯　他预备到雅典去;我们现在就向雅典兼程前进,向他当面复命。来,弟兄们,走。(同下。)

第二场　罗马。凯撒府中一室

阿格立巴及爱诺巴勃斯自相对方向上。

阿格立巴　啊!那些好兄弟们都散开了吗?

爱诺巴勃斯　他们已经把庞贝打发走了;那三个人还在重申盟好。奥克泰维娅因为不忍远离罗马而哭泣;凯撒也是满面愁容;莱必多斯自从在庞贝那儿赴宴归来以后,就像茂那斯说的,他害着贫血症。

阿格立巴　莱必多斯是个好人。

爱诺巴勃斯　一个很好的人。啊,他多么爱凯撒!

阿格立巴　嗯,可是他多么崇拜安东尼!

爱诺巴勃斯　凯撒?他才是人世的天神。

阿格立巴　安东尼吗?他是天神的领袖。

爱诺巴勃斯　你说起凯撒吗？嘿！盖世无双的英雄！

阿格立巴　啊，安东尼！千年一遇的凤凰！

爱诺巴勃斯　你要是想赞美凯撒，只要提起凯撒的名字就够了。

阿格立巴　真的，他对于他们两人都是恭维备至。

爱诺巴勃斯　可是他最爱凯撒；不过他也爱安东尼。嘿！他对于安东尼的友情，是思想所不能容、言语所不能尽、计数所不能量、文士所不能抒述、诗人所不能讴吟的。可是对于凯撒，他只有跪伏惊叹的份儿。

阿格立巴　他对于两个人一样的爱。

爱诺巴勃斯　他们是他的翅鞘，他是他们的甲虫。（内喇叭声）这是下马的信号。再会，尊贵的阿格立巴。

阿格立巴　愿你幸运，英勇的壮士，再会！

凯撒、安东尼、莱必多斯及奥克泰维娅上。

安东尼　请留步吧，阁下。

凯　撒　你已经把大半个我带走；请你为了我的缘故好好看待她。妹妹，愿你尽力做一个好妻子，不要辜负了我的期望。最尊贵的安东尼，让这一个贤淑的女郎成为巩固我们两人友谊的胶泥，不要反而让她成为撞毁我们感情的堡垒的攻城车；因为我们要是不能同心爱护她，那么还是不要让她置身在我们两人之间的好。

安东尼　你要是不信任我，我可要生气啦。

凯　撒　我的话已经说完了。

安东尼　无论你怎样放心不下，你决不会发现我有什么可以使你怀疑的地方。愿神明护持你，使罗马的人心都乐于为你效死！我们就在这儿分手吧。

凯　撒　再会，我的最亲爱的妹妹，再会；愿你一路平安！再会！

奥克泰维娅　我的好哥哥！

安东尼　她的眼睛里有四月的风光；那是恋爱的春天，这些眼泪便是催花的时雨。别伤心了。

奥克泰维娅　哥哥，请你留心照料我的丈夫的屋子；还有——

凯　撒　什么，奥克泰维娅？

奥克泰维娅　让我附着你的耳朵告诉你。

安东尼　她的舌头不会顺从她的心，她的心也不会顺从她的舌头；她好比大浪顶上一根天鹅的羽毛，不会向任何一方偏斜。

爱诺巴勃斯　（向阿格立巴旁白）凯撒会不会流起眼泪来？

阿格立巴　他的脸上已经堆起乌云了。

爱诺巴勃斯　假如他是一匹马，这样也会有损他的庄严；何况他是一个堂堂男子。

阿格立巴　嘿，爱诺巴勃斯，安东尼看见裘力斯·凯撒死了，也曾放声大哭；他在腓利比看见勃鲁托斯被人杀死，也曾伤心落泪呢。

爱诺巴勃斯　不错，那一年他害着重伤风，所以涕泗横流；不瞒你说，连我也被他逗得哭起来了。

凯　撒　不，亲爱的奥克泰维娅，你一定可以随时得到我的音讯；我对你的想念是不会因为时间的久远而冷淡下去的。

安东尼　来，大哥，来，我要用我爱情的力量和你角力了。你看，我抱住了你；现在我又放开了你，把你交给神明照看。

凯　撒　再会，祝你们快乐！

莱必多斯　让所有的星星吐放它们的光明，一路上照耀着你们！

凯　撒　再会！再会！（吻奥克泰维娅。）

安东尼　再会！（喇叭声。各下。）

第三场　亚历山大里亚。宫中一室

克莉奥佩特拉、查米恩、伊拉丝及艾勒克萨斯上。

克莉奥佩特拉　那个人呢？

艾勒克萨斯　他有些害怕，不敢进来。

克莉奥佩特拉　什么话！

一使者上。

克莉奥佩特拉　过来，朋友。

艾勒克萨斯　陛下，您发怒的时候，犹太的希律王也不敢正眼看您的。

克莉奥佩特拉　我要那个希律王的头；可是安东尼去了，谁可以替我去干这一件事呢？走近些。

使　者　最仁慈的陛下！

克莉奥佩特拉　你见过奥克泰维娅吗？

使　者　见过，尊严的女王。

克莉奥佩特拉　什么地方？

使　者　娘娘，在罗马；我看见她一手搀着她的哥哥，一手搀着安东尼；她的脸给我看得清清楚楚。

克莉奥佩特拉　她像我一样高吗？

使　者　她没有您高，娘娘。

克莉奥佩特拉　听见她说话吗？她的声音是尖的，还是低的？

使　者　娘娘，我听见她说话；她的声音是很低的。

克莉奥佩特拉　那就不大好。他不会长久喜欢她的。

查米恩　喜欢她！啊，爱昔斯女神！那是不可能的。

克莉奥佩特拉　我也这样想，查米恩；矮矮的个子，说话又不伶俐！她走路的姿态有没有威仪？想想看；要是你看见过真正的威仪姿态，就该知道怎样的姿态才算是有威仪的。

使　者　她走路简直像爬；她的动和静简直没有区别；她是一个没有生命的形体，不会呼吸的雕像。

克莉奥佩特拉　真的吗？

使　者　要是不真，我就是不生眼睛的。

查米恩　在埃及人中间，他一个人的观察力可以胜过三个人。

克莉奥佩特拉　我看他很懂事。我还不曾听到她有什么可取的地方。这家伙眼光很不错。

查米恩　好极了。

克莉奥佩特拉　你猜她有多大年纪？

使　者　娘娘，她本来是一个寡妇——

克莉奥佩特拉　寡妇！查米恩，听着。

使　者　我想她总有三十岁了。

克莉奥佩特拉　你还记得她的面孔吗？是长的还是圆的？

使　者　圆的，太圆了。

克莉奥佩特拉　面孔滚圆的人，大多数是很笨的。她的头发是什么颜色？

使　者　棕色的，娘娘；她的前额低到无可再低。

克莉奥佩特拉　这儿是赏给你的金子；我上次对你太凶了点儿，你可不要见怪。我仍旧要派你去替我探听消息；我知道你是个很可靠的人。你去端整行装，我的信件已经预备好了。（使者下。）

查米恩　一个很好的人。

克莉奥佩特拉　正是，我很后悔把他这样凌辱。听他说起来，那女人简直不算什么。

查米恩　不算什么，娘娘。

克莉奥佩特拉　这人不是不曾见过世面，应该识得好坏。

查米恩　见过世面？我的爱昔斯女神，他已侍候您多年了！

克莉奥佩特拉　我还有一件事要问他，好查米恩；可是没有什么要紧，你把他带到我写信的房间里来就是了。一切还有结果圆满的希望。

查米恩　您放心吧，娘娘。（同下。）

第四场　雅典。安东尼府中一室

安东尼及奥克泰维娅上。

安东尼　不，不，奥克泰维娅，不单是那件事；那跟其他许多类似的事都还是情有可原的。可是他不该重新向庞贝宣战，还居然立下遗嘱，当众宣读＂我的名字他提也不愿提起，当他不得不恭维我一番的时候，他就冷冷淡淡地用一两句话敷衍过去；他深怕对我过于宽厚；我向他讲好话，他满不放在心上，至多在牙缝里应酬一下。

奥克泰维娅　啊，我的主！传闻之辞，不可完全相信；即使确实，也不要过分介意。要是你们两人之间发生了冲突，我就是世上最不幸的女人，既要为你祈祷，又要为他祈祷；神明一定会嘲笑我，当我向他们祷告，“啊！保佑我的丈夫”以后，又接着向他们祷告，“啊！保佑我的哥哥！”希望丈夫得胜，只好让哥哥失败；希望哥哥得胜，只好让丈夫失败；在这两者之间，再没有一个折衷的两全之道。

安东尼　温柔的奥克泰维娅，让你的爱心替你决定你的最大的同情应该倾向在哪一方面。要是我失去了我的荣誉，就是失去了我自己；与其你有一个被人轻视的丈夫，还是不要嫁给我的好。可是你既然有这样的意思，那么就有劳你在我们两人之间斡旋斡旋吧；一方面我仍旧在这儿积极准备，万一不幸而彼此以兵戎相见，令兄的英名恐怕就要毁于一旦了。事不宜迟，你趁早动身吧。

奥克泰维娅　谢谢我的主。最有威力的天神把我造成了一个最柔弱的人，我这最柔弱的人却要来调停你们的争端！你们两人开了战，就像整个的世界分裂为二，只有无数战死者的尸骸才可以填平这一道裂痕。

安东尼　你明白了谁是造成这次争端的祸首以后，就用不着再回护他；我们的过失决不会恰恰相等，总可以分别出一个是非曲直来。预备你的行装；你爱带什么人同去，就带什么人同去；路上需要多少费用，尽管问我要好了。（同下。）

第五场　同前。另一室

爱诺巴勃斯及爱洛斯自相对方向上。

爱诺巴勃斯　啊，朋友爱洛斯！

爱洛斯　有了很奇怪的消息呢，朋友。

爱诺巴勃斯　什么消息？

爱洛斯凯　凯撒和莱必多斯已经向庞贝开战。

爱诺巴勃斯　这是老消息；结果怎么样？

爱洛斯　凯撒利用了莱必多斯向庞贝开战以后，就翻过脸来不承认他有同等的地位，不让他分享胜利的光荣；不但如此，还凭着他以前写给庞贝的信札。作为通敌的证据，把他拘捕起来；所以这个可怜的第三者已经完了，只有死才能给他自由。

爱诺巴勃斯　那么，世界啊，你现在只剩下两个人了；把你所有的食物丢给他们，他们也要摩拳擦掌，互相争夺的。安东尼在哪儿？

爱洛斯　他正在园里散步，一面走，一面恨恨地踢着脚下的草，嘴里嚷着，“傻瓜，莱必多斯！”还发誓说要把那暗杀庞贝的军官捉住了割断他的咽喉。

爱诺巴勃斯　我们伟大的舰队已经扬帆待发了。

爱洛斯　那是要开到意大利去声讨凯撒的。还有，道密歇斯，主帅叫你快去；我应该把我的消息慢慢告诉你的。

爱诺巴勃斯　那就失去新闻的价值了；可是不要管它！带我去见安东尼吧。

爱洛斯　来，朋友。（同下）

第六场　罗马。凯撒府中一室

凯撒、阿格立巴及茂西那斯上。

凯　撒　这件事，还有其他种种，都是他为了表示对于罗马的轻蔑而在亚历山大里亚干的；那情形是这样的：在市场上筑起了一座白银铺地的高坛，上面设着两个黄金的宝座，克莉奥佩特拉跟他两人公然升座；我的义父的儿子，他们替他取名为凯撒里昂的，还有他们两人通奸所生的一群儿女，都列坐在他们的脚下；于是他宣布以克莉奥佩特拉为埃及帝国的女皇，全权统辖下叙利亚、塞浦路斯和吕底亚各处领土。

茂西那斯　这是当着公众的面前举行的吗？

凯　撒　就在公共聚集的场所，他们表演了这一幕把戏。他当场又把王号分封他的诸子：米太、帕提亚、亚美尼亚，他都给了亚历山大；叙利亚、西利西亚、腓尼基，他给了托勒密。那天她打扮成爱昔斯女神的样子；据说她以前接见群臣的时候，常常是这样装束的。

茂西那斯　让全罗马都知道这种事情吧。

阿格立巴　罗马人久已厌恶他的骄横，一定会对他完全失去好感。

凯　撒　人民已经知道了；他们还听到了他的讨罪的檄告。

阿格立巴　他讨谁的罪？

凯　撒　凯撒。他说我在西西里侵吞了塞克斯特斯·庞贝厄斯的领土以后，不曾把那岛上他所应得的一份分派给他；又说他借给我一些船只，我没有归还他；最后他责备我不该擅自褫夺莱必多斯的权位，推翻了三雄鼎峙的局面；他还说我们霸占他的全部的收入。

阿格立巴　主上，这倒是应该答复他的。

凯　撒　我已经答复他，叫人带信给他了。我告诉他，莱必多斯最近变得非常横暴残虐，滥用他的大权作威作福，不能不有这一次的变动。凡是我所征服得来的利益，我都可以让他平均分享；可是在他的亚美尼亚和其他被征服的国家之中，我也向他要求同样的权利。

茂西那斯　他决不会答应那样的要求。

凯　撒　我们也绝对不能对他让步。

奥克泰维娅率侍从上。

奥克泰维娅　祝福，凯撒，我的主！祝福，最亲爱的凯撒！

凯　撒　难道要我称你为被遗弃的女子吗！

奥克泰维娅　你没有这样叫过我，你也没有理由这样称呼我。

凯　撒　你为什么一声不响地到来呢？你来得不像是凯撒的妹妹；安东尼的妻子应该有一大队人马做她的前驱，当她还在远远的地方的时候，一路上的马嘶声就已经在报告她到来的消息；路旁的树枝上都要满爬着人，因为不见所盼的人而焦心绝望；那络绎不断的马蹄扬起的灰尘，应该一直高达天顶。可是你却像一个市场上的女佣一般来到罗马，不曾预先通知我们，使我们来不及用盛大的仪式向你表示我们的欢迎；我们本该在海陆双方派人迎接，每到一处，都应该有人招待你的。

奥克泰维娅　我的好哥哥，我这样悄悄而来，并不是出于勉强，全然是我自己的意思。我的主安东尼听见你准备战争，把这不幸的消息告诉了我，所以我才请求他准许我回来一次。

凯　撒　他很快就答应你了，因为你是使他不能享受风流乐趣的障碍。

奥克泰维娅　不要这样说，哥哥。

凯　撒　我随时注意着他，他的一举一动，我这儿都有风闻。他现在在什么地方？

奥克泰维娅　在雅典。

凯　撒　不，我的被人欺负的妹妹；克莉奥佩特拉已经招呼他到她那儿去了。他已经把他的帝国奉送给一个淫妇；他们现在正在召集各国的君长，准备进行一场大战。利比亚的国王鲍丘斯、卡巴多西亚的阿契劳斯、巴夫拉贡尼亚的国王菲拉德尔福斯、色雷斯王哀达拉斯、阿拉伯的玛尔丘斯王、本都的国王、犹太的希律、科麦真的国王密瑟里台提斯、米太王坡里蒙和利考尼亚王阿敏达斯，还有别的许多身居王位的人，都已经在他的邀请之下集合了。

奥克泰维娅　唉，我真不幸！我的一颗心分系在你们两人身上，你们两人却彼此相残！

凯　撒　欢迎你回来！我们因为得到你的来信而暂缓发动，可是现在已经明白你怎样被人愚弄，我们倘再蹉跎观望，是一件多么危险的事，所以不能不迅速行动了。宽心吧，不要因为这些不可避免的局势扰乱了你的安宁而烦恼，让一切依照命运的安排达到它们最后的结局吧。欢迎你回到罗马来；我没有比你更亲爱的人了。你已经受到空前的侮辱！崇高的众神怜悯你的无辜，才叫我们和一切爱你的人奉行他们的旨意，替你报仇雪恨。愿你安心自乐，我们总是欢迎你的。

阿格立巴　欢迎，夫人！

茂西那斯　欢迎，好夫人！每一颗罗马的心都爱你、同情你；只有贪淫放纵的安东尼才会把你抛弃，让一个娼妓窃持大权，向我们无理挑衅。

奥克泰维娅　真的吗，哥哥？

凯　撒　真的。妹妹，欢迎；请你安心忍耐，我的最亲爱的妹妹！（同下）

第七场　阿克兴海岬附近安东尼营地

克莉奥佩特拉及爱诺巴勃斯上。

克莉奥佩特拉　我一定要跟你算账，你瞧着吧。

爱诺巴勃斯　可是为什么，为什么，为什么？

克莉奥佩特拉　在这次出征以前，你说我是女流之辈，战场上没有我的份儿。

爱诺巴勃斯　对啊，难道我说错了吗？

克莉奥佩特拉　为什么我不能御驾亲征，这不明明是讪谤我吗？

爱诺巴勃斯　（旁白）好，我可以回答你：要是我们把雄马雌马一起赶上战场，岂不要引得雄马撒野，雌马除了负上兵士，还要背上雄的呢。

克莉奥佩特拉　你说什么？

爱诺巴勃斯　安东尼看见了您，一定会心神不定；他在军情紧急的时候，怎么可以让您分散他的有限的精力和宝贵的时间？人家已经在批评他的行动轻率了，在罗马他们都说这一次的军事，都是一个名叫福的纳斯的太监和您的几个侍女们作的主张。

克莉奥佩特拉　让罗马沉下海里去，让那些诽谤我们的舌头一起烂掉！我是一国的君主，必须像一个男子一般负起主持战局的责任。不要反对我的决意；我不能留在后方。

爱诺巴勃斯　好，那么我不管。皇上来了。

安东尼及凯尼狄斯上。

安东尼　凯尼狄斯，他从大兰多和勃伦提斯出发，这么快就越过爱奥尼亚海，把妥林占领下来，不是很奇怪吗？你有没有听见这个消息，亲爱的？

克莉奥佩特拉　因循观望的人，最善于惊叹他人的敏捷。

安东尼　骂得痛快，真是警惰的良箴，这样的话出之于一个堂堂男子的口中，也可以毫无愧色。凯尼狄斯，我们要在海上和他决战。

克莉奥佩特拉　海上！不在海上还在什么地方？

凯尼狄斯　请问主上，为什么我们要在海上和他决战？

安东尼　因为他挑我在海上决战。

爱诺巴勃斯　可是您也曾经要求他单人决斗。

凯尼狄斯　您还要求他在法赛利亚，凯撒和庞贝交战的故址，和您一决胜负；可是他因为这些要求对他不利，一概拒绝了；他可以拒绝您，您也可以拒绝他的。

爱诺巴勃斯　我们的船只缺少得力的人手，那些水兵本来都是赶骡种地的乡民，在仓促之中临时拉来充数的；凯撒的舰队里却都是屡次和庞贝交锋、能征惯战的将士；而且他们的船只很轻便，不比我们的那样笨重。您在陆地上已经准备着充分的实力，拒绝和他在海上决战，也不是一件丢脸的事。

安东尼　在海上，在海上。

爱诺巴勃斯　主上，您要是在海上决战，就是放弃了陆地上绝对可操胜算的机会，分散了您那些善战的步兵的兵力，埋没了您那赫赫有名的陆战的才略，牺牲了最稳当的上策，去冒毫无把握的危险。

安东尼　我决定在海上作战。

克莉奥佩特拉　我有六十艘船舶,凯撒的船不比我们多。

安东尼　我们把多余的船只一起烧掉,把士卒分配到需用的船上,就从阿克兴岬口出发,迎头痛击凯撒的舰队。要是我们失败了,还可以再从陆地上争回胜利。

一使者上。

安东尼　什么事?

使　者　启禀主上,这消息是真的;有人已经看见他了;凯撒已经占领了妥林。

安东尼　他自己也到那边了吗?那是不可能的;他的本领果然神出鬼没。凯尼狄斯,我们在陆地上的十九个军团和一万二千匹战马,都归你节制。我自己要到船上指挥去:走吧,我的海中女神!

一兵士上。

安东尼　什么事,英勇的军人?

兵　士　啊,皇上!不要在海上作战;不要相信那些朽烂的木板;难道您怀疑这一柄宝剑的威力,和我这满身的伤疤吗?让那些埃及人和腓尼基人去跳水吧;我们是久惯于立足地上、凭着膂力博取胜利的。

安东尼　好,好,去吧!(安东尼、克莉奥佩特拉及爱诺巴勃斯同下。)

兵　士　凭着赫剌克勒斯起誓,我想我的话没有说错。

凯尼狄斯　你没有错,可是他的整个行动,已经不受他自己的驾驭了;我们的领袖是被人家牵着走的,我们都只是一些供妇女驱策的男子。

兵　士　您是在陆地上负责保全人马实力的,是不是?

凯尼狄斯　玛克斯·奥克泰维斯、玛克斯·杰思退厄斯、泼勃力科拉、西里厄斯都要参加海战;留着我们保全陆地的实力。凯撒用兵这样神速,真是出人意外。

兵　士　当他还在罗马的时候，他的军队的调动掩护得非常巧妙，没有一个间谍不给他瞒过了。

凯尼狄斯　你听说谁是他的副将吗？

兵　士　他们说是一个名叫陶勒斯的人。

凯尼狄斯　这人我很熟悉。（一使者上。）

使　者　皇上叫凯尼狄斯进去。

凯尼狄斯　这样扰攘的时世，每一分钟都有新的消息产生。（同下）

第八场　阿克兴附近一平原

凯撒、陶勒斯及将士等上。

凯　撒　陶勒斯！

陶勒斯　主上？

凯　撒　不要在陆地上攻击敌人；保全实力；在我们海上的战事没有完毕以前，避免一切挑衅的行为，遵照这一通密令上所规定的计策实行，不可妄动；我们的成败在此一举。（同下）

安东尼及爱诺巴勃斯上。

安东尼　把我们的舰队集合在山的那一边，正对着凯撒的阵地；从那地方我们可以看清敌人船只的数目，决定我们应战的方略。（同下）

凯尼狄斯率陆军上，由舞台一旁列队穿过；凯撒副将陶勒斯率其所部由另一旁穿过。两军入内后，内起海战声。号角声；爱诺巴勃斯重上。

爱诺巴勃斯　完了，完了，全完了！我再也瞧不下去了。埃及的旗舰"安东尼号"一碰到敌人，就带领了他们的六十艘船只全体转舵逃走；我的眼睛都看得要爆炸了。

斯凯勒斯上。

斯凯勒斯　天上所有的男神女神啊！

爱诺巴勃斯　你为什么有这样的感慨?

斯凯勒斯　大半个世界都在愚昧中失去了;我们已经用轻轻的一吻,断送了无数的王国州郡。

爱诺巴勃斯　战局怎么样?

斯凯勒斯　我们的一方面好像已经盖上了瘟疫的戳记似的,注定着死亡的命运。那匹不要脸的埃及雌马!但愿她浑身害起癞病来!正在双方鏖战,不分胜负,或者还是我们这方面略占上风的时候,她像一头被牛虻钉上了身的六月的母牛一样,扯起帆就逃跑了。

爱诺巴勃斯　那我也看见,我的眼睛里看得火星直爆,再也看不下去了。

斯凯勒斯　她刚刚拨转船头,那被她迷醉得英雄气短的安东尼也就无心恋战,像一只痴心的水凫一样,拍了拍翅膀飞着追上去。我从来没有见过这样可羞的行为,多年的经验、丈夫的气概、战士的荣誉,竟会这样扫地无余!

爱诺巴勃斯　唉!唉!

凯尼狄斯上。

凯尼狄斯　我们在海上的命运已经奄奄一息,无可挽回地没落下去了。我们的主帅倘不是这样糊涂,一定不会弄到这一个地步。啊!他自己都公然逃走了,兵士们看着这一个榜样,怎么不会众心涣散!

爱诺巴勃斯　你也这样想吗?那么真的什么都完了。

凯尼狄斯　他们都向伯罗奔尼撒逃走了。

斯凯勒斯　那条路很容易走,我也要到那边去等候复命。

凯尼狄斯　我要把我的军队马匹向凯撒献降,六个国王已经先我而投降了。

爱诺巴勃斯　我还是要追随安东尼的受伤的命运,虽然这是我的理智所反对的。(各下)

第九场 亚历山大里亚。宫中一室

安东尼及众侍从上。

安东尼 听！土地在叫我不要践踏它，它怕我这不光荣的身体会使它蒙上难堪的耻辱。朋友们，过来；我在这世上盲目夜行，已经永远迷失了我的路。我有一艘满装黄金的大船，你们拿去分了，各自逃生，不要再跟凯撒作对了吧。

众侍从 逃走！不是我们干的事。

安东尼 我自己也在敌人之前逃走，替懦夫们立下一个转身避害的榜样。朋友们，去吧；我已经为自己决定了一个方针，今后无须借重你们了；去吧。我的金银财宝都在港里，你们尽管拿去。唉！我追随了一个我羞于看见的人；我的头发都在造反，白发埋怨黑发的粗心鲁莽，黑发埋怨白发的胆小痴愚。朋友们，去吧；我可以写几封信，介绍你们投奔我的几个朋友。请你们不要怏怏不乐，也不要口出怨言，听从我在绝望之中的这一番指示；未了的事，听其自然；赶快到海边去吧；我就把那艘船和船上的财物送给你们，现在请你们暂时离开我，我已经不配命令你们！所以只好请求你们。我们等会儿再见吧。（坐下）

查米恩及伊拉丝携克莉奥佩特拉手上，爱洛斯后随。

爱洛斯 好娘娘，上去呀，安慰安慰他。

伊拉丝 上去呀，好娘娘。

查米恩 不上去又怎么样呢？

克莉奥佩特拉 让我坐下来。天后朱诺啊！

安东尼 不，不，不，不，不。

爱洛斯　您看见吗，主上？

安东尼　啊，呸！呸！呸！

查米恩　娘娘！

伊拉丝　娘娘，啊，好娘娘！

爱洛斯　主上，主上！

安东尼　是的，阁下，是的。他在腓利比把他的剑摇来挥去，像在跳舞一般；是我杀死了那个形容瘦削、满脸皱纹的凯歇斯，结果了那发疯似的勃鲁托斯的生命；他却只会让人代劳，从来不曾亲临战阵。可是现在——算了。

克莉奥佩特拉　唉！扶我一下。

爱洛斯　主上，娘娘来了。

伊拉丝　上去，娘娘，对他说话，他惭愧得完全失了常态了！

克莉奥佩特拉　好，那么扶着我。啊！

爱洛斯　主上，起来，娘娘来了；她低下了头，您要是不给她一些安慰，她会悲哀而死的。

安东尼　我已经毁了自己的名誉，犯了一个最可耻的错误，。

爱洛斯　主上，娘娘来了。

安东尼　啊！你把我带到什么地方去，埃及女王？瞧，我因为不愿从你的眼睛里看见我的耻辱，正在凭吊那已经化为一堆灰烬的我的雄图霸业呢。

克莉奥佩特拉　啊！我的主，我的主！原谅我因为胆怯而扬帆逃避；我没有想到你会跟了上来的。

安东尼　埃及的女王，你完全知道我的心是用绳子缚在你的舵上的，你一去就会把我拖着走；你知道你是我的灵魂的无上主宰，只要你向我一点头一招手，即使我奉有天神的使命，也会把它放弃了来听候你的差遣。

克莉奥佩特拉　啊，恕我！

安东尼　我曾经玩弄半个世界在我的手掌之上，操纵着无数人生杀予夺的大权，现在却必须俯首乞怜，用吞吞吐吐的口气向这小子献上屈辱的降表。你知道你已经多么彻头彻尾地征服了我，我的剑是绝对服从我的爱情的指挥的。

克莉奥佩特拉　恕我，恕我！

安东尼　不要掉下一滴泪来；你的一滴泪的价值，抵得上我所得而复失的一切。给我一吻吧；这就可以给我充分的补偿了。我们已经差那位教书先生去了；他回来了没有？爱人，我的灵魂像铅一样沉重。叫他们预备酒食！命运越是给我们打击，我们越是瞧不起她（同下。）

第十场　埃及。凯撒营地

凯撒、道拉培拉、赛琉斯及余人等上。

凯　撒　叫安东尼的使者进来。你们认识他吗？

道拉培拉　凯撒，那是他的教书先生；几月以前，多少的国王甘心为他奔走，现在他却差了这样一个卑微的人来，这就可以见得他的途穷日暮了。

尤弗洛涅斯上。

凯　撒　过来，说明你的来意。

尤弗洛涅斯　我虽然只是一个地位卑微的人，却奉着安东尼的使命而来；不久以前，我在他的汪洋大海之中！不过等于一滴草叶上的露珠。

凯　撒　好，你来有什么事？

尤弗洛涅斯　他说你是他的命运的主人，向你致最大的敬礼；他请求你准许他住在埃及，要是这一件事你不能允许他，他还有退一步的请求，愿你让他在天地之间有一个容身之处，在雅典做一个平民：这是他要我对你说的话。克莉奥佩特拉也承认你的伟大的权力，愿意听从你的支配；她恳求你慷慨开恩，准许她的后裔保存托勒密王朝的宝冕。

凯　撒　对于安东尼，他的任何要求我一概置之不理。女王要是愿意来见我，或是向我有什么请求，我都可以答应，只要她能够把她那名誉扫地的朋友逐出埃及境外，或者就在当地结果他的性命；要是她做得到这一件事，她的要求一定可以得到我的垂听。你这样去回复他们两人吧。

尤弗洛涅斯　愿幸运追随你！

凯　撒　带他通过我们的阵线。（尤弗洛涅斯下。向赛琉斯）现在是试验你的口才的时候了；快去替我从安东尼手里把克莉奥佩特拉夺来；无论她有什么要求，你都用我的名义答应她；另外你再可以照你的意思向她提出一些优厚的条件。女人在最幸福的环境里，也往往抵抗不了外界的诱惑；一旦到了困穷无告的时候，一尘不染的贞女也会失足堕落。尽量运用你的手段，赛琉斯；事成之后，随你需索什么酬报，我都决不吝惜。

赛琉斯　凯撒，我就去。

凯　撒　注意安东尼在失势中的态度，从他的举动之间窥探他的意向。

赛琉斯　是，凯撒。（各下）

第十一场　亚历山大里亚。宫中一室

克莉奥佩特拉、爱诺巴勃斯、查米恩及伊拉丝上。

克莉奥佩特拉　我们怎么办呢，爱诺巴勃斯？

爱诺巴勃斯　想一想，然后死去。

克莉奥佩特拉　这一回究竟是安东尼错还是我错？

爱诺巴勃斯　全是安东尼的错，他不该让他的情欲支配了他的理智。两军相接的时候，本来是惊心怵目的，即使您在战争的狰狞的面貌之前逃走了，为什么他要跟上来呢？当世界的两半互争雄长的紧急关头，他是全局所系的中心人物，怎么可以让儿女之私牵制了他的大将的责任！在全军惶惑之中追随您的逃走的旗帜，这不但是他的无可挽回的损失，也是一个无法洗刷的耻辱。

克莉奥佩特拉　请你别说了。

安东尼及尤弗洛涅斯上。

安东尼　那就是他的答复吗？

尤弗洛涅斯　是，主上。

安东尼　那么女王可以得到他的恩典，只要她愿意把我交出？

尤弗洛涅斯　他正是这样说。

安东尼　让她知道他的意思。把这颗鬓发苍苍的头颅送给那凯撒小子，他就会满足你的愿望，赏给你许多采邑领土。

克莉奥佩特拉　哪一颗头颅，我的主？

安东尼　再去回复他。对他说，他现在年纪还轻，应该让世人看看他有什么与众不同的地方；也许他的货币、船只、军队，都只是属于一个懦夫所有；也许他的臣僚辅佐凯撒，正像辅佐一个无知的孺子一样。所以我要向他挑战，叫他不要依仗那些比我优越的条件，直接痛快地跟我来一次剑对剑的决斗。我就去写信，跟我来。（安东尼、尤弗洛涅斯同下。）

爱诺巴勃斯　（旁白）是的，战胜的凯撒会放弃他的幸福，和一个剑客比赛起匹夫之勇来！看来人们的理智也是他们命运中的一部分，一个人倒了霉，他的头脑也就跟着糊涂了。他居然梦想富有天下的凯撒肯来理会一个一无所有的安东尼！凯撒啊，你把他的理智也同时击败了。（一侍从上。）

侍从　凯撒有一个使者来了。

克莉奥佩特拉　什么！一点礼貌都没有了吗？瞧，我的姑娘们；人家只会向一朵含苞未放的娇花屈膝，等到花残香消，他们就要掩鼻而过之了。让他进来，先生。（侍从下。）

爱诺巴勃斯　（旁白）我的良心开始跟我自己发生冲突了。我们的忠诚不过是愚蠢，因为只有愚人才会尽忠到底；可是谁要是死心塌地追随一个失势的主人，那么他的主人虽然被他的环境征服了，他却能够征服那种环境而不为所屈，这样的人是应该在历史上永远占据一个地位的。

赛琉斯上。

克莉奥佩特拉　凯撒有什么见教？

赛琉斯　请斥退左右。

克莉奥佩特拉　这儿都是朋友，你放心说吧。

赛琉斯　也许他们是安东尼的朋友。

爱诺巴勃斯　先生，他需要像凯撒一样多的朋友，否则他也用不着我们了。只要凯撒高兴，我们的主人十分愿意成为他的朋友；至于我们，那您知道，总是跟着他走的，他做了凯撒的朋友，我们自然也就是凯撒的人。

赛琉斯　好，那么，最有声誉的女王，凯撒请求你不要因为你目前的处境而介意，你只要想他是凯撒。

克莉奥佩特拉　说下去，尊贵的使者。

赛琉斯　他知道你投身在安东尼的怀抱里，不是因为爱他，只是因为惧怕他。

克莉奥佩特拉　啊！

赛琉斯　所以他对于你荣誉上所受的创伤是万分同情的，因为那只是被迫忍受的侮辱，不是罪有应得的责罚。

克莉奥佩特拉　他是一位天神，他的判断是这样公正。我的荣誉并不是自己甘心屈服，全然是被人征服的。

爱诺巴勃斯　（旁白）我要去问问安东尼，究竟是不是这样。主上，主上，你已经是一艘千洞百孔的破船，我们必须离开你，让你沉下海里，因为你的最亲爱的人也把你丢弃了。（下）

赛琉斯　我要不要回复凯撒，告诉他您对他有什么要求？因为他心里很希望您有求于他。要是您愿意把他的命运作为您的靠山，他一定会十分高兴的；可是他要是听见我说您已经离开了安东尼，把您自己完全置身于他的羽翼之下，尊奉他为全世界的主人，那才会叫他心满意足哩。

克莉奥佩特拉　你叫什么名字？

赛琉斯　我的名字是赛琉斯。

克莉奥佩特拉　最善良的使者，请你这样回答伟大的凯撒：我不能亲自吻他征服一切的手，已经请他的使者代致我的敬礼了；告诉他，我随时准备把我的王冠跪献在他的足下；告诉他，从他的举世慑服的诏语之中，我已经听见埃及所得到的判决了。

赛琉斯　这是您的最正当的方策。智慧和命运互相冲突的时候，要是智慧有胆量贯彻它的主张，没有意外的机会可以摇动它的。准许我敬吻您的手。

克莉奥佩特拉　你们凯撒的义父在世的时候，每次想到了征服国土的计划，往往把他的嘴唇放在这一个卑微的所在，雨也似的吻着它。

安东尼及爱诺巴勃斯上。

安东尼　凭着雷霆之威的乔武起誓，好大的恩典！喂，家伙，你是什么东西？

赛琉斯　我是奉着全世界最有威权、最值得服从的人的命令而来的使者。

爱诺巴勃斯　（旁白）你要挨一顿鞭子了。

安东尼　过来！啊，你这浑蛋！天神和魔鬼啊我已经一点权力都没有了吗？不久以前，我只要吆喝一声，国王们就会像一群孩子似的争先恐后问我有什么吩咐。你没有耳朵吗？我还是安东尼哩。

众侍从上。

安东尼　把这家伙抓出去抽一顿鞭子。

爱诺巴勃斯　（旁白）宁可和初生的幼狮嬉戏，不要玩弄一头濒死的老狮。

安东尼　天哪！把他用力鞭打。即使二十个向凯撒纳贡称臣的最大的国君，要是让我看见他们这样放肆地玩弄她的手——她，这个女人，她从前是克莉奥佩特拉，现在可叫什么名字？——狠狠地鞭打他，打得他像一个孩子一般捧住了脸哭着喊饶命；把他抓出去。

赛琉斯　玛克·安东尼——

安东尼　把他拖下去；抽过了鞭子以后，再把他带来见我；我要叫这凯撒手下的奴才替我传一个信给他（侍从等拖赛琉斯下）在我没有认识你以前，你已经是一朵半谢的残花了；嘿！罗马的衾枕不曾留住我，多少名媛淑女我都不曾放在眼里，我不曾生下半个合法的儿女，难道结果反倒被一个向奴才们卖弄风情的女人欺骗了吗？

克莉奥佩特拉　我的好爷爷——

安东尼　你一向就是个水性杨花的人；可是，不幸啊！当我们沉溺在我们的罪恶中间的时候，聪明的天神就封住了我们的眼睛，把我们明白的理智丢弃在我们自己的污泥里，使我们崇拜我们的错误，看着我们一步步陷入迷途而暗笑。

克莉奥佩特拉　唉！竟会以至于此吗？

安东尼　当我遇见你的时候，你是已故的凯撒吃剩下来的残羹冷炙；你也曾做过克尼厄斯·庞贝口中的禁脔；此外不曾流传在世俗的口碑上的，还不知道有多少更荒淫无耻的经历；我相信，你虽然能够猜想得到贞节应该是怎样一种东西，可是你不知道它究竟是什么。

克莉奥佩特拉　你为什么要说这种话？

安东尼　让一个得了人家赏赐说一声"上帝保佑您"的家伙玩弄你那受过我的爱抚的手，那两心相印的神圣的见证！啊！我不能像一个绳子套在脖子上的囚徒一般，向行刑的人哀求早一点了结他的痛苦；我要到高山荒野之间大声咆哮，发泄我的疯狂的悲愤！

众侍从率赛琉斯重上。

安东尼　把他鞭打过了吗？

侍从甲　狠狠地鞭打过了，主上。

安东尼　他有没有哭喊饶命？

侍从甲　他求过情了。

安东尼　他的父亲要是还活在世上，让他怨恨你不是一个女儿；你应该后悔追随胜利的凯撒，因为你已经为了追随他而挨了一顿鞭打了；从此以后，愿你见了妇女的洁白的纤手，就会吓得浑身乱抖。滚回到凯撒跟前去，把你在这儿所受到的款待告诉他；记着，你必须对他说，他使我非常生气，因为他的态度太傲慢自大，看轻我现在失了势，却不想到我从前的地位。他使我生气；我的幸运的星辰已经离开了它们的轨道，把它们的火焰射进地狱的深渊里去了，一个倒运的人，是最容易被人激怒的。要是他不喜欢我所说的话和所干的事，你可以告诉他我有一个已经赎身的奴隶歇巴契斯在他那里，他为了向我报复起见，尽管鞭笞他、吊死他、用酷刑拷打他，都随他的便；你也可以在旁边怂恿他的。去，带着你满身的鞭痕滚吧！（赛琉斯下。）

克莉奥佩特拉　你的脾气发完了吗？

安东尼　唉！我们地上的明月已经晦暗了；它只是预兆着安东尼的没落。

克莉奥佩特拉　我必须等他安静下来。

安东尼　为了献媚凯撒的缘故，你竟会和一个服侍他穿衣束带的人眉来眼去吗？

克莉奥佩特拉　还没有知道我的心吗？

安东尼　不是心，是石头！

克莉奥佩特拉　啊！亲爱的，要是我果然这样，愿上天在我冷酷的心里酿成一阵有毒的冰雹，让第一块雹石落在我的头上，溶化了我的生命；然后让它打死凯撒里昂，再让我的孩子和我的勇敢的埃及人一个一个在这雹阵之下丧身；让他们死无葬身之地，充作尼罗河上蝇蚋的食料！

安东尼　我很满意你的表白。凯撒已经在亚历山大里亚安下营寨，我还要和他决一个最后的雌雄。我们陆上的军队很英勇地坚持不屈；我们溃散的海军也已经重新集合起来，恢复了原来的威风。我的雄心啊，你这一向都在哪里？你听见吗，爱人？要是我再从战场上回来吻这一双嘴唇，我将要遍身浴血出现在你的面前；凭着这一柄剑，我要创造历史上不朽的记录。希望还没有消失呢。

克莉奥佩特拉　这才是我的英勇的主！

安东尼　我要使出三倍的膂力，三倍的精神和勇气，做一个杀人不眨眼的魔王；因为当我命运顺利的时候，人们往往在谈笑之间邀取我的宽赦；可是现在我要咬紧牙齿，把每一个阻挡我去路的人送下地狱。来,让我们再痛痛快快乐它一晚;召集我的全体忧郁的将领,再一次把美酒注满在我们的杯里;让我们不要理会那午夜的钟声。

克莉奥佩特拉　今天是我的生日;我本来预备让它在无声无息中过去,可是既然我的主仍旧是原来的安东尼,那么我也还是原来的克莉奥佩特拉。

安东尼　我们还可以挽回颓势。

克莉奥佩特拉　叫全体将领都来,主上要见见他们。

安东尼　叫他们来,我们要跟他们谈谈;今天晚上我要把美酒灌得从他们的伤疤里流出来。来,我的女王;我们还可以再接再厉。这一次我临阵作战,我要使死神爱我,即使对他的无情的镰刀,我也要作猛烈的抗争。(除爱诺巴勃斯外皆下。)

爱诺巴勃斯　现在他要用狰狞的怒目去压倒闪电的光芒了。过分的惊惶会使一个人忘怀了恐惧,不顾死活地蛮干下去;在这一种心情之下,鸽子也会向鸷鸟猛啄。我看我们主上已经失去了理智,所以才会恢复了勇气。有勇无谋,结果一定失败。我要找个机会离开他。(下)

第四幕

第一场　亚历山大里亚城前。凯撒营地

凯撒上，读信；阿格立巴、茂西那斯及余人等上。

凯　撒　他叫我小子，把我信口谩骂，好像他有力量把我赶出埃及似的；他还鞭打我的使者；要求我跟他单人决斗，凯撒对安东尼。让这老贼知道，我如果想死，方法还多着呢。尽管他挑战，我只是置之一笑。

茂西那斯　凯撒必须想到，一个伟大的人物开始咆哮的时候，就是势穷力迫、快要堕下陷阱的预兆。不要给他喘息的机会，利用他的狂暴焦躁的心理；一个发怒的人，总是疏于自卫的。

凯　撒　让全营将士知道，明天我们将要作一次结束一切战争的决战。在我们队伍里面，有不少最近还在安东尼部下作战的人，凭着这些归降的将士，就可以把他诱进了圈套。你去传告我的命令：今晚大宴全军；我们现在食物山积，这都是弟兄们辛苦得来的成绩。可怜的安东尼！（同下）

第二场　亚历山大里亚。宫中一室

安东尼、克莉奥佩特拉、爱诺巴勃斯、查米恩、伊拉丝、艾勒克萨斯及余人等上。

安东尼　他不肯跟我决斗，道密歇斯。

爱诺巴勃斯　嗯。

安东尼　他为什么不肯？

爱诺巴勃斯　他以为他的命运胜过你二十倍，他一个人可以抵得上二十个人。

安东尼　明天，军人，我要在海上陆上同时作战；我倘不能胜利而生，也要用壮烈的战血洗刷我的濒死的荣誉。你愿意出力打仗吗？

爱诺巴勃斯　我愿意嚷着"牺牲一切"的口号，向敌人猛力冲杀。

安东尼　说得好；来。把我家里的仆人叫出来；今天晚上我们要饱餐一顿。

三四仆人上。

安东尼　把你的手给我，你一向是个很忠实的人；你也是；你，你，你，你们都是；你们曾经尽心侍候我，国王们曾经做过你们的同伴。

克莉奥佩特拉　这是什么意思？

爱诺巴勃斯　（向克莉奥佩特拉旁白）这是他在心里懊恼的时候想起来的一种古怪花样。

安东尼　你也是忠实的。我希望我自己能够化身为像你们这么多的人，你们大家都合成了一个安东尼，这样我就可以为你们尽力服务，正像你们现在为我尽力一样。

众　仆　那我们怎么敢当！

安东尼　好，我的好朋友们，今天晚上你们还是来侍候我，不要少给我酒，仍旧像从前那样看待我，就像我的帝国也还跟你们一样服从我的命令那时候一般。

克莉奥佩特拉　（向爱诺巴勃斯旁白）他是什么意思？

爱诺巴勃斯　（向克莉奥佩特拉旁白）他要逗他的仆人们流泪。

安东尼　今夜你们来侍候我；也许这是你们最后一次为我服役了；也

许你们从此不再看见我了；也许你们所看见的，只是我的血肉模糊的影子；也许明天你们便要服侍一个新的主人。我瞧着你们，就像自己将要和你们永别了一般。我的忠实的朋友们，我不是要抛弃你们，你们尽心竭力地跟随了我一辈子，我到死也不会把你们丢弃的。今晚你们再侍候我两小时，我不再有别的要求了；愿神明保佑你们！

爱诺巴勃斯　主上，您何必向他们说这种伤心的话呢？瞧，他们都哭啦，我这蠢材的眼睛里也有些热辣辣的。算了吧，不要叫我们全都变成娘们儿吧。

安东尼　哈哈哈！该死，我可不是这个意思。你们这些眼泪，表明你们都是有良心的。我的好朋友们，你们误会了我的意思了，我本意是要安慰你们，叫你们用火把照亮这一个晚上。告诉你们吧，我的好朋友们，我对于明天抱着很大的希望；我要领导你们胜利而生，不是光荣而死。让我们去饱餐一顿，来，把一切忧虑都浸没了。（同下）

第三场　同前。宫门前

二兵士上，各赴岗位。

兵士甲　兄弟晚安；明天是决战的日子了。

兵士乙　胜败都在明天分晓；再见。你在街道上没有听见什么怪事吗？

兵士甲　没有。你知道什么消息？

兵士乙　多半是个谣言。晚安！

兵士甲　好，晚安！

另二兵士上。

兵士乙　弟兄们，留心警戒哪！

兵士丙　你也留心点儿。晚安，晚安！（兵士甲、兵士乙各就岗位。）

兵士丁　咱们是在这儿。（兵士丙、兵士丁各就岗位）要是明天咱们的海军能够得胜，我绝对相信咱们地上的弟兄们也一定会挺得住的。

兵士丙　咱们的军队是一支充满了决心的勇敢的军队。（台下吹高音笛声。）

兵士丁　别说话！什么声音？

兵士甲　听，听！

兵士乙　听！

兵士甲　空中的乐声。

兵士丙　好像在地下。

兵士丁　这是好兆，是不是？

兵士丙　不。

兵士甲　静些！这是什么意思？

兵士乙　这是安东尼所崇拜的赫剌克勒斯，现在离开他了。

兵士甲　走；让我们问问别的守兵听没听见这种声音。（四兵士行至另一岗位前。）

兵士乙　喂，弟兄们！

众兵士　喂！喂！你们听见这个声音吗？

兵士甲　听见的；这不是很奇怪吗？

兵士丙　你们听见吗，弟兄们？你们听见吗？

兵士甲　跟着这声音走，一直走到我们的界线上为止；让我们听听它怎样消失下去。

众兵士　（共语）好的。——真是奇怪得很。（同下。）

第四场　同前！宫中一室

安东尼及克莉奥佩特拉上；查米恩及余人等随侍。

安东尼　爱洛斯！我的战铠，爱洛斯！

克莉奥佩特拉　睡一会儿吧。

安东尼　不，我的宝贝。爱洛斯，来；我的战铠，爱洛斯！

爱洛斯持铠上。

安东尼　来，好家伙，替我穿上这一身战铠；要是命运今天不照顾我们，那是因为我们向她挑战的缘故。来。

克莉奥佩特拉　让我也来帮帮你。这东西有什么用处？

安东尼　啊！别管它，别管它；你是为我的心坎披上铠甲的人。错了，错了；这一个，这一个。

克莉奥佩特拉　真的，哎哟！我偏要帮你；它应该是这样的。

安东尼　好，好；现在我们一定可以成功。你看见吗，我的好家伙？你也去武装起来吧。

爱洛斯　快些，主上。

克莉奥佩特拉　这一个扣子不是扣得很好吗？

安东尼　好得很，好得很。在我没有解甲安息以前，谁要是解开这一个扣子的，一定会听见惊人的雷雨。你怎么这样笨手笨脚的，爱洛斯；我的女王倒是一个比你能干的侍从哩。快些。啊，亲爱的！要是你今天能够看见我在战场上驰骋，要是你也懂得这一种英雄的事业，你就会知道谁是能手。

一兵士武装上。

安东尼　早安；欢迎！你瞧上去像是一个善战的健儿；我们对于心爱

的工作，总是一早起身，踊跃前趋的。

兵　士　主帅，时候虽然还早，弟兄们都已经装束完备，在城门口等候着您了。（喧呼声；喇叭大鸣。）

众将佐兵士上。

将　佐　今天天色很好。早安，主帅！

众兵士　早安，主帅！

安东尼　孩儿们，你们的喇叭吹得很好。今天的清晨像一个立志干一番轰轰烈烈的事业的少年，很早就踏上了它的征途。好，好；来，把那个给我。这一边；很好。再会，亲爱的，我此去存亡未卜，这是一个军人的吻。（吻克莉奥佩特拉）我不能浪费我的时间在无谓的温存里；我现在必须像一个钢铁铸成的男儿一般向你告别。凡是愿意作战的，都跟着我来。再会！（安东尼、爱洛斯及将士等同下。）

查米恩　请娘娘进去安息安息吧。

克莉奥佩特拉　你领着我。他勇敢地去了。要是他跟凯撒能够在一场单人的决斗里决定这一场大战的胜负，那可多好！那时候，安东尼——可是现在——好，去吧。（同下）

第五场　亚历山大里亚。安东尼营地

喇叭声。安东尼及爱洛斯上；一兵士自对面上。

兵　士　愿天神保佑安东尼今天大获全胜！

安东尼　我只恨当初你那满身的创瘢不曾使我听从你的话，在陆地上作战！

兵　士　你早听了我的话，那许多倒戈的国王一定还追随在你的后面，今天早上也没有人会逃走了。

安东尼　谁今天逃走了？

兵　士　谁！你的一个多年亲信的人。你要是喊爱诺巴勃斯的名字，他不会听见你；或许他会从凯撒的营里回答你，"我已经不是你的人了。"

安东尼　你说什么？

兵　士　主帅，他已经跟随凯撒去了。

爱洛斯　他的箱笼财物都没带走。

安东尼　他去了吗？

兵　士　确确实实地去了。

安东尼　去，爱洛斯，把他的钱财送还给他，不可有误；听着，什么都不要留下。写一封信给他，表示惜别欢送的意思，写好了让我在上面签一个名字；对他说，我希望他今后再也不会有同样充分的理由，使他感到更换一个主人的必要。唉！想不到我的衰落的命运，竟会使本来忠实的人也变起心来。快去。爱诺巴勃斯！（同下）

第六场　亚历山大里亚城前。凯撒营地

喇叭奏花腔。凯撒率阿格立巴、爱诺巴勃斯及余人等同上。

凯　撒　阿格立巴，你先带领一支人马出去，开始和敌人交锋。我们今天一定要把安东尼生擒活捉；你去传令全军知道。

阿格立巴　凯撒，遵命。（下）

凯　撒　全面和平的时候已经不远了；但愿今天一战成功，让这鼎足而三的世界不再受干戈的骚扰！

一使者上。

使　者　安东尼已经在战场上了。

凯　撒　去吩咐阿格立巴，叫那些投降过来的将士充当前锋，让安东

尼向他自家的人发泄他的愤怒。(凯撒及侍从下。)

爱诺巴勃斯　艾勒克萨斯叛变了,他奉了安东尼的使命到犹太去,却劝诱希律王归附凯撒,舍弃他的主人安东尼;为了他这一个功劳,凯撒已经把他吊死。凯尼狄斯和其余叛离的将士虽然都蒙这里收留,可是谁也没有得到重用。我已经干了一件使我自己捶心痛恨的坏事,从此以后!再也不会有快乐的日子了。

一凯撒军中兵士上。

兵　士　爱诺巴勃斯,安东尼已经把你所有的财物一起送来了,还有他给你的许多赏赐。那差来的人是从我守卫的地方入界的,现在正在你的帐里搬下那些送来的物件。

爱诺巴勃斯　那些东西都送给你吧。

兵　士　不要取笑,爱诺巴勃斯。我说的是真话。你最好自己把那来人护送出营;我有职务在身。否则就送他走一程也没什么关系。你们的皇上到底还是一尊天神哩。(下)

爱诺巴勃斯　我是这世上唯一的小人,最是卑鄙无耻。啊,安东尼!你慷慨的源泉,我这样反复变节,你尚且赐给我这许多黄金,要是我对你尽忠不二,你将要给我怎样的赏赉呢!悔恨像一柄利剑刺进了我的心。如果悔恨之感不能马上刺破我这颗心,还有更加迅速的方法呢;不过我想光是悔恨也就足够了。我帮着敌人打你!不,我要去找一处最污浊的泥沟,了结我这卑劣的残生。(下)

第七场　两军营地间的战场

号角声;鼓角齐奏声。阿格立巴及余人等上。

阿格立巴　退下去,我们已经过分深入敌军阵地了。凯撒自己正在指挥作战;我们所受的压力超过我们的预料。(同下)

号角声；安东尼及斯凯勒斯负伤上。

斯凯勒斯　啊，我的英勇的皇上！这才是打仗！我们大家要是早一点这样出力，他们早就满头挂彩，给我们赶回老家去了。

安东尼　你的血流得很厉害呢。

斯凯勒斯　我这儿有一个伤口，本来像个丁字形，现在却已裂开来啦。

安东尼　他们败退下去了。

斯凯勒斯　我们要把他们追赶得入地无门；我身上还可以受六处伤哩。

爱洛斯上。

爱洛斯　主上，他们已经打败了；我们已经占了优势，这次一定可以大获全胜。

斯凯勒斯　让我们从背后痛击他们，就像捉兔子一般把他们一网罩住；打逃兵是一件最有趣不过的玩意儿。

安东尼　我要重赏你的鼓舞精神的谈笑，我还要把十倍的重赏酬劳你的勇敢。来。

斯凯勒斯　让我一跛一跛地跟着您走。（同下）

第八场　亚历山大里亚城下

号角声。安东尼、斯凯勒斯率军队行进上。

安东尼　我们已经把他打回了自己的营地；先派一个人去向女王报告我们今天的战绩。明天在太阳没有看见我们以前，我们要叫那些今天逃脱性命的敌人一个个喋血沙场。谢谢各位，你们都是英勇的壮士，你们挺身作战，并不以为那是你们强制履行的义务，每一个人都把这次战争当作了自己切身的事情；你们谁都显出了赫克托一般的威武。进城去，拥抱你们的妻子朋友，告诉他们你们的战功，让他们用喜悦的眼泪洗净你们伤口的瘀血，吻愈了那光荣的创痕。（向斯凯勒斯）把你的手给我。

克莉奥佩特拉率扈从上。

安东尼　我要向这位伟大的女神夸扬你的勋劳，使她的感谢祝福你。你世上的光辉啊！你勾住我的裹着铁甲的颈项，连同你这一身盛装，穿过我的坚利的战铠，跳进我的心头，让我的喘息载着你凯旋回去吧！

克莉奥佩特拉　万君之君，你无限完美的英雄啊！我带着微笑从天罗地网之中脱身归来了吗？

安东尼　我的夜莺，我们已经把他们打退了。嘿，姑娘！虽然霜雪已经洒上我的少年的褐发，可是我还有一颗勃勃的雄心，它能够帮助我建立青春的志业。瞧这个人；让他的嘴唇沾到你手上的恩泽；吻着它，我的战士；他今天在战场上奋勇杀敌，就像一个痛恨人类的天神一样，没有人逃得过他的剑锋的诛戮。

克莉奥佩特拉　朋友，我要送给你一副纯金的战铠，它本来是归一个国王所有的。

安东尼　即使它像日轮一样灿烂夺目，他也可以受之无愧。把你的手给我。通过亚历山大里亚全城，我们的大军要列队前进，兴高采烈地显示我们的威容；我们要把剑痕累累的盾牌像我们的战士一样高高举起。要是我们广大的王宫能够容纳我们全军的将士，我们一定要全体欢宴一宵，为了预祝明天的大捷而痛饮。喇叭手，尽力吹响起来，让你们的喧声震聋了全城的耳朵；和着聒噪的鼓声，使天地之间充满了一片欢迎我们的呐喊。（同下）

第九场　凯撒营地

哨兵各守岗位。

兵士甲　在这一小时以内，要是没有人来替我们，我们必须回到警备营去。今晚星月皎洁，他们说我们在清晨两点钟就要出发作战。

兵士乙　昨天的战事使我们受到极大的打击。

爱诺巴勃斯上。

爱诺巴勃斯　夜啊！请你做我的见证——

兵士丙　这是什么人？

兵士乙　躲一躲，听他说。

爱诺巴勃斯　请你做我的见证，神圣的月亮啊，变节的叛徒在历史上将要永远留下被人唾骂的污名，爱诺巴勃斯在你的面前忏悔他的错误了！

兵士甲　爱诺巴勃斯！

兵士丙　别说话！听下去。

爱诺巴勃斯　无上尊严的忧郁的女神啊，把黑夜的毒雾降在我的身上，让生命，我的意志的叛徒，脱离我的躯壳吧；把我这一颗为悲哀所煎枯的心投掷在我这冷酷坚硬的罪恶上，让它碎成粉末，结束了一切卑劣的思想吧。安东尼啊！你的高贵的精神，是我的下贱的行为所不能仰望的，原谅我对你个人所加的伤害，可是让世人记着我是一个叛徒的魁首。啊，安东尼！啊，安东尼！（死。）

兵士乙　让我们对他说话去。

兵士甲　我们还是听他说，也许他所说的话跟凯撒有关系。

兵士丙　让我们听着吧。可是他睡着了。

兵士甲　恐怕是晕过去了；照他的祷告听起来，不像是会一下子睡着了的。

兵士乙　我们走过去看看他。

兵士丙　醒来，将军，醒来！对我们说话呀。

兵士乙　你听见吗，将军？

兵士甲　死神的手已经抓住了他。（远处鼓声）听！庄严的鼓声在催唤睡着的人醒来。让我们把他抬到警备营去；他不是一个无名之辈。该换岗的时候了。

兵士丙　那么来；也许他还会苏醒过来。（众兵士抬爱诺巴勃斯尸下。）

第十场　两军营地之间

安东尼及斯凯勒斯率军队行进上。

安东尼　他们今天准备在海上作战，在陆地上他们已经认识了我们的厉害。

斯凯勒斯　主上，我们要在海陆两方面同样向他们显显颜色。

安东尼　我希望他们会在火里风里跟我们交战，我们也可以对付得了的。可是现在我们必须带领步兵，把守着城郊附近的山头；海战的命令已经发出，他们的战舰已经出港，我们凭着居高临下的优势，可以一览无余地观察他们的动静。（同下）

凯撒率军队行进上。

凯　撒　可是在敌人开始向我们进攻以后，我们仍旧要在陆地上继续作战，因为他的主力已经都去补充舰队了。到山谷里去，占个有利的地势！（同下。）

安东尼及斯凯勒斯重上。

安东尼　他们还没有集合起来。在那株松树矗立的地方，我可以望见一切；让我去看一看形势，立刻就来告诉你。（下。）

斯凯勒斯　燕子在克莉奥佩特拉的船上筑巢；那些算命的人都说不知道这是什么预兆；他们板起了冷冰冰的面孔，不敢说出他们的意见。安东尼很勇敢，可是有些郁郁不乐；他的多磨的命运使他有时充满了希望，有时充满了忧虑。（远处号角声，犹如在进行海战。）

安东尼重上。

安东尼　什么都完了！这无耻的埃及人葬送了我；我的舰队已经投降了敌人，他们正在那边高掷他们的帽子，欢天喜地地在一起喝酒，正像分散的朋友久别重逢一般。三翻四覆的淫妇！是你把我出卖给这个初出茅庐的小子，我的心现在只跟你一个人作战。吩咐他们大家散伙了吧；我只要向这迷人的妖妇报复了我的仇恨以后，我这一生也就可以告一段落了，叫他们大家散伙了吧；去。（斯凯勒斯下）太阳啊！我再也看不见你的升起了；命运和安东尼在这儿分了手；就在这儿让我们握手分别。一切到了这样的结局了吗？那些像狗一样追随我，从我手里得到他们愿望的满足的人，现在都掉转头来，把他们的甘言巧笑向势力强盛的凯撒献媚去了；剩着这一株凌霄独立的孤松，悲怅它的鳞摧甲落。我被出卖了。啊，这负心的埃及女人！这外表如此庄严的妖巫，她的眼睛能够指挥我的军队的进退，她的酥胸是我的荣冠、我的唯一的归宿，谁料她却像一个奸诈的吉卜赛人似的，凭着她的擒纵的手段，把我诱进了山穷水尽的垓心。喂，爱洛斯！爱洛斯！

克莉奥佩特拉上。

安东尼　啊！你这妖妇！走开！

克莉奥佩特拉　我的主怎么对他的爱人生气啦？

安东尼　不要让我看见你，否则我要给你罪有应得的惩罚，使凯撒的胜利大为减色了。让他捉了你去，在欢呼的民众之前把你高高举起；追随在他的战车的后面，给人们看看你是你们全体女性中最大的污点；让他们把你当作一头怪物，谁出了最低微的代价，就可以尽情饱览；让耐心的奥克泰维娅用她那准备已久的指爪抓破你的脸。（克莉奥佩特拉下）要是活着是一件好事，那么你固然是去了的好；可是你还不如死在我的盛怒之下，因为一死也许可以避免无数比死更难堪的痛苦。喂，爱洛斯！我祖上被害的毒衣已经披上了我的身子：阿尔锡第斯[1]，我的先祖，教给我你的愤怒；让我把那送毒衣来的人抛向天空，悬挂在月亮的尖角上。让我用这一双曾经握过最沉重的武器的手，征服我最英雄的自己。这妖妇必须死；她把我出卖给那罗马小子，我中了他们的毒计；她必须因此而受死。喂，爱洛斯！（下）

第十一场　亚历山大里亚。宫中一室

克莉奥佩特拉、查米恩、伊拉丝及玛狄恩上。

克莉奥佩特拉　扶着我，我的姑娘们！啊！他比得不到铠甲的忒拉蒙[2]还要暴躁；从来不曾有一头被猎人穷追的野猪像他那样满口飞溅着白沫。

查米恩　到陵墓里去！把您自己锁在里面，叫人告诉他您已经死了；一个大人物失去了地位，是比灵魂脱离躯壳更痛苦的。

克莉奥佩特拉　到陵墓里去！玛狄恩，你去告诉他我已经自杀了；你说我最后一句话是“安东尼”，请你用非常凄恻的声音，念出这一

① 即赫剌克勒斯。

② 即埃阿斯。

个名字。去，玛狄恩，回来告诉我他听见了我的死讯有什么表示。到陵墓里去！（各下。）

第十二场　同前。另一室

安东尼及爱洛斯上。

安东尼　爱洛斯，你还看见我吗？

爱洛斯　看见的，主上。

安东尼　有时我们看见天上的云像一条蛟龙；有时雾气会化成一只熊、一头狮子的形状，有时像一座高耸的城堡、一座突兀的危崖、一堆雄峙的山峰，或是一道树木葱茏的青色海岬，俯瞰尘寰，用种种虚无的景色戏弄我们的眼睛。你曾经看见过这种现象，它们都是一些日暮的幻影。

爱洛斯　是，主上。

安东尼　现在瞧上去还像一匹马的，一转瞬间，浮云飞散了，它就像一滴水落在池里一样，分辨不出它的形状。

爱洛斯　正是这样，主上。

安东尼　爱洛斯，我的好小子，你的主帅也不过是这样一块浮云；现在我还是一个好好的安东尼，可是我却保不住自己的形体，我的小子。我为了埃及兴起一次次的战争；当我的心还属于我自己的时候，它曾经气吞百万之众，可是我让女王占有了它，我以为她的心也已经被我占有，现在我才知道她的心不是属于我的；她，爱洛斯，竟和凯撒暗中勾结，用诡计毁坏我的荣誉，使敌人得到了胜利。不，不要哭，善良的爱洛斯；我们还留着我们自己，可以替自己找个结局呢。

玛狄恩上。

安东尼　啊，你那万恶的女主人！她已把我的权柄偷去了。

玛狄恩　不，安东尼，我那娘娘是爱你的；她的命运和你的命运完全结合在一起。

安东尼　滚开，放肆的阉人；闭住你的嘴！她欺骗了我，我不能饶她活命。

玛狄恩　人只能死一次，一死也就一了百了。你所要干的事，她早已替你干好；她最后所说的一句话是“安东尼最尊贵的安东尼！”在一声惨痛的呻吟之中，她喊出了安东尼的名字，一半在她的嘴唇上，一半还留在她的心里。她的呼吸停止了，你的名字也就埋葬在她的胸中。

安东尼　那么她死了吗？

玛狄恩　死了。

安东尼　把战铠脱下吧，爱洛斯；永昼的工作已经完毕，我们现在该去睡了。（向玛狄恩）你送来这样的消息，还让你留着活命回去，已是给你最大的酬劳了；去。（玛狄恩下）脱下来，埃阿斯的七层的盾牌，也挡不住我心头所受的打击。啊，碎裂了吧，我的胸膛！心啊，使出你所有的力量来，把你这脆弱的胸膛爆破了吧！赶快，爱洛斯，赶快。我不再是一个军人了；残破的甲片啊，去吧；你们从前也是立过功劳的。暂时离开我一会儿。（爱洛斯下）我要追上你，克莉奥佩特拉。流着泪请求你宽恕！我非这样做不可，因为再活下去只有痛苦。火炬既然已经熄灭，还是静静地躺下来，不要深入迷途了。一切的辛勤徒然毁坏了自己所成就的事业；纵然有盖世的威力，免不了英雄末路的悲哀；从此一切撒手，也可以省下多少麻烦。爱洛斯！——我来了，我的女王！——爱洛斯！——等一等我。在灵魂们偃息在花朵上的乐园之内，我们将要携手相亲，用我们活泼泼的神情引起幽灵们的注目；狄多和她的埃涅阿斯将要失去追随的一群,到处都是我们遨游的地方。来,爱洛斯!爱洛斯!

爱洛斯重上。

爱洛斯　主上有什么吩咐?

安东尼　克莉奥佩特拉死了,我却还在这样重大的耻辱之中偷生人世,天神都在憎恶我的卑劣了。我曾经用我的剑宰割世界,驾着无敌的战舰建立海上的城市;可是她已经用一死告诉我们的凯撒,“我是我自己的征服者”了,我难道连一个女人的志气也没有吗?爱洛斯,你我曾经有约在先,到了形势危急的关头,当我看见我自己将要在敌人手里遭受无可避免的凌辱的时候,我一发出命令,你就必须立刻把我杀死;现在这个时刻已经到了,履行你的义务吧。其实你并不是杀死我,而是击败了凯撒。不要吓得这样脸色发白。爱洛斯天神阻止我!帕提亚人充满敌意的矢镝不曾射中您的身体!难道我却必须下这样的毒手吗?

安东尼　爱洛斯,你愿意坐在罗马的窗前,看着你的主人交叉着两臂,俯下了他的伏罪的颈项,带着满面的羞惭走过,他的前面的车子上坐着幸运的凯撒,把卑辱的烙印加在他的俘虏的身上吗?

爱洛斯　我不愿看见这种事情。

安东尼　那么来,我必须忍受些微的痛苦,解脱终身的耻辱。把你那柄曾经为国家立过功劳的剑拔出来吧。

爱洛斯　啊,主上!原谅我!

安东尼　我当初使你获得自由的时候,你不是曾经向我发誓,我叫你怎样做你就怎样做吗?赶快动手,否则你过去的勤劳,都是毫无目的的了。拔出剑来,来。

爱洛斯　那么请您转过脸去,让我看不见那为全世界所崇拜瞻仰的容颜。

安东尼　你瞧!(转身背爱洛斯)

爱洛斯　我的剑已经拔出了。

安东尼　那么让它赶快执行它的工作吧。

爱洛斯　我的亲爱的主人，我的元帅，我的皇上！在我没有刺这残酷的一剑以前，允许我向您道别。

安东尼　很好，朋友；再会吧。

爱洛斯　再会吧，伟大的主帅！我现在就动手吗？

安东尼　现在，爱洛斯。

爱洛斯　那么好，我这样免去了安东尼的死所给我的悲哀了。（自杀。）

安东尼　比我三倍勇敢的义士！壮烈的爱洛斯啊，你把我所应该做而你所不能做的事教会我了。我的女王和爱洛斯已经用他们英勇的示范占了我的先着；可是我要像一个新郎似的奔赴死亡，正像登上恋人的卧床一样。来；爱洛斯，你的主人临死时候却是你的学生，你教给我怎样死法。（伏剑倒地）怎么！没有死？没有死？喂，卫士！啊！帮我快一点死去！

德西塔斯及众卫士上。

卫士甲　什么声音？

安东尼　朋友们，我把事情干坏了；啊！请你们替我完成我的工作吧。

卫士乙　大星殒落了！

卫士甲　时间已经终止它的运行了！

众卫士　唉，伤心！

安东尼　哪一个爱我的，把我杀死了吧。

卫士甲　我不能下这样的手。

卫士乙　我也不能。

卫士丙　谁也下不了这样的手。（众卫士下。）

德西塔斯　你手下的人看见你国破身亡，全都走散了。我只要把这柄剑拿去献给凯撒，再把这样的消息告诉他，就可以成为我的进身之阶。

狄俄墨得斯上。

狄俄墨得斯　安东尼在什么地方？

德西塔斯　那边！狄俄墨得斯，那边。

狄俄墨得斯　他活着吗？你怎么不回答我，朋友？（德西塔斯下。）

安东尼　是你吗，狄俄墨得斯？拔出你的剑来，把我刺死了吧。

狄俄墨得斯　最尊严的主上，我们娘娘克莉奥佩特拉叫我来看你。

安东尼　她什么时候叫你来的？

狄俄墨得斯　现在，我的主。

安东尼　她在什么地方？

狄俄墨得斯　关闭在陵墓里。她早就害怕会有这种事情发生；她因为看见您疑心她和凯撒有勾结——其实是完全没有这一回事的——没有法子平息您的恼怒，所以才叫人来告诉您她死了；可是她又怕这一个消息会引起不幸的结果，所以又叫我来向您说明事实的真相；我怕我来得太迟了。

安东尼　太迟了，好狄俄墨得斯。请你叫我的卫士来。

狄俄墨得斯　喂，喂！皇上的卫士呢？喂，卫士们！来，你们的主帅叫你们哪！

安东尼的卫士四五人上。

安东尼　好朋友们把我抬到克莉奥佩特拉的所在去；这是我最后命令你们做的事了。

卫士甲　唉，唉！主上，您手下还有几个人是始终跟随着您的。

众卫士　最不幸的日子！

安东尼　不，我的好朋友们，不要用你们的悲哀使冷酷的命运在暗中窃笑；我们应该用处之泰然的态度，报复命运加于我们的凌辱。把我抬起来；一向总是我带领着你们，现在我却要劳你们抬着我走了,谢谢你们。(众抬安东尼同下。)

第十三场　同前。陵墓

克莉奥佩特拉率查米恩、伊拉丝及侍女等于高处上。

克莉奥佩特拉　啊,查米恩!我一辈子不再离开这里了。

查米恩　不要伤心,好娘娘。

克莉奥佩特拉　不,我怎么不伤心?一切奇怪可怕的事情都是受欢迎的,我就是不要安慰;我们的不幸有多么大,我们的悲哀也该有多么大。

狄俄墨得斯于下方上。

克莉奥佩特拉　怎么!他死了吗?

狄俄墨得斯　死神的手已经降在他身上,可是他还没有死。从陵墓的那一边望出去,您就可以看见他的卫士正在把他抬到这儿来啦。

卫士等抬安东尼于下方上。

克莉奥佩特拉　太阳啊,把你广大的天宇烧毁吧!人间的巨星已经消失它的光芒了。啊,安东尼,安东尼,安东尼!帮帮我,查米恩,帮帮我,伊拉丝,帮帮我;下面的各位朋友!大家帮帮忙,把他抬到这儿来。

安东尼　静些!不是凯撒的勇敢推倒了安东尼,是安东尼战胜了他自己。

克莉奥佩特拉　是的,只有安东尼能够征服安东尼;可是苦啊!

安东尼　我要死了,女王,我要死了;我只请求死神宽假片刻的时间,让我把最后的一吻放在你的唇上。

克莉奥佩特拉　我不敢,亲爱的——我的亲爱的主,恕我——我不敢,我怕他们把我捉去。我决不让全胜而归的凯撒把我作为向人夸耀的战利品；要是刀剑有锋刃，药物有灵，毒蛇有刺，我决不会落在他们的手里；你那眼光温柔、神气冷静的妻子奥克泰维娅永远没有机会在我的面前表现她的端庄贤淑。可是来，来！安东尼——帮助我，我的姑娘们——我们必须把你抬上来。帮帮忙，好朋友们。

安东尼　啊！快些，否则我要去了。

克莉奥佩特拉　哎哟！我的主是多么的重！我们的力量都已变成重量了，所以才如此沉重。要是我有天后朱诺的神力，我一定要叫羽翼坚劲的麦鸠利负着你上来，把你放在乔武的身旁。可是只有呆子才存着这种无聊的愿望。上来点儿了。啊！来，来，来；（众举安东尼上至克莉奥佩特拉前）欢迎，欢迎！死在你曾经生活过的地方；要是我的嘴唇能够给你生命，我愿意把它吻到枯焦。

众　人　伤心的景象！

安东尼　我要死了，女王，我要死了；给我喝一点酒，让我再说几句话。

克莉奥佩特拉　不，让我说；让我高声咒骂那司命运的婆子，恼得她摔破她的轮子。

安东尼　一句话，亲爱的女王。你可以要求凯撒保护你生命的安全，可是不要让他玷污了你的荣誉。啊！

克莉奥佩特拉　生命和荣誉是不能两全的。

安东尼　亲爱的，听我说；凯撒左右的人，除了普洛丘里厄斯以外，你谁也不要相信。

克莉奥佩特拉　我不相信凯撒左右的人；我只相信自己的决心和自己的手。

安东尼　我的厄运已经到达它的终点，不要哀哭也不要悲伤；当你思念我的时候，请你想到我往日的光荣；你应该安慰你自己，因为我曾经是全世界最伟大、最高贵的君王，因为我现在堂堂而死，并没有懦怯地向我的同国之人抛下我的战盔；我是一个罗马人，英勇地死在一个罗马人的手里。现在我的灵魂要离我而去；我不能再说下去了。

克莉奥佩特拉　最高贵的人，你死了吗？你把我抛弃不顾了吗？这寂寞的世上没有了你，就像个猪圈一样，叫我怎么活下去呢？啊！瞧，我的姑娘们，（安东尼死）大地消失它的冠冕了！我的主！啊！战士的花圈枯萎了，军人的大纛摧倒了；剩下在这世上的，现在只有一群无知的儿女；杰出的英雄已经不在人间，月光照射之下，再也没有值得注目的人物了（晕倒。）

查米恩　啊，安静些，娘娘！

伊拉丝　她也死了，我们的女王！

查米恩　娘娘！

伊拉丝　娘娘！

查米恩　啊，娘娘，娘娘，娘娘！

伊拉丝　陛下！陛下！

查米恩　静，静，伊拉丝！

克莉奥佩特拉　什么都没有了，我只是一个平凡的女人，平凡的感情支配着我，正像支配着一个挤牛奶、做贱工的婢女一样。我应该向不仁的神明怒掷我的御杖，告诉他们当他们没有偷去我们的珍宝的时候，我们这世界是可以和他们的天国互相媲美的。如今一切都只是空虚无聊；忍着像傻瓜！不忍着又像疯狗。那么在死神还不敢侵犯我们以前，就奔进了幽秘的死窟，是不是罪恶呢？怎么啦，我的姑娘们？唉，唉！高兴点儿吧！哎哟，怎么啦，查米恩！我的好孩子们！啊，姑娘们，姑娘们，瞧！我们的灯熄了，它暗下去了，各位好朋友，提起勇气来，我们要埋葬他，一切依照最庄严、最高贵的罗马的仪式，让死神乐于带我们同去。来，走吧；

容纳着那样一颗伟大的灵魂的躯壳现在已经冰冷了；啊，姑娘们，姑娘们！我们没有朋友，只有视死如归的决心。（同下；安东尼尸身由上方抬下。）

第五幕

第一场　亚历山大里亚。凯撒营地

凯撒、阿格立巴、道拉培拉、茂西那斯、盖勒斯、普洛丘里厄斯及余人等上。

凯　撒　道拉培拉，你去对他说，叫他赶快投降；他已经屡战屡败，不必再出丑了。

道拉培拉　凯撒，遵命。（下）

德西塔斯持安东尼佩剑上。

凯　撒　为什么拿了这柄剑来？你是什么人，这样大胆，竟敢闯到我们的面前？

德西塔斯　我的名字叫作德西塔斯；我是安东尼手下的人，当他叱咤风云的时候，他是我的最好的主人，我愿意为了刈除他的敌人而捐弃我的生命。要是现在你肯收容我，我也会像尽忠于他一样尽忠于你；不然的话，就请你把我杀死。

凯　撒　你说什么？

德西塔斯　我说，凯撒啊，安东尼死了。

凯　撒　这样一个重大的消息，应该用雷鸣一样的巨声爆发出来；地球受到这样的震动，山林中的猛狮都要奔到市街上，城市里的居民反而藏匿在野兽的巢穴里。安东尼的死不是一个人的没落，半个世界也跟着他的名字同归于尽了。

德西塔斯　他死了，凯撒；执法的官吏没有把他宣判死刑，受人雇佣的刺客也没有把他加害，是他那曾经创造了许多丰功伟绩、留下不朽的光荣的手，凭着他的心所借给它的勇气，亲自用剑贯穿了他的心胸。这就是我从他的伤口拔下来的剑，瞧它上面沾着他的最高贵的血液。

凯　撒　你们都现出悲哀的脸色吗，朋友们？天神在责备我，可是这样的消息是可以使君王们眼睛里洋溢着热泪的。

阿格立巴　真是不可思议，我们的天性使我们不能不悔恨我们抱着最坚强的决意所进行的行动。

茂西那斯　他的毁誉在他身上是难分高下的。

阿格立巴　从未有过这样罕见的人才操纵过人类的命运；可是神啊，你们一定要给我们一些缺点，才使我们成为人类。凯撒受到感动了。

茂　西　那斯当这样一面广大的镜子放在他面前的时候，他不能不看见他自己。

凯　撒　安东尼啊！我已经追逼得你到了这样一个结局；我们的血脉里都注射着致命的毒液，今天倘不是我看见你的没落，就得让你看见我的死亡；在这整个世界之上，我们是无法并立的。可是让我用真诚的血泪哀恸你——你、我的同伴、我的一切事业的竞争者、我的帝国的分治者、战阵上的朋友和同志、我的身体的股肱、激发我的思想的心灵，我要向你发出由衷的哀悼，因为我们那不可调和的命运，引导我们到了这样分裂的路上。听我说，好朋友们——

一埃及人上。

凯　撒　我再慢慢告诉你们吧。这家伙脸上的神气，好像要来报告什么重要的事情似的；我们要听听他有什么话说。你是哪儿来的？

埃及人　我是一个卑微的埃及人。我家女王幽居在她的陵墓里，这是现在唯一属于她所有的地方，她想要知道你预备把她怎样处置，好让她自己有个准备。

凯　撒　请她宽心吧；我们不久就要派人去问候她，她就可以知道我们已经决定了给她怎样尊崇而优厚的待遇；因为凯撒决不是一个冷酷无情的人。

埃及人　愿神明保佑你！（下）

凯　撒　过来，普洛丘里厄斯。你去对她说，我们一点没有羞辱她的意思；好好安慰安慰她，免得她自寻短见，反倒使我们落一场空；因为我们要是能够把她活活地带回罗马去，那才是我们永久的胜利。去，尽快回来，把她所说的话和你所看见的她的情形告诉我。

普洛丘里厄斯　凯撒，我就去。（下）

凯　撒　盖勒斯，你也跟他一道去。（盖勒斯下）道拉培拉呢？我要叫他帮助普洛丘里厄斯传达我的旨意。

阿格立巴
茂西那斯　道拉培拉！

凯　撒　让他去吧，我现在想起了我刚才叫他干一件事去的；他大概就会来。跟我到我的帐里来，我要让你们看看我是多么不愿意牵进这一场战争中间；虽然在戎马倥偬的当儿，我在给他的信中仍然是多么心平气和。跟我来，看看我在信中对他是怎样的态度。（同下）

第二场　同前。陵墓

克莉奥佩特拉、查米恩及伊拉丝于高处上。

克莉奥佩特拉　我的孤寂已经开始使我得到了一个更好的生活。做凯撒这样一个人是一件无聊的事；他既然不是命运，他就不过是命运的奴仆，执行着她的意志。干那件结束一切行动的行动，从此不受灾祸变故的侵犯，酣然睡去，不必再吮吸那同样滋养着乞丐和凯撒的乳头，那才是最有意义的。

普洛丘里厄斯、盖勒斯及兵士等自下方上。

普洛丘里厄斯　凯撒问候埃及的女王；请你考虑考虑你有些什么要求准备向他提出。

克莉奥佩特拉　你叫什么名字？

普洛丘里厄斯　我的名字是普洛丘里厄斯。

克莉奥佩特拉　安东尼曾经向我提起过你，说你是一个可以信托的人；可是我现在已经用不着信托什么人，也不怕被人欺骗了。你家主人倘若想要有一个女王向他乞讨布施，你必须告诉他，女王是有女王的身份的，她要是向人乞讨，至少也得乞讨一个王国；要是他愿意把他所征服的埃及送给我的儿子，那么为了他把原来属于我自己的东西仍旧赏赐给我的偌大恩惠，我一定满心感激地向他长跪拜谢的。

普洛丘里厄斯　安心吧，您是落在一个宽宏大度的人的手里，什么都不用担忧。您要是有什么意见，尽管向我的主上提出；一切困穷无告的人，都可以沾沐他的深恩厚泽。让我回去向他报告您的臣服的诚意，您就可以知道他是一个多么仁慈的征服者。

克莉奥佩特拉　请你告诉他，我是他的命运的奴仆，我向他献呈他所应得的敬礼。每一小时我都在学习着服从的教训，希望他能够允许我瞻仰他的威容。

普洛丘里厄斯　我愿意照您的话回去报告，好娘娘。宽心吧，因为我知道那造成您目前这一种处境的人，对于您的遭遇是非常同情的。

盖勒斯　你们瞧，把她捉住是一件多么容易的事。（普洛丘里厄斯及二卫士登梯升墓至克莉奥佩特拉后。一部分卫士拔栓开各墓门,发现底层墓室。向普洛丘里厄斯及各卫士)把她好生看守,等凯撒到来发落。(下)

伊拉丝　娘娘!

查米恩　啊,克莉奥佩特拉!你给他们捉住啦,娘娘!

克莉奥佩特拉　快,快,我的好手。(拔出匕首。)

普洛丘里厄斯　住手,娘娘!住手!(捉住克莉奥佩特拉手,将匕首夺下。)不要干这种对不起您自己的事;您现在并没有被人陷害,却已经得到了解放。

克莉奥佩特拉　什么,死可以替受伤的病犬解除痛苦,难道我却连死的权利也被剥夺了吗?

普洛丘里厄斯　克莉奥佩特拉,不要毁灭你自己,辜负了我们主上的一片好心;让人们看看他的行事是多么高尚正大吧,要是你死了,他的美德岂不白白埋没了吗?

克莉奥佩特拉　死神啊,你在哪儿?来呀,来!来,来,把一个女王带了去吧,她的价值是抵得上许多婴孩和乞丐的!

普洛丘里厄斯　啊!忍耐点儿,娘娘!

克莉奥佩特拉　先生,我要不食不饮;宁可用闲谈消磨长夜,也不愿睡觉。不管凯撒使出什么手段来,我要摧残这一个易腐的皮囊。你要知道,先生,我并不愿意带着镣铐,在你家主人的庭前做一个待命的囚人,或是受那阴沉的奥克泰维娅的冷眼的嗔视。难道我要让他们把我悬吊起来,受那敌意的罗马的下贱民众的鼓噪怒骂吗?我宁愿葬身在埃及的沟壑里;我宁愿赤裸了身体,躺在尼罗河的湿泥上,让水蝇在我身上下卵,使我生蛆而腐烂;我宁愿铁链套在我的颈上,让高高的金字塔作为我的绞架!

普洛丘里厄斯　您想得太可怕了,凯撒决不会这样对待您的。(道拉培拉上。)

道拉培拉　普洛丘里厄斯，你所做的事，你的主人凯撒已经知道了，他叫你去；女王归我看守。

普洛丘里厄斯　道拉培拉，那再好没有了；对她客气点儿。（向克莉奥佩特拉）您要是有什么话要对凯撒说，我可以替您转达。

克莉奥佩特拉　你去说，我要死。（普洛丘里厄斯及兵士等下。）

道拉培拉　最尊贵的女王，您有没有听见过我的名字？

克莉奥佩特拉　我不知道。

道拉培拉　您一定知道我的。

克莉奥佩特拉　先生，我听见什么、知道什么，都没有关系。当孩子和女人们把他们的梦讲给你听的时候，你不是要笑的吗？

道拉培拉　我不懂您的意思，娘娘。

克莉奥佩特拉　我梦见有一个安东尼皇帝；啊！但愿我再有这样一次睡眠，让我再看见这样一个人——

道拉培拉　请您听我说——

克莉奥佩特拉　他的脸就像青天一样，上面有两轮循环运转的日月，照耀着这一个小小的圆球。

道拉培拉　最尊贵的女王——

克莉奥佩特拉　他的两足横跨海洋；他的高举的胳臂罩临大地；他在对朋友说话的时候，他的声音有如谐和的天乐，可是当他发怒的时候，就会像雷霆一样震撼整个宇宙。他的慷慨是没有冬天的，那是一个收获不尽的丰年；他的欢悦有如长鲸泳浮于碧海之中；戴着王冠宝冕的君主在他左右追随服役，国土和岛屿是一枚枚从他衣袋里掉下来的金钱。

道拉培拉　克莉奥佩特拉——

克莉奥佩特拉　你想过去将来，会不会有像我梦见的这样一个人？

道拉培拉　好娘娘，这样的人是没有的。

克莉奥佩特拉　你说的全然是欺罔神听的谎话。然而世上要是果然有这样一个人，他的伟大一定超过任何梦想；造化虽然不能抗衡想象的瑰奇，可是凭着想象描画出一个安东尼来，那幻影是无论如何要在实体之前黯然失色的。

道拉培拉　听我说，好娘娘。您遭到这样重大的不幸，您的坚忍的毅力是和您的悲哀相称的。要是您的痛苦不曾在我心头引起同情的反响，但愿我永远没有功成名遂的一天。

克莉奥佩特拉　谢谢你，先生。你知道凯撒预备把我怎样处置吗？

道拉培拉　我不愿告诉您我所希望您知道的事。

克莉奥佩特拉　不，先生，请你说——

道拉培拉　他虽然是一个可尊敬的人——

克莉奥佩特拉　他要把我当作一个俘虏带回去夸耀他的凯旋吗？

道拉培拉　娘娘，他会这样干的；我知道他的为人。（内呼声："让开！凯撒来了！"）

凯撒、盖勒斯、普洛丘里厄斯、茂西那斯、塞琉克斯及侍从等上。

凯　撒　哪一位是埃及的女王？

道拉培拉　娘娘，这位便是皇上。（克莉奥佩特拉跪。）

凯　撒　起来，你不用下跪。请起来吧，埃及的女王。

克莉奥佩特拉　陛下；这是神明的意思；我必须服从我的主人。

凯　撒　一切不必介意；你加于我们的伤害，虽然铭刻在我们的肌肤之上，可是我们将要使它在我们的记忆中成为偶然的事件。

克莉奥佩特拉　全世界唯一的主人，我没有话可以替我自己辩白，可是我承认我也像一般女人一样，在我的身上具备着许多可耻的女性的弱点。

凯　撒　克莉奥佩特拉，你要知道，我们对于你总是一切宽大的，决不用苛刻的手段使你难堪，只要你顺从我的意志，你就会知道这一次的变化是对你有益的。可是假如你想效法安东尼的例子,使我蒙上残暴的恶名,那么你将要失去我的善意,你的孩子们都将不免一死,否则我是很愿意保障他们的安全的。我走了。

克莉奥佩特拉　愿全世界都信任您的广大的权力;整个大地都是属于您的;我们是您的胜利的标帜,您可以把我们随便悬挂在什么地方。这儿,我的主。

凯　撒　你必须帮助我考虑怎样处置克莉奥佩特拉的办法。

克莉奥佩特拉　(呈手卷)这是登记着我所有的金钱珠宝的清单,一切都按照正确的估计载明价值,不值钱的琐细的东西不在其内。塞琉克斯呢?

塞琉克斯　有,娘娘。

克莉奥佩特拉　这是我的司库;我的主,请您问问他,我有没有为我自己留下什么;要是他所言不实,请治他以应得之罪。老实说吧,塞琉克斯。

塞琉克斯　娘娘,我宁愿闭住我的嘴唇,不愿说一句和事实不符的话。

克莉奥佩特拉　我藏起了什么?

塞琉克斯　您所藏起的珍宝的价值,可以抵得过您所呈献出来的一切。

凯　撒　不必脸红,克莉奥佩特拉,我佩服你这件事干得聪明。

克莉奥佩特拉　瞧!凯撒!啊,瞧,有权有势的人多么被人趋附;我的人现在都变成您的人啦;要是我们易地相处,您的人也会变成我的人的。这个塞琉克斯如此没有良心,真叫人切齿痛恨。啊;奴才!你这跟买卖的爱情一样靠不住的家伙!什么!你想逃走吗?好,凭你躲到哪儿去,我要抓住你的眼珠,即使它们会长出翅膀飞走。奴才,没有灵魂的恶人,狗!啊,卑鄙不堪的东西!

凯　撒　好女王,看在我的脸上,请息怒吧。

克莉奥佩特拉　啊，凯撒！今天多蒙你降尊纡贵，辱临我这柔弱无用的人，谁知道我自己的仆人竟会存着这样狠毒的居心，当前给人如此难堪的羞辱！好凯撒，假如说，我替自己保留了一些女人家的玩意儿，一些不重要的小东西，像我们平常送给泛泛之交的那一类饰物；假如说，我还另外藏起一些预备送给莉维娅和奥克泰维娅的比较值钱的纪念品，因为希望她们替我说两句好话；是不是我必须向一个被我豢养的人禀报明白？神啊！这是一个比国破家亡更痛心的打击。（向塞琉克斯）请你离开这里，否则我要从命运的冷灰里，燃起我的愤怒的余烬了。你倘是一个人，你应该同情我的。

凯　撒　走开，塞琉克斯。（塞琉克斯下。）

克莉奥佩特拉　我们掌握大权的时候，往往因为别人的过失而担负世间的指责；可是我们失势以后，却谁也不把别人的功德归在我们身上，而对我们表示善意的同情。

凯　撒　克莉奥佩特拉，不论是你所私藏的或是献纳的珍宝，我都没有把它们作为战利品而加以没收的意思；它们永远是属于你的，你可以把它们随意处分。相信我，凯撒不是一个唯利是图的商人，会跟人家争夺一些商人手里的货品，所以你安心吧，不要把你自己拘囚在你的忧思之中；不要这样，亲爱的女王，因为我们在决定把你怎样处置以前，还要先征求你自己的意见。吃得饱饱的，睡得好好的；我们对你非常关切而同情，你应该始终把我当作你的朋友。好，再见。

克莉奥佩特拉　我的主人和君王！

凯　撒　不要这样。再见。（喇叭奏花腔。凯撒率侍从下。）

克莉奥佩特拉　他用好听的话骗我，姑娘们，他用好听的话骗我，使我不能做一个光明正大的人。可是你听我说，查米恩。（向查米恩耳语。）

伊拉丝　完了，好娘娘；光明的白昼已经过去，黑暗是我们的份了。

克莉奥佩特拉　你赶快再去一次；我已经说过，那东西早预备好了；你去催促一下。

查米恩　娘娘，我就去。

道拉培拉重上。

道拉培拉　女王在什么地方？

查米恩　瞧，先生。（下）

克莉奥佩特拉　道拉培拉！

道拉培拉　娘娘，我已经宣誓向您掬献我的忠诚，所以我要来禀告您这一个消息：凯撒准备取道叙利亚回国，在这三天之内，他要先把您和您的孩子们遣送就道。请您自己决定应付的办法，我总算已经履行您的旨意和我的诺言了。

克莉奥佩特拉　道拉培拉，我永远感激你的恩德。

道拉培拉　我是您的永远的仆人。再会，好女王；我必须侍候凯撒去。

克莉奥佩特拉　再会，谢谢你。（道拉培拉下）伊拉丝，你看怎么样？你，一个埃及的木偶人，将要在罗马被众人观览，正像我一样；那些操着百工贱役的奴才们，披着油腻的围裙，拿着木尺斧锤，将要把我们高举起来，让大家都能看见；他们浓重腥臭的呼吸将要包围着我们，使我们不得不咽下他们那股难闻的气息。

伊拉丝　天神保佑不要有这样的事！

克莉奥佩特拉　不，那是免不了的，伊拉丝。放肆的卫士们将要追逐我们像追逐娼妓一样；歌功颂德的诗人们将要用荒腔走韵的谣曲吟咏我们；俏皮的喜剧伶人们将要把我们编成即兴的戏剧，扮演我们亚历山大里亚的欢宴。安东尼将要以一个醉汉的姿态登场，而我将要看见一个逼尖了喉音的男童穿着克莉奥佩特拉的冠服卖弄着淫妇的风情。

伊拉丝　神啊!

克莉奥佩特拉　那是免不了的。

伊拉丝　我决不让我的眼睛看见这种事情;因为我相信我的指爪比我的眼睛更强。

克莉奥佩特拉　那才是一个有志气的办法,叫他们白白准备了一场,让他们看不见他们荒谬的梦想的实现。

查米恩重上。

克莉奥佩特拉　啊,查米恩,来,我的姑娘们,替我穿上女王的装束;去把我最华丽的衣裳拿来;我要再到昔特纳斯河去和玛克·安东尼相会。伊拉丝,去。现在,好查米恩,我们必须快点;等你侍候我穿扮完毕以后,我就放你一直玩到世界的末日。把我的王冠和一切全都拿来。(伊拉丝下;内喧声)为什么有这种声音?

一卫士上。

卫　士　有一个乡下人一定要求见陛下;他给您送无花果来了。

克莉奥佩特拉　让他进来。(卫士下)一件高贵的行动,却会完成在一个卑微的人的手里!他给我送自由来了。我的决心已经打定,我的全身不再有一点女人的柔弱;现在我从头到脚,都像大理石一般坚定;现在我的心情再也不像月亮一般变幻无常了。卫士率小丑持篮重上。

卫　士　就是这个人。

克莉奥佩特拉　出去,把他留在这儿。(卫士下)你有没有把那能够致人于死命而毫无痛苦的那种尼罗河里的可爱的虫儿捉来?

小　丑　不瞒您说,捉是捉来了;可是我希望您千万不要碰它,因为它咬起人来谁都没有命的,给它咬死的人,难得有活过来的,简直没有一个人活得过来。

克莉奥佩特拉　你记得有什么人给它咬死吗？

小　丑　多得很哪，男的女的全有。昨天我还听见有一个人这样死了；是一个很老实的女人，可是她也会撒几句谎，一个老实的女人是可以撒几句谎的，她就是给它咬死的，死得才惨哩。不瞒您说，她把这条虫儿怎样咬她的情形活灵活现地全讲给人家听啦；不过她们的话也不是完全可以相信的。总而言之，这是一条古怪的虫，这可是没有错儿的。

克莉奥佩特拉　你去吧；再会！

小　丑　但愿这条虫儿给您极大的快乐！（将篮放下。）

克莉奥佩特拉　再会！

小　丑　您可要记着，这条虫儿也是一样会咬人的。

克莉奥佩特拉　好，好，再会！

小　丑　你还要留心，千万别把这条虫儿交在一个笨头笨脑的人手里；因为这是一条不怀好意的虫。

克莉奥佩特拉　你不必担忧，我们留心着就是了。

小　丑　很好。请您不用给它吃什么东西，因为它是不值得养活的。

克莉奥佩特拉　它会不会吃我？

小　丑　您不要以为我是那么蠢，我也知道就是魔鬼也不会吃女人的，我知道女人是天神的爱宠，要是魔鬼没有把她弄坏。可是不瞒您说，这些婊子生的魔鬼老爱跟天神捣蛋，天神造下来的女人，十个中间倒有五个是给魔鬼弄坏了的。

克莉奥佩特拉　好，你去吧；再会！

小　丑　是，是；我希望这条虫儿给您快乐！（下）

伊拉丝捧冠服等上。

克莉奥佩特拉　把我的衣服给我，替我把王冠戴上；我心里怀着永生的渴望；埃及葡萄的芳醇从此再也不会沾润我的嘴唇。快点，快点，好伊拉丝；赶快。我仿佛听见安东尼的呼唤；我看见他站起来，夸奖我的壮烈的行动；我听见他在嘲笑凯撒的幸运；我的夫，我来了。但愿我的勇气为我证明我可以做你的妻子而无愧！我是火，我是风；我身上其余的元素，让它们随着污浊的皮囊同归于腐朽吧。你们好了吗？那么来，接受我嘴唇上最后的温暖。再会，善良的查米恩、伊拉丝，永别了！（吻查米恩、伊拉丝，伊拉丝倒地死）难道我的嘴唇上也有毒蛇的汁液吗？你倒下了吗？要是你这样轻轻地就和生命分离，那么死神的刺击正像情人手下的一捻，虽然疼痛，却是心愿的。你静静地躺着不动了吗？要是你就这样死了，你分明告诉世人，死生之际，连告别的形式也是多事的。

查米恩　溶解吧，密密的乌云，化成雨点落下来吧；这样我就可以说，天神也伤心得流起眼泪来了。

克莉奥佩特拉　我不应该这样卑劣地留恋着人间；要是她先遇见了鬈发的安东尼，他一定会向她问起我；她将要得到他的第一个吻，夺去我天堂中无上的快乐。来，你杀人的毒物，（自篮中取小蛇置胸前）用你的利齿咬断这一个生命的葛藤吧；可怜的蠢东西，张开你的怒口，赶快完成你的使命。啊！但愿你能够说话，让我听你称那伟大的凯撒为一头无谋的驴子。

查米恩　东方的明星啊！

克莉奥佩特拉　静，静！你没有见我的婴孩在我的胸前吮吸乳汁，使我安然睡去吗？

查米恩　啊，我的心碎了！啊，我的心碎了！

克莉奥佩特拉　像香膏一样甜蜜，像微风一样温柔——啊，安东尼！——让我把你也拿起来。（取另一蛇置臂上）我还有什么留恋呢——（死。）

查米恩　在这万恶的世间？再会吧！现在，死神，你可以夸耀了，一个绝世的佳人已经为你所占有。软绵绵的窗户啊,关上了吧;闪耀着金光的福玻斯再也看不见这样一双华贵的眼睛!你的王冠歪了,让我替你戴正,然后我也可以玩去了。

众卫士疾趋上。

卫士甲　女王在什么地方?

查米恩　说话轻一些,不要惊醒她。

卫士甲　凯撒已经差了人来——

查米恩　来得太迟了。(取一蛇置胸前)啊!快点,快点;我已经有点觉得了。

卫士甲　喂,过来!事情不大对;凯撒受了骗啦。

卫士乙　凯撒差来的道拉培拉就在外边;叫他来。

卫士甲　这儿出了什么事啦!查米恩,这算是你们干的好事吗?

查米恩　干得很好,一个世代冠冕的王家之女是应该堂堂而死的。啊,军人!(死。)

道拉培拉上。

道拉培拉　这儿发生了什么事啦?

卫士乙　都死了。

道拉培拉　凯撒,你也曾想到她们会采取这种惊人的行动,虽然你想竭力阻止她们,她们毕竟做出来给你看了。(内呼声,"让开!凯撒来了!")

凯撒率全体扈从重上。

道拉培拉　啊!主上,您真是未卜先知;您的担忧果然成为事实了。

凯　撒　她最后终究显出了无比的勇敢;她推翻了我们的计划,为了她自身的尊严,决定了她自己应该走的路。她们是怎样死的?我没有看见她们流血。

道拉培拉　什么人最后跟她们在一起?

卫士甲　一个送无花果来的愚蠢的乡人；这就是他的篮子。

凯　撒　那么一定是服了毒啦。

卫士甲　啊，凯撒！这查米恩刚才还活着；她还站着说话；我看见她在替她已死的女王整饬那头上的宝冠；她的身子发抖，她站立不稳，于是就突然倒在地上。

凯撒　啊，英勇的柔弱！她们要是服了毒药，她们的身体一定会发肿；可是瞧她好像睡去一般，似乎在她温柔而有力的最后挣扎之中，她要捉住另外一个安东尼的样子。

道拉培拉　这儿在她的胸前有一道血痕，还有一个小小的裂口；在她的臂上也是这样。

卫士甲　这是蛇咬过的痕迹；这些无花果叶上还有黏土，正像在尼罗河沿岸那些蛇洞边所长的叶子一样。

凯　撒　她多半是这样死去的；因为她的侍医告诉我，她曾经访求无数易死的秘方。抬起她的眠床来；把她的侍女抬下陵墓。她将要和她的安东尼同穴而葬；世上再也不会有第二座坟墓怀抱着这样一双著名的情侣。像这样重大的事件，亲手造成的人也不能不深深感动；他们这一段悲惨的历史，成就了一个人的光荣，可是也赢得了世间无限的同情。我们的军队将要用隆重庄严的仪式参加他们的葬礼，然后再回到罗马去。来，道拉培拉，我们对于这一次饰终盛典，必须保持非常整肃的秩序。（同下。）

William Shakespeare
COMPLETE WORKS

辛白林

朱生豪　译

莎士比亚
全集

剧中人物

辛白林　英国国王

克洛顿　王后及其前夫所生之子

波塞摩斯·里奥那托斯　绅士,伊摩琴之夫

培拉律斯　被放逐的贵族,化名为摩根

吉德律斯　化名为波里多 } 辛白林之子,摩根之假子

阿维拉古斯　化名为凯德华尔 } 辛白林之子,摩根之假子

菲拉里奥　波塞摩斯之友 } 意大利人

阿埃基摩　菲拉里奥之友 } 意大利人

法国绅士　菲拉里奥之友

卡厄斯·路歇斯罗马主将

罗马将领

二英国将领

毕萨尼奥　波塞摩斯之仆

考尼律斯　医生

辛白林宫廷中二贵族

辛白林宫廷中二绅士

二狱卒

王后　辛白林之妻

伊摩琴　辛白林及其前后所生之女

海伦　随侍伊摩琴的宫女

群臣、宫女、罗马元老、护民官、一荷兰绅士、一西班牙绅士、一预言者、乐工、将校、兵士、使者及其他侍从等朱庇特及里奥那托斯家族鬼魂

地　点

英国;意大利

第一幕

第一场　英国。辛白林宫中花园

二绅士上。

绅士甲　您在这儿遇见的每一个人,都是愁眉苦脸的;我们的感情不再服从上天的意旨,虽然我们朝廷里的官儿们表面上仍旧服从着我们的国王。

绅士乙　可是究竟为了什么事呀?

绅士甲　他最近娶了一个寡妇做妻子,那寡妇有一个独生子,他想把他的女儿,他的王国的继承者,许嫁给他,可是他的女儿偏偏看中了一个有才的贫士。她跟她的爱人秘密结了婚;她的父亲知道了这件事情,就宣布把她的丈夫放逐,把她幽禁起来,大家表面上都很哀伤,我想国王心里才真是很难过的。

绅士乙　难过的只有国王一个人吗?

绅士甲　那失去她的人当然也是很难过的;还有那个王后,她是最希望这门婚事成功的人;可是讲到朝廷里的官儿们,虽然他们在表面上顺着国王的颜色,装出了一副哭丧的面孔,可是心里头没有一个不是称快的。

绅士乙　为什么?

绅士甲　那失去这公主的人,是一个丑恶得无可形容的东西;那得到她的人,我的意思是说因为和她结了婚而被放逐的那个,唉,可真是个好男子！他才是一个人物，走遍世界也找不到一个可以和他相比的人。像这样才貌双全的青年，我想除了他以外再没有第二个了。

绅士乙　您把他说得太好了。

绅士甲　我并没有把他揄扬过分，先生，我的赞美并不能充分表现他的长处。

绅士乙　他叫什么名字？他的出身怎样？

绅士甲　我不能追溯到他的祖先。他的父亲名叫西塞律斯，曾经随同凯西伯兰和罗马人作战，可是他的封号是在德南歇斯手里得到的，因为卓著勋劳的缘故，赐姓为里奥那托斯；除了我们现在所讲起的这位公子以外，他还有两个儿子，都因为参加当时的战役，喋血身亡，那年老的父亲痛子情深，也跟着一命呜呼；那时候我们这位公子还在他母亲的腹内，等到他呱呱坠地，他的母亲也死了。我们现在这位国王把这婴孩收养宫中，替他取名为波塞摩斯·里奥那托斯，把他抚育成人，使他受到当时最完备的教育；他接受学问的熏陶，就像我们呼吸空气一样，俯仰之间，皆成心得，在他生命的青春，已经得到了丰富的收获。他住在宫廷之内，成为最受人赞美敬爱的人物，这样的先例是很少见的：对于少年人，他是一个良好的模范；对于涉世已深之辈，他是一面可资取法的明镜；对于老成之士，他是一个后生可畏的小子。说到他的爱人，他既然是为了她才被放逐的，那么她本身的价值就可以说明她是怎样重视他和他的才德；从她的选择上，我们可以真实地明了他是怎样的一个人。

绅士乙　听了您这一番话，已经使我不能不对他肃然起敬。可是请您告诉我，她是国王唯一的孩子吗？

绅士甲　他的唯一的孩子。他曾经有过两个儿子——您要是不嫌我提起这些旧事，不妨请听下去——大的在三岁的时候，小的还在襁褓之中，就从他们的育儿室里给人偷了去，直到现在还不知道他们的下落。

绅士乙　这是多久以前的事？

绅士甲　约莫是二十年前的事。

绅士乙　一个国王的儿子会给人这样偷走，看守的人会这样疏忽，寻访的工作会这样缓怠，竟至于查不出他们的踪迹，真是怪事！

绅士甲　怪事固然是怪事，那当事者的疏忽，也着实可笑，然而的确有这么一回事哩，先生。

绅士乙　我很相信您的话。

绅士甲　我们必须避一避。那公子、王后和公主都来了。（二人同下。）

王后、波塞摩斯及伊摩琴上。

王　后　不，女儿，你尽可以放心，我决不会像一般人嘴里所说的后母那样嫉视你；你是我的囚犯，可是你的狱吏将要把那禁锢你的钥匙交在你的手里。至于你，波塞摩斯，只要我能够挽回那恼怒的国王的心，我一定会替你说话的；不过现在他在盛怒之下，你是一个聪明人，还是安心忍耐，暂时接受他的判决吧。

波塞摩斯　启禀娘娘，我今天就要离开这里。

王　后　你知道逗留不去的危险。现在我就在园子里绕一个圈子，让你们叙叙离别的情怀，虽然王上是有命令禁止你们在一起说话的。（下。）

伊摩琴　啊，虚伪的殷勤！这恶妇伤害了人，还会替人搔伤口。我的最亲爱的丈夫，我有些害怕我父亲的愤怒；可是我的神圣的责任重于一切，我不怕他的愤怒会把我怎样。你必须去；我将要在这儿忍受着每一小时的怒眼的扫射；失去了生存的乐趣，我的唯一的安慰，只是在这世上还有一个我所珍爱的你，天可怜见，我们总会有重新见面的一天。

波塞摩斯　我的女王！我的情人！啊，亲爱的，不要哭了，否则人家将要以为我是一个没出息的男子了。我将要信守我的盟誓，永远做一个世间最忠实的丈夫。我到了罗马以后，就住在一个名叫菲拉里奥的人的家里，他是我父亲的朋友，与我还不过是书信往还，并未见过面；你可以写信到那里去，我的女王，我将要用我的眼睛喝下你所写的每一个字，即使那墨水是用最苦的胆汁做成的。

王后重上。

王　后　请你们赶快一些；要是王上来了，我不知道他要对我怎样生气哩。（旁白）可是我要骗他到这儿来。我没有对他不起，是他自己把我的恶意当作了好心，为了我所干的坏事，甘愿付出了重大的代价。（下）

波塞摩斯　要是我们用毕生的时间诀别，那也不过格外增加我们离别的痛苦。再会吧！

伊摩琴　不，再等一会儿；即使你现在不过是骑马出游，这样的分手也太轻率了。瞧，爱人，这一颗钻石是我母亲的；拿着吧，心肝；好好保存着它，直到伊摩琴死后，你向另一个妻子求婚的时候吧。

波塞摩斯　怎么！怎么！另一个？仁慈的天神啊，我只要你们把这一个给我，要是另结新欢，愿你们用死亡的铁索加在我的身上！（套上戒指）当我还有知觉的时候，你继续留在这儿吧！最温柔的、最美丽的人儿，正像我用寒碜的自己交换了你，使你蒙受无限的损失一样，在我们小物件的交换上，我也要占到你的便宜：为了我的缘故！把它戴上吧；它是爱情的手铐，我要把它套在这一个最美貌的囚人的臂上。（以手镯套伊摩琴臂上。）

伊摩琴　神啊！我们什么时候再相见呢？

辛白林及群臣上。

波塞摩斯　唉！国王来了！

辛白林　你这下贱的东西，滚出去！走开，不要让我看见你的脸！这是最后的命令，要是以后你再敢让你这下贱的身体混进我们的宫廷，你可休想活命。去！你是败坏我的血液的毒药。

波塞摩斯　愿天神们护佑你，祝福宫廷里一切善良的人们！我走了。（下。）

伊摩琴　死亡的痛苦也不会比这更使人难受。

辛白林　啊，不孝的东西！你本该安慰我的晚景，使我恢复青春；可是你却偏偏干出这种事来，加老我的年龄。

伊摩琴　父亲，请您不要气坏了自己的身体。对于您的愤怒，我是完全漠然的；一种更稀有的感情征服了一切的痛苦、一切的恐惧。

辛白林　羞耻也可以不顾，服从父母的道理也可以不讲了吗？

伊摩琴　一切希望都消沉了，还有什么羞耻？

辛白林　放着我的王后的独生子不要！

伊摩琴　啊，我幸而没有成为他的妻子！我选中了一只神鹰，避开了一只鹞子。

辛白林　你选中了一个叫花子；你要让卑贱之人占据我的王座。

伊摩琴　不，我要使它格外增加光彩。

辛白林　啊，你这可恶的东西！

伊摩琴　父亲，都是您的错处，我才会爱上了波塞摩斯；您把他抚养长大，叫他做我的游侣；他是一个配得上无论哪个女子的男人，我把整个身心给了他，还抵不上他付给我的他自身的价值。

辛白林　嘿！你疯了吗？

伊摩琴　差不多疯了，父亲；愿上天恢复我的理智！我愿做一个牧牛人的女儿，我愿里奥那托斯是我们邻家牧羊人的儿子！

辛白林　你这傻瓜！

王后重上。

辛白林　他们又在一起了；你没有照我的命令办。把她带去关起来。

王　后　请您不要气得这个样子。别吵了，我的好小姐，别吵了！亲爱的王上，让我们在这儿谈谈，您去找些什么消遣，消消您的怒气好不好？

辛白林　哼，让她每天失去一滴血；让她未老先衰，为了这一件蠢事而死去吧！（辛白林及群臣下。）

王　后　哎哟！你也该让他些才是。

毕萨尼奥上。

王　后　你的仆人来了。喂，朋友！什么消息？

毕萨尼奥　您的公子爷刚才向我家主人挑战。

王　后　嘿！我想没有闹出什么乱子来吧？

毕萨尼奥　倘不是我家主人抑住怒气，只跟他敷衍两手，一场恶战是免不了的；后来他们总算被两旁的人士劝解开了。

王　后　谢天谢地。

伊摩琴　你的儿子是我的父亲所中意的人，他这样做也是意料之中的。向一个被放逐的人挑战！啊，好一位英雄！我希望他们两人都在非洲，我自己拿着一根针站在旁边，谁要是打败了，我就用针去刺他。为什么你不跟你的主人在一起？到这儿来有什么事？

毕萨尼奥　这是他的命令。他不许我把他送到港口；留下这一张字条，叫我留在这儿侍候您，无论什么时候，您假如有事使唤我，都请吩咐我就是了。

王　后　这人一向是你们的忠仆；我敢用我的名誉打赌，他一定会继续忠实于你们的。

毕萨尼奥　多谢娘娘褒奖。

王　后　来，我们散一会儿步吧。

伊摩琴 （向毕萨尼奥）大约半点钟以后，请你再来见我。你至少应该去送我的丈夫上船。现在你去吧。（各下。）

第二场 同前。广场

克洛顿及二贵族上。

贵族甲 殿下，我要劝您换一件衬衫；您用力太猛了，瞧您身上这一股热腾腾的汗气，活像献祭的牛羊一般。一口气出来，一口气进去；像您老兄嘴里吐出来的，才真是天地间浩然的正气。

克洛顿 要是我的衬衫上染着血迹，那倒非换不可！我有没有伤了他？

贵族乙 （旁白）天地良心，没有；甚至没有害得他失去耐性。

贵族甲 伤了他！要是他没有受伤，除非他的身体是一具洞穿的尸骸，是一条可以让刀剑自由通过的大道。

贵族乙 （旁白）他的剑大概欠了人家的债，所以放着大路不走，偷偷地溜到小巷里去了。

克洛顿 这浑蛋不敢跟我对抗。

贵族乙 （旁白）是啊；他一看见你，就向你的面前逃了上来。

贵族甲 跟您对抗！您占据的地面，他不但不敢侵犯，并且连他自己脚下的地面也要让给您哩。

贵族乙 （旁白）你有多少海洋，他就让给你多少呎地面。摇头摆尾的狗子们！

克洛顿 我希望他们不要劝开我们。

贵族乙 （旁白）我也这样希望，好让你量量你在地上是一个多么长的蠢材。

克洛顿 她居然会拒绝了我，去爱这个家伙！

贵族乙 （旁白）假如确当的选择是一种罪恶，那么她的确是罪无可逭的。

贵族甲 殿下，我早就屡次对您说过了，她的美貌和她的头脑并不是一致的；她是一个美好的外形，可是我看不出有什么智慧的反映。

贵族乙 （旁白）她的智慧是不会照射到愚人身上的，因为怕那反光会伤害她。

克洛顿 来，我要回家去了。要是让他多受一些伤就好了！

贵族乙 （旁白）我倒不希望这样；除非像一头驴子倒在地上，那是算不了什么损伤的。

克洛顿 你们愿意跟我走吗？

贵族甲 我愿意奉陪殿下。

克洛顿 那么来，我们一块儿走吧。

贵族乙 很好，殿下。（同下。）

第三场 辛白林宫中一室

伊摩琴及毕萨尼奥上！

伊摩琴 我希望你的身体牢附在港岸之上，向每一艘经过的船只探询。要是他写信给我，而我却没有收到，那封信必然是和其中所寄的情意一起遗失了。他最后对你说的是些什么话？

毕萨尼奥 他说的是，“我的女王，我的女王！”

伊摩琴 那时他挥动着他的手帕吗？

毕萨尼奥 是，他还吻着它哩，公主。

伊摩琴 没有知觉的布片，你还比我幸福一些！这样就完了吗？

毕萨尼奥 不，公主；当我这双眼睛和耳朵还能够从人丛之中分辨出来他的时候，他始终站在甲板上，不断地挥着他的手套、帽子、或是手帕，表示他的内心的冲动，好像在说，你的灵魂是多么迟迟其行，无奈那船儿偏偏行驶得这样迅速。

伊摩琴　你应该一眼不霎地望着他，直到他只有乌鸦那么大小，或者比乌鸦还要小一点儿，方才回过头来才是。

毕萨尼奥　公主，我正是这样望着他的。

伊摩琴　为了望他，我甘心望穿我的眼睛，直到辽邈的空间把他缩小得像一枚针尖一样；我要继续用我的眼光追随他，让他从蚊蚋般的微细直至于完全消失在空气中为止，那时候我就要转过我的眼睛来流泪。可是，好毕萨尼奥，我们什么时候再可以听到他的消息呢？

毕萨尼奥　不必担心，公主，他一有机会，就会写信来的。

伊摩琴　我并没有和他道别，我还有许多最亲密的话儿要向他说；我想告诉他，我要在那几个时辰怎样怎样想念他；我想叫他发誓不要让意大利的姑娘们侵害我的权利和他的荣誉；我还想和他约定，在早晨六点钟、正午和半夜的时候，彼此用祈祷作精神上的会聚，那时候我会在天堂里等候着他；甚至于我还来不及给他那临别的一吻——那是我特意安插在两句迷人的话儿中间的——我的父亲就走了进来，像一阵蛮横的北风一样，摧残了我们的心花意蕊。（一宫女上。）

宫　女　公主，娘娘请您过去。

伊摩琴　我叫你干的事，你快去给我办好。现在我要去见王后了。

毕萨尼奥　公主，我一定给您办好。（同下。）

第四场　罗马。菲拉里奥家中一室

菲拉里奥、阿埃基摩、一法国人、一荷兰人及一西班牙人同上。

阿埃基摩　相信我，先生，我曾经在英国见过他；那时他还是初露头角，人们对他都怀着极大的期望；可是那时候即使他的身旁放着一张写明他的各种才能的清单，可以让我逐条诵读，我照样不会以钦佩的眼光望着他的。

菲拉里奥　您看见他的时候，他还只是一个才识未充的青年，比起现在来，无论在仪表或是学问方面，都要相差很远哩。

法国人　我曾经在法国见过他；在我们国里，像他一样能够望着太阳不霎眼睛的人多着呢。

阿埃基摩　我相信他这次和他的国王的女儿结婚，一定使他在众人口中成为格外了不得的人物；他是借着公主的身价，提高自己的地位的。

法国人　他的放逐也是使他受人同情的原因。

阿埃基摩　嗯，还有些人同情他们好好的姻缘被活生生地拆散，为了证实她选中了一个一无足取的穷鬼并不是错误起见，也都把他拼命吹捧。可是他怎么会到您府上作起寓公来？你们是怎么相识的？

菲拉里奥　他的父亲跟我曾经一起上过战场，我好多次受过他的救命之恩。这位英国人来了；让他在你们中间按照像他那样一位异国人的身份，享受他所应得的礼遇吧。

波塞摩斯上。

菲拉里奥　各位先生，让我介绍这位绅士给你们认识认识，他是我的一个尊贵的朋友；我不必当面吹嘘他的好处，因为你们不久就会知道他的价值的。

法国人　先生，我们在奥尔良就认识了。

波塞摩斯　正是，您的盛情厚意，我还不知道几时能够报答呢。

法国人　先生，区区小节，何必这样言重？我很高兴总算替您和我的同国之人尽了一分和解的责任；要是为了这样一个琐细的问题，大家拼起你死我活来，那才不值得呢。

波塞摩斯　请您原谅，先生，那时我不过是一个年轻识浅的旅行者，不肯接受人家的教诲，更不愿让别人的经验指导我的行动；可是，您要是不见怪的话，我在仔细考虑之下，仍然觉得我那一次争吵的意义是并不琐细的。

法国人　不错，两个人闹到了必须用武力解决争端的地步，结果不是一死一生，就是两败俱伤，这样的事情当然是很严重的。

阿埃基摩　请原谅我们失礼，我们能不能问问这次争吵是怎样发生的？

法国人　我想不妨。这是一场众目共睹的争吵，说出来也没有什么关系。它的起因完全像我们昨天晚上的辩论一样，各人赞美着自己国里的情人；这位绅士在那时一口咬定，并且不惜用流血证明，他的爱人比我们法国无论哪一位绝世女郎更美丽、贤淑、聪明、贞洁、忠心、富于才能而不可侵犯。

阿埃基摩　那位小姐大概已经不在人世，否则这位先生的意见到现在也总该改变过来了。

波塞摩斯　她仍旧保持着她的美德，我也没有改变我的意见。

阿埃基摩　您不能说她比我们意大利的姑娘们更好。

波塞摩斯　我已经在法国受到过那样的挑衅，可是我对于她的崇敬一点没有减少，虽然我承认我只是她的崇拜者，不是她的朋友。

阿埃基摩　人家往往把美善二字相提并论,可是在你们英国女郎中间,却还没有一个当得起既美且善的赞誉。要是她果然胜过我所看见过的其他女郎,正像您这颗钻石的光彩胜过我所看见过的许多钻石一样,那么我当然不能不相信她是个超群绝伦的女郎;可是我还没有见过世上最珍贵的钻石,您也没有见过世上最美好的女郎。

波塞摩斯　我按照我对她的估价赞美她;对我的钻石也是一样。

阿埃基摩　您把它估价多少?

波塞摩斯　胜过全世界所有的一切。

阿埃基摩　那么您那无比的情人一定早已死了,否则她的价值也高不到哪儿去。

波塞摩斯　您错了。钻石是可以买卖授受的东西,谁愿意出重大的代价,就可以把它收买了去;为了报恩酬德的缘故,它也可以做送人的礼物。可是美人却不是市场上的商品,那是天神们的恩赐。

阿埃基摩　天神们已经把这样的恩赐赏给您了吗?

波塞摩斯　是的,仰仗神恩,我要把它永远保存起来。

阿埃基摩　您可以在名义上把她据为已有,可是,您知道,有些鸟儿是专爱栖在邻家的池子上的。您的戒指也许会给人偷去;您那无价之宝的美人也难保不会被人染指;戒指固然是容易丢失的东西,女人的轻薄的天性,又有谁能捉摸?一个狡猾的偷儿,或者一个风雅的朝士,就可以把这两件东西一起拐到手里。

波塞摩斯　你把轻薄的头衔加在我的爱人的头上,可是在你们贵国意大利之中,还没有哪一个风雅的朝士可以使她受到他的诱惑。我很相信你们这儿有很多的偷儿,可是我却不怕我的戒指会给人偷走。

菲拉里奥　让我们就在这儿告一段落吧,两位先生。

波塞摩斯　先生，我很愿意。我谢谢这位可尊敬的先生，他不把我当作陌生人看待；我们一开始就相熟了。

阿埃基摩　要是我有机会能够直接看见她，跟她攀起交情来，只消五次这样的谈话，准可以在您那美丽的爱人心头占一个地位，基至于可以叫她随意听我摆布。

波塞摩斯　不会，不会。

阿埃基摩　我敢把我家产的一半打赌您的戒指，我相信那价值是不会在它之下的；可是我打赌的动机，只是要打破您的自信，并没有存心毁坏她的名誉的意思；为了免除您的误会起见，我可以向世上无论哪一个女郎作同样的尝试。

波塞摩斯　像你这样狂言无惮，简直是自欺欺人；我相信你一定会收到你的尝试的应得的结果。

阿埃基摩　什么结果？

波塞摩斯　一顿拒斥；虽然像你所说的那种尝试，是应该狠狠地受一顿惩罚的。

菲拉里奥　两位先生，够了；这场争吵本来是凭空而来，现在仍旧让它凭空而去吧。请你们瞧在我的面上，大家交个朋友好不好？

阿埃基摩　我恨不得把我跟我邻人的家产一起拿出来，证明我刚才所说的话。

波塞摩斯　你要向哪一个女郎进攻？

阿埃基摩　你的爱人，你以为她的忠心是绝对不会动摇的。我愿意用一万块金圆和你的戒指打赌，只要你把我介绍到她的宫廷里去，让我有两次跟她见面的机会，我就可以把你所想象为万无一失的她的贞操掠夺而归。

波塞摩斯　我愿意用金钱去和你的金钱打赌；我把我的戒指看得跟我的手指同样宝贵；它是我的手指的一部分。

阿埃基摩　你在害怕了,这倒是你的聪明之处。要是你出了一百万块钱买一钱女人的肉,你也不能把它保藏得不会腐坏。可是我看你究竟是一个信奉上帝的人,你心里还有几分畏惧。

波塞摩斯　这是你口头上轻薄的习惯;我希望你的话不是说着玩儿的。阿埃基摩我的话我自己负责,我发誓我要是说到哪儿,一定做到哪儿。

波塞摩斯　真的吗?我就把我的戒指暂时借给你,等你回来再说。让我们订下契约。我的爱人的贤德,决不是你那卑劣的思想所能企及的;我倒要看看你有几分伎俩,胆敢这样夸口。这儿是我的戒指。

菲拉里奥　我不赞成你们打赌。

阿埃基摩　凭着天神起誓,那都是一样。要是我不能给你充分的证据,证明我已经享受到你爱人身上最宝贵的一部分,我的一万块金圆就是属于你的;要是我去了回来,她的贞操依旧完整无缺,那么她和这一枚戒指,你的两件心爱的宝贝,连带着我的金钱,一起都是你的;我的唯一的条件,就是你必须给我一封介绍的函件,让我可以在她那里得到自由交谈的方便。

波塞摩斯　我接受这些条件;让我们把约款写下来吧。不过你必须对我负这样的责任:要是你征服了她的肉体,直接向我证明你已经达到目的,我就不再是你的敌人,她是不值得我们挂齿的;要是她始终不受诱惑,你也不能提出她的失贞的证据,那么为了你的邪恶的居心,为了你破坏她的贞操的企图,你必须用你的剑给我一个满意的答复。

阿埃基摩　把你的手给我;我们就这样约定。我们要依照合法的手续,把这些条件记下,然后我就立刻动身到英国去,免得这一桩交易冷了下来。现在我就去拿我的金钱,把我们两方面的赌注分别记载清楚。

波塞摩斯　很好。(波塞摩斯、阿埃基摩同下。)

法国人　您看他们的打赌不会是开玩笑吧?

菲拉里奥　阿埃基摩先生是决不会放弃他的见解的。各位,让我们跟他们去吧。(同下。)

第五场　英国。辛白林宫中一室

王后、众宫女及考尼律斯上。

王　后　趁着地上还有露水的时候,把那些花采下来吧;赶快一些。那张列着花名的单子在什么人手里?

宫女甲　在我这儿,娘娘。

王　后　快去。(众宫女下)现在,医生先生,你有没有把那药儿带来?

考尼律斯　启禀娘娘,我带来了;这儿就是,娘娘。(以小匣呈王后)可是请娘娘不要见怪,我的良心要我请问您一声,您为什么要我带给您这种奇毒无比的药物;它的药性虽然缓慢,可是人服了下去,就会逐渐衰弱而死,再也无法医治的。

王　后　我很奇怪,医生,你会问我这样一个问题。我不是已经做了你的学生好久了吗?你不是已经把制造香料、酿酒、蜜饯的方法都教给我了吗?就是我们那位王上爷爷他也老是逼着我要我把我的方剂告诉他知道哩。倘若你并不以为我是一个居心险恶的人,那么我已经学到了这一步,难道不应该再在其他的方面充实我的知识吗?我要在那些不值得用绳子勒死的畜类身上试一试你这种药品的力量——当然我不会把它用到人身上的——看看有没有方法可以减轻它的药性,从实际的试验中探求它的功效和作用。

考尼律斯　娘娘，这种试验的结果，不过使您的心肠变硬；而且中毒的动物不但恶臭异常，还容易把疫气传染到人们身上。

王　后　啊！你不用管。

毕萨尼奥上。

王后　（旁白）这儿来了一个胁肩谄笑的奴才；我要在他身上开始我的实验；他为他的主人尽力，是我的儿子的仇敌——啊，毕萨尼奥！医生，现在你没有别的事了，请便吧。

考尼律斯　（旁白）我疑心你不怀好意，娘娘；可是你的药是害不了人的。

王　后　（向毕萨尼奥）听着，我有话对你说。

考尼律斯　（旁白）我不喜欢她。她以为她手里有慢性的毒药；可是我知道她的心意，我怎么也不会让她把这种危险的药物拿去害人的。我刚才给她的那种药，可以使感觉暂时麻木昏迷；也许她最初在猫狗身上试验，然后再进一步实行她的计划；可是虽然它会使人陷入死亡的状态，其实并无危险，不过暂时把精神封锁起来，一到清醒之后，反而比原来格外精力饱满。她不知道我已经用假药骗她上了当；可是我要是不骗她！我自己也就成了奸党了。

王　后　没有别的事了，医生，有事再来请你吧。

考尼律斯　那么我告辞了。（下）

王　后　你说她还在哭吗？你看她会不会慢慢地把她的悲伤冷淡下来，感觉到她现在的愚蠢，愿意接受人家的劝告？你也应该好好劝劝她；要是你能够说得她回心转意，爱上我的儿子，那么你一告诉我这个消息，我就可以当场向你宣布你的地位已经跟你的主人一样；不，比你的主人更高，因为他的命运已经到了绝境，他的名誉也已经奄奄待毙；他不能回来，也不能继续住在他现在所住的地方；转换他的环境不过使他从这一种困苦转换到另一种困苦，每一个新的日子的到来，不过摧毁了他又一天的希望。你依靠着一件既不能独立、又不能重新改造的东西，他也没有一个支持他的朋友，这样对你有什么好处呢？（故意将小匣跌落地上，毕萨尼奥趋前拾起）你不知道你所拾起的是件什么东西，可是既然劳你拾了起来，你就拿了去吧。这是我亲手调制的药剂，它曾经五次救活王上的生命；我不知道还有什么比它更灵验的妙药。不，你尽管拿去吧；这不过是表示我对你的好意的信物，以后我还要给你更多的好处哩。告诉你的公主，她现在处在什么情形之下；用你自己的口气对她说话。想一想你现在换了个主儿，是一个多么难得的机会；一方面你并没有失去你的公主的欢心，一方面我的儿子还要另眼看待你。你要怎样的富贵功名，我都可以在王上面前替你竭力运动；我自己是一手提拔你的人，当然会格外厚待你的。叫我的侍女们来；想一想我的话吧。（毕萨尼奥下）一个狡猾而忠心的奴才，谁也不能动摇他的心；他是他的主人的代表，他的使命就是要随时提醒她坚守她对她丈夫的盟约。我已经把那毒药给了他，他要是服了下去，就再也没有人替她向她的爱人传递消息了。假如她一味固执，不知悔改，少不得也要叫她尝尝滋味。

毕萨尼奥及宫女等重上。

王　后　好，好；很好！很好。紫罗兰、莲香花、樱草花，都给我拿到我的房间里去。再会，毕萨尼奥；想一想我的话吧。（王后及宫女等同下。）

毕萨尼奥　是的，我要想一想你的话。可是要我不忠于我的主人，我宁愿勒死我自己；这就是我将要替你做的事情。（下）

第六场　同前。宫中另一室

伊摩琴上。

伊摩琴　一个凶狠的父亲，一个奸诈的后母，一个向有夫之妇纠缠不清的愚蠢的求婚者，她的丈夫是被放逐了的。啊！丈夫，我的悲哀的顶点！还有那些不断的烦扰！要是我也像我的两个哥哥一般被窃贼偷走，那该是多么快乐！可是最不幸的是那抱着正大的希望而不能达到心愿的人；那些虽然贫苦、却有充分的自由实现他们诚实的意志的人们是有福的。哎哟！这是什么人？

毕萨尼奥及阿埃基摩上。

毕萨尼奥　公主，一位从罗马来的尊贵的绅士，替我的主人带信来了。

阿埃基摩　您的脸色变了吗，公主？尊贵的里奥那托斯平安无恙，向您致最亲切的问候。（呈上书信。）

伊摩琴　谢谢，好先生；欢迎您到这儿来。

阿埃基摩　（旁白）她的外表的一切是无比富丽的！要是她再有一副同样高贵的心灵，她就是世间唯一的凰鸟，我的东道也活该输去了。愿勇气帮助我！让我从头到脚，充满了无忌惮的孟浪！或者像帕提亚人一样，我要且战且退，而不一味退却。

伊摩琴　“阿埃基摩君为此间最有声望之人，其热肠厚谊，为仆所铭感不忘者，愿卿以礼相待，幸甚幸甚。里奥那托斯手启。”我不过念了这么一段；可是这信里其余的话儿，已经使我心坎里都充满了温暖和感激。可尊敬的先生，我要用一切可能的字句欢迎你；你将要发现在我微弱的力量所能做到的范围以内，你是我的无上的佳宾。

阿埃基摩　谢谢，最美丽的女郎。唉！男人都是疯子吗？造化给了他们一双眼睛，让他们看见穹窿的天宇，和海中陆上丰富的出产，使他们能够辨别太空中的星球和海滩上的砂砾。可是我们却不能用这样宝贵的视力去分别美丑吗？

伊摩琴　您为什么有这番感慨？

阿埃基摩　那不会是眼睛上的错误，因为在这样两个女人之间，即使猴子也会向这一个饶舌献媚，而向那一个扮鬼脸揶揄的，也不会是判断上的错误，因为即使让白痴做起评判员来，他的判断也决不会颠倒是非；更不会是各人嗜好不同的问题，因为当着整洁曼妙的美人的面，蓬头垢面的懒妇是只会使人胸中作恶，绝对没有迷人的魅力的。

伊摩琴　您究竟在说些什么？

阿埃基摩　日久生厌的意志——那饱餍粱肉而未知满足的欲望，正像一面灌下一面漏出的水盆一样，在大嚼肥美的羔羊以后，却想慕着肉骨菜屑的异味。

伊摩琴　好先生，您在那儿唧唧咕咕地说些什么？您没有病吧？

阿埃基摩　谢谢，公主，我很好。（向毕萨尼奥）大哥，劳驾你去看看我的仆人；他是个脾气十分古怪的家伙。

毕萨尼奥　先生，我本来要去招待招待他哩。（下）

伊摩琴　请问我的丈夫身体一直很好吗？

阿埃基摩　很好，公主。

伊摩琴　他在那里快乐吗？我希望他是的。

阿埃基摩　非常快乐；没有一个异邦人比他更会寻欢作乐了。他是被称为不列颠的风流浪子的。

伊摩琴　当他在这儿的时候，他总是郁郁寡欢！而且往往不知道为了什么原因。

阿埃基摩　我从来没有见他皱过眉头。跟他做伴的有一个法国人，也是一个很有名望的绅士，他在本国爱上了一个法兰西的姑娘，看样子他是非常热恋她的；每次他长吁短叹的时候，我们这位快乐的英国人——我的意思是说尊夫——就要呵呵大笑，嚷着说，“哎哟！我的肚子都要笑破了。你也算是个男人，难道你不会从历史上、传说上或是自己的经验上，明了女人是怎样一种东西，她们天生就是这样的货色，不是自己能做主的。难道你还会把你自由自在的光阴在忧思憔悴中间消磨过去，甘心把桎梏套在自己的头上？”

伊摩琴　我的夫君会说这样的话吗？

阿埃基摩　哦，公主，他笑得眼泪都滚了出来呢；站在旁边，听他把那法国人取笑，才真是怪有趣的。可是，天知道，有些男人真不是好东西。

伊摩琴　不会是他吧，我希望？

阿埃基摩　不是他；可是上天给他的恩惠，他也该知道些感激才是。在他自己这边说起来，他是个得天独厚的人；在您这边说起来，那么我一方面固然只有惊奇赞叹，另一方面却不能不感到怜悯。

伊摩琴　您怜悯些什么，先生？

阿埃基摩　我从心底里怜悯两个人。

伊摩琴　我也是一个吗，先生？请您瞧瞧我；您在我身上看出了什么残缺的地方，才会引起您的怜悯？

阿埃基摩　可叹！哼！避开了光明的太阳，却在狱室之中去和一盏孤灯相伴！

伊摩琴　先生，请您明白一点回答我的问话。您为什么怜悯我？

阿埃基摩　我刚才正要说，别人享受着您的——可是这应该让天神们来执行公正的审判，轮不到我这样的人说话。

伊摩琴　您好像知道一些我自己身上的或者有关于我的事情。一个人要是确实知道发生了什么变故，那倒还没有什么，只有在提心吊胆、怕有什么变故发生的时候，才是最难受的；因为已成确定的事实，不是毫无挽回的余地，就是可以及早设法，筹谋补救的方策。所以请您不要再吞吞吐吐，把您所知道的一切告诉我吧。

阿埃基摩　要是我能够在这天仙似的脸上沐浴我的嘴唇；要是我能够抚摩这可爱的纤手，它的每一下接触，都会使人从灵魂里激发出忠诚的盟誓；要是我能够占有这美妙的影像，使我狂热的眼睛永远成为它的俘虏：要是我在享受这样无上的温馨以后，还会去和那些像罗马圣殿前受过无数人践踏的石阶一般下贱的嘴唇交换唾液，还会去握那些因为每小时干着骗人的工作而变成坚硬的手，还会去向那些像用污臭的脂油点燃着的冒烟的灯火似的眼睛挑逗风情，那么地狱里的一切苦难应该同时加在我的身上，谴责我的叛变。

伊摩琴　我怕我的夫君已经忘记英国了。

阿埃基摩　他也已经忘记了他自己。不是我喜欢搬弄是非，有心宣布他这种生活上可耻的变化，却是您的温柔和美貌激动了我的沉默的良心，引诱我的嘴唇说出这些话来。

伊摩琴　我不要再听下去了。

阿埃基摩　啊，最亲爱的人儿！您的境遇激起我深心的怜悯，使我感到莫大的苦痛。一个这样美貌的女郎，在无论哪一个王国里，她都可以使最伟大的君王增加一倍的光荣，现在却被人下侪于搔首弄姿的娼妓，而那买笑之资，就是从您的银箱里拿出来的！那些身染恶疾、玩弄着世人的弱点，以达到猎取金钱的目的的荡妇！那些污秽糜烂、比毒药更毒的东西！您必须报复；否则那生养您的母亲不是一个堂堂的王后，您也就是自绝于您的伟大的祖先。

伊摩琴　报复！我应该怎样报复？假如这是真的——我的心还不能

在仓促之间轻信我的耳朵所听到的话——假如这是真的，我应该怎样报复？

阿埃基摩　您应该容忍他让您像尼姑一般度着枕冷衾寒的生活，而他自己却一点不顾您的恩情，把您的钱囊供他挥霍，和那些荡妇淫娃们恣意取乐吗？报复吧！我愿意把我自己的一身满足您的需要，在身份和地位上，我都比您那位负心的汉子胜过许多，而且我将要继续忠实于您的爱情，永远不会变心。

伊摩琴　喂，毕萨尼奥！

阿埃基摩　让我在您的唇上致献我的敬礼吧。

伊摩琴　去！我恼恨自己的耳朵不该听你说了这么久的话。假如你是个正人君子，你应该抱着一片好意告诉我这样的消息，不该存着这样卑劣荒谬的居心。你侮辱了一位绅士，他决不会像你所说的那种样子，正像你是个寡廉鲜耻的小人，不知荣誉为何物一样；你还胆敢在这儿向一个女子调情，在她的心目之中，你是和魔鬼同样可憎的。喂，毕萨尼奥！我的父王将要知道你这种放肆的行为；要是他认为一个无礼的外邦人可以把他的宫廷当作一所罗马的妓院，当着我的面前宣说他的禽兽般的思想，那么除非他一点不重视他的宫廷的庄严，全然把他的女儿当作一个漠不相关的人物。喂，毕萨尼奥！

阿埃基摩　啊，幸福的里奥那托斯！我可以说：你的夫人对于你的信仰，不枉了你的属望，你的完善的德性，也不枉了她的诚信。愿你们长享着幸福的生涯！他是世间最高贵的绅士；也只有最高贵的人，才配得上您这样一位无比的女郎。原谅我吧。我刚才说那样的话，不过为要知道您的信任是不是根深蒂固；我还要把尊夫实际的情形重新告诉您知道。他是一个最有教养、最有礼貌的人；在他高尚的品性之中，有一种吸引他人的魔力，使每一个人都乐于和他交往；一大半的人都是倾心于他的。

伊摩琴　这样说才对了。

阿埃基摩　他坐在人们中间，就像一位谪降的天神；他有一种出众的尊严，使他显得不同凡俗。不要生气，无上庄严的公主，因为我胆敢用无稽的谰言把您欺骗。现在您的坚定的信心已经证明您有识人慧眼，选中了这样一位稀有的绅士，他的为人的确不错。我对他所抱的友情，使我用那样的话把您煽动，可是神明造下您来，不像别人一样，却是一尘不染的。请原谅我吧。

伊摩琴　不妨事，先生。我在这宫廷内所有的权力，都可以听您支配。

阿埃基摩　请接受我的卑躬的感谢。我几乎忘了请求公主一件小小的事；可是事情虽小，却也相当重要，因为尊夫、我自己，还有几个尊贵的朋友，都与这事有关。

伊摩琴　请问是什么事？

阿埃基摩　我们中间有十二个罗马人，还有尊夫，这些都是我们交游之中第一流的人物，他们凑集了一笔款子，购买一件礼物呈献给罗马皇帝，我受到他们的委托，在法国留心采选，买到了一个雕刻精巧的盘子和好几件富丽夺目的珠宝，它们的价值是非常贵重的。我因为在此人地生疏，有些不大放心，想找一处安全寄存的所在。不知道公主愿意替我暂时保管吗？

伊摩琴　愿意愿意；我可以用我的名誉担保它们的安全。既然我的丈夫也有他的一份在内，我要把它们藏在我的寝室之中。

阿埃基摩　它们现在放在一只箱子里面，有我的仆人们看守着；
既蒙慨允，我就去叫他们送来，暂寄一宵；明天一早我就要上船的。

伊摩琴　啊！不，不。

阿埃基摩　是的，请您原谅，要是我延缓了归期，是会失信于人的。为了特意探望公主的缘故，我才从法兰西渡海前来。

伊摩琴　谢谢您跋涉的辛苦;可是明天不要去吧!

阿埃基摩　啊!我非去不可,公主。要是您想叫我带信给尊夫的话,请您就在今晚写好。我不能再耽搁下去,因为呈献礼物是不能误了日期的。

伊摩琴　我就去写起来。请把您的箱子送来吧;我一定把它保管得万无一失,原封不动地还给您。欢迎您到我们这儿来。(同下。)

第二幕

第一场　英国。辛白林王宫前

克洛顿及二贵族上。

克洛顿　有谁像我这般倒霉！刚刚在最后一下的时候，让人把我的球打掉了！我放了一百镑钱在它上面呢，你想我怎么不气；偏偏那个婊子生的猴崽子怪我不该骂人，好像我骂人的话也是向他借来的，我自己连随便骂人的自由都没有啦。

贵族甲　他得到些什么好处呢？您不是用您的球打破了他的头吗？

贵族乙　（旁白）要是那人的头脑也跟这打他的人一般，那么这一下一定会把它全都打出来的。

克洛顿　大爷高兴骂骂人，难道旁人干涉得了吗？哼！

贵族乙　干涉不了，殿下；（旁白）他们总不能割掉他们的耳朵。

克洛顿　婊子生的狗东西！他居然还敢向我挑战！可惜他不是跟我同一阶级的人！

贵族乙　（旁白）否则你们倒是一对傻瓜。

克洛顿　真气死我了。他妈的！做了贵人有什么好处？他们不敢跟我打架，因为害怕王后，我的母亲。每一个下贱的奴才都可以打一个痛快，只有我却像一只没有敌手的公鸡，谁也不敢碰我一碰。

贵族乙　（旁白）你是一只公鸡，也是一只阉鸡；给你套上一顶高冠儿，公鸡，你就叫起来了。

克洛顿　你说什么？

贵族乙　要是每一个被您所开罪的人，您都跟他认真动起手来，那是不适合您殿下的身份的。

克洛顿　那我知道；可是比我低微的人，我就是开罪了他们，也没有什么不对。

贵族乙　嗯，只有殿下才有这样的特权。

克洛顿　可不是吗，我也是这样说的。

贵族甲　您听说有一个外国人今天晚上要到宫里来没有？

克洛顿　一个外国人，我却一点儿也不知道。

贵族乙　（旁白）他自己就是个外来的货色，可是他自己不知道。

贵族甲　来的是一个意大利人；据说是里奥那托斯的一个朋友。

克洛顿　里奥那托斯！一个亡命的恶棍；他既然是他的朋友，不管他是什么人，总之也不是好东西。谁告诉你关于这个外国人的消息的？

贵族甲　您殿下的一个童儿。

克洛顿　我应不应该去瞧瞧他？那不会有失我的身份吗？

贵族甲　您不会失去您的身份，殿下。

克洛顿　我想我的身份是不大容易失去的。

贵族乙　（旁白）你是一个公认的傻子；所以无论你干些什么傻事，总不会失去你傻子的身份。

克洛顿　来，我要瞧瞧这意大利人去。我在球场上输去的，今晚一定要在他身上捞回本来。来，我们走吧。

贵族乙　我就来奉陪殿下。（克洛顿及贵族甲下）像他母亲这样一个奸诈的魔鬼，竟生下了这一头蠢驴来！一个用她的头脑制服一切的妇人，她这一个儿子却连二十减二还剩十八都算不出来。唉！可怜的公主，你天仙化人的伊摩琴啊！你有一个受你后母牵制的父亲，一个时时刻刻都在制造阴谋的母亲，还有一个比你亲爱的丈夫的无辜放逐和你们的惨痛的分离更可憎可恼的求婚者，在他们的压力之下，你在挨度着怎样的生活！但愿上天护佑你，保全你的贞操的壁垒，使你的美好的心灵的庙宇不受摇撼，在你自己的立场上坚定站住，等候你流亡的丈夫回来，统治这伟大的国土！（下）

第二场　卧室。一巨箱在室中一隅

伊摩琴倚枕读书；一宫女侍立。

伊摩琴　谁在那里？海伦吗？

宫　女　是我，公主。

伊摩琴　什么时候了？

宫　女　快半夜了，公主。

伊摩琴　那么我已经读了三小时了；我的眼睛疲倦得很；替我把我刚才读完的这一页折起来；你也去睡吧。不要把蜡烛移去，让它亮着好了。要是你能够在四点钟醒来，请你叫我一声。睡魔已经攫住我的全身。（宫女下）神啊，我把自己托付你们的保护，求你们不要让精灵鬼怪们侵扰我的梦魂！（睡；阿埃基摩自箱中出。）

阿埃基摩　蟋蟀们在歌唱，人们都在休息之中恢复他们疲劳的精神。我们的塔昆正是像这样蹑手蹑脚，轻轻走到那被他毁坏了贞操的女郎的床前。维纳斯啊，你睡在床上的姿态是多么优美！鲜嫩的百合花，你比你的被褥更洁白！要是我能够接触一下她的肌肤！要是我能够给她一个吻，仅仅一个吻！无比美艳的红玉，它们被安放得多么可爱！散布在室内的异香，是她樱唇中透露出来的气息。蜡烛的火焰向她的脸上低俯，想要从她紧闭的眼睫之下，窥视那收藏了的光辉，虽然它们现在被眼睑所遮掩，还可以依稀想见那净澈的纯白和空虚的蔚蓝，那正是太空本身的颜色。可是我的计划是要记录这室内的陈设；我要把一切都写下来：这样这样的图画；那边是窗子；她的床上有这样的装饰；织锦的挂帏，上面织着这样这样的人物和故事。啊！可是关于她肉体上的一些活生生的记录，才是比一万种琐屑的家具更有力的证明，更可以充实我此行的收获。睡眠啊！你死亡的摹仿者，沉重地压在她的身上，让她的知觉像教堂里的墓碑一般漠无所感吧。下来，下来；（自伊摩琴臂上取下手镯）一点不费力地它就滑落下来了！它是我的；有了这样外表上的证据，一定可以格外加强内心的扰乱，把她的丈夫激怒得发起疯来。在她的左胸还有一颗梅花形的痣，就像莲香花花心里的红点一般：这是一个确证，比任何法律所能造成的证据更有力；这一个秘密将使他不能不相信我已经打开键锁，把她宝贵的贞操偷走了。够了。我好傻！为什么我要把这也记了下来，它不是已经牢牢地钉住在我的记忆里了吗？她读了一个晚上的书，原来看的是忒柔斯的故事；这儿折下的一页，正是菲罗墨拉被迫失身的地方。够了；回到箱子里去，把弹簧关上了。你黑夜的巨龙，走快一些吧，让黎明拨开乌鸦的眼睛！恐惧包围着我的全身；虽然这是一位天上的神仙，我却像置身在地狱之中。（钟鸣）一，二，三；赶快，赶快！（躲入箱内；幕闭。）

第三场　与伊摩琴闺房相接之前室

克洛顿及二贵族上。

贵族甲　您殿下在失败之中那一种镇定的功夫，真是谁也不能仰及的；无论什么人在掷出幺点的时候，总比不上您那样的冷静。

克洛顿　一个人输了钱，总是要冷了半截身子，气得说不出话来的。

贵族甲　可是，不是每一个人都有您殿下这样高贵的耐性。您在得胜的时候，那火性可大啦。

克洛顿　胜利可以使每一个人勇气百倍。要是我能够得到伊摩琴这傻丫头，我就不愁没有钱花。快天亮啦，是不是？

贵族甲　已经是清晨了，殿下。

克洛顿　我希望这班乐工们会来。有人劝我在清晨为她奏乐；他们说那是会打动她的心的。

乐工等上。

克洛顿　来，调起乐器来吧。要是你们的弹奏能够打动她的心，那么很好；我们还要试试你们的歌唱哩。要是谁也打不动她的心，那么让她去吧；可是我是永远不会灰心的。第一，先来一支非常佳妙的曲调；接着再来一支甜甜蜜蜜的歌儿，配着十分动人的词句；然后让她自己去考虑吧。

（歌。）

听！听！云雀在天门歌唱，
旭日早在空中高挂，
天池的流水琮琤作响，
日神在饮他的骏马；
瞧那万寿菊倦眼慵抬，
睁开它金色的瞳睛：
美丽的万物都已醒来，
醒醒吧，亲爱的美人！
醒醒，醒醒！

克洛顿　好，你们去吧。要是这一次的奏唱能够打动她的心，我从此再不看轻你们的音乐；要是打不动她的心，那是她自己的耳朵有了毛病，无论马鬃牛肠，再加上太监的嗓子，都不能把它医治的。（乐工等下。）

贵族乙　王上来了。

克洛顿　我幸亏通夜不睡，所以才能够起身得这么早；他看见我一早就这样献着殷勤，一定会疼我的。

辛白林及王后上。

克洛顿　陛下早安，母后早安。

辛白林　你在这儿门口等候着我的倔强的女儿吗？她不肯出来吗？

克洛顿　我已经向她奏过音乐，可是她理也不理我。

辛白林　她的爱人新遭放逐，她一下子还不能把他忘掉。再过一些时候，等到对他的记忆一天一天淡薄下去以后，她就是你的了。

王　后　你千万不要忘了王上的恩德，他总是千方百计，想把你配给他的女儿。你自己也该多用一番工夫，按部就班地进行你的求婚的手续，一切都要见机行事；她越是拒绝你，你越是向她陪小心献殷勤，好像你为她所干的事，都是出于灵感的冲动一般；她吩咐你什么，你都要依从她，只有当她打发你走开的时候，你才可以装聋作哑。

克洛顿　装聋作哑！不！

一使者上。

使　者　启禀陛下，罗马派了使臣来了，其中的一个是卡厄斯·路歇斯。

辛白林　一个很好的人，虽然他这次来是怀着敌意的；可是那不是他的错处。我们必须按照他主人的身份接待他；为了他个人以往对于我们的友谊，我们也必须给他应得的礼遇。我儿，你向你的情人道过早安以后，就到我们这儿来；我还要派你去招待这罗马人哩。来，我的王后。（除克洛顿外均下。）

克洛顿　要是她已经起身，我要跟她谈谈；不然的话，让她一直睡下去做她的梦吧。有人吗？喂！（敲门）我知道她的侍女们都在她的身边。为什么我不去买通她们中间的一个呢？有了钱才可以到处通行；事情往往是这样的。是呀，只要有了钱，替狄安娜女神看守林子的人也会把他们的鹿偷偷地卖给外人。钱可以让好人含冤而死，也可以让盗贼逍遥法外；嘿，有时候它还会不分皂白，把强盗和好人一起吊死呢。什么事情它做不到？什么事情它毁不了？我要叫她的一个侍女做我的律师，因为我对于自己的案情还有点儿不大明白哩。有人吗？（敲门）

一宫女上。

宫　女　谁在那儿打门？

克洛顿　一个绅士。

宫　女　不过是一个绅士吗？

克洛顿　不，他还是一个贵妇的儿子。

宫　女　（旁白）有些跟你同样讲究穿着的人，他们倒还夸不出这样的口来呢。——您有什么见教？

克洛顿　我要见见你们公主本人。她打扮好了没有？

宫　女　嗯，她还在闺房呢。

克洛顿　这是赏给你的金钱；把你的好消息卖给我吧。

宫　女　怎么！把我的好名声也卖给你吗？还是把我认为是合适的话去向她通报？公主来了！

伊摩琴上。

克洛顿　早安，最美丽的人儿；妹妹，让我吻一吻你可爱的手。（宫女下。）

伊摩琴　早安，先生。您费了太多的辛苦，不过买到了一些烦恼；我所能给您的报答，只有这么一句话：我是不大懂得感激的，我也不肯向随便什么人表示我的谢意。

克洛顿　可是我还是发誓我爱你。

伊摩琴　要是您说这样的话，那对我还是一样；您尽管发您的誓，我是永远不来理会您的。

克洛顿　这不能算是答复呀。

伊摩琴　倘不是因为恐怕您会把我的沉默当作了无言的心许，我本来是不想说话的。请您放过我吧。真的，您的盛情厚意，不过换到我的无礼的轻蔑。您已经得到教训，应该懂得容忍是最大的智慧。

克洛顿　让你这样疯疯癫癫下去，那是我的罪过；我怎么也不愿意的。

伊摩琴　可是傻子医不好疯子。

克洛顿　你叫我傻子吗？

伊摩琴　我是个疯子，所以说你是傻子。要是你愿意忍耐一些，我也可以不再发疯；那么你就不是傻子，我也不是疯人了。我很抱歉，先生，你使我忘记了妇人的礼貌，说了这么多的废话。请你从此以后，明白我的决心，我是知道我自己的心的，现在我就凭着我的真诚告诉你，我对你是漠不相关的；并且我是那样冷酷无情，我简直恨你；这一点我原来希望你自己觉得，当面说破却不是我的本意。

克洛顿　你对你的父亲犯着不孝的罪名。讲到你自以为跟那下贱的家伙订下的婚约，那么像他那样一个靠着布施长大、吃些宫廷里残羹冷炙的人，这种婚约是根本不能成立的。虽然在微贱的人们中间——还有谁比他更微贱呢？——男女自由结合是一件可以容许的事，那结果当然不过生下一群黄脸小儿，过着乞丐一般的生活；可是你是堂堂天潢贵胄，那样的自由是不属于你的，你不能污毁王族的荣誉，去跟随一个卑贱的奴才、一个奔走趋承的下仆、一个奴才的奴才。

伊摩琴　亵渎神圣的家伙！即使你是天神朱庇特的儿子，你也不配做他的侍仆；要是按照你的才能，你能够在他的王国里当一名刽子手的助手，已经是莫大的荣幸，人家将会妒恨你得到这样一个大好的位置。

克洛顿　愿南方的毒雾腐蚀了他的筋骨！

伊摩琴　他永远不会遭逢灾祸，只有被你提起他的名字才是他最大的不幸。曾经掩覆过他的身体的一件最破旧的衣服，在我看起来也比你头上所有的头发更为宝贵，即使每一根头发是一个像你一般的人。啊，毕萨尼奥！

毕萨尼奥上。

克洛顿　"他的衣服"哼，魔鬼——

伊摩琴　你快给我到我的侍女陶乐雪那儿去——

克洛顿　"他的衣服"！

伊摩琴　一个傻子向我纠缠不清，我又害怕，又恼怒。去，我有一件贵重的饰物，因为自己太大意了，从我的手臂上滑落下来，你去叫我的侍女替我留心找一找；它是你的主人送给我的，即使有人把欧洲无论哪一个国王的收入跟我交换，我也宁死不愿放弃它。我好像今天早上还看见的；昨天夜里还的的确确在我的臂上，我还吻过它哩。我希望它不是飞到我的丈夫那儿去告诉他，说什么我除了他以外，还吻过别人。

毕萨尼奥　它不会不见的。

伊摩琴　我希望这样，去找吧。（毕萨尼奥下。）

克洛顿　你侮辱了我："他的最破旧的衣服！"

伊摩琴　嗯，我说过这样的话，先生。您要是预备起诉的话，就请找证人来吧。

克洛顿　我要去告诉你的父亲。

伊摩琴　还有您的母亲；她是我的好母后，我希望她会恨透了我。现在我要少陪了，先生，让您去满心不痛快吧。（下。）

克洛顿　我一定要报复。“他的最破旧的衣服！”好。（下。）

第四场　罗马。菲拉里奥家中一室

波塞摩斯及菲拉里奥上。

波塞摩斯　不用担心，先生；要是我相信我能够挽回王上的心，正像深信她会保持她的贞操一样确有把握，那就什么都没有问题了。

菲拉里奥　您向他设法疏通没有？

波塞摩斯　没有，我只是静候时机，在目前严冬的风雪中颤栗，希望温暖的日子会有一天到来。抱着这样残破的希望，我惭愧不能报答您的盛情；万一抱恨而终，只好永负大恩了。

菲拉里奥　能够和盛德的君子同堂共处，已经是莫大的荣幸，可以抵偿我为您所尽的一切微劳而有余。你们王上现在大概已经听到了伟大的奥古斯特斯的旨意；卡厄斯·路歇斯一定会不辱他的使命。我想贵国对于罗马的军威是领教过的，余痛未忘，这一次总不会拒绝纳贡偿欠的条款的。

波塞摩斯　虽然我不是政治家，也不会成为政治家，可是我相信这一次将会引起一场战争。你们将会听到目前驻屯法兰西的大军不久在我们无畏的不列颠登陆的消息，可是英国是决不会献纳一文钱的财物的。我们国内的人已经不像当初裘力斯·凯撒讥笑他们迟钝笨拙的时候那样没有纪律了，要是他尚在人世，一定会惊怒于他们的勇敢。他们的纪律再加上他们的勇气，将会向他们的赞美者证明他们是世上最善于改进的民族。

菲拉里奥　瞧！阿埃基摩！

阿埃基摩上。

波塞摩斯　最敏捷的驯鹿载着你在陆地上奔驰，四方的风吹着你的船帆，所以你才会这样快就回来了。

菲拉里奥　欢迎，先生。

波塞摩斯　我希望你所得到的简捷的答复，是你提早归来的原因。

阿埃基摩　你的爱人是我所见到过的女郎中间最美丽的一个。

波塞摩斯　而且也是最好的一个；要不然的话，让她的美貌在窗孔里引诱邪恶的人们，跟着他们堕落了吧。

阿埃基摩　这儿的信是给你的。

波塞摩斯　我相信是好消息。

阿埃基摩　大概是的。

菲拉里奥　你在英国的时候，卡厄斯·路歇斯是不是在英国宫廷里？

阿埃基摩　那时候他们正在等候他，可是还没有到。

波塞摩斯　那么暂时还不至于有事。这一颗宝石还是照旧发着光吗？或者你嫌它戴在手上太黯淡了？

阿埃基摩　要是我失去了它，那么我就要失去和它价值相等的黄金。我在英国过了这样甜蜜而短促的一夜，即使路程再远一倍，我也愿意再作一次航行，再享一夜这样温存的艳福。这戒指我已经赢到了。

波塞摩斯　这钻石太坚硬了，它的棱角是会刺人的。

阿埃基摩　一点不，你的爱人是这样一位容易说话的女郎。

波塞摩斯　先生，不要把你的失败当作一场玩笑；我希望你知道我们不能继续做朋友了。

阿埃基摩　好先生，要是你没有把我们的约定作为废纸，那么我们的友谊还是要继续下去的。假如这次我没有把关于你的爱人的消息带来，那么我承认我们还有进一步推究的必要，可是现在我宣布我已经把她的贞操和你的戒指同时赢到了；而且我也没有对不起她或是对不起你的地方，因为这都是出于你们两人自愿的。

波塞摩斯　要是你果然能够证明你已经和她发生了枕席上的关系，那么我的友谊和我的戒指都是属于你的；要不然的话，你这样污蔑了她的纯洁的贞操，必须用你的剑跟我一决雌雄，我们两人倘不是一死一生，就得让两柄无主的剑留给无论哪一个经过的路人收拾了去。

阿埃基摩　先生，我将要向你详细叙述我所见所闻的一切，它们将会是那样逼真，使你不能不相信我的话。我可以发誓证明它们的真实，可是我相信你一定会准许我不必多此一举，因为你自己将会觉得那是不需要的。

波塞摩斯　说吧。

阿埃基摩　第一，她的寝室——我承认我并没有在那儿睡过觉，可是一切值得注目的事物，都已被我饱览无遗了——那墙壁上张挂着用蚕丝和银线织成的锦毡，上面绣着华贵的克莉奥佩特拉和她的罗马英雄相遇的故事，昔特纳斯的河水一直泛滥到岸上，也许因为它载着太多的船只，也许因为它充满了骄傲；这是一件非常富丽堂皇的作品，那技术的精妙和它本身的价值简直不分高下；我真不信世上会有这样珍奇而工致的杰作，因为它的真实的生命——

波塞摩斯　这是真的；不过也许你曾经在这儿听我或是别人谈起过。

阿埃基摩　我必须用更详细的叙述证明我的见闻的真确。

波塞摩斯　是的，否则你的名誉将会受到损害。

阿埃基摩　火炉在寝室的南面，火炉上面雕刻着贞洁的狄安娜女神出浴的肖像；我从来没有见过这样栩栩如生的雕像；那雕刻师简直是巧夺天工,他的作品除了不能行动,不能呼吸以外,一切都超过了大自然的杰作。

波塞摩斯　这你也可以从人家嘴里听到,因为它是常常被人称道的。

阿埃基摩　寝室的屋顶上装饰着黄金铸成的小天使;她的炉中的薪架,我几乎忘了,是两个白银塑成的眉目传情的小爱神,各自翘着一足站着,巧妙地凭靠在他们的火炬之上。

波塞摩斯　这就是她的贞操!就算你果然看见这一切——你的记忆力是值得赞美的——可是单单把她寝室里的陈设描写一下,却还不能替你保全你所押下的赌注。

阿埃基摩　那么,要是你的脸色会发白的话,请你准备起来吧。准许我把这宝贝透一透空气;瞧!(出手镯示波塞摩斯)它又到你跟前来了。它必须跟你那钻石戒指配成一对;我要把它们保藏起来。

波塞摩斯　神啊!再让我瞧一瞧。这就是我留给她的那手镯吗?

阿埃基摩　先生,我谢谢她,正是那一只。她亲自从她的臂上捋了下来;我现在还仿佛能想见她当时的光景;她的美妙的动作超过了她的礼物的价值,可是也使它变得格外贵重。她把它给了我,还说她曾经一度对它十分重视。

波塞摩斯　也许她取下这手镯来,是要请你把它送给我的。

阿埃基摩　她在信上向你这样写着吗?

波塞摩斯　啊!不,不,不,这是真的,来!把这也拿去;(以戒指授阿埃基摩)它就像一条毒龙,看它一眼也会致人于死命的。让贞操不要和美貌并存,真理不要和虚饰同在;有了第二个男人插足,爱情就该抽身退避。女人的誓言是不能发生效力的,因为她们本来不知道名节是什么东西。啊!无限的虚伪!

菲拉里奥　宽心一些,先生,把您的戒指拿回去;它还不能就算被他赢到哩。这手镯也许是她偶然遗失;也许——谁知道是不是她的侍女受人贿赂，把它偷出来的？

波塞摩斯　很对，我希望他是这样得到它的。把我的戒指还我。向我提出一些比这更可靠的关于她肉体上的证据；因为这是偷来的。

阿埃基摩　凭着朱庇特发誓，这明明是她从臂上取下来给我的。

波塞摩斯　你听，他在发誓就，凭着朱庇特发誓了。这是真的；不，把那戒指留着吧；这是真的。我确信她不会把它遗失；她的侍女们都是矢忠不二的；她们会受一个不相识者的贿诱，把它偷了出来！不可能的事！不，他已经享受过她的肉体了；她用这样重大的代价，买到一个淫妇的头衔：这就是她的失贞的铁证。来，把你的酬劳拿了去；愿地狱中一切恶鬼为了争夺你而发生内讧吧！

菲拉里奥　先生，宽心一些吧；对于一个信心很深的人，这还不够作为充分的证据。

波塞摩斯　不必多说，她已经被他奸污了。

阿埃基摩　要是你还要找寻进一步的证据，那么在她那值得被人爱抚的酥胸之下，有一颗小小的痣儿，很骄傲地躺在这销魂蚀骨的所在。凭着我的生命起誓，我情不自禁地吻了它，虽然那给我很大的满足，却格外燃起了我的饥渴的欲望。你还记得她身上的这一颗痣吗？

波塞摩斯　嗯，它证实了她还有一个污点，大得可以充塞整个的地狱。

阿埃基摩　你愿意再听下去吗？

波塞摩斯　少卖弄一些你的数学天才吧；不要一遍一遍地向我数说下去；只一遍就抵得过一百万次了！

阿埃基摩　我可以发誓——

波塞摩斯　不用发誓。要是你发誓说你没有干这样的事，就是说谎；要是你否认奸污了我的妻子，我就要杀死你。

阿埃基摩　我什么都不否认。

波塞摩斯　啊！我希望她就在我的眼前，让我把她的肢体一节一节撕得粉碎。我要到那里去，走进她的宫里，当着她父亲的面前撕碎她。我一定要干些什么——（下）

菲拉里奥　全然失去了自制的能力！你已经胜利了。让我们跟上他去，解劝解劝他，免得他在盛怒之下，干出一些不利于自己的事来。

阿埃基摩　我很愿意。（同下。）

第五场　同前。另一室

波塞摩斯上。

波塞摩斯　难道男人们生到这世上来，一定要靠女人的合作的吗？我们都是私生子，全都是。被我称为父亲的那位最可尊敬的人，当我的母亲生我的时候，谁也不知道他在什么地方；不知道哪一个人造下了我这冒牌的赝品；可是我的母亲在当时却是像狄安娜一般圣洁的，正像现在我的妻子擅着无双美誉一样。啊，报复！报复！她不让我享受我的合法的欢娱，常常劝诫我忍耐自制，她的神情是那样的贞静幽娴，带着满脸的羞涩，那楚楚可怜的样子，便是铁石心肠的人，也不能不见了心软，我以为她是像没有被太阳照临的白雪一般皎洁的；啊，一切的魔鬼们！这卑鄙的阿埃基摩在一小时之内——也许还不到一小时的工夫？——也许他没有说什么话，只是像一头日耳曼的野猪似的，一声叫喊，一下就扑了上去，除了照例的半推半就以外，并没有遭遇任何的反抗。但愿我能够在我自己的一身之内找到哪一部分是女人给我的！因为我断定男人的罪恶的行动，全都是女人遗留给他的性质所造成的：说谎是女人的天性；谄媚也是她的；欺骗也是她的；淫邪和

岸之外，这是他平生第一次感到痛心的耻辱；他的船舶——可怜的无用的泡沫！——在我们可怕的海上，就像随波浮沉的蛋壳一般，一碰到我们的岩石就撞为粉碎。为了庆祝那一次的胜利，著名的凯西伯兰——他曾经一度几乎使凯撒屈服于他的宝剑之下，啊，反复无常的命运！——下令全国举起欢乐的火炬，每一个不列颠人都扬眉吐气，勇敢百倍。

克洛顿　得啦，什么礼金我们也不付的。我们的国势已经比当初强了许多；而且我说过的，你们也不会再有那样一位凯撒；也许别的凯撒也有弯曲的鼻子，可是谁也不会再有那样挺直的手臂了。

辛白林　我儿，让你的母亲说下去。

克洛顿　在我们中间还有许多人有着像凯西伯兰一样坚强的铁腕；我并不说我也是一个，可是我的手却也不怕和人家周旋。为什么要我们献纳礼金？要是凯撒能够用一张毯子遮住太阳，或是把月亮藏在他的衣袋里，那么我们为了需要光明的缘故，只好向他献纳礼金；要不然的话，阁下，请您还是不用提起礼金这两个字吧。

辛白林　你必须知道，在包藏祸心的罗马人没有向我们勒索这一笔礼金以前，我们本来是自由的；凯撒的囊括世界的雄心，使他不顾一切阻力，把桎梏套在我们的头上；我们是尚武好勇的民族，当然要挣脱这一种难堪的束缚。我们当时就曾向凯撒说过，我们的祖先就是为我们制定法律的慕尔缪歇斯，他的神圣的宪章已经在凯撒的武力之下横遭摧残；凭着我们所有的力量，恢复我们法纪的尊严，这是我们义不容辞的责任，虽然因此而触怒罗马，也在所不顾。慕尔缪歇斯制定我们的法律，他是第一个戴上黄金的宝冠即位称王的不列颠人。

路歇斯　我很抱歉，辛白林，我必须向你宣告奥古斯特斯·凯撒是你的敌人；在凯撒麾下奔走服役的国王，是比你全国所有的官吏更多的。我现在用凯撒的名义，通知你战争和混乱的命运已经降临到你的头上，无敌的雄师不久就要开入你的国境之内，请准备着吧。现在我的挑战的使命已经完毕，让我感谢你给我的优渥的礼遇。

辛白林　你是我们的嘉宾，卡厄斯。我曾经从你们凯撒的手里受到骑士的封号；我的少年时代大半是在他的麾下度过，是他启发了我荣誉的观念；为了不负他的训诲起见，我必须全力保持我的荣誉。我知道巴诺尼亚人和达尔迈西亚人已经为了争取他们的自由而揭竿奋起了；凯撒将会知道不列颠人不是麻木不仁的民族！决不会看着这样的前例而无动于衷的。

路歇斯　让事实证明一切吧。

克洛顿　我们的王上向您表示欢迎。请您在我们这儿多玩一两天。要是以后您要跟我们用另一副面目相见，您必须在海水的拱卫中间找寻我们；要是您能够把我们驱逐出去，我们的国土就是你们的；要是你们的冒险失败了，那却便宜了我们的乌鸦，可以把你们的尸体饱餐一顿；事情就是这样完结。

路歇斯　很好，阁下。

辛白林　我知道你们主上的意思，他也知道我的意思。我现在所要向你说的唯一的话，就是"欢迎"！（同下。）

第二场　同前。另一室

毕萨尼奥上，读信。

毕萨尼奥　怎么！犯了奸淫！你为什么不写明这是哪一个鬼东西捏造她的谣言？里奥那托斯！啊，主人！什么毒药把你的耳朵麻醉了？哪一个毒手毒舌的、奸恶的意大利人向你搬弄是非，你会这样轻易地听信他？不忠实！不！她是因为忠贞不二而受尽折磨，像一个女神一般，超过一切妻子所应尽的本分，她用过人的毅力，抵抗着即使贞妇也不免屈服的种种胁迫。啊，我的主人！你现在对她所怀的卑劣的居心，恰恰和你低微的命运相称。嘿！我必须杀死她，是因为我曾经立誓尽忠于你的命令吗？我，她？她的血？要是必须这样才算尽了一个仆人的责任，那么我宁愿永远不要做人家的忠仆。我的脸上难道竟是这样冷酷无情，会动手干这种没有人心的事吗？“此事务须速行无忽。余已遵其请求，另有一函致达彼处，该信将授汝以机会。”啊，可恶的书信！你的内容正像那写在你上面的墨水一般黑。无知无觉的纸片，你做了这件罪行的同谋者，你的外表却是这样处女般的圣洁吗？瞧！她来了。我必须把主人命令我做的事隐瞒起来。

伊摩琴上。

伊摩琴　啊，毕萨尼奥！

毕萨尼奥　公主，这儿有一封我的主人寄来的信。

伊摩琴　谁？你的主？那就是我的主里奥那托斯。啊！要是有哪一个占星的术士熟悉天上的星辰，正像我熟悉他的字迹一样，那才真算得上学术湛深，他的慧眼可以观察到未来的一切。仁慈的神明啊，但愿这儿写着的，只是爱，是我主的健康，是他的满足，可是并不是他对于我们两人远别的满足；让这一件事使他悲哀吧，有些悲哀是有药饵的作用的，这一种悲哀也是，因为它可以滋养爱情；但愿他一切满足，只除了这一件事！好蜡，原谅我，造下这些把心事密密封固的锁键的蜂儿们啊，愿你们有福！好消息，神啊！“噫，至爱之人乎！设卿不愿与仆更谋一面，则将重创仆心；纵令仆为卿父所获而被处极刑，其惨痛尚不若如是之甚。仆今在密尔福德港之堪勃利亚；倘蒙垂怜，幸希临视，否则悉随卿意可耳。山海之盟，永矢勿谖；爱慕之忱，与日俱进。敬祝万福！里奥那托斯·波塞摩斯手启。”啊！但愿有一匹插翅的飞马！你听见吗，毕萨尼奥？他在密尔福德港；读了这封信，再告诉我到那里去有多少路。要是一个事情并不重要的人，费了一星期的跋涉，就可以走到那里，那么为什么我不能在一天之内飞步赶到？所以，忠心的毕萨尼奥——你也像我一样渴想着见一见你主人的面的；啊！让我改正一句，你虽然思念你的主人，可是并不像我一样；你的思念之心是比较淡薄的；啊！你不会像我一样，因为我对于他的爱慕超过一切的界限——说，用大声告诉我——爱情的顾问应该用充耳的雷鸣震聋听觉——到这幸福的密尔福德有多少路程，同时告诉我威尔士何幸而拥有这样一个海港；可是最重要的，你要告诉我，我们怎么可以从这儿逃走出去，从出走到回来这一段时间，用怎样的计策才可以遮掩过他人的耳目；可是第一还是告诉我逃走的方法。为什么要在事前预谋掩饰？这问题我们尽可慢慢再谈。说，我们骑着马每一小时可以走几哩路？

毕萨尼奥　从日出到日没，公主，二十哩路对于您已经足够了，也许这样还嫌太多。

伊摩琴　哎哟，一个骑了马去上刑场的人，也不会走得这样慢。我曾经听说有些赛马的骑士，他们的马走得比沙漏中的沙还快。可是这些都是傻话。去叫我的侍女诈称有病，说她要回家去看看她的父亲！然后立刻替我备下一身骑装，不必怎样华贵，只要适宜于一个小乡绅的妻子的身份就得了。

毕萨尼奥　公主，您最好还是考虑一下。

伊摩琴　我只看见我前面的路，朋友；这儿的一切，或是以后发生的事情，都笼罩在迷雾之中，望去只有一片的模糊。去吧，我求求你；照我的吩咐做去。不用再说别的话语，密尔福德是我唯一的去处。（同下。）

第三场　威尔士。山野，有一岩窟

培拉律斯、吉德律斯及阿维拉古斯自山洞中上。

培拉律斯　真好的天气！像我们这样住在低矮的屋宇下的人，要是深居不出，那才是辜负了天公的厚意。弯下身子来，孩子们；这一个洞门教你们怎样崇拜上天，使你们在清晨的阳光之中，向神圣的造物者鞠躬致敬。帝王的宫门是高敞的，即使巨人们也可以高戴他们丑恶的头巾，从里面大踏步走出来，而无须向太阳敬礼。晨安，你美好的苍天！我们虽然住在岩窟之中，却不像那些高楼大厦中的人们那样对你冷淡无情。

吉德律斯　晨安，苍天！

阿维拉古斯　晨安，苍天！

培拉律斯　现在要开始我们山间的狩猎。到那边山上去，你们的腿是年轻而有力的；我只好在这儿平地上跑跑。当你们在上面看见我只有乌鸦那么大小的时候，你们应该想到你们所处的地位，正可以显示出万物的渺小和自己的崇高；那时你们就可以回想到我曾经告诉你们的关于宫廷、君主和战争的权谋的那些故事，功业成就之时，也就是藏弓烹狗之日；想到了这一些，可以使我们从眼前所见的一切事物之中获得教益，我们往往可以这样自慰，硬壳的甲虫是比奋翼的猛鹰更为安全的。啊！我们现在的生活，不是比小心翼翼地恭候着他人的叱责、受了贿赂而无所事事、穿着不用钱买的绸缎的那种生活更高尚、更富有、更值得自傲吗？那些受人供养、非但不知报答、还要人家向他脱帽致敬的人，他们的生活是不能跟我们相比的。

吉德律斯　您这些话是根据您的经验而说的。我们是羽毛未丰的小鸟，从来不曾离巢远飞，也不知道家乡之外，还有什么天地。要是平静安宁的生活是最理想的生活，也许这样的生活是最美满的；对于您这样一位饱尝人世辛酸的老人家，当然会格外觉得它的可爱；可是对于我们，它却是愚昧的暗室、卧榻上的旅行、不敢跨越一步的负债者的牢狱。

阿维拉古斯　当我们像您一样年老的时候，我们有些什么话可以向人诉说呢？当我们听见狂暴的风雨打击着黑暗的严冬的时候，在我们阴寒的洞窟之内，我们应该用些什么谈话，来排遣这冷冰冰的时间呢？我们什么都没有见过。我们全然跟野兽一样，在觅食的时候，我们是像狐狸一般狡狯、像豺狼一般凶猛的；我们的勇敢只是用来追逐逃走的猎物。正像被囚的鸟儿一样，我们把笼子当作了唱歌的所在，高唱着我们的羁囚。

培拉律斯　你们说的是什么话！要是你们知道城市中的榨取掠夺，亲自领略过那种抽筋刮髓的手段；要是你们知道宫廷里的勾心斗角，去留都是同样的困难，爬得越高，跌得越重，即使幸免陨越，那如履薄冰的惴惧，也就够人受了；要是你们知道战争的困苦，为了名誉和光荣，追寻着致命的危险，一旦身死疆场，往往只留下几行诬谤的墓铭，记录他生前的功业；是的，立功遭谴，本来是不足为奇的事，最使人难堪的，你还必须恭恭敬敬地陪着小心，接受那有罪的判决！孩子们啊！世人可以在我身上读到这一段历史：我的肉体上留着罗马人刀剑的伤痕，我的声誉一度在最知名的人物之间忝居前列；我曾经邀辛白林的眷宠；当人们谈起战士的时候，我的名字总离不了他们的嘴边！那时我正像一株枝头满垂着果子的大树，可是在一夜之间，狂风突起或是盗贼光临，由你们怎么说都可以，摇落了我的成熟的果实，不，把我的叶子都一起摇了下来,留下我这枯干秃枝,忍受着风霜的凌虐。

吉德律斯　不可靠的恩宠!

培拉律斯　我屡次告诉你们,我并没有犯什么过失,可是我的完整的荣誉,敌不了那两个恶人的虚伪的誓言,他们向辛白林发誓说我和罗马人密谋联络。自从我那次被他们放逐以后,这二十年来,这座岩窟和这一带土地就成为我的世界,我在这儿度着正直而自由的生活,在我整个的前半生中,还不曾有过这样的机会,可以让我向上天掬献我的虔诚的感谢。可是到山岭上去吧!这不是猎人们的语言。谁最先把鹿捉到,谁就是餐席上的主人,其余的两人将要成为他的侍者;我们无须担心有人下毒,像那些豪门中的盛筵一样。我在山谷里和你们会面吧。(吉德律斯、阿维拉古斯同下)天性中的灵明是多么不容易淹没!这两个孩子一点不知道他们是国王的儿子;辛白林也永远梦想不到他们尚在人间。他们以为我是他们的父亲;虽然他们是在这俯腰曲背的卑微的洞窟之中教养长大,他们的雄心却可以冲破王宫的屋顶,他们过人的天性,使他们在简单渺小的事物之中显示出他们高贵的品格。这一个波里多,辛白林的世子,不列颠王统的继承者,吉德律斯是他的父王为他所取的本名——神啊!当我坐在三脚凳上,向他讲述我的战绩的时候,他的心灵就飞到了我的故事的中间;他说,"我的敌人也是这样倒在地上,我也是这样把我的脚踏住他的脖子;"就在那时候,他的高贵的血液升涨到他的颊上,他流着汗,他的幼稚的神经紧张到了极度,他装出种种的姿势,表演着我所讲的一切情节。他的弟弟凯德华尔,——阿维拉古斯是他的本名——也像他哥哥一样,常常把生命注入我的叙述之中,充分表现出他活跃的想象。听!猎物已经赶起来了。辛白林啊!上天和我的良心知道,你不应该把我无辜放逐;为了一时气愤,我才把这两个孩子偷了出来，那时候一个三岁，一个还只有两岁；因为你褫夺了我的土地，我才想要绝灭你的后嗣。尤莉菲尔，你是他们的乳母，他们把你当作他们的母亲，每天都要到你的墓前凭吊。我自己，培拉律斯！现在化名为摩根，是他们心目中的亲生严父。打猎已经完毕了。（下）

第四场　密尔福德港附近

毕萨尼奥及伊摩琴上。

伊摩琴　当我们下马的时候，你对我说那地方没有几步路就可以走到；我的母亲生我那天渴想着看一看我的那种心理，还不及我现在盼望他的热切。毕萨尼奥！朋友！波塞摩斯在哪儿？你这样呆呆地睁大了眼睛，心里在转些什么念头？为什么你要深深地叹息？要是照你现在的形状描成一幅图画，人家也会从它上面看出一副茫然若失的心情。拿出勇敢一些的气概来吧，否则我将惶惑不安了。什么事？为什么你用那么冷酷的眼光，把这一封信交给我？假如它是盛夏的喜讯，你应该笑逐颜开；假如它是严冬的噩耗，那么继续保持你这副脸相吧。我的丈夫的笔迹！那为毒药所麻醉的意大利已经使他中了圈套，他现在是在不能自拔的窘境之中。说，朋友；我自己读下去也许是致命的消息，从你嘴里说出来或者可以减轻一些它的严重的性质。

毕萨尼奥　请您念下去吧；您将要知道我是最为命运所蔑视的一个倒霉的家伙。

伊摩琴　“毕萨尼奥乎，尔之女主人行同娼妓，证据凿凿，皆为余所疾首痛心，永志不忘者。此言并非无端之猜测，其确而可信，殆无异于余心之悲痛；耿耿此恨，必欲一雪而后快。毕萨尼奥乎，尔之忠诚倘未因受彼濡染而变色，则尔当手刃此妇，为余尽报复之责。余已致函彼处，嘱其至密尔福德港相会，此实为尔下手之良机。设尔意存迟疑，不果余言，则彼之丑行，尔实与谋；一为失贞之妇，一为不忠之仆，余之愤怒将兼及尔身。”

毕萨尼奥　我何必拔出我的剑来呢？这封信已经把她的咽喉切断了。不，那是谣言，它的锋刃比刀剑更锐利，它的长舌比尼罗河中所有的毒蛇更毒，它的呼吸驾着疾风，向世界的每一个角落散播它的恶意的诽谤；宫廷之内、政府之中、少女和妇人的心头，以至于幽暗的坟墓，都是这恶毒的谣言伸展它的势力的所在。您怎么啦，公主？

伊摩琴　失贞！怎么叫作失贞？因为思念他而终宵不寐吗？一点钟又一点钟地流着泪度过吗？在倦极入睡的时候，因为做了关于他的噩梦而哭醒转来吗？这就是失贞，是不是？

毕萨尼奥　唉！好公主！

伊摩琴　我失贞！问问你的良心吧！阿埃基摩，你曾经说过他怎样怎样放荡，那时候我瞧你像一个恶人；现在想起来，你的面貌还算是好的。哪一个涂脂抹粉的意大利淫妇迷住了他；可怜的我是已经陈旧的了，正像一件不合时式的衣服，挂在墙上都嫌刺目，所以只好把它撕碎；让我也被你们撕得粉碎吧！啊！男人的盟誓是妇女的陷阱！因为你的变心，夫啊！一切美好的外表将被认为是掩饰奸恶的面具；它不是天然生就，而是为要欺骗妇女而套上去的。

毕萨尼奥　好公主，听我说。

伊摩琴　正人君子的话，在当时往往被认为虚伪；奸诈小人的眼泪，却容易博取人们的同情。波塞摩斯，你的堕落将要影响到一切俊美的男子，他们的风流秀雅，将要成为诈伪欺心的标记。来，朋友，做一个忠实的人，执行你主人的命令吧，。当你看见他的时候，请你向他证明我的服从。瞧！我自己把剑拔出来了；拿着它，把它刺进我的爱情的纯洁的殿堂——我的心坎里去吧。不用害怕，它除了悲哀之外，是什么也没有的；你的主人不在那儿，他本来是它唯一的财富。照他的吩咐实行，举起你的剑来。你在正大的行动上也许是勇敢的，可是现在你却像一个懦夫。

毕萨尼奥　去，万恶的武器！我不能让你玷污我的手。

伊摩琴　不，我必须死；要是我不死在你的手里，你就不是你主人的仆人。我的软弱的手没有自杀的勇气，因为那是为神圣的教条所禁止的。来，这儿是我的心。它的前面还有些什么东西；且慢！且慢！我们要撤除一切的防御，像剑鞘一般服帖顺从。这是什么？忠实的里奥那托斯的金科玉律，全变成了异端邪说！去，去，我的信心的破坏者！我不要你们再做我的心灵的护卫了。可怜的愚人们是这样信任着虚伪的教师；虽然受欺者的心中感到深刻的剧痛，可是欺诈的人也逃不了更痛苦的良心的谴责。你，波塞摩斯，你使我反抗我的父王，把贵人们的求婚蔑弃不顾，今后你将会知道这不是寻常的行动，而是需要稀有的勇气的。我还要为你悲伤，当我想到你现在所贪恋的女人，一旦把你厌弃以后，我的记忆将要使你感到怎样的痛苦。请你赶快动手吧；羔羊在向屠夫恳求了；你的刀子呢？这不但是你主人的命令，也是我自己的愿望，你不该迟疑畏缩。

毕萨尼奥　啊，仁慈的公主！自从我奉命执行这一件工作以来，我还不曾有过片刻的安睡。

伊摩琴　那么快把事情办好，回去睡觉吧。

毕萨尼奥　我要等熬瞎了眼睛才去哩。

伊摩琴　那么为什么接受这一件使命？为什么为了一个虚伪的借口，走了这么多的路？为什么要到这儿来？我们两人的行动，我们马儿的跋涉,都为着什么?为什么浪费这么多的时间?为什么要引起宫廷里对于我的失踪的惊疑?——那边我是准备再也不回去的了。——为什么你已经走到你的指定的屠场,那被选中的鹿儿就在你的面前,你又改变了你的决意?

毕萨尼奥　我的目的只是要迁延时间,逃避这样一件罪恶的差使。我已经在一路上盘算出一个办法。好公主,耐心听我说吧。

伊摩琴　说吧,尽你说到舌敝唇焦。我已经听见说我是个娼妓,我的耳朵早被谎话所刺伤,任何的打击都不能使它感到更大的痛苦,也没有哪一根医生的探针可以探测我的伤口有多么深。可是你说吧。

毕萨尼奥　那么,公主,我想您是不会再回去的了。

伊摩琴　那当然啦,你不是带我到这儿来杀死我的吗?

毕萨尼奥　不,不是那么说。可是我的智慧要是跟我的良心一样可靠,那么我的计策也许不会失败。我的主人一定是受了人家欺骗;不知哪一个恶人,嗯,一个千刁万恶的恶人!用这种该死的手段中伤你们两人的感情。

伊摩琴　一定是哪一个罗马的娼妓。

毕萨尼奥　不,凭着我的生命起誓。我只要通知他您已经死了,按照他的吩咐,寄给他一些血证;您从宫廷里失踪的消息,可以使他对于这件事深信不疑。

伊摩琴　哎哟,好人儿,你叫我干些什么事?住在什么地方?怎样生活下去?我的丈夫认为我已经死去了,我的生命中还有什么乐趣?

毕萨尼奥　要是您还愿意回到宫里去——

伊摩琴　没有宫廷,没有父亲;再也不要受那个粗鲁的、尊贵的、愚蠢的废物克洛顿的烦扰!那克洛顿,他的求爱对于我就像敌军围攻一样可怕。

毕萨尼奥　要是不回宫里去，那么您就不能住在英国。

伊摩琴　那么到什么地方去呢？难道一切的阳光都是照在英国的吗？除了英国之外，别的地方都是没有昼夜的吗？在世界的大卷册中，我们的英国似乎附属于它，却并不是它本身的一部分；她是广大的水池里一个天鹅的巢。请你想一想，英国以外也是有人居住的。

毕萨尼奥　我很高兴您想到别的地方。罗马的使臣路歇斯明天要到密尔福德港来了。要是您能够适应您目前的命运，改变一下您的装束——因为照您现在这样子，对于您是不大安全的——您就可以走上一条康庄大道，饱览人世间的形形色色；而且也许还可以接近波塞摩斯所住的地方，即使您看不见他的一举一动，至少也可以从人们的传说之中，每小时听到关于他的确实的消息。

伊摩琴　啊！要是有这样的机会，只要对于我的名节没有毁损，即使冒一些危险，我也愿意一试。

毕萨尼奥　好，那么听我说来。您必须忘记您是一个女人，把命令换了服从，把女人本色的怕事和小心，换了放肆的大胆；您必须把讥笑的话随时挂在口头；您必须应答敏捷，不怕得罪别人，还要像鼬鼠一般喜欢吵架；而且您必须忘掉您有一张世间最珍贵的面庞，让它去受遍吻一切的阳光的贪馋的抚摸，虽然太忍心了，可是唉！这也是没有办法的事；最后，您必须忘掉那曾经使天后朱诺妒恨的一切繁细而工致的修饰。

伊摩琴　得啦，说简单一些。我明白你的用意，差不多已经变成一个男人啦。

毕萨尼奥　第一，您要把自己装扮得像一个男人。我因为预先想到这一层，早已把紧身衣、帽子、长袜和一切应用的物件一起准备好，它们都在我的衣包里面。您穿起了这样的服装，再摹仿一些像您这样年龄的青年男子们的神气，就可以到尊贵的路歇斯面前介绍您自己，请求他把您收留，对他说，您能够侍候他的左右，对于您是一件莫大的幸事。要是他有一对鉴赏音乐的耳朵，听了您这样娓娓动人的说话，一定会非常高兴地拥抱您，因为他不但为人正直，而且秉性也是非常仁慈。您在外面的费用，一切都在我身上；我一定会随时供给您的。

伊摩琴　你是天神们赐给我的唯一的安慰。去吧；还有一些事情需要考虑，可是我们将要利用时间给与我们的机会。我已经下了决心，实行这样的尝试，并且准备用最大的勇气忍受一切。你去吧。

毕萨尼奥　好，公主，我们必须这样匆匆地分手了，因为我怕他们不见我的踪迹，会疑心到是我骗诱您从宫中出走的。我的尊贵的女主人，这儿有一个小匣子，是王后赐给我的，里面藏着灵奇的妙药；要是您在海上晕船，或是在陆地上感到胸腹作恶，只要服下一点点儿，就可以药到病除。现在您快去找一处有树木荫蔽的所在，把您的男装换起来吧。愿天神们领导您到最幸福的路上！

伊摩琴　阿门。我谢谢你。（各下。）

第五场　辛白林宫中一室

辛白林、王后、克洛顿、路歇斯、群臣及侍从等上。

辛白林　再会吧，恕不远送了。

路歇斯　谢谢陛下。敝国皇帝已经有命令来，我不能不回去。我很抱憾我必须回国复命，说您是我的主上的敌人。

辛白林　阁下，我的臣民不愿忍受他的束缚；要是我不能表示出比他们更坚强的态度，那是有失一个国王的身份的。

路歇斯　是的，陛下。我还要向您请求派几个人在陆地上护送我到密尔福德港。娘娘,愿一切快乐降在您身上!

王　后　愿您也享受同样的快乐!

辛白林　各位贤卿,你们护送路歇斯大人安全到港,一切应有的礼节,不可疏忽。再会吧,高贵的路歇斯。

路歇斯　把您的手给我,阁下。

克洛顿　接受我这友谊的手吧;可是从今以后,我们是要化友为敌了。

路歇斯　阁下,结果还不知道胜败谁属哩。再会!

辛白林　各位贤卿,不要离开尊贵的路歇斯;等他渡过了塞汶河,你们再回来吧。祝福!(路歇斯及群臣下。)

王　后　他含怒而去;可是我们已向他说明了立场,那正是我们的光荣。

克洛顿　这样才好;勇敢的不列颠人谁都希望有这么一天。

辛白林　路歇斯早已把这儿的一切情形通知他的皇帝了,所以我们应该赶快把战车和马队调集完备。他们已经驻扎在法兰西的军队马上就可以传令出发,向我们的国境开始攻击。

王　后　这不是随便可以混过去的事情;我们必须奋起全力,迅速准备我们御敌的工作。

辛白林　幸亏我们早已预料到这一着,所以才能够有恃无恐。可是,我的好王后,我们的女儿呢?她并没有出来见罗马的使臣,也没有向我们问安。她简直把我们当作仇人一样看待,忘记了做女儿的责任了;我早就注意到她这一种态度。叫她出来见我;我们一向太把她纵容了。(一侍从下。)

王　后　陛下,自从波塞摩斯放逐以后,她就过着深居简出的生活;这种精神上的变态,陛下,我想还是应该让时间来治愈它的。请陛下千万不要把她责骂;她是一位受不起委屈的小姐,你说了她一句话,就像用刀剑刺进她的心里,简直就是叫她死。

侍从重上。

辛白林　她呢？我们应该怎么应付她这种藐视的态度？

侍　从　启禀陛下，公主的房间全都上了锁，我们大声呼喊，也没有人回答。

王　后　陛下，上一次我去探望她的时候，她请求我原谅她的闭门不出，她说因为身子有病，不能每天来向您请安，尽她晨昏定省的责任；她希望我在您的面前转达她的歉意，可是因为碰到国有要事，我也忘记向您提起了。

辛白林　她的门上了锁！最近没有人见过她的面！天哪，但愿我所恐惧的并不是事实！（下）

王　后　儿啊，你也跟着王上去吧。

克洛顿　她那个亲信的老仆毕萨尼奥，这两天我也没有见过。

王　后　去探查一下。（克洛顿下）毕萨尼奥，你这替波塞摩斯出尽死力的家伙！他有我给他的毒药；但愿他的失踪的原因是服毒身亡，因为他相信那是非常珍贵的灵药。可是她，她到什么地方去了呢？也许她已经对人生感觉绝望，也许她驾着热情的翅膀，飞到她心爱的波塞摩斯那儿去了。她不是奔向死亡看，就是走到不名誉的路上；无论走的是哪一条路，我都可以利用这个机会达到我的目的；只要她跌倒了，这一顶不列颠的王冠就可以稳稳地落在我的掌握之中。

克洛顿重上。

王　后　怎么啦，我的孩子！

克洛顿　她准是逃走啦。进去安慰安慰王上吧；他在那儿暴跳如雷，谁也不敢走近他。

王　后　（旁白）再好没有；但愿这一夜的气愤促短了他明日的寿命！（下）

克洛顿　我又爱她又恨她。因为她是美貌而高贵的，她娴熟一切宫廷中的礼貌，无论哪一个妇人少女都不及她的优美；每一个女人的长处她都有，她的一身兼备众善，超过了同时的侪辈。我是因此而爱她的。可是她瞧不起我，反而向卑微的波塞摩斯身上滥施她的爱宠，这证明了她的不识好坏，虽然她有其他种种难得的优点，也不免因此而逊色；为了这一个缘故，我决定恨她，不，我还要向她报复我的仇恨哩。因为当傻子们——

毕萨尼奥上。

克洛顿　这是谁？什么！你想逃走吗，狗才？过来。啊，你这好王八羔子！浑蛋，你那女主人呢？快说，否则我立刻送你见魔鬼去。

毕萨尼奥　啊，我的好殿下！

克洛顿　你的女主人呢？凭着朱庇特起誓，你要是再不说，我也不再问你了。阴刁的奸贼，我一定要从你的心里探出这个秘密，否则我要挖破你的心找它出来。她是跟波塞摩斯在一起吗？从他满身的卑贱之中，找不出一丝可取的地方。

毕萨尼奥　唉，我的殿下！她怎么会跟他在一起呢？她几时不见的？他是在罗马哩。

克洛顿　她到哪儿去了？走近一点儿，别再吞吞吐吐了。明明白白告诉我，她的下落怎么样啦？

毕萨尼奥　啊，我的大贤大德的殿下！

克洛顿　大奸大恶的狗才！赶快对我说你的女主人在什么地方。一句话，再不要干嚷什么“贤德的殿下”了。说，否则我立刻叫你死。

毕萨尼奥　那么，殿下，我所知道的关于她的出走的经过，都在这封信上。（以信交克洛顿。）

克洛顿　让我看看。我要追上她去，不怕一直追到奥古斯特斯的御座之前。

毕萨尼奥 （旁白）要是不给他看这封信，我的性命难保。她已经去得很远了；他看了这信的结果，不过让他白白奔波了一趟，对于她是没有什么危险的。

克洛顿 哼！

毕萨尼奥 （旁白）我要写信去告诉我的主人，说她已经死了。伊摩琴啊！愿你一路平安，无恙归来！

克洛顿 狗才，这信是真的吗？

毕萨尼奥 殿下，我想是真的。

克洛顿 这是波塞摩斯的笔迹；我认识的。狗才，要是你愿意弃暗投明，不再做一个恶人，替我尽忠办事，我有什么重要的事情需要你帮忙的时候，无论叫你干些什么恶事，你都毫不迟疑地替我出力办好，我就会把你当作一个好人；你大爷有的是钱，你不会缺吃少穿的，升官进级，只消我一句话。

毕萨尼奥 呃，我的好殿下。

克洛顿 你愿意替我作事吗？你既然能够一心一意地追随那个穷鬼波塞摩斯的破落的命运，为了感恩的缘故，我想你一定会成为我的忠勤的仆人。你愿意替我作事吗？

毕萨尼奥 殿下，我愿意。

克洛顿 把你的手给我；这儿是我的钱袋。你手边有没有什么你那旧主人留下来的衣服？

毕萨尼奥 有的，殿下，在我的寓所里，就是他向我的女主人告别的时候所穿的那一套。

克洛顿 你替我做的第一件事，就是把那套衣服拿来。这是你的第一件工作，去吧。

毕萨尼奥 我就去拿来，殿下。（下。）

克洛顿　在密尔福德港相会！——我忘记问他一句话，等会儿一定记好了——就在那里，波塞摩斯，你这狗贼，我要杀死你。我希望这些衣服快些拿来。她有一次向我说过，——我现在想起了这句话的刻毒，就想从心里把它呕吐出来——她说在她看起来，波塞摩斯的一件衣服，都要比我这天生高贵的人物，以及我随身所有的一切美德，更值得她的爱重。我要穿着这一身衣服去奸污她；先当着她的眼前把他杀了，让她看看我的勇敢，那时她就会痛悔从前不该那样瞧不起我。他躺在地上，我的辱骂的话向他的尸体发泄完了，我刚才说过的，为了使她懊恼起见，我还要穿着这一身受过她这样赞美的衣服，在她的身上满足我的欲望，然后我就打呀踢呀地把她赶回宫里来。她把我侮辱得不亦乐乎，我也要快快活活地报复她一下。

毕萨尼奥持衣服重上。

克洛顿　那些就是他的衣服吗？

毕萨尼奥　是的，殿下。

克洛顿　她到密尔福德港去了多久了？

毕萨尼奥　她现在恐怕还没有到哩。

克洛顿　把这身衣服送到我的屋子里去，这是我吩咐你做的第二件事。第三件事是你必须对我的计划自愿保守秘密。只要尽忠竭力，总会有好处到你身上的。我现在要到密尔福德港复仇去；但愿我肩上生着翅膀，让我飞了过去！来，做一个忠心的仆人。（下）

毕萨尼奥　你叫我抹杀我的良心，因为对你尽忠，我就要变成一个不忠的人；我的主人是一个正人君子，我怎么也不愿叛弃他的。到密尔福德去吧，愿你扑了一场空，找不到你所要追寻的人。上天的祝福啊，尽量灌注到她的身上吧！但愿这傻子一路上阻碍重重，让他枉自奔波，劳而无功！（下）

第六场　威尔士。培拉律斯山洞前

伊摩琴男装上。

伊摩琴　我现在明白了做一个男人是很麻烦的；我已经精疲力尽，连续两夜把大地当作我的眠床；倘不是我的决心支持着我，我早就病倒了。密尔福德啊，当毕萨尼奥在山顶上把你指给我看的时候，你仿佛就在我的眼底。天哪！难道一个不幸的人，连一块安身之地都不能得到吗？我想他所到之处，就是地面也会从他的脚下逃走的。两个乞丐告诉我，我不会迷失我的路径；难道这些可怜的苦人儿，他们自己受着痛苦，明知这是上天对他们的惩罚和磨难，还会向人撒谎吗？是的，富人们也难得讲半句真话，怎么能怪他们？被锦衣玉食汩没了本性，是比因穷困而撒谎更坏的；国王们的诈欺，是比乞丐的假话更可鄙的。我的亲爱的夫啊！你也是一个欺心之辈。现在我一想到你，我的饥饿也忘了，可是就在片刻之前，我已经饿得快要站不起来了。咦！这是什么？这儿还有一条路通到洞口；它大概是野人的巢窟。我还是不要叫喊，我不敢叫喊；可是饥饿在没有使人完全失去知觉以前是会提起人的勇气的。升平富足的盛世徒然养成一批懦夫，困苦永远是坚强之母。喂！有人吗？要是里面住着文明的人类，回答我吧；假如是野人的话，我也要向他们夺取或是告借一些食物。喂！没有回答吗？那么我就进去。最好还是拔出我的剑；万一我的敌人也像我一样见了剑就害怕，他会瞧都不敢瞧它的。老天啊，但愿我所遇到的是这样一个敌人！（进入洞中。）

培拉律斯、吉德律斯及阿维拉古斯上。

培拉律斯　你，波里多，已经证明是我们中间最好的猎人；你是我们餐席上的主人，凯德华尔跟我将要充一下厨役和侍仆，这是我们预先约定的；劳力的汗只是为了它所期望的目的而干涸。来，我们空虚的肚子将会使平常的食物变成可口；疲倦的旅人能够在坚硬的山石上沉沉鼾睡，终日偃卧的懒汉却嫌绒毛的枕头太硬。愿平安降临于此，可怜的没有人照管的屋子！

吉德律斯　我乏得一点力气也没有了。

阿维拉古斯　我虽然因疲劳而乏力，胃口倒是非常之好。

吉德律斯　洞里有的是冷肉；让我们一面嚼着充饥。一面烹煮我们今天打来的野味吧。

培拉律斯　（向洞中窥望）且慢；不要进去。倘不是他在吃着我们的东西，我一定会当他是个神仙。

吉德律斯　什么事，父亲？

培拉律斯　凭着朱庇特起誓，一个天使！要不然的话，也是一个人间绝世的美少年！瞧这样天神般的姿容，却还只是一个年轻的孩子！

伊摩琴重上。

伊摩琴　好朋友们，不要伤害我。我在走进这里来以前，曾经叫喊过；我本来是想问你们讨一些或是买一些食物的。真的，我没有偷了什么，即使地上撒满金子，我也不愿拾取。这儿是我吃了你们的肉的钱；我本来想在吃过以后，把它留在食桌上，再替这里的主人作过感谢的祷告，然后才出来的。

吉德律斯　钱吗，孩子？

阿维拉古斯　让一切金银化为尘土吧！只有崇拜污秽的邪神的人才会把它看重。

伊摩琴　我看你们在发怒了。假如你们因为我干了这样的错事而杀死我，你们要知道，我不这么干也早就不能活命啦。

培拉律斯　你要到什么地方去？

伊摩琴　到密尔福德港。

培拉律斯　你叫什么名字？

伊摩琴　我叫斐苔尔，老伯。我有一个亲戚，他要到意大利去；他在密尔福德上船；我现在就要到他那儿去，因为走了许多路，肚子饿得没有办法，才犯下了这样的错误。

培拉律斯　美貌的少年，请你不要把我们当作山野的伧夫。也不要凭着我们所住的这一个粗陋的居处，错估了我们善良的心性。欢迎！天快黑了；你应该养养你的精神，然后动身赶路。请就在这里住下来，陪我们一块儿吃些东西吧。孩子们，你们也欢迎欢迎他。

吉德律斯　假如你是一个女人，兄弟，我一定向你努力追求，非让我做你的新郎不可。说老实话，我要出最高的代价把你买到。

阿维拉古斯　我要因为他是个男子而感到快慰；我愿意爱他像我的兄弟一样。正像欢迎一个久别重逢的亲人，我欢迎你！快活起来吧，因为你是我们的朋友之一。

伊摩琴　朋友之一，也是兄弟之一。（旁白）但愿他们果然是我父亲的儿子，那么我的身价多少可以减轻一些，波塞摩斯啊，你我之间的鸿沟，也不至于这样悬隔了。

培拉律斯　他有些什么痛苦，在那儿愁眉不展呢？

吉德律斯　但愿我能够替他解除！

阿维拉古斯　我也但愿能够替他解除，不管他有些什么痛苦，不管那需要多少的劳力，冒多大的危险。神啊！

培拉律斯　听着，孩子们。（耳语）

伊摩琴　高人隐士，他们潜居在并不比这洞窟更大的斗室之内，洁身自好，与世无争，保持他们纯洁的德性，把世俗的过眼荣华置之不顾，这样的人果然可敬，但是还不及这两个少年质朴得可爱。恕我，神啊！既然里奥那托斯这样薄情无义，我愿变为一个男子和他们作伴。

培拉律斯　就这样吧。孩子们，我们去把猎物烹煮起来。美貌的少年，进来。肚子饿着的时候，谈话是很乏力的；等我们吃过晚餐，我们就要详细询问你的身世，要是你愿意告诉我们的话。

吉德律斯　请过来吧。

阿维拉古斯　鸱枭对于黑夜，云雀对于清晨，也不及我们对你的欢迎。

伊摩琴　谢谢，大哥。

阿维拉古斯　请过来吧。（同下）

第七场　罗马。广场

二元老及众护民官上。

元老甲　皇上有旨：本国平民方今正在讨伐巴诺尼亚人和达尔迈西亚人的叛乱，目前驻屯法兰西的军团，实力薄弱，不够膺惩二心的不列颠人，所以传谕全国士绅，一体踊跃从征。他晋封路歇斯为执政长官；全权委任你们各拉护民官负责立即征募兵员。凯撒万岁！

护民官甲　路歇斯是全军的主将吗？

元老乙　是的。

护民官甲　他现在还在法兰西吗？

元老甲　带领着我刚才所说的那几个军团，正在等候着你们征募的兵队前去补充。在你们的委任状上，写明了需要的兵额和他们开拔的限期。

护民官甲　我们一定履行我们的责任。（同下。）

第四幕

第一场　威尔士。培拉律斯山洞附近森林

克洛顿上。

克洛顿　要是毕萨尼奥指示我的方向没有错误，那么这儿离开他们约会的地点应该不远了。他的衣服我穿着多么合身！既然穿得上他的衣服，为什么配不上他的爱人呢？她不是跟他的裁缝一样，都是上帝造下的生物吗？据说，女人究竟能不能配上，全得看她一时的冲动——对不起，我说得过分露骨了。反正我必须使尽我的伎俩才是。我敢老实对自己说一句话——因为一个人在自己房间里照照镜子是算不得虚荣的——我的意思是说，我的全身的线条正像他一样秀美；同样的年轻，讲身体我比他结实，讲命运我不比他坏，讲眼前的地位他不及我，讲出身他没有我高贵；我们同样通晓一般的庶务，可是在单人决斗的时候，我比他更了不起；然而这个不识好歹的丫头偏偏丢下了我去爱他！人类真是莫名其妙的东西！波塞摩斯，你的头现在还长在你的肩膀上，一小时之内，它就要掉下来了；你的爱人要被我强奸，你的衣服要当着她的面前撕成碎片；等到这一切都干完以后，我要把她踢回家去见她的父亲，她的父亲见我用这种粗暴的手段对待他的女儿，也许会有点儿生气，可是我的母亲是能够控制他的脾气的，到后来还是我得到一切的赞美。我的马儿已经拴好；出来，宝剑，去饮仇人的

血吧！命运之神啊，愿你让他们落在我的手里！这儿正是他所描写的他们约会的地点；那家伙想来不敢骗我。（下）

第二场　培拉律斯山洞之前

培拉律斯、吉德律斯、阿维拉古斯及伊摩琴自洞中上。

培拉律斯　（向伊摩琴）你身子不大舒服，还是留在洞里；我们打完了猎就来看你。

阿维拉古斯　（向伊摩琴）兄弟，安心住着吧；我们不是兄弟吗？

伊摩琴　人们本来应该像兄弟一般彼此亲爱；可是黏土也有贵贱的区分，虽然它们本身都是同样的泥块。我病得很难过。

吉德律斯　你们去打猎吧；我来陪他。

伊摩琴　我没有什么大病，就是有点儿不舒服；可是我还不像那些娇生惯养的公子哥儿一般，没有病就装出一副快要死了的神气。所以请你们让我一个人留着吧；不要放弃你们每日的工作；破坏习惯就是破坏一切。我虽然有病，你们陪着我也于事无补；对于一个耽好孤寂的人，伴侣并不是一种安慰。我的病不算厉害，因为我还能对它大发议论。请你们信任我，让我留在这儿吧；除了我自己以外，我是什么也不会偷窃，我只希望一个人偷偷地死去。

吉德律斯　我爱你；我已经说过了；我对你的爱的分量，正像我爱我的父亲一样。

培拉律斯　咦！怎么！怎么！

阿维拉古斯　要是说这样的话是罪恶，父亲，那么这不单是我哥哥一人的过失。我不知道我为什么爱这个少年；我曾经听见您说，爱的理由是没有理由的。假如柩车停在门口，有人问我应该让谁先死，我会说，"让我的父亲死，让这少年活着吧。"

培拉律斯 （旁白）啊，高贵的气质！优越的天赋！伟大的胚胎！懦怯的父亲只会生懦怯的儿子，卑贱的事物出于卑贱。有谷实也就有糠麸，有猥琐的小人，也就有倜傥的豪杰。我不是他们的父亲；可是这少年不知究竟是什么人，却会造成这样的奇迹，使他们爱他胜于爱我。现在是早上九点钟了。

阿维拉古斯 兄弟，再会！

伊摩琴 愿你们满载而归！

阿维拉古斯 愿你恢复健康！请吧，父亲。

伊摩琴 （旁白）这些都是很善良的人。神啊，我听到一些怎样的谎话！我们宫廷里的人说，在宫廷以外，一切都是野蛮的；经验啊，你证实传闻的虚伪了。庄严的大海产生蛟龙和鲸鲵，清浅的小河里只有一些供鼎俎的美味的鱼虾。我还是觉得不舒服，心里一阵阵地难过。毕萨尼奥，我现在要尝试一下你的灵药了。（吞药。）

吉德律斯 我不能鼓起他的精神来。他说他是良家之子，遭逢不幸，忠实待人，却受到人家的欺骗。

阿维拉古斯 他也是这样回答我；可是他说以后我也许可以多知道一些。

培拉律斯 到猎场上去，到猎场上去！（向伊摩琴）我们暂时离开你一会儿；进去安息安息吧。

阿维拉古斯 我们不会去得很久的。

培拉律斯 请你不要害病，因为你必须做我们的管家妇。

伊摩琴 不论有病无病，我永远感念你们的好意。（下）

培拉律斯 这孩子虽然在困苦之中，看来他是有很好的祖先的。

阿维拉古斯 他唱得多么像个天使！

吉德律斯 可是他的烹饪的手段多么精巧！他把菜根切得整整齐齐；他调煮我们的羹汤，就像天后朱诺害病的时候曾经侍候过她的饮食一样。

阿维拉古斯　他用非常高雅的姿态,把一声叹息配合着一个微笑 :那叹息似乎在表示自恨它不能成为这样一个微笑,那微笑却在讥讽那叹息,怪它从这样神圣的殿堂里飞了出来,去同那水手们所詈骂的风儿混杂在一起。

吉德律斯　我注意到悲哀和忍耐在他的心头长着根,彼此互相纠结。

阿维拉古斯　长大起来,忍耐!让那老朽的悲哀在你那繁盛的藤蔓之下解开它的枯萎的败根吧!

培拉律斯　已经是大白天了。来,我们走吧!——那儿是谁?(克洛顿上。)

克洛顿　我找不到那亡命之徒 ;那狗才骗了我。我好疲乏!

培拉律斯　"那亡命之徒"!他说的是不是我们?我有点儿认识他 ;这是克洛顿,王后的儿子。我怕有什么埋伏。我好多年没有看见他了,可是我认识他这个人。人家把我们当作匪徒,我们还是避开一下吧。

吉德律斯　他只有一个人。您跟我的弟弟去看看有没有什么人走过来 ;你们去吧,让我独自对付他。(培拉律斯、阿维拉古斯同下。)

克洛顿　且慢!你们是些什么人,见了我就这样转身逃走?是啸聚山林的匪徒吗?我曾经听见说起过你们这种家伙。你是个什么奴才?

吉德律斯　人家骂我奴才,我要是不把他的嘴巴打歪,那我才是个不中用的奴才。

克洛顿　你是个强盗,破坏法律的匪徒。赶快投降,贼子!

吉德律斯　向谁投降?向你吗?你是什么人?我的臂膀不及你的粗吗?我的胆量不及你的壮吗?我承认我不像你这样爱说大话,因为我并不把我的刀子藏在我的嘴里。说,你是什么人,为什么要我向你投降?

克洛顿　你这下贱的贼奴,你不能从我的衣服上认识我吗?

吉德律斯　不,恶棍,我又不认识你的裁缝;他是你的祖父,替你做下了这身衣服,让你穿了像一个人的样子。

克洛顿　好一个利嘴的奴才,我的裁缝并没有替我做下这身衣服。

吉德律斯　好,那么谢谢那舍给你穿的施主吧。你是个傻瓜;打你也嫌污了我的手。

克洛顿　你这出口伤人的贼子,你只要一听我的名字,你就发起抖来了。

吉德律斯　你叫什么名字?

克洛顿　克洛顿,你这恶贼。

吉德律斯　你这恶透了的恶贼,原来你的名字就叫克洛顿,那可不能使我发抖;假如你叫蛤蟆、毒蛇、蜘蛛,那我倒也许还有几分害怕。

克洛顿　让我叫你听了格外害怕,嘿,我要叫你吓得发呆,告诉你吧,我就是当今王后的儿子。

吉德律斯　我很失望,你的样子不像你的出身那么高贵。

克洛顿　你不怕吗?

吉德律斯　我只怕那些我所尊敬的聪明人;对于傻瓜们我只有一笑置之,不知道他们有什么可怕。

克洛顿　过来领死。等我亲手杀死了你以后,我还要追上刚才逃走的那两个家伙,把你们的首级悬挂在国门之上。投降吧,粗野的山贼!(且斗且下。)

培拉律斯及阿维拉古斯重上。

培拉律斯　不见有什么人。

阿维拉古斯　一个人也没有。您准是认错人啦。

培拉律斯　那我可不敢说;可是我已经好久没看见他了,岁月还没有模糊了他当年脸上的轮廓;那断续的音调,那冲口而出的言语,都正像是他。我相信这人一定就是克洛顿。

阿维拉古斯 我们是在这地方离开他们的。我希望哥哥给他一顿好好的教训;您说他是非常凶恶的。

培拉律斯 我说,他还没有像一个人,什么恐惧他都一点儿不知道;因为一个浑浑噩噩的家伙,往往胆大妄为,毫无忌惮。可是瞧,你的哥哥。

吉德律斯提克洛顿首级重上。

吉德律斯 这克洛顿是个傻瓜,一只空空的钱袋。即使赫剌克勒斯也砸不出他的脑子来,因为他根本是没有脑子的。可是我要是不干这样的事,我的头也要给这傻瓜拿下来,正像我现在提着他的头一样了。

培拉律斯 你干了什么事啦?

吉德律斯 我明白我自己所干的事:我不过砍下了一个克洛顿的头颅,据他自己所说!他是王后的儿子;他骂我反贼、山林里的匪徒,发誓要凭着他单人独臂的力量,把我们一网捕获,还要从我们的脖子上——感谢天神!——搬下我们的头颅,把它们悬挂在国门上示众。

培拉律斯 我们全完了。

吉德律斯 哎哟,好爸爸,我们除了他所发誓要取去的我们的生命以外,还有什么可以失去的?法律并不保护我们,那么我们为什么向人示弱,让一个妄自尊大的家伙威吓我们,因为我们害怕法律,他就居然做起我们的法官和刽子手来?你们在路上看见有什么人来吗?

培拉律斯 我们一个人也没看见;可是我们有充分的理由相信他一定是带着随从来的。他的脾气固然是轻浮善变,往往从一件坏事摇身一转，就转到一件更大的坏事；可是除非全然发了疯，他决不会一个人到这儿来。虽然宫廷里也许听到这样的消息，说是有我们这样的人在这儿穴居行猎，都是一些化外的匪徒，也许渐渐有扩展势力的危险；他听见了这样的话，正像他平日的为人一样，就自告奋勇，发誓要把我们捉住；然而他未必就会独自前来，他自己固然没有这样的胆量，他们也不会这样答应他。所以我们要是害怕他的身体上有一条比他的头更危险的尾巴，也不是没有根据的。

阿维拉古斯　让一切依照着天神的旨意吧；可是我的哥哥干得不错。

培拉律斯　今天我没有心思打猎；斐苔尔那孩子的病，使我觉得仿佛道路格外漫长似的。

吉德律斯　他挥舞他的剑，对准我的咽喉刺了过来，我一伸手就把它夺下，用他自己的剑割下了他的头颅。我要把它丢在我们山崖后面的溪涧里，让溪水把它冲到海里，告诉鱼儿他是王后的儿子克洛顿。别的我什么都不管。（下。）

培拉律斯　我怕他们会来报复。波里多，你要是不干这件事多好！虽然你的勇敢对于你是十分相称的。

阿维拉古斯　但愿我干下这样的事，让他们向我一个人报复！波里多，我用兄弟的至情爱着你，可是我很妒嫉你夺去了我这样一个机会。我希望复仇的人马会来找到我们，让我们尽我们所有的力气，跟他们较量一下。

培拉律斯　好，事情已经这样干下了。我们今天不用再打猎，也不必去追寻无益的危险。你先回到山洞里去，和斐苔尔两人把食物烹煮起来；我在这儿等候鲁莽的波里多回来，就同他来吃饭。

阿维拉古斯　可怜的有病的斐苔尔！我巴不得立刻就去看他；为了增加他的血色，我愿意放尽千百个像克洛顿这样家伙的血，还要称赞自己的心肠慈善哩。（下）

培拉律斯　神圣的造化女神啊！你在这两个王子的身上多么神奇地表现了你自己！他们是像微风一般温柔，在紫罗兰花下轻轻拂过，不敢惊动那芬芳的花瓣；可是他们高贵的血液受到激怒以后，就会像最粗暴的狂风一般凶猛，他们的威力可以拔起岭上的松柏，使它向山谷弯腰。奇怪的是一种无形的本能居然会在他们身上构成不学而得的尊严，不教而具的正直，他们的文雅不是范法他人，他们的勇敢茁长在他们自己的心中，就像不曾下过耕耘的工夫，却得到了丰盛的收获一般！可是我总想不透克洛顿到这儿来对于我们究竟预兆着什么，也不知道他的一死将会引起怎样的后果。

吉德律斯重上。

吉德律斯　我的弟弟呢？我已经把克洛顿的骷髅丢下水里，叫他向他的母亲传话去了；他的身体暂时留下，作为抵押，等他回来向我们复命。（内奏哀乐。）

培拉律斯　我的心爱的乐器！听！波里多，它在响着呢；可是凯德华尔现在为什么要把它弹奏起来？听！

吉德律斯　他在家里吗？

培拉律斯　他在家里。

吉德律斯　他是什么意思？自从我的最亲爱的母亲死了以后，它还不曾发过一声响。一切严肃的事物，是应该适用于严肃的情境之下的。怎么一回事？无事而狂欢，和为了打碎玩物而痛哭，这是猴子的喜乐和小儿的悲哀。凯德华尔疯了吗？

阿维拉古斯抱伊摩琴重上，伊摩琴状如已死。

培拉律斯　瞧！他来了，他手里抱着的，正是我们刚才责怪他无事兴哀的原因。

阿维拉古斯　我们千般怜惜万般珍爱的鸟儿已经死了。早知会看见这种惨事，我宁愿从二八的韶年跳到花甲的颓龄，从一个嬉笑跳跃的顽童变成一个扶杖蹒跚的老翁。

吉德律斯　啊，最芬芳、最娇美的百合花！我的弟弟替你簪在襟上的这一朵，远不及你自己长得那么一半秀丽。

培拉律斯　悲哀啊！谁能测度你的底层呢？谁知道哪一处海港是最适合于你的滞重的船只碇泊的所在？你有福的人儿！乔武知道你会长成一个怎样的男子；可是你现在死了，我只知道你是一个充满着忧郁的人间绝世的少年。你怎样发现他的？

阿维拉古斯　我发现他全身僵硬，就像你们现在所看见的一样。他的脸上荡漾着微笑，仿佛他没有受到死神的箭镞，只是有一个苍蝇在他的熟睡之中爬上他的唇边，痒得他笑了起来一般。他的右颊偎贴在一个坐垫上面。

吉德律斯　在什么地方？

阿维拉古斯　就在地上，他的两臂这样交叉在胸前。我还以为他睡了，把我的钉鞋脱了下来，恐怕我的粗笨的脚步声会吵醒了他。

吉德律斯　啊，他不过是睡着了。要是他真的死了，他将要把他的坟墓作为他的眠床；仙女们将要在他的墓前徘徊，蛆虫不会侵犯他的身体。

阿维拉古斯　当夏天尚未消逝、我还没有远去的时候，斐苔尔，我要用最美丽的鲜花装饰你的凄凉的坟墓；你不会缺少像你面庞一样惨白的樱草花，也不会缺少像你血管一样蔚蓝的风信子，不，你也不会缺少野蔷薇的花瓣——不是对它侮蔑，它的香气还不及你的呼吸芬芳呢；红胸的知更鸟将会衔着这些花朵送到你的墓前，羞死那些承继了巨大的遗产、忘记为他们的先人树立墓碑的不孝的子孙；是的，当百花雕谢的时候，我还要用茸茸的苍苔，掩覆你的寒冷的尸体。

吉德律斯　好了好了，不要一味讲这种女孩子气的话，耽误我们的正事了。让我们停止了嗟叹，赶快把他安葬，这也是我们应尽的一种义务。到墓地上去！

阿维拉古斯　说，我们应该把他葬在什么地方？

吉德律斯　就在我们母亲的一旁吧。

阿维拉古斯　很好。波里多，虽然我们的喉咙现在已经变了声，让我们用歌唱送他入土，就像当年我们的母亲下葬的时候一样吧；我们可以用同样的曲调和字句，只要把尤莉菲尔的名字换了斐苔尔就得啦。

吉德律斯　凯德华尔，我不能唱歌；让我一边流泪，一边和着你朗诵我们的挽歌；因为不合调的悲歌，是比说谎的教士和僧侣更可憎的。

阿维拉古斯　那么就让我们朗诵吧。

培拉律斯　看来重大的悲哀是会解除轻微的不幸的，因为你们把克洛顿全然忘记了。孩子们，他曾经是一个王后的儿子，虽然他来向我们挑衅。记着他已经付下他的代价；虽然贵贱一体，同归朽腐，可是为了礼貌的关系，我们应该对他的身份和地位表示相当的敬意。我们的敌人总算是一个王子，虽然你因为他是我们的敌人而把他杀死，可是让我们按照一个王子的身份把他埋葬了吧。

吉德律斯　那么就请您去把他的尸体搬来。贵人也好，贱人也好，死了以后，剩下的反正都是一副同样的臭皮囊。

阿维拉古斯　要是您愿意去的话，我们就趁着这时候朗诵我们的歌儿。哥哥，你先来。（培拉律斯下。）

吉德律斯　不，凯德华尔，我们必须把他的头安在东方；这是我父亲的意思，他有他的理由。

阿维拉古斯　不错。

吉德律斯　那么来,把他放下去。

阿维拉古斯　好,开始吧。

（歌。）

吉德律斯

不用再怕骄阳晒蒸，
不用再怕寒风凛冽；
世间工作你已完成，
领了工资回家安息。
才子娇娃同归泉壤，
正像扫烟囱人一样。

阿维拉古斯

不用再怕贵人嗔怒，
你已超脱暴君威力；
无须再为衣食忧虑，
芦苇橡树了无区别。
健儿身手,学士心灵，
帝王蝼蚁同化埃尘。

吉德律斯

不用再怕闪电光亮，

阿维拉古斯

不用再怕雷霆暴作；

吉德律斯

何须畏惧谗人诽谤，

阿维拉古斯

你已阅尽世间忧乐。

吉德律斯

阿维拉古斯

无限尘寰痴男怨女，
人天一别，埋愁黄土。

吉德律斯

没有巫师把你惊动！

阿维拉古斯

没有符咒扰你魂魄！

吉德律斯

野鬼游魂远离坟冢！

阿维拉古斯

狐兔不来侵你骸骨！

吉德律斯

阿维拉古斯

瞑目安眠，归于寂灭；
墓草长新，永留追忆！

培拉律斯曳克洛顿尸体重上。

吉德律斯　我们已经完毕我们的葬礼。来，把他放下去。

培拉律斯　这儿略有几朵花，可是在午夜的时候，将有更多的花儿开放。沾濡着晚间凉露的草花，是最适宜于撒在坟墓上的；在它们的泪颜之间，你们就像两朵雕零的花卉，暗示着它们同样的命运。来，我们走吧；让我们向他们长跪辞别。大地产生了他们，现在他们已经重新投入大地的怀抱；他们的快乐和痛苦都已成为过去了。（培拉律斯、吉德律斯、阿维拉古斯同下。）

伊摩琴　（醒）是的，先生，到密尔福德港是怎么走的？谢谢您啦。打那边的林子里过去吗？请问还有多少路？哎哟！还有六哩吗？我已经走了整整一夜了。真的，我要躺下来睡一会儿。（见克洛顿尸）可是且慢！我可不要跟人家睡在一起！天上的男女神明啊！这些花就像是人世的欢乐，这个流血的汉子是忧愁烦恼的象征。我希望我在做梦；因为我仿佛自己是一个看守山洞的人，替一些诚实的人们烹煮食物。可是不会有这样的事，这不过是脑筋里虚构出来的无中生有的幻象；我们的眼睛有时也像我们的判断一般靠不住。真的！我还在害怕得发抖。要是上天还剩留着仅仅像麻雀眼睛一般大小的一点点儿的慈悲，敬畏的神明啊，求你们赐给我一部分吧！这梦仍然在这儿；虽然在我醒来的时候，它还围绕在我的周遭，盘踞在我的心头；并不是想象，却是有实感的。一个没有头的男子！波塞摩斯的衣服！我知道他的两腿的肥瘦，这是他的手，他的麦鸠利一般敏捷的脚！他的马斯一般威武的股肉！赫剌克勒斯一般雄壮的筋骨，可是他的乔武一般神圣的脸呢？天上也有谋杀案了吗？怎么！他的头已被砍去了！毕萨尼奥，愿疯狂的赫卡柏向希腊人所发的一切诅咒，再加上我自己的诅咒，完全投射在你身上！是你和那个目无法纪的恶魔克洛顿同谋设计，在这儿伤害了我丈夫的生命。从此以后，让读书和写字都被认为不可恕的罪恶吧！万恶的毕萨尼奥已经用他假造的书信，从这一艘全世界最雄伟的船舶上击倒它的主要的桅樯了！啊。波塞摩斯！唉！你的头呢？它到哪儿去了？哎哟！它到哪儿去了？毕萨尼奥可以从你的心口把你刺死，让你保留着这颗头的。你怎么会下这样的毒手呢，毕萨尼奥？那是他和克洛顿，他们的恶意和贪心，造成了这样的惨剧。啊！这是很可能的，很可能的！他给我的药，他说是可以兴奋我的精神的，我不是一服下去就失了知觉吗？那完全证实了我的推测；这是毕萨尼奥和克洛顿两人干下的事。啊！让我用你的血涂在我惨白的颊上，使它添加一些颜色，万一有什么人看见我们，我们可以显得格外可怕。啊！我的夫！我的夫！（扑于尸体之上。）

路歇斯、一将领、其他军官及一预言者上。

将　领　驻在法兰西的军队已经遵照您的命令，渡海前来，到了密尔福德港，听候您的指挥；他们一切都已准备好了。

路歇斯　可是罗马有援兵到来没有？

将　领　元老院已经发动了意大利全国的绅士，他们都是很勇敢的人，一定可以建立赫赫的功勋；他们的首领是勇敢的阿埃基摩，西也那的兄弟。

路歇斯　你知道他们什么时候可以到来？

将　领　只要有顺风，他们随时可以到来。

路歇斯　这样敏捷的行动，加强了我们必胜的希望。传令各将领，把我们目前所有的队伍集合起来。现在，先生，告诉我你近来有没有什么关于这一次战事前途的梦兆？

预言者　我曾经斋戒祈祷，求神明垂告吉凶，昨晚果然蒙他们赐给我一个梦兆：我看见乔武的鸟儿，那只罗马的神鹰，从潮湿的南方飞向西方，消失在阳光之中；要是我的罪恶没有使我的推测成为错误，那么这分明预示着罗马大军的胜利。

路歇斯　梦兆是从来不会骗人的。且慢，呀！哪儿来的这一个没有头的身体？从这一堆残迹上看起来，它过去曾经是一座壮丽的屋宇。怎么！一个童儿！还是死了？还是睡着在这尸体的上面？多半是死了，因为和死人同眠，毕竟是一件不近人情的事。让我们瞧瞧这孩子的面孔。

将　领　他还活着哩，主帅。

路歇斯　那么他必须向我们解释这尸体的来历。孩子，告诉我们你的身世,因为它好像在切望着人家的究诘。被你枕卧在他的血泊之中的这一个尸体是什么人?造化塑下了那么一个美好的形象,他却把它毁坏得这般难看。你和这不幸的死者有什么关系?他怎么会在这儿?究竟是什么人?你是一个何等之人?

伊摩琴　我是一个不足挂齿的人物;要是世上没有我这个人,那才更好。这是我的主人,一个非常勇敢而善良的英国人,被山贼们杀死在这儿。唉!再也不会有这样的主人了!我可以从东方漂泊到西方,高声叫喊,招寻一个愿意我为他服役的人;我可以更换许多主人,也许他们全都是很好的,我也为他们尽忠做事;可是这样一个主人却再也找不到了。

路歇斯　唉,好孩子!你的哀诉打动我的心,不下于你的流血的主人。告诉我他的名字,好朋友。

伊摩琴　理查·杜襄。(旁白)我捏造了一句无害的谎话,虽然为神明所听见,我希望他们会原谅我的。——您说什么,大帅?

路歇斯　你的名字呢?

伊摩琴　斐苔尔,大帅。

路歇斯　这是一个很好的名字。你已经证明你自己是一个忠心的孩子,愿意在我手下试一试你的机会吗?我不愿说你将要得到一个同样好的主人,可是我担保你一定可以享受同样的爱宠。即使罗马皇帝亲自写了保荐的信,叫一个执政送来给我,这样天大的面子,也不及你本身的价值更能促起我的注意。跟我去吧。

伊摩琴　我愿意跟随您,大帅。可是我还先要用这柄不中用的锄头,要是天神嘉许的话,替我的主人掘一个坑掩埋了,免得他受飞蝇的滋扰;当我把木叶和野草撒在他的坟上,反复默念了一二百遍祈祷以后,我要悲泣长叹,尽我这一点最后的主仆之情,然后我就死心塌地跟随您去,要是您愿意收容我的话。

路歇斯　嗯，好孩子，我将要不仅是你的主人，而且还要做你的父亲。朋友们，这孩子已经指出了我们男子汉的责任；让我们找一块雏菊开得最可爱的土地，用我们的戈矛替他掘一个坟墓；来，我们还要替他披上戎装。孩子，他是因为你的缘故而得到我们的优礼的，我们将要按照军人的仪式把他安葬。高兴起来；揩干你的眼睛：说不定一跤会使你跌入青云。（同下。）

第三场　辛白林宫中一室

辛白林、群臣、毕萨尼奥及侍从等上。

辛白林　再去替我问问她现在怎样了。（一侍从下）因为她的儿子的失踪，急成一病，疯疯癫癫的，恐怕性命不保。天哪！你在一时之间给了我多少难堪的痛楚！伊摩琴走了，我已经失去大部分的安慰；我的王后病在垂危，偏偏又碰在战祸临头的时候；她的儿子又是迟不迟早不早的，在这人家万分需要他的当儿突然不知去向；这一切打击着我！把我驱到了绝望的境地。可是你，家伙，你不会不知道她的出走，却装出这一副漠无所知的神气，我要用严刑逼着你招供出来。

毕萨尼奥　陛下，我的生命是属于您的，该杀该剐，都随陛下的便；可是说到公主，我实在不知道她在什么地方，为什么出走，也不知道她准备什么时候回来。求陛下明鉴，我是您的忠实的奴仆。

臣　甲　陛下，公主失踪的那一天，他是在这儿的；我敢保证他的忠实，相信他一定会尽心竭力，履行他的臣仆的责任。至于克洛顿，我们已经派人各处加紧搜寻去了，不久一定会找到的。

辛白林　这真是多事之秋。（向毕萨尼奥）我暂时放过你，可是我对你的怀疑还不能就此消失。

臣　甲　启禀陛下，从法兰西抽调的罗马军队，还有一批由他们元老院派遣的绅士军作为后援，已经在我国海岸上登陆了。

辛白林　但愿我的儿子和王后在我跟前，我可以跟他们商量商量！这些事情简直把我搅糊涂了。

臣　甲　陛下，您已经准备好的实力，对付这样数目的敌人是绰绰有余的；即使来得再多一些，我们也可以抵挡得了；只要一声令下，这些渴望着一显身手的军队立刻就可以行动起来。

辛白林　我谢谢你的良言。让我们退下去筹谋应付时局的方策。我所担心的，倒不是意大利将会给我们一些怎样的烦恼，而是这儿国内不知道会发生一些怎样的变故。去吧！（除毕萨尼奥外均下。）

毕萨尼奥　自从我写信告诉我的主人伊摩琴已经被我杀死以后，至今没有得到他的来信，这真有点儿奇怪；我的女主人答应时常跟我通信，可是我也没有听到过她的消息；克洛顿的下落如何，更是一点也不知道；一切对于我都是一个疑团，上天的意旨永远是不可捉摸的。我的欺诈正是我的忠诚，为了尽忠的缘故，我才撒下漫天的大谎。当前的战争将会证明我爱我的国家，我要使王上明白我的赤心，否则宁愿死在敌人的剑下。种种的疑惑到头来总会发现真相；失舵的船只有时也会安然抵港。（下）

第四场　威尔士。培拉律斯山洞前

培拉律斯、吉德律斯及阿维拉古斯同上。

吉德律斯　这些喧呼的声音就在我们的四周。

培拉律斯　让我们远远避开它。

阿维拉古斯　父亲，我们要是屏绝行动和进取的雄心，把生命这样幽锢起来，人生还有什么乐趣呢？

吉德律斯　对啊，我们让自己躲藏在山谷里，这一辈子还有什么希望？罗马人一定会从这条路上来的，他们倘不因为我们是英国人而杀死我们，就是把我们当作一群野蛮无耻的叛徒，暂时把我们收留下来，等到用不着我们的时候，再把我们杀死。

培拉律斯　孩子们，让我们到山上高一点儿的地方去，那里比较安全一些。国王的军队我们是不能参加的；克洛顿死得不久，他们看我们都是一些面貌生疏的人，又不曾编入队伍，也许会查问我们的住处，万一我们所干的事被他们追究出来，那我们免不了要在严刑拷打之下死于非命。

吉德律斯　父亲，在这样的时候担起这种心事来，您也太没有男子气了；听了您这样的话，我们是大不满意的。

阿维拉古斯　他们听见敌人军马的长嘶，望见敌人营舍的火光，他们的耳目都凝集在敌人的行动上；在这样军情万急的时候，他们还会浪费他们的时间注意我们，查问我们的来历吗？

培拉律斯　啊！军队里有好多人认识我；就说克洛顿吧，当初他还不过是个孩子，可是多年的睽隔，并没有使我忘记了他的面貌。而且这国王也不值得我的效力和你们的爱戴；因为我被他放逐了，你们才不能享受良好的教养，不得不到这儿来度着艰苦的生活，永远剥夺了你们孩提时代的幸福，夏天被太阳晒成黑娃娃，冬天冷得躲在角落里发抖。

吉德律斯　与其这样活着，还是死了的好。求求您，父亲，让我们到军队里去吧。谁也不认识我们兄弟两人；您自己早已被人忘了，您的模样也早已跟二十年前的您大不相同，人家决不会来向您寻根究底的。

阿维拉古斯　凭着这一轮光明的太阳发誓，我一定要去。这还成什么话，不曾看见一个人在我的面前死去！除了胆小的野兔、性急的山羊和柔弱的麋鹿以外，简直不曾见过一滴血！也不曾装上靴距，正式地骑过一回马儿！望着神圣的太阳，我就觉得心中惭愧，徒然沐浴他的温暖的光辉，却不能轰轰烈烈地干一番事业，老是在山野之间做一个碌碌无名之辈。

吉德律斯　苍天在上，我也要去！父亲，要是您允许我，愿意为我祝福的话，我一定自己格外小心；不然的话，让我死在罗马人的手里吧。

阿维拉古斯　我也是这样说，阿门。

培拉律斯　既然你们把自己的生命看得这样轻，我也没有理由爱惜我这衰朽的身躯。我跟你们去吧，孩子们！万一你们为了祖国而战死疆场，那也就是我埋骨的地方。你们带路吧。（旁白）时间仿佛是这样悠长；他们的热血在心头奔涌，要向人显示他们是天生的王子。（同下。）

第五幕

第一场　英国。罗马军营地

波塞摩斯持血帕上。

波塞摩斯　是的，血污的布片，我要把你保藏起来，因为是我的意思让你染上这种颜色。已婚的男子们啊，要是你们每一个人都采取这样的手段，那么多少人将要杀害了远比他们自己无罪的妻子，只因为她们一时小小的失足！啊，毕萨尼奥！良好的仆人并不全然服从主人的命令；那命令如果是荒谬狂悖的，他就没有履行的义务。神啊！要是你们早一些谴罚我的罪恶，我决不会活到现在，干下这样的行为；尊贵的伊摩琴也可以不至于惨死，让她有忏悔的机会；只有我这恶人才应该受你们雷霆的怒击。可是唉！有的人犯了小小的过失，你们就把他攫了去，这是你们的好意，使他以后不再堕落；有的人你们却放任他为非作恶，每一次的罪过比前一次更重，使他对自己的行为都怀着恐惧。可是伊摩琴是你们的，照你们的意旨执行，让我服从你们而得福吧。我跟着意大利的绅士们到这儿来，向我的妻子的国家作战；不列颠，我已经杀死你最好的女郎，再不愿伤害你了！仁慈的上天啊，垂听我的意见：我要脱下这些意大利的装束，穿上一身英国农民的衣服；我要掉转剑头，为我的祖国而战；伊摩琴啊！我要为你而死，虽然你已经使我的生命的每一次呼吸等于一次死亡；

我要像这样隐藏我的真相，没有人怜悯，也没有人憎恨，拼着这一身去迎受一切的危险，让我使人们知道，在我这卑贱的服装之内，是藏着极大的勇敢的。神啊！求你们把里奥那托斯家先世的神威注入我的全身！为了羞辱世间的伪装，我要自创先例，让内心的真价胜过外表的寒碜。（下）

第二场　两军营地间的战场

路歇斯、阿埃基摩及罗马军队自一门上；英国军队自另一门上，波塞摩斯穿敝服扮穷兵随上。两军整队穿过舞台，各下。号角声。阿埃基摩及波塞摩斯二人重上，接战；波寒摩斯击败阿埃基摩，褫其武装；波塞摩斯下。

阿埃基摩　重压在我胸头的罪恶剥夺了我的勇气；我曾经冤诬一位女郎，这国里的公主，好像这儿的空气也在向我复仇一般，使我软弱无力，否则我这久列行间的战士，怎么会失败在这村野伧奴的手里？像我这般骑士的头衔，官家的封典，不过是一些供人讥笑的虚名。不列颠啊，要是你那些绅士们胜过这一个村汉，正像他胜过我们的贵族一样，那么你们都是天神，我们简直不能算是人了。（下）

战争继续；英军败走；辛白林被捕；培拉律斯、吉德律斯及阿维拉古斯上，救辛白林。

培拉律斯　站住，站住！我们占着优势的地位。港口已经把守好了；除了我们自己懦怯的恐惧以外，谁也不能打败我们。

吉德律斯
阿维拉古斯　站住，站住，努力作战！

波塞摩斯重上，助英军作战，协同培拉律斯等将辛白林救出，同下。路歇斯、阿埃基摩及伊摩琴重上。

路歇斯　去，孩子，赶快离开军队，保全你自己的生命吧；战争是盲目的，在这样混乱的状态中，自己人也会自相残杀的。

阿埃基摩　这是他们新到的援军。

路歇斯　今天的战局会有这样变化，真是意想不到。我们倘不赶快增援，只有走为上着。（同下。）

第三场　战场另一部分

波塞摩斯及一英国贵族上。

贵　族　你是从力行抵抗的那一边来的吗？

波塞摩斯　是的；您是从逃走的那一边来的吧？

贵　族　是的。

波塞摩斯　这也怪不得您，先生；倘不是上天帮助我们打仗，一切全完了。王上自己失去了两翼的卫护，军队五分四散，只看见不列颠人的背部，大家向一条羊肠小径里奔逃。勇气百倍的敌人忙不及地逢人便杀，只恨少生了两只手，杀不完这许多，累得他们气喘吁吁，把舌头都吐了出来；有的给他们当场砍死，有的略受微伤，有的吓得倒在地上爬不起来；弄得这一条狭窄的路上填满了背后受伤的死人和苟延蚁命的丢脸的懦夫。

贵　族　这条小路在什么地方？

波塞摩斯　就在战场的附近，两旁掘着濠沟，筑着泥墙；那时候有一个老军人，我敢担保他是一个忠勇的战士，就趁势堵住路口；从他斑白的须髯上，可以看出他身经百战，现在果然显出他老当益壮的身手，为他的国家立下这样的功绩；就是他和两个年轻小伙子，——瞧这两个小伙子的样子似乎只好跑跑乡间的平地，全然不像会干这种杀人的勾当，他们的脸是适宜于戴上面罩的，其实那些为了珍惜自己的美貌或是遮掩羞惭而蒙面的脸，还不及他们的娇好——就是他们三个人站在路口，向那些逃走的人高声呼喊，“我们英国的鹿是因为逃循而被人杀死的，我们英国的男子却不是这样。向后退的人，他们的灵魂向黑暗里投奔。站住！否则我们就是罗马人，你们像畜生一般奔逃，无非为了避免一死，可是你们不死在罗马人手里，我们也不会饶过你们；要是你们想活命，只有咬紧牙关，转过身去。站住！站住！”在军心涣散的时候，这三个人振臂一呼，简直抵得过三千壮士；他们喊着“站住！站住！”靠着地形的优势，尤其是他们那感发人心的忠勇，可以使一根纺线竿变成一柄长枪，那些死灰似的脸色立刻容光焕发起来；一半因为自觉羞愧，一半因为他们的精神已经重新振作，那些跟在人家后面跑而变成懦夫的人——对于初上战场的兵士，这是一种常有的情形——立刻转过脸去，像雄狮般向着猎人的枪刺狞笑。于是敌人开始停止他们的追逐，他们向后退却，溃奔败走，立刻造成混乱的局面；本来像猛鹰一般从天上飞下，现在却变成一群奔逃的小鸡，来的时候是跨着大步的胜利者，去的时候却是抱头鼠窜的奴才。现在我们的这些懦夫，像一群被狂风怒浪吹打得零落不全的船只，立刻成为生气勃勃的英雄；他们发现敌人的心口可以从它的后门进去，天啊！他们冲杀得多么凶猛！死的死，重伤的重伤，还有的已经被前面的人砍倒，又被后面的人戳了几下；本来是一个人追赶十个，现在这十个人每一个杀死二十个；那些宁愿不抵抗而死的人们，都变成了战场上吃人的大虫。

贵　族　真是意想不到的事情，一条狭路，一个老人，两个孩子。

波塞摩斯　不用惊奇；您自己一事不干，听见别人所干的事，就觉得奇怪。您愿意吟两行诗句，聊博一笑吗？我倒有了：

两个孩子，一个老人，一条狭路，

英国人的救星，罗马人的灾祸。

贵　族　您别生气呀。

波塞摩斯　唉，何必生气？谁要是见了敌人溜走，我愿意和他交个朋友；因为他会向敌人逃避，他也会逃避我的友谊。——您使我做起诗句来了。

贵　族　再见；您在生气了。（下）

波塞摩斯　还想逃走吗？这是一个贵人！啊，高贵的卑怯！自己在战场上，却问我有什么消息！今天有多少人愿意放弃他们的尊荣，保全他们的皮囊！他们拔脚飞奔，结果还是不免一死！我这为悲哀缠绕的人，虽然听见死亡的呻吟，却找不到他的踪迹，虽然看见死亡的巨掌，却碰不到我的身上；死神，这丑恶的妖魔，偏爱躲藏在美酒红被、芳唇蜜语之中，我们这些在战场上为他拔刀弄剑的人，不过是他的一小部分爪牙。好，我一定要找到他。现在我已经为英国尽过力，我要重新恢复我初来时的面目，不再做一个英国人；我也不愿再上战阵，无论哪一个下贱的小卒碰见了我，我就让他把我捉去。罗马军队在这儿杀死了不少的人，英国人一定要报复这一次仇恨。只有死才可以赎回我的自由，只有死才是我唯一的追求；我要为伊摩琴终结我的残生，再不让它多挨一刻苦痛的时辰。（二英国将领及兵士等上。）

将领甲　赞美伟大的朱庇特！路歇斯已经被捕了。人家都猜想那老头儿和他的两个儿子是天神下降。

将领乙　还有一个人，他的装束十分可笑，也跟他们一起把敌人打退。

将领甲　据说是这样；可是这几个人一个也找不到。站住！那儿是谁？

波塞摩斯　一个罗马人，要是有人帮我一臂之力，我也不会一个人陷在这儿了。

将领乙　抓住他；一条狗！不要让一个罗马的败卒回去告诉他们什么乌鸦在啄他们的朋友。他还自己夸口，好像他是个什么了不得的人物。带他见王上去。

辛白林率侍从上；培拉律斯、吉德律斯、阿维拉古斯、萨尼奥及罗马俘虏等同上。二将领献上波塞摩斯，辛白林命狱卒将波塞摩斯收禁；众下。

第四场　英国。牢狱

波塞摩斯及二狱卒上。

狱卒甲　现在可不会有人把你偷走，你的身体已经给锁起来啦。要是这儿有草，你尽管吃吧。

狱卒乙　嗯，那可还要看他有没有胃口。（二狱卒下。）

波塞摩斯　欢迎，拘囚的生活！因为我想你是到自由去的路。可是我还比一个害痛风病的人好一些，因为他宁愿永远生活在痛苦呻吟之中，不愿让死亡这一个手到病除的良药治愈他的疾病；只有死才是打开这些铁锁的钥匙。我的良心上负着比我的足胫和手腕上更重的镣铐；仁慈的神明啊，赐给我忏悔的利剑，让我劈开这黑暗的牢门，得到永久的自由吧！我已经衷心悔恨，这还不够吗？儿女们是这样使他们尘世的父亲回嗔作喜；天上的神明是更充满了慈悲的。我必须忏悔吗？还有什么比拖镣带铐更好的方式，出于自愿而不是被迫的？为了拔除我的罪孽，我愿意呈献我整个的生命。我知道你们比万恶的世人仁慈得多，他们从破产的负债人手里拿去三分之一，六分之一或是十分之一的财产，让这些债户留着有余不尽的残资，供他们继续的剥削；那却不是我的愿望。把我的生命拿去，抵偿伊摩琴的宝贵的生命吧；虽然它们的价值并不相等,可是那总是一条生命,为你们所亲手铸下的。在人与人之间,他们并不戥量着每一枚货币,即使略有轻重,也瞧着上面的花纹而收受下来;你们应该把我收受,因为我是你们的。伟大的神明啊,要是你们愿意作这一次清算,就请拿去我的生命,勾销这些无情的债务。啊,伊摩琴!我要在沉默中向你抒陈我的心曲。(睡。)

奏哀乐。西塞律斯·里奥那托斯,即波塞摩斯之父,鬼魂出现,为一战士装束之老翁;一手携一老妇,即其妻,亦即波塞摩斯之母的鬼魂;二鬼魂登场时有音乐前导。音乐再奏,里奥那托斯二子,即波塞摩斯之兄,亦相继出现,彼等各因战死而身有伤痕。波塞摩斯睡于狱床之上,众鬼魂绕其四周。

西塞律斯 你驱雷役电的天主,
不要迁怒凡人;
你该责怪马斯、朱诺
淫乱你的天庭。
我那没见面的孩子
干过什么坏事?
当他尚在母腹待产,
我已长辞人世;
你是孤儿们的慈父,
理应矜怜孤苦,
茫茫人世遍地荆棘,
你该尽力加护。

波塞摩斯之母 我临盆时未蒙神佑,
一阵剧痛丧生;
波塞摩斯呱呱坠地,
可怜举目无亲!

西塞律斯造化铸下他的模型，
不失列祖英风，
他值得世人的赞美，
果然头角峥嵘。

波塞摩斯之长兄　当他长成一表男儿，
他的意气才情
在不列颠全国之中
谁能和他竞争？
除了他有谁能赢取
伊摩琴的芳心？

波塞摩斯之母　为什么他才缔良姻，
就被君王放逐，
远离了祖宗的田园
和情人的衣角？

西塞律斯　为什么让阿埃基摩，
意大利的伧奴，
用无稽的猜疑嫉妒
把他心胸玷污；
落得那万恶的奸人
一旁讥笑揶揄？

波塞摩斯之次兄　因此我们离开坟墓，
我们父子四个，
为了捍卫我们祖国，
曾经赴汤蹈火，
牺牲了我们的生命，
保持荣名不堕。

波塞摩斯之长兄　波塞摩斯为了王家
也曾卓著勋劳：
朱庇特，你众神之王，
为何久抑贤豪，
不给他应得的褒赏，
让他郁郁无聊？
西塞律斯　打开你水晶的窗户，
请你俯瞰尘寰；
莫再用无情的毒害
尽把壮士摧残。
波塞摩斯之母　可怜我们无辜佳儿，
赐他幸福平安。
西塞律斯　从你琼宫瑶殿之中
伸出你的援手；
否则我们要向众神
控诉你的悖谬。
波塞摩斯之二兄　不要有失众望，神啊！
伸出你的援手。
朱庇特在雷电中骑鹰下降，掷出霹雳一响；众鬼魂跪伏。
朱庇特　你们这一群下界的幽灵，
不要尽向我们天庭烦絮！
你们怎么胆敢怨怼天尊，
他雷霆的火箭谁能抵御？
去吧，乐园中憧憧的黑影，
在那不谢的花丛里安息；
人世的事不用你们顾问，

一切自有我们神明负责。
哪一个人蒙到我的恩眷，
我一定先使他备历辛艰。
你们的爱子他灾星将满，
无限幸运展开在他眼前。
我的星光照耀他的诞生，
他在我神殿上举行婚礼。
他将要做伊摩琴的良人；
不经困苦，怎得这番甜味？
把这简牒安放他的胸头，
他一生的休咎都在其中。
去吧，别再这样喧扰不休，
免得激起我的怒火熊熊。
鹰儿，驾着我飞返琉璃宫。（上天。）

西塞律斯　他在雷声中下降；他的神圣的呼吸里充满着硫磺的气味；那神鹰弯下头来，似乎要怒踢我们的样子。他升天时发出来的气味比乐园里的花儿还要芬芳；他的尊贵的鹰儿缮理那永生的羽翼，用它的脚爪剔拭它的尖啄，正像他的神明喜悦的时候一般。

众鬼魂　感谢，朱庇特！

西塞律斯　那玉石的阶道已经被云儿遮住了；他已经走进他光明的宫殿里。去吧！让我们恭承天惠，恪遵他庄严的训诲。（众鬼魂隐灭。）

波塞摩斯　（醒）睡眠，你已经做了一次老祖父，替我生下一个父亲；你又造下了一个母亲和两个兄长。可是啊，无情的讥刺！他们全去了，正像来的时候一样飘忽；我也就这样醒来。那些倚靠着贵人恩宠的可怜虫，也像我一样做着梦；一醒之后，万事皆空。可是唉！话又说回来了。有的人并没有做求名求利的好梦，他们无所事事，却也照样受尽恩荣；我也是这样，不知怎么会莫名其妙地做起这种幸福的美梦来。什么神仙到过这里？一册书吗？啊，珍奇的宝册！愿你不要像我们爱好虚华的世人一般，把一件富丽的外服遮掩内衣的敝陋；愿你的内容也像你的外表一般美好，不像我们那些朝士们只有一副空空的架子。"雄狮之幼儿于当面不相识、无意寻求间得之、且为一片温柔之空气所笼罩之时，自庄严之古柏上砍下之枝条、久死而复生、重返故株、发荣滋长之时，亦即波塞摩斯脱离厄难、不列颠国运昌隆、克享太平至治之日。"仍然是一个梦，否则一定是什么疯子随口吐出，不假思索的狂言；倘不是梦里的鬼话，就是无根的谎语；倘不是毫无意识的乱谈，它的意义也是不可究诘的。可是不管它是什么东西，我的一生的行事却也没头没脑得和它相差不远，只为了同病相怜的缘故，我也要把它保藏起来。

二狱卒重上。

狱卒甲　来，先生，你准备好去死没有？

波塞摩斯　早就准备好了；假如是一块肉的话，烤也烤焦了。

狱卒甲　一句话，要请你去上吊，先生；要是你已经准备好了，那么你这块肉已经烹得很好了。

波塞摩斯　哦，要是我能够在观众眼睛里成为一道好菜，那么总算死得并不冤枉。

狱卒甲　这对于你是一回严重的清算，先生；可是这样也好，从此以后，你不用再还人家的债，也不用再怕酒店向你催讨欠账，人们在追寻欢乐的当儿，往往免不了这一种临别时的悲哀。你进来的时候饿得有气没力，出去的时候喝得醉步踉跄；你后悔不该付太大的代价，又恼恨人家给你太重的代价；你的钱囊和脑袋同样空洞，脑袋里因为装满空虚，反而显得沉重，钱囊里没有了货色，又嫌太轻了：这一种矛盾，你现在可以从此免去。啊！一根只值一文钱的绳子，却有救苦救难的无边法力：无论你欠下成千债款，它都可以在一霎眼间替你结束；它才是你真正的债主和债户；过去、现在、未来的一切总账，都可以由它一手清还。你的颈子，先生，是笔，是账簿，也是算盘；不消片刻，你就可以收付两讫了。

波塞摩斯　我死了比你活着还要快乐得多。

狱卒甲　不错，先生，睡熟的人不觉得牙痛；可是一个人要是必须睡你那种觉，还要让一个刽子手照护他上床，我想他一定还是愿意和他的行刑者交换一下位置的；因为你瞧，先生，你自己也不知道你要到什么地方去哩。

波塞摩斯　我知道，朋友。

狱卒甲　那么你死了以后，眼睛还是睁得大大的；我可只听见人家说，身子一挺，两眼发黑。也许有什么自命为识路的人带领你；也许你自信不会走错路，但是我断定你对于这条路是完全生疏的；也许你想冒一下险，探寻前途的究竟。可是，你旅行的结果如何，我想你是再也不会回来告诉人家的了。

波塞摩斯　我告诉你，朋友，除了那些生了眼睛有心闭上的人们以外，走我这一条路是不愁在暗中摸索的。

狱卒甲　可笑一个人长了眼睛，最大的用处却是去赶这条黑暗的路程！我相信绞刑是叫人闭眼的一个方法。

一使者上。

使　者　打开他的镣铐；把你的囚犯带去见王上。

波塞摩斯　你带来了好消息；他们要叫我去恢复我的自由了。

狱卒甲　真有那样的事，我就上吊给你看。

波塞摩斯　那你倒可以比当一个看牢门的人自由一些：只有套活人

的枷锁，没有关死鬼的牢门。（除狱卒甲外均下。）

狱卒甲　除非一个人愿意娶一座绞架做妻子，生一些小绞架下来，我没有见过像他这样一个不怕死的怪东西。可是凭良心说，有些家伙是贪生怕死的，尽管他是个罗马人；他们这批人中间，也有好多是虽然自己不愿意，因为没有法子，只好硬着头皮去死；要是我做了他们，我也一定会这样。我希望我们大家都存着一条好心肠；啊！那么什么看牢门的人、什么绞架，都可以用不着啦。我说这样的话，固然有碍我自己目前的利益，可是一个人只要存着善心，总不会没有好处的。（下）

第五场　辛白林营帐

辛白林、培拉律斯、吉德律斯、阿维拉古斯、毕萨尼奥、群臣、将校及侍从等上。

辛白林　站在我的旁边，你们这些天神差下来保全我的王位的英雄们。可惜我们找不到那个作战得如此奋勇的穷苦的兵士，他的褴褛的衣衫羞死那些鲜明的盔甲；他挺着裸露的胸膛，走上拥着坚盾的骑士的前面，去迎受敌人的剑锋。谁要是能够找到他，我一定不惜重赏。

培拉律斯　我从来没有见过这样卑微的人会表现出这样忠勇的义愤，这样一个叫花似的家伙，会干出这种惊人的壮事。

辛白林　没有探听到他的消息吗？

毕萨尼奥　死人活人中间，都已经仔细寻找过，可是一点没有他的踪迹。

辛白林　我很懊恨不能报答他的大功，只好把额外的恩典，（向培拉律斯、吉德律斯、阿维拉古斯）加在你们身上了；你们是英国的心肝和头脑，她是靠着你们的力量而生存的。现在我应该询问你们是什么地方来的，回复我吧。

培拉律斯　陛下，我们是堪勃利亚人，出身士族；除此以外，要是再说什么自夸的话就要失之于虚伪和狂妄；除非我再加上一句，我们都是忠诚正直的。

辛白林　跪下来。起来，我的战场上的骑士们；我封你们为我的御前护卫还要用适合于你们地位的尊荣厚赏你们。

考尼律斯及宫女等上。

辛白林　这些人的脸上好像出了什么事情似的。为什么你们用这样惨淡的神情迎接我们的胜利？你们瞧上去像是罗马人，不是英国宫廷里的。

考尼律斯　万福，伟大的君王！不怕扫了您的兴致，我必须报告王后已经死了。

辛白林　这样的消息是应该出自于一个医生的嘴里吗？可是我想医药虽然可以延长生命，毕竟医生也是不免一死的。她是怎样死的？

考尼律斯　她死的情形十分可怕，简直发疯一般，正像她生前的样子，她活着用残酷的手段对待世人，死去的时候，对她自己也十分残酷。要是陛下不嫌烦渎，我愿意报告她临终时自己供认的那些话；要是我说错了，她的这些侍女们可以纠正我，她们当她弥留的时候，都是满脸淌着眼泪站在一旁的。

辛白林　你说吧。

考尼律斯　第一，她供认她从没有爱过您，她爱的是您的富贵尊荣，不是您；她嫁给您的王冠，是您的王座的妻子，可是她厌恶您本人。

辛白林　这是只有她一个人知道的；倘不是她临死时所说的话，即使她说了我也不会相信。说下去。

考尼律斯　她在表面上装着十分疼爱您的女儿，其实她自己承认，她是她眼睛里的一只蝎子；倘不是逃走得早，公主早已被她用毒药毒死了。

辛白林　啊，最娇美的恶魔！谁能观察一个女人的心呢？还有别的话吗？

考尼律斯　有，陛下，还有更骇人的话哩。她供认她已经为您预备好一种致命的药石，服了下去，立刻就会侵蚀人的生命，慢慢地把血液一起吸干，叫人一寸一寸地死去；在那一段时间里，她要日夜陪伴您，侍候您，向您流泪，和您亲吻，做出种种千恩万爱的样子，叫您受她的感动；然后趁着适当的机会，当她已经使您中了她的圈套的时候，她就设法骗诱您答应让她的儿子继承您的王冠。可是因为他的奇怪的失踪，她这一种目的不能达到，所以她就发起疯来，忘记一切的羞耻；当着上天和众人之面，公开吐露了她的心事，懊恨她处心积虑的奸谋不能成为事实，就在这样绝望的心绪中死了。

辛白林　宫女们，你们都是随身服侍她的，这些话你们都听见吗？

宫女甲　回陛下的话，我们都听见的。

辛白林　我的眼睛并没有错误，因为她是美貌的；我的耳朵也没有错，因为她的谄媚的话是婉转动听的；我更不责怪我的心，它以为她的灵魂和外表同样可爱，对她怀疑也是一种罪过。可是，啊，我的女儿！你也许会说，这是我的痴愚，并且用你的感觉证明你的判断的正确。愿上天弥缝一切！

路歇斯、阿埃基摩、预言者及其他罗马俘虏各由卫士押解上；波塞摩斯及伊摩琴亦在众俘之后。

辛白林　卡厄斯，你现在不是来向我们要求纳贡，那是已经被不列颠人用武力抹消的了，虽然他们因此丧失了不少的勇士。那些死者的亲属已经提出要求，为了安慰英灵起见，必须把你们这一批俘虏杀死；这我已经答应了他们。所以，想一想你们所处的地位吧。

路歇斯　陛下，胜败本来是兵家常事；你们的得胜不过是一个偶然的机遇。假如这次是我们得到胜利，当热血冷静下来以后，我们决不会用刀剑威胁我们的俘虏的。可是既然这是天神的意旨，我们除了一死以外，没有其他赎身的方法，那么就让我们死吧；一个罗马人是能够用一颗罗马人的心忍受一切的，这就够了；奥古斯特斯有生之日，将会记着这一件事情；对于我自己个人，已经言尽于此。只有这一件事，我要向您请求：我的童儿，一个生长在英国的孩子，让他赎回他的生命吧。从来不曾有哪一个主人得到过这样一个殷勤亲切、忠心勤恳的童儿；他是那样的遇事谨慎，那样的诚实、伶俐而曲体人情。让他本身的好处，连同着我的请求，邀获陛下的矜怜吧；他不曾伤害过一个英国人，虽然他所侍候的是一个罗马人。赦免他，陛下，让其余的人一起身膏斧钺吧。

辛白林　我一定在什么地方见过他；他的面貌瞧上去怪熟的。孩子，我只瞧了你一眼，你已经得到我的恩宠；你现在是我的人了。我不知道为什么我要说，“活着吧，孩子。”不用感谢你的主人；活着吧。无论你向辛白林要求什么恩典，只要适合于我的慷慨和你的地位的，我都愿意答应你；即使你向我要求一个最尊贵的俘虏，我也决不吝惜。

伊摩琴　敬谢陛下。

路歇斯　我并不叫你要求我的生命，好孩子；可是我知道你会作这样的要求。

伊摩琴　不，不。唉！我还有别的事情要做哩。我看见一件东西，对于我就像死一般痛苦；您的生命，好主人，只好让它听其自然了。

路歇斯　这孩子侮蔑我，他离弃了我，还要把我讥笑；那些信任着少女们和孩子们的忠心的人，他们的快乐是转瞬就会消失的。为什么他这样呆呆地站着？

辛白林　你想要求些什么？孩子？我越瞧你，越觉得爱你；仔细想一想你应该提出些什么要求吧。你瞧着的那个人，你认识他吗？说，你要我赦免他吗？他是你的亲族，还是你的朋友？

伊摩琴　他是一个罗马人。他不是我的亲族，正像我不是陛下的亲族一样；可是因为我生下来就是陛下的臣仆，所以比较起来还是陛下跟我的关系亲密一些。

辛白林　那么你为什么这样瞧着他？

伊摩琴　陛下要是愿意听我说话，我希望不要让旁人听见。

辛白林　哦，很好，我一定留心听着你。你叫什么名字？

伊摩琴　斐苔尔，陛下。

辛白林　你是我的好孩子，我的童儿；我要做你的主人。跟我来；放胆说吧。（辛白林、伊摩琴在一旁谈话。）

培拉律斯　这孩子死而复活吗？

阿维拉古斯　两颗砂粒也不会这般相像。这正是那个可爱的美貌少年，死去了的斐苔尔。你以为怎样？

吉德律斯　正是他死而复活了。

培拉律斯　轻声！轻声！再瞧下去；他一眼也不看我们；不要莽撞；人们的面貌也许彼此相同；果然是他的话，我想他一定会对我们说话的。

吉德律斯　可是我们明明见他死了。

培拉律斯　不要说话；让我们瞧下去。

毕萨尼奥　（旁白）那是我的女主人。既然她还在人世，不管事情变好变坏，我都可以放心了。（辛白林、伊摩琴上前。）

辛白林　来，你站在我的旁边，高声提出你的要求。（向阿埃基摩）朋友，站出来，老老实实答复这孩子的问话；否则凭着我的地位和荣誉，我们将要用严刑逼你招供真情。来，对他说。

伊摩琴　我的要求是，请这位绅士告诉我，他这戒指是谁给他的。

波塞摩斯　（旁白）那跟他有什么关系？

辛白林　你手指上的那个钻石戒指是怎么得来的？

阿埃基摩　你还是不要逼我说出来的好，因为一说出来，会叫你十分难受的。

辛白林　怎么！我？

阿埃基摩　我很高兴今天有这样的机会，被迫吐露那因为隐藏在我的心头使我痛苦异常的秘密。这戒指是我用诡计骗来的，它本来是被你放逐的里奥那托斯的宝物；也许你会像我一样悔恨，因为在天壤之间，不曾有过一位比他更高贵的绅士。你愿意听下去吗，陛下？

辛白林　我要听一切和这有关的事情。

阿埃基摩　那位绝世的佳人，你的女儿——为了她，我的心头淋着血，我的奸恶的灵魂一想起就不禁战栗——恕我，我要晕倒了。

辛白林　我的女儿！她怎么样？提起你的精神来；我宁愿让你活到老死，也不愿在我没有听完以前让你死去。挣扎起来，汉子，说。

阿埃基摩　那一天——不幸的钟敲出了那个时辰！——在罗马——可诅咒的屋子潜伏着祸根！——一个欢会的席上——啊，要是我们那时的食物，或者至少被我送进嘴里去的，都有毒药投在里面，那可多好！——善良的波塞摩斯——我应当怎么说呢？像他这样的好人，是不该和恶人同群的；在最难得的好人中间，他也是最好的一个——郁郁寡欢地坐着，听我们赞美我们意大利的恋人：她们的美艳使最善于口辩者的夸大的谀辞成为贫乏；她们的丰采使维纳斯的神座黯然失色，苗条的弥涅瓦[1]相形见绌；她们的性情是一切使男子们倾心的优点的总汇；此外还有那引人上钩的伎俩，迷人的娇姿丽色。

辛白林　我好像站在火上一般。不要尽说废话。

阿埃基摩　除非你愿意早一点伤你的心，否则你反而会嫌我说得太快的。这位波塞摩斯，正像一位热恋着一个高贵的女郎的贵人一样，也接着发表他的意见；并不诽毁我们所赞美的女子，在那一点上他保持着谦恭的沉默，他只是开始描写他的情人的容貌；他的整个的心灵都贯注在他的口舌之上，画出了一幅绝妙的肖像，显得刚才被我们夸美的，只是一些灶下的贱婢，换言之，他越讲越有神，竟使我们变成了一群钝口拙舌的笨人。

辛白林　算了，算了，快讲正文吧。

阿埃基摩　你的女儿的贞操是一切问题的发端。他称道她的贞洁，仿佛狄安娜也曾做过热情的梦，只有她才是冷若冰霜的。该死的我听他这样说，就向他的赞美表示怀疑；那时候他把这戒指带在他的手指上，我就用金钱去和他的戒指打赌，说要是我能够把她骗诱失身，这戒指就归我所有。他，忠心的骑士，全然信任她的贞洁，正像我后来所发现的一样，很慷慨地把这戒指作了赌注；即使它是福玻斯车轮上的一颗红玉，甚或是他的整个车子上最贵重的宝物，他也会毫不吝惜地把它掷下。抱着这样的目的，我立刻就向英国出发。你也许还记得我曾经到过你的宫廷，在那里多蒙你的守身如玉的令爱指教我多情和淫邪的重大的区别。我的希望虽然毁灭了，可是我的爱慕的私心，却不曾因此而遏抑下去；我开始转动我的意大利的脑筋，在你们呆笨的不列颠国土上实施我的恶

[1] 弥涅瓦（Minerva）：希腊罗马神话中的女战神，也是司才艺的女神。

毒的阴谋，对于我那却是一个无上的妙计。简单一句话，我的计策大获成功；我带了许多虚伪的证据回去，它们是足够使高贵的里奥那托斯发疯的；我用这样那样的礼物，使他对她的贞节失去信念；我用详细的叙述，说明她房间里有些什么张挂，什么图画；还有她的这一只手镯——啊，巧妙的手段！我好容易把它偷到手里！——不但如此，我还探到了她身体上的一些秘密的特征，使他不能不相信她的贞操已经被我破坏。因此——我现在仿佛看见他——

波塞摩斯 （上前）嗯，你看得不错，意大利的恶魔！唉！我这最轻信的愚人，罪该万死的凶手、窃贼，过去现在未来一切恶徒中的罪魁祸首！啊！给我一条绳、一把刀或是一包毒药，让它惩罚我的罪恶。国王啊，吩咐他们带上一些巧妙的刑具来吧；是我使世上一切可憎的事情变成平淡无奇，因为我是比它们更可憎的。我是波塞摩斯，我害死了你的女儿；——像一个恶人一般，我又说了谎；我差遣一个助恶的爪牙，一个亵渎神圣的窃贼，毁坏了她这座美德的殿堂；是的，她原是美德的化身。唾我的脸，用石子丢我，把污泥摔在我身上，嗾全街上的狗向我吠叫吧；让每一个恶人都用波塞摩斯·里奥那托斯做他的名字；愿从今以后再不会出现这样重大的恶事。啊，伊摩琴！我的女王，我的生命，我的妻子！啊，伊摩琴！伊摩琴！伊摩琴！

伊摩琴 安静一些，我的主！听我说，听我说！

波塞摩斯 这样的时候，你还要跟我开玩笑吗？你这轻薄的童儿，让我教训教训你。（击伊摩琴；伊摩琴倒地。）

毕萨尼奥 啊，各位！救命！这是我的女主人，也就是您的妻子！啊！波塞摩斯，我的大爷，您并没有害死她，现在她却真的死在您的手里了。救命！救命！我的尊贵的公主！

辛白林　世界在旋转吗?

波塞摩斯　我怎么会这样站立不稳起来?

毕萨尼奥　醒来,我的公主!

辛白林　要是真有这样的事,那么神明的意思,是要叫我在致命的快乐中死去。

毕萨尼奥　我的公主怎样啦?

伊摩琴　啊!不要让我看见你的脸!你给我毒药;危险的家伙,走开!不要插足在君王贵人们的中间。

辛白林　伊摩琴的声音!

毕萨尼奥　公主,要是我知道我给您的那个匣子里盛着的并不是灵效的妙药,愿天雷轰死我;那是王后给我的。

辛白林　又有新的事情了吗?

伊摩琴　它使我中了毒。

考尼律斯　神啊!我忘了王后亲口供认的还有一句话,那却可以证明她的诚实;她说,"我把配下的那服药剂给了毕萨尼奥,骗他说是提神妙药;要是他已经把它转送给他的女主人,那么她多半已经像一只耗子般的被我毒死了。"

辛白林　那是什么药,考尼律斯?

考尼律斯　陛下,王后屡次要求我替她调制毒药,她的借口总是说不过拿去毒杀一些猫狗之类下贱的畜生,从这种实验中得到知识上的满足。我因恐她另有其他危险的用意,所以就替她调下一种药剂,服下以后,可以暂时中止生活的机能,可是在短时间内,全身器官就会恢复它们的活动。您有没有服过它?

伊摩琴　大概我是服过的,因为我曾经死了过去。

培拉律斯　我的孩子们,我们原来弄错了。

吉德律斯　这果然是斐苔尔。

伊摩琴　为什么您要推开您的已婚的妻子？想象您现在是在一座悬崖之上，再把我推开吧。（拥抱波塞摩斯。）

波塞摩斯　像果子一般挂在这儿，我的灵魂，直到这一棵树木死去！

辛白林　怎么，我的骨肉，我的孩子！嘿，你要我在这一幕戏剧里串演一个呆汉吗？你不愿意对我说话吗？

伊摩琴　（跪）您的祝福，父亲。

培拉律斯　（向吉德律斯、阿维拉古斯）虽然你们曾经爱过这个少年，我也不怪你们；你们爱他是有缘故的。

辛白林　愿我流下的眼泪成为浇灌你的圣水！伊摩琴，你母亲死了。

伊摩琴　我也很惋惜，父王。

辛白林　啊，她算不得什么；都是因为她，我们才会有今天这一番奇怪的遇合。可是她的儿子不见了，我们既不知道他怎么出走，又不知道他到什么地方去了。

毕萨尼奥　陛下，现在我的恐惧已经消失，我可以说老实话了。公主出走以后，克洛顿殿下就来找我；他拔剑在手，嘴边冒着白沫，发誓说要是我不把她的去向说出来，就要把我当场杀死。那时我衣袋里刚巧有一封我的主人所写的假信，约公主到密尔福德附近的山间相会。他看了以后，强迫我把我主人的衣服拿来给他穿了，抱着淫邪的念头，发誓说要去破坏公主的贞操，就这样怒气冲冲地向那里动身出发。究竟后来他下落如何，我就不知道了。

吉德律斯　让我结束这一段故事：是我把他杀了。

辛白林　哎哟，天神们不允许这样的事！你为国家立下大功，我不希望你从我的嘴里得到一句无情的判决。勇敢的少年，否认你刚才所说的话吧。

吉德律斯　我说也说了，做也做了。

辛白林　他是一个王子哩。

吉德律斯　一个粗野无礼的王子。他对我所加的侮辱，完全有失一个王子的身份；他用那样不堪入耳的言语激恼我，即使海潮向我这样咆哮，我也要把它踢回去的。我砍下他的头；我很高兴今天他不在这儿抢夺我说话的机会。

辛白林　我很为你抱憾；你已经亲口承认你的罪名，必须受我们法律的制裁。你必须死。

伊摩琴　我以为那个没有头的人是我的丈夫。

辛白林　把这罪犯缚起来，带他下去。

培拉律斯　且慢，陛下，这个人的身份是比被他杀死的那个人更高贵的，他有和你同样高贵的血统；几十个克洛顿身上的伤痕，也比不上他为你立下的功绩。（向卫士）放开他的手臂，那不是生来受束缚的两臂。

阿维拉古斯　他说得太过分了。

辛白林　你胆敢当着我的面这样咆哮无礼，你也必须死。

培拉律斯　我们三个人愿意一同受死；可是我要证明我们中间有两个人是像我刚才所说那样高贵的。我的孩儿们，我必须说出一段对于我自己很危险的话儿，虽然也许对于你们会大有好处。

阿维拉古斯　您的危险也就是我们的危险。

吉德律斯　我们的好处也就是您的好处。

培拉律斯　那么恕我，我就老实说了。伟大的国王，你曾经有过一个名叫培拉律斯的臣子。

辛白林　为什么提起他？他是一个亡命的叛徒。

培拉律斯　他就是现在站在你面前的这一个老头儿；诚然他是一个亡命的人，我却不知道他怎么会是一个叛徒。

辛白林　把他带下去；整个世界也不能使他免于一死。

培拉律斯　不要太性急了；你应该先偿还我你的儿子们的教养费，等我收了以后,你再没收不迟。

辛白林　我的儿子们的教养费!

培拉律斯　我的话说得太莽撞无礼了。我现在双膝跪下;在我起立以前,我要把我的儿子们从微贱之中拔擢起来,然后让我这老父亲引颈就戮吧。尊严的陛下,这两位称我为父亲的高贵的少年,他们自以为是我的儿子,其实并不是我的;陛下,他们是您自己的亲生骨肉。

辛白林　怎么!我自己的亲生骨肉!

培拉律斯　正像您是您父王的儿子一般不容置疑。我,年老的摩根,就是从前被您放逐的培拉律斯。我的过失、我的放逐、我的一切叛逆的行为,都出于您一时的喜怒;我所干的唯一的坏事,就是我所忍受的种种困苦。这两位善良的王子——他们的确是金枝玉叶的王室后裔——是我在这二十年中教养长大的;我把自己所有的毕生学问和本领全都传授了他们。他们的乳母尤莉菲尔当我被放逐的时候,把这两个孩子偷了出来,我也因此而和她结为夫妇;是我唆使她干下这件盗案,因为痛心于尽忠而获谴,才激成我这种叛逆的行为。越是想到他们的失踪对于您将是一件怎样痛心的损失,越是诱发我偷盗他们的动机。可是,仁慈的陛下,现在您的儿子们又回来了;我必须失去世界上两个最可爱的伴侣。愿覆盖大地的穹苍的祝福像甘露一般洒在他们头上!因为他们是可以和众星并列而无愧的。

辛白林　你一边说话,一边在流泪。你们三个人所立下的功劳,比起你所讲的这一段故事来更难令人置信。我已经失去我的孩子;要是这两个果然就是他们,我不知道怎样可以希望再有一对比他们更好的儿子。

培拉律斯　请高兴起来吧。这一个少年,我称他为波里多的,就是您的最尊贵的王子吉德律斯;这一个我的凯德华尔,就是您的小王子阿维拉古斯,那时候,陛下,他是裹在一件他的母后亲手缝制的非常精致的斗篷里的,要是需要证据的话,我可以把它拿来恭呈御览。

辛白林 吉德律斯的颈上有一颗星形的红痣;那是一个不平凡的记号。

培拉律斯 这正是他,他的颈上依然保留着那天然的标识。聪明的造物者赋予他这一个特征,那用意就是要使它成为眼前的证据。

辛白林 啊,我竟是一个一胎生下三个儿女的母亲吗?从来不曾有哪一个母亲在生产的时候感到这样的欢喜。愿你们有福!像脱离了轨道的星球一般,你们现在已经复归本位了。啊,伊摩琴!你却因此而失去一个王国。

伊摩琴 不,父王;我已经因此而得到两个世界。啊,我的好哥哥们!我们就是这样骨肉重圆了!啊,从此以后,你们必须承认我的话是说得最正确的:你们叫我兄弟,其实我却是你们的妹妹;我叫你们哥哥,果然你们是我的哥哥。

辛白林 你们已经遇见过吗?

阿维拉古斯 是,陛下。

吉德律斯 我们一见面就彼此相爱,从无间歇,直到我们误认她已经死了。

考尼律斯 因为她吞下了王后的药。

辛白林 啊,神奇的天性!什么时候我可以把这一切听完呢?你们现在所讲的这些粗条大干,应该还有许多详细的枝节,充满着可惊可愕的材料。在什么地方?你们是怎么生活的?从什么时候你服侍起我们这位罗马的俘虏来?怎么和你的哥哥们分别的?怎么和他们初次相遇?你为什么从宫廷里逃走,逃到什么地方去?

这一切，还有你们三人投身作战的动机，以及我自己也想不起来的许许多多的问题，和一次次偶然的机遇中的一切附带的事件，我都要问你们一个明白，可是时间和地点都不允许我们作这样冗长的询问。瞧，波塞摩斯一眼不霎地望着伊摩琴；她的眼光却像温情的闪电一般，一会儿向着他，一会儿向着她的哥哥们，一会儿向着我，一会儿向着她的主人，到处投掷她的快乐；每一个人都彼此交换着惊喜。让我们离开这地方，到神殿里去献祭吧。（向培拉律斯）你是我的兄弟；我们从此是一家人了。

伊摩琴　您也是我的父亲；幸亏您的救援，我才能够看见这幸福的一天。

辛白林　除了那些阶下的囚人以外，谁都是欢天喜地的；让他们也快乐快乐吧，因为他们必须分沾我们的喜悦。

伊摩琴　我的好主人！我还可以为您效力哩。

路歇斯　愿您幸福！

辛白林　那个奋勇作战的孤独的兵士要是也在这里，一定可以使我们格外生色；他是值得一个君王的感谢的。

波塞摩斯　陛下，我就是和这三位在一起的那个衣服褴褛的兵士；为了达到我当时所抱的一种目的，所以我穿着那样的装束。说吧，阿埃基摩，你可以证明我就是他；我曾经把你打倒在地上，差一点儿结果了你的性命。

阿埃基摩　（跪）我现在又被您打倒了；可是那时候是您的武力把我克服，现在是我自己负疚的良心使我屈膝。请您取去我这一条欠您已久的生命，可是先把您的戒指拿去，还有这一只手镯，它是一位最忠心的公主所有的。

波塞摩斯　不要向我下跪。我在你身上所有的权力，就是赦免你；宽恕你是我对你唯一的报复。活着吧，愿你再不要用同样的手段对待别人。

辛白林　光明正大的判决！我要从我的子婿学得我的慷慨；让所有的囚犯一起得到赦免。

阿维拉古斯　妹夫，您帮助我们出了力，好像真的要做我们的兄弟一般；我们很高兴，您果然是我们的自家人。

波塞摩斯　我是你们的仆人，两位王子。我的罗马的主帅，请叫您那位预言者出来。当我睡着的时候，仿佛看见朱庇特大神骑鹰下降，还有我自己亲族的阴魂，都在我梦中出现；醒来以后，发现我的胸前有这么一张笺纸，上面写着的字句，奥秘难明，不知道是什么意思；让他来显一显他的本领，把它解释解释吧。

路歇斯　费拉蒙纳斯！

预言者　有，大帅。

路歇斯　念念这些字句，说明它的意义。

预言者　"雄狮之幼儿于当面不相识、无意寻求间得之、且为一片温柔之空气所笼罩之时，自庄严之古柏上砍下之枝条、久死而复生、重返故株、发荣滋长之时，亦即波塞摩斯脱离厄难、不列颠国运昌隆、克享太平至治之日。"你，里奥那托斯，就是雄狮的幼儿；因为你是名将的少子。（向辛白林）一片温柔的空气就是你的贤德的女儿，这位最忠贞的妻子，因为她是像微风一般温和而柔静的；她已经应着神明的诏示，（向波塞摩斯）在你当面不相识、无意寻求得之的时候，把你拥抱在她的温情柔意之中了。

辛白林　这倒有几分相像。

预言者　庄严的古柏代表着你，尊贵的辛白林，你的砍下的枝条指着你的两个儿子；他们被培拉律斯偷走，许多年来，谁都以为他们早已死去，现在却又复活过来，和庄严的柏树重新接合，他们的后裔将要使不列颠享着和平与繁荣。

辛白林　好，我现在就要开始我的和平局面。卡厄斯·路歇斯，我们虽然是胜利者，却愿意向凯撒和罗马帝国屈服；我们答应继续献纳我们的礼金，它的中止都是出于我们奸恶的王后的主意，上天憎恨她的罪恶，已经把最重的惩罚降在她们母子二人的身上了。

预言者　神明的意旨在冥冥中主持着这一次和平。当这次战血未干的兵祸尚未开始以前我向路歇斯预示的梦兆，现在已经完全证实了；罗马的神鹰振翼高翔，从南方飞向西方，盘旋下降，消失在阳光之中；这预兆着我们尊贵的神鹰，威严的凯撒，将要和照耀西方的辉煌的辛白林言归于好。

辛白林　让我们赞美神明；让献祭的香烟从我们神圣的祭坛上袅袅上升，使神明歆享我们的至诚。让我们向全国臣民宣布和平的消息。让我们列队前进，罗马和英国的国旗交叉招展，表示两国的友好。让我们这样游行全市，在伟大的朱庇特的神殿里签订我们的和约，用欢宴庆祝它的订立。向那里进发。难得这一次战争结束得这样美满，血污的手还没有洗清，早已奠定了这样光荣的和平。（同下。）

William Shakespeare
COMPLETE WORKS

泰尔亲王配力克里斯

朱生豪　译

莎士比亚
全集

剧中人物

安提奥克斯　安提奥克国王

配力克里斯　泰尔亲王

赫力堪纳斯｝二泰尔大臣
爱斯凯尼斯｝

西尼尼狄斯　潘塔波里斯国王

克里翁　塔萨斯总督

拉西马卡斯　米提林总督

萨利蒙　以弗所贵族

泰利阿德　安提奥克使臣

菲利蒙　萨利蒙之仆

里奥宁　狄奥妮莎之仆

司仪官

妓院主人

龟奴

公主　安提奥克斯之女

狄奥妮莎　克里翁之妻

泰莎　西蒙尼狄斯之女

玛丽娜　配力克里斯及泰莎之女

利科丽达　玛丽娜之保姆

鸨妇

群臣、贵妇、骑士、卫士、水手、海盗、渔夫及使者等

狄安娜女神

老人　剧情解释者

地　点

散处各国

第一幕

安提奥克王宫前

高尔上。

从往昔的灰烬之中，
来了俺这白发衰翁，
唱一支古代的曲调，
博你们粲然的一笑。
在佳节欢会的席上，
这诗篇常被人歌唱；
贵人淑女午睡方醒，
也曾赖它消愁解闷。
它使人们向往光荣，
年代越久味道越浓。
要是后世诸位君子，
对这曲儿不加鄙视，
要是老人引吭歌唱，
能使你们胸怀欢畅，
俺愿意化一支烛光，
为你们把生命销亡。

却说当年安提奥克
在叙利亚建立王国，
他的王后不幸物故，
留下一个娇娃失母，
可喜长得容华绝代，
天生就风流的体态；
谁料老王乱伦灭性，
竟把他的女儿诱引，
这无耻的父女一双，
干下了罪恶的勾当，
经历了几度的春秋，
他们也就恬不知羞。
这公主的艳誉芳名，
招来多少公子王孙，
他们做着求凰好梦，
谁都想把美人抱拥。
哪知道这一方禁脔，
怎么容得旁人指染？
这老王早制定约束，
应付求婚者的絮渎：
谁要是想娶她为妻，
必须解答一个哑谜；
参不透哑谜的奥秘，
他只好把生命捐弃。
可怜这一个难题目，
害多少的英才受戮！

俺且把秃舌儿收了，
让列位眼皮上看饱。（下）

第一场　安提奥克。宫中一室

安提奥克斯、配力克里斯及侍从等上。

安提奥克斯　泰尔的少年亲王，想来您已经充分明白您现在所从事的是一件多么危险的工作。

配力克里斯　是的，安提奥克斯，我因为久闻公主芳名，爱慕之诚，增加了我灵魂上的勇气，所以甘冒万死，大胆前来。

安提奥克斯　领公主出来，替她装扮得像位新娘一般，值得被天神拥抱；为了造成她美丽的仪容，从她投胎的时候起，直到降生，诸天的星辰曾经全体聚会，把他们各自的美点集合在她的一身。（音乐。）

公主上。

配力克里斯　瞧，她像春之女神一般姗姗地来了；无限的爱娇追随着她，她的思想是人间一切美德的君王！她的面庞是一卷赞美的诗册，满载着神奇的愉快，那上面永远没有悲哀的痕迹，暴躁的愤怒也永不会做她的伴侣。神啊，你们使我成为一个男子，在爱情中颠倒，你们在我的胸头燃起炎炎的欲火，使我渴想尝一尝那仙树上的果实，否则宁愿因失败而死亡，帮助我，你们忠心的臣仆，达到这样无涯的幸福吧！

安提奥克斯　配力克里斯亲王——

配力克里斯　他想要成为伟大的安提奥克斯的子婿。

安提奥克斯　在你的面前站着这一座美丽的乐园，它的黄金的果实触上去是有危险的，因为致人死命的巨龙会吓散你的魂魄。她的天堂一般的面庞引诱你去瞻仰她的不可计数的美艳，只有才德出众的人才可以把她拥为己有；你要是不够资格，那么为了你的僭妄的眼光，你将不免一死。你看那些本来都是赫赫有名的君王，也都像你一样受着情欲的驱策，从远道闻名前来，他们在用无言的唇舌和惨白的容颜告诉你，他们都是爱情战争中的阵亡者，只有天上的星光掩覆着他们暴露的骸骨；他们那死灰的面颊在劝你不要走进死神的罗网，那罗网是什么人都一体容纳的。

配力克里斯　安提奥克斯，我谢谢你，你教我认识我自己的脆弱的浮生，提出这些可怕的前车之鉴，使我准备接受和他们同样的不可避免的命运；因为留在记忆中的死亡应当像一面镜子一样，告诉我们生命不过是一口气，信任它便是错误。那么我就立下我的遗嘱；像一个缠绵床榻的病人，饱历人世的艰辛，望见天堂的快乐，可是充满了痛苦的感觉，不再像平日一般紧握着世俗的欢娱，我以王公贵人应有的风度，把平安留给你和一切善良的人们，把我的财富归还给它们所来自的大地，（向公主）可是我的纯洁的爱火，却是属于你的。现在我已经准备完毕，就要踏上生死的歧途，我等候着最无情的打击。

安提奥克斯　你既然不听劝告，那么就请诵读你那注定的命运吧；按照我们的约法，你在读过以后！倘不能解释其中的意义，就必须像这些比你先来的人一样，流下你自己的血。

公　主　在所有前来尝试的人们当中，我祝你成功！愿你有福！

配力克里斯　像一个勇敢的战士，我踏上了比武的围场，除了忠实和勇气之外，我不要求别的思想指导我的行动。（读）

我虽非蛇而有毒，
饮我母血食母肉；
深闺待觅同心侣，

慈父恩情胜夫婿。
夫即子兮子即父。
为母为妻又为女；
一而二兮二而一，
君欲活命须解谜。

这最后一句真是要命的药剂！用无数的天眼炯察人类行为的神明啊！这些读了以后使我勃然变色的怪事要是果然属实，为什么不把你们的眼睛永远闭上了呢？美丽的明镜，我曾经爱过你，倘不是这灿烂的宝箱里盛满着罪恶，我将继续爱你；可是我必须告诉你现在我的思想叛变了，因为一个堂堂男子要是知道罪恶在门内，是会裹足不前的。你是一个美妙的提琴，你的感觉便是它的琴弦，当它弹奏出钧天雅乐的时候，所有的天神都会侧耳倾听；可是奏非其时，却会发出刺耳的噪音，只有地狱中的魔鬼会和着它跳舞。凭良心说，我对你已经没有一点留恋之情了。

安提奥克斯　配力克里斯亲王，如果你珍惜生命，不许碰她的手，因为在我们的约定里也有这么一条，和其余的同样严厉。你的时间已经到了；你倘不能现在就把它解释出来，必须接受你的判决。

配力克里斯　大王，很少人喜欢听见别人提起他们所喜欢干的罪恶；要是我对您说了，一定会使您感到大大的难堪。谁要是知道君王们的一举一动，与其把它们泄露出来，还是保持隐秘的好；因为重新揭发的罪恶就像飘风一样，当它向田野吹散的时候，会把灰尘吹进别人的眼里；这就是给那双疼痛的眼睛的一个教训：使它们在飘风过去后，明察四方，设法阻挡那伤害自己的气流。瞎眼的鼹鼠向天筑起圆顶的土丘，表示在地上受到人们的压迫，已经无法安居；这可怜的东西最后仍然因此而死去。君王们是地上的神明，他们的意志便是他们的法律，他们的作恶是无人可以制止的。

要是乔武做了坏事，谁敢指斥他一声不是？您只要自己明白，那就够了；丑事传扬开去，更加不可向迩，最适当的办法还是遮掩起来。谁都爱他自己的生命，那么为了保全我的头颅的缘故，让我的舌头不要多言取祸吧。

安提奥克斯　（旁白）天哪！我真想要你的头颅；他已经发现那哑谜的意义了；可是我还要跟他敷衍一下。——少年的泰尔亲王，虽然按照我们严格的法令，你的解释要是不符原意，我们就可以结果你的生命；可是因为你是这样一位卓越的人才，我们对你抱着很大的希望，所以特别通融，给你四十天的宽限；要是在这限期之内，你能够把我们的秘密解释出来，你就可以做我的佳婿。在这限期以前，我将要按照我的地位和你的身份，给你优渥的礼遇。

（除配力克里斯外均下。）

配力克里斯　殷勤的礼貌把罪恶掩盖得多么巧妙！正像一个伪君子一样，除了一副仁义的假面具以外，便没有一毫可取的地方。要是我果然解释错了，那么你当然不会是那样的坏人，因贪淫而出卖你的灵魂；可是现在你是父亲又是儿子，因为你非礼拥抱了你的女儿，而那种快乐，原是应该让丈夫而不是让父亲享受的；她是吃她母亲血肉的人，因为她玷污了她母亲的枕席；两人都像毒蛇一样，虽然吃的是芬芳的花草，它们的身体内却藏着毒液。安提奥克，再会吧！因为智慧告诉我，凡是能够动手干那些比黑夜更幽暗的行为而不知惭愧的人，一定会不惜采取任何的手段，把它们竭力遮掩的。一件罪恶往往引起第二件，奸淫和杀人正像火焰和烟气一样互相联系。毒药和阴谋是罪恶的双手，是犯罪者遮羞的武器；为了免得我的生命遭人暗算，我要赶快逃出这危险的陷阱。（下）

安提奥克斯重上。

安提奥克斯　他已经发现那哑谜的意义，所以我一定要取下他的首级。我不能让他活在世上，宣扬我的丑事，告诉世人安提奥克斯犯着这样可憎的罪恶；所以这位亲王必须立刻就死，因为只有他死了，我的名誉才可以保全。喂，来人！

泰利阿德上。

泰利阿德　陛下有什么吩咐？

安提奥克斯　泰利阿德，你是我的心腹之人，我所筹划的一切秘密行动，向来都是付托给你的。我知道你忠实可靠，正准备提拔你。泰利阿德，瞧，这儿是毒药，这儿是金子；泰尔亲王是我的仇人，你必须替我杀死他。你不用问我什么理由，因为这是我的命令。说，你愿意不愿意干这件事？

泰利阿德　陛下，我愿意。

安提奥克斯　很好。

一使者上。

安提奥克斯　你这样气喘吁吁的，有些什么要紧的消息？

使　者　陛下，配力克里斯亲王逃走了。（下）

安提奥克斯　（向泰利阿德）赶快替我追去；像一个百发百中的老练的射手一样射中眼睛所瞄定的目标；你要是不把配力克里斯亲王杀死，你也不用回来见我了。

泰利阿德　陛下，只要我手枪的射程能够达到他，不怕他逃到哪儿去。小臣就此告辞了。

安提奥克斯　泰利阿德，再会！（泰利阿德下）配力克里斯一天不死，我的心就一天不得安。（下）

第二场　泰尔。宫中一室

配力克里斯上。

配力克里斯　（向室外）不要让什么人进来打扰我。——为什么我的思想变得这样阴沉，眼光迷惘的忧郁做了我的悲哀的伴侣、长期的宾客，在白昼光荣的行程中，在埋葬了忧愁的平和的黑夜中，没有一小时能够使我得到安宁？各种娱乐陈列在我的眼前，我的眼睛却避过它们；我所恐惧的危险是在安提奥克，它的太短的手臂打不到我的身上；可是快乐既不能鼓起我的兴致，远离的危险也不能给我一点安慰。人们因为一时的猜疑而引起的恐惧，往往会由于忧虑愈形增长，先不过是害怕可能发生的祸害，跟着就会苦苦谋求防止的对策。我的情形也正是这样：威力巨大的安提奥克斯是一个想到什么就做到什么的人物，渺小的我决不是他的对手，虽然我发誓保持缄默，他也一定以为我会泄露他的秘密；要是他疑心我会破坏他的名誉，即使我对他说我怎样尊敬他也没有用处；为了防止他的可耻的隐事被人知晓，他一定会竭力阻止流言的传播。他将要率领敌意的军队满布在我们的国土之上，用煊赫的军容震惊我们的国人，使我们的兵士望风胆裂，不战而屈，使我们无辜的臣民惨遭荼毒：我自己一身的安危不足惜，像树木的叶顶一般，我的责任只是隐覆庇护那伸入土中的根株；我所关怀的是我的人民的命运，我的身体和心灵因为忧虑他们而悲伤憔悴，他还没有惩罚我，我已经给自己难堪的惩罚了。（赫力堪纳斯及其他臣僚等上。）

臣　甲　愿快乐和安宁充塞殿下的圣心！

臣　乙　愿殿下平和安乐，早日归来！

赫力堪纳斯　算了，算了！让我这有年纪的人说几句话吧。向国王献媚的人，其实是在侮辱他；因为谄媚是簸扬罪恶的风箱，佞人的口舌可以把星星之火煽成熊熊的烈焰；正直的规谏才是君王们所应该听取的，因为他们同属凡人，不能没有错误。当善于逢迎的小人侈谈平安的时候，他只是向殿下讨好，其实却危及您的生命。殿下，原谅我！要是您以为我说的不对，该骂该打，都随殿下的便，我愿意跪在地上，等候您的发落。

配力克里斯　别人都出去吧，替我探听探听我们的港里有些什么船只要出口，探听明白以后，再回来见我。（群臣下）赫力堪纳斯，你的话很使我生气；你看我的脸上有些什么？

赫力堪纳斯　满脸的怒容，殿下。

配力克里斯　要是君王的脸上会发出这样可怕的怒容，你怎么敢鼓唇弄舌，当着我的面前激怒我？

赫力堪纳斯　草木是靠着上天的雨露滋长的，但是它们也敢仰望穹苍。

配力克里斯　你知道我有权力取去你的生命。

赫力堪纳斯　（跪）我已经自己把斧头磨好了；请殿下把我砍了吧。

配力克里斯　起来，起来，请坐。你不是一个谄媚的小人。我谢谢你；君王们要是专爱听那些文过饰非的谀辞，那才是上天所不容的事！你是一个君王的良好的顾问和仆人，你的智慧使你的君王乐于接受你的教诲，告诉我你要我怎么做？

赫力堪纳斯　耐心忍受您加在自己身上的种种忧愁。

配力克里斯　你说这样的话，赫力堪纳斯，就像一个医生替病人调了一服他自己咽下去也要颤栗的药。听我说吧。我这次到安提奥克去，你也知道是冒着生命的危险，追求一位绝世的美人，希望因此可以产生一个不同凡俗的佳儿，将来成为国家的干城，民众的福星。她的脸在我的眼中看来是超乎一切的神奇；可是她的此外的一切，让我凑着你的耳朵告诉你，是像犯着乱伦重罪的人一般黑暗的。当我发现了这一个秘密以后，那罪恶的父亲非但没有恼羞成怒，反而对我装出一副和颜悦色的样子；可是你知道，当暴君假意向人亲密的时候，是最应该戒惧提防的。我越想越怕，所以就借着黑夜的掩护，逃了回来。现在虽然总算脱离虎口，可是回想已过去的种种，推测未来可能的变化，心里还是惴惴不安。我知道他是个暴君；暴君的猜疑不仅不会消失下去，而是会每时每刻飞速增长。他一定在疑心我会向世人宣布多少尊贵的王子流下了他们的血，为的是好让他安然在他那污邪的眠床上恣纵着淫乐；为了扫除这一层猜疑，他将要借口我在什么地方得罪了他，向我们的国土大举兴师。无情的战争是不会豁免无辜的，为了我一个人的错处，累得全国的人民受苦，这一种不忍之心——

赫力堪纳斯　唉，殿下！

配力克里斯　使我终夜不能合眼，我的颊上因此而失去血色，我的心头因此而充满沉思，无数的疑虑占据我的脑际，我不知道怎样可以预先阻止这一场暴风雨的袭来；我既然无法拯救我的人民，就只好为他们而悲伤了。

赫力堪纳斯　好，殿下，您既然允许我说话，我就要坦白地表示我的意见。您怕的是安提奥克斯，我想您害怕这暴君是有充分的理由的，他可以用公开的战争或是秘密的阴谋取去您的生命。所以，殿下，您还是到国外去游历几时吧，等他的怒气平息，或是他的寿命终了以后，再回来不迟。您的政务可以委托什么人代理；要是您愿意信托我的话，我一定会尽心竭力，像白昼对光明一般忠实。

配力克里斯　我并不怀疑你的忠心；可是我离国以后，他会不会来侵犯我的权利？

赫力堪纳斯　我们一定同心协力，用我们的赤血捍卫生养我们的国土。

配力克里斯　泰尔，现在我要和你暂时分别，向塔萨斯开始我的行程了；我将要在那边听到你的消息，决定我今后的行动。赫力堪纳斯，我过去和现在对臣民福利的关怀，如今都付托给你了，你的智慧的力量一定可以担负这样的责任。我相信你的话，你无须向我发誓。因为不惜食言的人也会把约誓撕得粉碎。我们却将忠贞不变，像星宿安处在各自的轨道里，使时间永远不能推翻以下的真理：你是一个忠心的臣子，我是一个诚笃的君王。（同下。）

第三场　同前。宫中应接室

泰利阿德上。

泰利阿德　这就是泰尔，这就是亲王的宫廷。我必须在这儿把配力克里斯亲王杀死；要不然的话，我回去一定要被吊死，这可不是玩儿的。从前有一个人得到国王的准许，可以有所请求，他说：他的唯一愿望，是不要与闻国王的任何秘密。这个人倒真聪明，真有见识！现在我明白他这种愿望是确有理由的；因为要是一个国王叫一个人做恶人，为了恪守一个臣子尽忠的誓言，他只好做一个恶人。嘘！这儿来了一群泰尔的官员。

赫力堪纳斯、爱斯凯尼斯及其他臣僚等上。

赫力堪纳斯　各位同僚，你们不必追问我王上为什么突然离国，他留给我的密封的委任状，可以充分说明他是去旅行的。

泰利阿德　（旁白）怎么！那亲王走了！

赫力堪纳斯　但是既然他未容你们略表忠爱之心就离去了，如果你们还想进一步知道内情,我也可以略为告诉你们一点。当他在安提奥克的时候——

泰利阿德 (旁白)在安提奥克?

赫力堪纳斯 尊严的安提奥克斯不知道为了什么缘故,对他有些不满,至少他自己是有那样的感觉;他深恐自己已经犯下了什么错误,为了忏悔他的罪过起见,才决意在海上漂流,挨受着每一分钟的风波的危险。

泰利阿德 (旁白)啊,我想我现在可以不至于被吊死了,他虽然逃过了陆地上的灾难,免不了要在海上丧身;我们的王上听见这个消息,一定会很高兴的。让我上前去见见他们。(高声)泰尔的各位大人,愿你们平安!

赫力堪纳斯 安提奥克斯大王御前的泰利阿德大人,欢迎!

泰利阿德 鄙人奉敝国国王之命,来见尊贵的配力克里斯亲王殿下;可是我到了贵国境内,就听说你们的王上已经出国漫游,踪迹不明,这样看来,我必须仍旧带着我的使命回去了。

赫力堪纳斯 您的使命既然是传达给我们的王上,不是给我们的,我们也没有理由要求您向我们说明您的来意。可是在您没有动身回国以前,请您允许我们以贵国友人的资格,在泰尔举行一次欢宴招待您。(同下。)

第四场 塔萨斯。总督府中一室

克里翁、狄奥妮莎及侍从等上。

克里翁 我的狄奥妮莎,我们要不要在这儿休息一下,讲些别人的悲惨的故事,看它能不能使我们忘记自己的哀伤?

狄奥妮莎 那就等于为了灭火而吹火;谁想要把高山掘为平地,当一座山推倒以后,另一座山又已经堆了起来。我的受难的夫君啊!我们的悲哀也正是这样;我们现在所感到的悲哀还算不了什么,可是当我们的心头再堆上别人的悲哀的时候,它更要感到不胜重压了。

克里翁　啊,狄奥妮莎,哪一个枵腹的人不嚷着要求食物,甘心忍受着饥饿而死去呢?我们的舌头要把我们的悲哀向太空申诉,我们的眼睛要淌下滚滚的热泪,使我们的悲声格外凄切;要是昏睡的上天不知道下民的困苦,我们要用这样的哀诉唤醒他们,请求他们的垂怜拯救。所以我要把这几年来的艰辛尽情倾吐,当我力竭声嘶的时候,便用眼泪代替我的申诉。

狄奥妮莎　我也要尽力帮助你,夫君。

克里翁　我所统治的这一座塔萨斯城,原本是繁华富庶的都市,街道上到处满布着财富;它的高耸的尖塔上吻云霄,引得远方的旅客惊奇嗟叹;它的仕女们一个个装束得华丽俊雅,互相作为争奇斗艳的借镜;他们的食桌上摆满了各色的奇珍异馔,使看见的人目迷五色,忘记了腹中的饥饿;他们不知道贫穷为何物,他们是这样的骄傲,从不会向别人开口求助。

狄奥妮莎　啊!正是这样。

克里翁　可是瞧上天给了我们怎样的灾祸!自从经过了这次变故以后,本来那些得天独厚、海陆空中所有的珍馐都不能使它们餍足的嘴,现在却像长久无人居住的荒废的旧屋一样,在那里嗷嗷待哺了;那些在二年以前嗜新好异的口胃,现在是只要能够讨到一片面包也就十分快慰了;那些不惜访寻人间稀有的珍品饲育她们的婴儿的母亲,现在都在准备吃下她们所钟爱的小宝贝了。饥饿的利齿是这样锋锐,相依为命的夫妇都不得不抽签决定谁先死去,好让他们当中的一个多活几天。这儿站着一个流泪的贵人,那儿站着一个哭泣的贵妇；多少人倒毙路旁，那眼看他们死去的人，自己也都是奄奄一息，没有一丝残余的气力可以替他们埋葬。这不是真确的事实吗？

狄奥妮莎　我们瘦削的面颊和凹陷的眼眶可以证明它的真实。

克里翁　啊！让那些安享着丰饶繁荣的城市听一听我们的哀泣吧；塔萨斯的灾祸也许有一天会同样降临在它们身上。

一官员上。

官　员　总督大人在哪儿？

克里翁　这儿。你这样急急忙忙的，一定又带了什么坏消息来啦；说吧，因为我们现在再也盼不到安慰了。

官　员　我们在邻近的海岸上，望见一队壮丽的船舶正在向我们这儿开驶过来。

克里翁　果然不出我的所料。福无双至，祸不单行，我们的天灾还没有完结，人祸却又接踵而来。多半是什么邻国看见我们遭到这样的苦难，认为有机可乘，所以装运了满船的甲兵，要来摧毁我们这不堪一击的城市，使不幸的我屈服于他们的威力之下，虽然这样的征伐是虽胜不武的。

官　员　那您可以无须忧虑；因为他们的船上都扯起白旗，这表示他们是来作和平的访问，不是来作我们的敌人的。

克里翁　你说得完全像一个不通世故的人；愈是表面上装得彬彬有礼的，他的心里愈是藏着不可捉摸的奸诈。可是不管他们存着什么居心，或是能够怎样摆布我们，我们何必惧怕呢？我们现在的处境，也就差不多到了不幸的极端了。你去对他们的首领说，我们在这儿恭候着他的大驾，请问他是从什么地方来的，来此有什么目的。

官员　我就去，大人。（下）

克里翁　要是他的来意是和平，那当然是欢迎的；要是他的来意是战争，那我们也没有力量抵抗他。

配力克里斯及侍从等上。

配力克里斯　听说阁下便是这儿的总督，请不要让我们的船只和人众像一把燃起的烽火一般使你们惊心骇目。我在泰尔就听到你们的灾祸，如今又看见你们的街道是一片荒凉；我们并不是来增加你们的悲哀，而是来解除你们的困苦；也许你以为我们这些船只就像特洛伊的木马一般，满装着杀人的战士，其实它们所载运的，却是供给你们急需的粮食，使那些濒于饿死的人们重新得到生命。

众　人　希腊的神明护佑你！我们为你祈祷长生！

配力克里斯　起来，请起来吧；我并不希望你们向我膜拜敬礼，我只要求你们的友谊，让我自己、我的船只和我的随从众人在这儿有一处安身的所在。

克里翁　谁要是不愿满足您这样的要求，或是存着丝毫忘恩负义的心思，无论那是我们的妻子、我们的子女或是我们自己，愿天上和人间的诅咒降临在他们的身上，惩罚他们不可恕的罪恶！可是我希望永远不会有这样的事情发生。请殿下接受我们诚意的欢迎吧。

配力克里斯　敢不领情。我们就在这儿小作盘桓，等候我们的命运回嗔作喜（同下。）

第二幕

高尔上。

好一个赫赫的君主，
奸通他自己的爱女；
另一位贤明的亲王，
遭遇也是异乎寻常。
诸位暂请宽心忍耐，
等他一旦否极泰来，
好一似失马的塞翁，
将土阜换一座高峰。
我赞颂的那位俊士，
言行都是毫无瑕疵，
那受恩的塔萨斯人
钦仰他的智慧才能，
为他筑起一尊雕像，
旌表他的功德无量。
可叹的是好景须臾，
又来了故国的音书。

哑剧：配力克里斯及克里翁各率侍从自一旁上，二人谈话。一朝士自另一门上，以一书致配力克里斯；配力克里斯以信示克里翁，犒赏使者，授以骑士封号。配力克里斯、克里翁等各下。

善良的赫力堪纳斯，
他把国事努力支持，
不学那懒惰的游蜂，
贪享着他人的成功；
奖拔贤良，诛锄暴恶，
不负他主人的付托；
一切事务不论大小，
他都报与君王知道：
他说那暴君的来使
怎样图谋向他行刺，
为了他生命的安全，
莫再在塔萨斯流连。
因此上他再涉重洋，
去冲冒那惊涛骇浪；
果然是海无一日安，
一阵狂风吹下云端，
一声声的霹雳轰鸣，
应和着怒潮的沸腾，
经不起颠簸的船只，
早被打得四分五裂。
这君王他随波逐流，
在海面上载沉载浮；
是他命中不该遭难，
被浪花卷上了沙滩，

囊空如洗，举目无亲，
只剩下孑然的一身。
要知道以后的情形，
请列位再接看下文。（下）

第一场　潘塔波里斯。海滨旷地

配力克里斯满身濡湿上。

配力克里斯　天上的星辰啊，停止你们的愤怒吧！风雨雷电的神灵，请你们记着，尘世的凡人在你们的神威之下是无能为力的，我这脆弱的身心唯有对你们俯首降服。唉！海水曾经把我冲在岩石上，从一处海岸卷到另一处海岸，留下我这仅余残喘的一身，除了一死而外，再没有其他的想望！你们已经使一个君王失去他所有的一切，这就足够表现你们力量的伟大了；你们既然不让他葬身鱼腹，他的唯一的要求，只是让他在这儿得到一个安静的死。

三渔夫上。

渔夫甲　喂，喂！毕契！

渔夫乙　嘿！来把网收了。

渔夫甲　喂，巴契！我对你说。

渔夫丙　你怎么说，老大？

渔夫甲　瞧你在干些什么！快来，不然我可要死劲把你拖走了。

渔夫丙　不瞒你说，老大，我正在想起那些刚才就在我们面前被海水卷去的可怜的人们哩。

渔夫甲　唉！可怜的人们！我听到他们向我们喊救的声音，心里真是难受，可惜我们自己顾自己还来不及，哪里还顾得到他们。

渔夫丙　呃，老大，当我看见那海豚跳跃打滚的时候，我不是也这样说过吗？人家说它们一半是鱼，一半是肉；该死的东西！我一看见它们来了，就知道免不了又有一场风浪。老大，我不知道那些鱼在海里是怎么过活的。

渔夫甲　嘿，它们也正像人们在陆地上一样；大的拣着小的吃，我们那些有钱的吝啬鬼活像一条鲸鱼，游来游去，翻几个筋斗，把那些可怜的小鱼赶得走投无路，到后来就把它们一口吞下。在陆地上我也听到过这一类的鲸鱼，他们非把整个的教区、礼拜堂、尖塔、钟楼和一切全都吞下，是决不肯闭上嘴的。

配力克里斯　（旁白）巧妙的比喻！

渔夫丙　可是老大，要是我做了教堂里的当差，那一天我一定预先躲在钟楼里。

渔夫乙　为什么，伙计？

渔夫丙　因为他一定会连我吞了下去；等我一到了他的肚里，我就把钟乱敲乱撞起来，闹得他把钟楼、尖塔、礼拜堂和教区一起呕出来。可是我们这位好王上西蒙尼狄斯要是也像我一样心思的话——

配力克里斯　（旁白）西蒙尼狄斯！

渔夫丙　我们一定要把这些掠夺工蜂酿成的花蜜的游蜂一起扫除干净。

配力克里斯　（旁白）这些渔夫们借着海中的水族做题目，把人类的弱点影射得多么恰当；他们从茫茫大洋里悟透的道理，可以鉴别人类的善恶，使朱紫立分！（高声）愿你们在工作中得到平安，诚实的渔夫们！

渔夫乙　诚实！好人儿，那是什么东西？要是今天是你的好日子，请你把它从日历上抹掉吧，像这样的日子谁也不稀罕。

配力克里斯　你们可以看得出来，我是被潮水冲到你们这儿的海滨来的。

渔夫乙　这海是个喝醉了的酒鬼，所以才把你呕吐在我们这儿。

配力克里斯　我就像一颗被天风海水在那广大的网球场上一来一往地抛掷的球儿，请求你们的怜悯；虽然我是从来不会向人乞讨的。

渔夫甲　啊，朋友，你不会向人乞讨吗？在我们希腊国里，靠讨饭过活的人，着实比我们这些做工的人舒服得多哩。

渔夫乙　那么你也不会捉鱼吗？

配力克里斯　我从来没有干过这种活儿。

渔夫乙　那你只好挨饿了；因为在现在的世界上，你要是不能设法叫人上钩，是什么也不能得到的。

配力克里斯　我已经忘记我的过去，可是穷困使我想到我现在的处境：寒冷充满了我的全身，我的血管已经冻结，我的僵硬麻木的舌头简直连向你们求救的呼声都发不出来了；要是你们不肯给我援助，那么当我死了以后，请你们看在同属人类的份上，把我的尸体埋了。

渔夫甲　你说死吗？不，天神禁止这样的事！我有一件袍子在这儿；来，穿上了，暖一暖你的身体。嘿，好一个漂亮的家伙！来，你跟我们回去吧，我们假日吃肉，斋日吃鱼，还有布丁和煎饼；你尽管安心住下好了。

配力克里斯　谢谢你，大哥。

渔夫乙　喂，朋友，你说你不会乞讨。

配力克里斯　我只是请求。

渔夫乙　只是请求！那么我也去学学请求好了，免得要吃一顿鞭子。

配力克里斯　怎么，你们国里的乞丐都要挨鞭子吗？

渔夫乙　都挨鞭子？哪里有这种事，老兄？要是所有的乞丐都挨鞭子，我就只想当警官，其他什么好差使都不要了。走吧，我去把网收起来。(与渔夫丙同下。)

配力克里斯　(旁白)这些劳动人民的笑话多么有风趣!

渔夫甲　听着,朋友,你知道你在什么地方吗?

配力克里斯　不大知道。

渔夫甲　我告诉你吧:这儿是潘塔波里斯,我们的国王是善良的西蒙尼狄斯。

配力克里斯　你们把他称为善良的国王西蒙尼狄斯吗?

渔夫甲　嗯,朋友;因为他治国和平,庶政清明,这样的称呼是名副其实的。

配力克里斯　他是一个幸福的国王,因为他的治国能够从他人民的嘴里博得善良的名称。他的宫廷离这儿海滨有多远呢?

渔夫甲　呃,朋友,只有半天的路程。我告诉你,他有一个美貌的女儿,明天是她的生日;无数的王子和骑士都要从全世界各处到来,为了争取她的爱情而比赛武艺。

配力克里斯　要是我的命运可以帮助我达到我的愿望,我倒也想参加一试。

渔夫甲　啊!朋友,万事只好听其自然,不可强求——

渔夫乙、渔夫丙曳网上。

渔夫乙　帮帮忙,老大,帮帮忙!这网里有一条鱼,就像穷人的权利落入法网一般,尽翻也翻不出来。嘿!他妈的,你到底掉下来啦,原来是一副锈甲。

配力克里斯　一副甲,朋友们!请你们让我瞧一瞧。命运之神啊,谢谢你,使我在经过这一切横逆以后,总算得到一些补偿,虽然它本来是属于我的,是我家世代相传的遗物。我父亲临终的时候把它传给了我,再三叮咛着说,"好好保存着它,我的配力克里斯,它曾经是保卫我的生命的屏障。"他指着这副甲胄说,"因为它曾经搭救过我，你要把它保存好了；万一你在危急的时候——愿神明护佑你不会有那么一天！——它也可以同样保卫你。”我无论到什么地方，总是把它随身携带；我是那样深爱着它。对任何人绝不容情的凶恶的怒海虽然夺了它去，可是在风平浪静以后，仍旧把它归还原主。谢谢你，我的覆舟之难现在不再是一件灾祸，因为我父亲的遗物依然完好。

渔夫甲　你在说些什么，朋友？

配力克里斯　善心的朋友们，我要向你们乞讨这一副贵重的甲胄，因为它过去曾经是一个君王的护身之物；从这记号上我能够辨认清楚。他是非常爱我的，为了他的缘故，我希望把它保藏起来。我还要求你们带领我到你们王上的宫廷里去，让我穿上这一副甲胄，向众人表明我是一个出身华族的人；要是我的不幸的命运有了转机，我一定重重报答你们的大恩；在我这报恩的心愿一天没有达到以前，我一天不会忘记你们。

渔夫甲　什么，你也要为了那公主去参加比武吗？

配力克里斯　我要显一显我的武艺。

渔夫甲　啊，那么你拿去吧；愿天神赐福于你！

渔夫乙　嗯，可是听着，我的朋友；是我们把这件衣服从汹涌的海潮中间打捞起来。出了力总该有些酬劳；我希望，先生，您要是得意的话，不要忘记您得到这一场富贵的根源。

配力克里斯　放心吧，我一定记着你们。幸亏你们的帮忙，我才穿起了武装；此外，我臂上的这颗宝珠，在海涛汹涌里仍然没有失落。我要用它去买一匹神骏的良驹，它的轻捷的逸步将会使旁观者目移神夺。不过，我的朋友，我还缺少一件罩袍。

渔夫乙　我们一定替你置办；我的最好的外衣可以给你改成一件袍子，我还要亲自领你到宫廷里去。

配力克里斯　愿我能取得我所向往的荣誉；这一去啊！我倘不能平步青云，怕从此要困顿终身。（同下。）

第二场　同前。通衢。有露台通比武场。旁设天幕，为国王、公主、贵妇、大臣等列座之处

西蒙尼狄斯、泰莎、群臣及侍从等上。

西蒙尼狄斯　那些骑士们准备开始他们耀武的游行没有？

臣　甲　启禀陛下，他们早已准备好了，专等陛下驾到，就来参见。

西蒙尼狄斯　你去回复他们，我们在这儿等着；今天的检阅是为了庆祝我的女儿的生辰，她坐在这儿，像一尊妙龄美貌的女神，造化生下她来，就是要让人们瞻仰赞叹。（臣甲下。）

泰　莎　父王，您老是喜欢把我夸奖得言过其实。

西蒙尼狄斯　那是应该如此的；因为君王们具备上天的品德，为人伦的仪范；正像珠宝因为被人漠视而失去它们的光彩一样，君王们要是不为人民所尊敬，也会失去他们的荣誉。现在，女儿，你必须替我解释每一个骑士所用标识的含义。

泰　莎　为了免得让您失望，我愿意尽心向您说明一切。

一骑士上，穿过舞台，其侍从以盾呈示公主。

西蒙尼狄斯　这第一个出场的是个什么人？

泰　莎　一个斯巴达的骑士，我的父亲；他的盾牌上的图样，是一个向太阳伸手的黑人，铭语是，“尔之光使余得生。”

西蒙尼狄斯　他很爱你，把你当作他的生命。（第二骑士过场）这第二个出现的是什么人？

泰　莎　一个马其顿的王子，我的父王；他的盾牌上的图样，是一个披甲的骑士被一个女郎所制服，上面还有西班牙文的铭语，“唯美色

为能制天下之至刚。”（第三骑士过场。）

西蒙尼狄斯　第三个是什么人？

泰　莎　他是从安提奥克来的；他的图样是一个骑士的采冠，铭语是，“造光荣之极峰。”（第四骑士过场。）

西蒙尼狄斯　第四个是怎样的？

泰　莎　一把倒置的灼亮的火炬，铭语是，“使余燃烧，使余毁灭。”

西蒙尼狄斯　这表示美貌有它的权力和意志，可以激起热情，也可以致人于死。（第五骑士过场。）

泰　莎　第五个是一只从云中探出的手，擎着一块被试金石试过的黄金，铭语是这样的，“忠心者亦若是。”（第六骑士即配力克里斯过场。）

西蒙尼狄斯　那第六个也就是最后一个，不带侍从，温文有礼的骑士是谁？

泰　莎　他似乎是一个外邦人；他的标识是一梗枯枝，只有梢上微露青色，铭语是，“待雨露而更生。”

西蒙尼狄斯　巧妙的句子；他希望从他现在这种潦倒的境地里，靠着你的力量而走上幸运之途。

臣　甲　他的外表实在叫人不敢恭维；照他这副寒碜的样子看起来，似乎他是挥惯鞭子，不像是抡枪弄剑的。

臣　乙　他看来是个外邦人，否则不会穿着这样古怪的装束，来参加今天的光荣的行列。

臣　丙　他有心让他的甲胄生了锈，为的是今天在尘土里摔几跤，可以磨得亮一些。

西蒙尼狄斯　我们不能凭着自己的成见，从外表上判断一个人的内心。可是且住，骑士们来了；让我们到楼座上去吧。（同下。喧呼声，众喊，“好啊，寒酸的骑士！”）

第三场　同前。大厅。陈设酒席

西蒙尼狄斯、泰莎、司仪官、贵妇、廷臣、比武归来之众骑士及侍从等上。

西蒙尼狄斯　各位骑士们,承你们远道光临,不用说我们是万分欢迎的。我也不必把你们的武艺大笔特书,记载在你们的表功簿上,因为每一种真才实艺,它本身都可以彪炳在世人的耳目之前。你们都是王族后裔,我的席上的嘉宾,今天难得大家聚首一堂,希望诸位尽情畅快一下。

泰莎　可是你是我的骑士和宾客;我替你加上这一顶胜利的花冠,使你成为今天的幸福的君王。

配力克里斯　公主,这不过是一时侥幸,我不敢贪天之功。

西蒙尼狄斯　随你怎么说,今天的胜利是属于你的;我希望这儿没有人妒嫉你的幸运。一个本领超群的人,必须在一群劲敌之前,方才能够显出他的不同凡俗的身手;你已经证明是这样一个人了。来,女儿,你是这宴会席上的女王,在你自己的座位上坐下来吧;各人都依照他们的身份,引导他们按序入席。

众骑士　西蒙尼狄斯贤王的盛意使我们感到莫大的光荣。

西蒙尼狄斯　你们的光降是我平生的一件快事。我爱的是荣誉,厌弃荣誉的人,也就是厌弃天神。

司仪官　壮士,您的座位在那边。

配力克里斯　不敢当,请另外那一位来吧。

骑士甲　不必推让,壮士;我们都不是市井小人,断不会在心头或是眼色之间,流露出妒嫉贤能、蔑视贫贱的情绪来的。

配力克里斯　你们都是很有礼貌的骑士。

西蒙尼狄斯　请坐吧，壮士，请坐吧。

配力克里斯　主管人类思想的乔武大神呀，我只要一想起她，便觉得这些佳肴盛馔，都变成淡而无味。

泰　莎　（旁白）支配人世婚姻的朱诺天后呀，无论什么食物，在我嘴里都失去了味道，我恨不得把他一口咽下去。——他真是一个风流的壮士。

西蒙尼狄斯　他不过是一个出身田野的骑士，他的本领并不比别人高强多少；打断一两支枪杆算得什么？

泰　莎　在我看来，他就像金刚钻一样，和凡俗的玻璃不可同日而语。

配力克里斯　那位国王的仪表很像我的父亲，使我回想起他当年也是同样的煊赫；列邦的君主像众星一般拱卫在他的宝座的四周，他就是为他们所朝拜敬礼的太阳；无论什么人站在他的面前，都会变成黯淡的微光，向他那灿烂的威焰免冠臣服。可是现在他的儿子却像夜间的萤火，只在黑暗之中吞吐着微弱的光辉，在光天化日之下就要焰消影灭。从此可以知道时间是世人的君王，他是他们的父母，也是他们的坟墓；他所给予世人的，只凭着自己的意志，而不是按照他们的要求。

西蒙尼狄斯　各位骑士们，你们都快乐吗？

骑士甲　我们多蒙陛下宠待，幸陪末座，怎么会不快乐？

西蒙尼狄斯　这杯酒斟得满满的，正像你们的心中充满了爱情，让我用它来敬祝诸位健康！祝你们各位健康！

众骑士　多谢陛下。

西蒙尼狄斯　且慢，坐在那边的骑士，瞧上去郁郁不乐，好像我们今天宫中的盛宴，还辱没了他的身份似的。泰莎，你没有注意到吗？

泰　莎　那跟我有什么相干，我的父亲？

西蒙尼狄斯　啊！听着，我的女儿；人世的君王应当像天上的神明一样，慷慨地把一切给予每一个向他们朝礼的人；否则他们只是一些徒有虚声的蚊蚋，死了也不过博得人们几声轻蔑的嗟叹。所以为了使他的脸上露出一些笑容起见，我命令你为他喝这一杯祝酒。

泰　莎　唉！我的父亲，我怎么可以向一个陌生的骑士这样大胆呢？他也许会嗔怪我的冒昧，因为男子对于妇女自动的呈献，往往会认作失礼的。

西蒙尼狄斯　怎么！照我吩咐你的去做，否则你就要惹我生气了。

泰　莎　（旁白）凭着神明起誓，这正中我的下怀。

西蒙尼狄斯　你再对他说，我要问问他是什么地方来的，叫什么名字，他的家世怎样。

泰　莎　壮士，我的父王向您祝饮了。

配力克里斯　多谢他的盛情。

泰　莎　愿您的热血像这杯里的酒一般洋溢。

配力克里斯　我谢谢他，也谢谢您；让我回敬他这一杯。

泰　莎　他还要请问您贵乡何处，尊姓大名，家世如何。

配力克里斯　我是泰尔的士族，配力克里斯是我的名字；在文学、武艺两方面，都受过相当的教养。因为抱着向广大的世间探奇历险的心愿，不幸在汹涌的海上丧失了船只和随从，自己被风浪卷逐到这里的海滨。

泰　莎　他谢谢陛下；说他的名字叫作配力克里斯，一个泰尔的士族，因为遭遇海上的风波，丧失了船只和随从，被浪涛卷到了这里的海滨。

西蒙尼狄斯　凭着神明起誓，我很同情他的不幸，愿意为他排解愁闷。来，各位骑士，我们把太多的时间浪费在枯坐之中了，让我们用其他的娱乐畅快一下。即使照你们现在这样全身甲胄，也很适宜于作军人舞蹈的。我不要听你们的推托，说什么妇女的耳朵听不惯喧嚣的音乐，因为她们谁都喜爱武装的男子。（众骑士跳舞）这是一个很好的建议，看他们跳得多么热闹。来，壮士；这儿有一位女郎，她也要舒展一口闷气；我常常听人家说，你们泰尔的骑士都是最善于陪娘们儿跳舞的。

配力克里斯　只有惯于此道的人，陛下，才有这样的本领。

西蒙尼狄斯　啊！你这样谦虚我们是不能答应的，请跳吧。（众骑士及众贵妇合舞）放手，放手；谢谢你们各位；你们全都跳得很好，（向配力克里斯）可是你跳得最好。童儿们，拿火来，送这些骑士们各自到他们的宿处安息！壮士，我已经吩咐他们就在我自己寝室的贴邻替你把宿处收拾好了。

配力克里斯　我一切听从陛下的旨意。

西蒙尼狄斯　各位王子，我知道谈情说爱是你们的目的，可是现在时间太晚了，各人还是回去安息一宵，等明天再来施展身手，试一试你们的运气吧。（同下。）

第四场　泰尔。总督府中一室

赫力堪纳斯及爱斯凯尼斯上。

赫力堪纳斯　不，爱斯凯尼斯，听我告诉你：安提奥克斯贪淫纵欲，上干天怒，至高无上的神明因为他犯下这样重大的罪恶，不能再事容忍，所以就在他和他的女儿驾着富丽的宫车出外游玩、炫耀他的无比荣华的时候，降下了一阵天火，把他们的身体烧成一堆可憎的黑灰；那令人掩鼻的臭味，使那些在他们生前崇拜他们的人，到这时候也不肯出一臂之力，帮着把他们埋葬。

爱斯凯尼斯　真是不可思议的奇事。

赫力堪纳斯　这也是报应昭彰；虽然这位国王势力强大，却逃不过上天的谴责，罪恶必然有它应得的惩罚。

爱斯凯尼斯　说得有理。

二、三廷臣上。

臣　甲　瞧，无论在私人谈话或是会议的中间，他总不把别人的意见看重。

臣　乙　我们的不满已经到了忍无可忍的地步，非得表示一下不可了。

臣　丙　谁要是不愿采取一致行动的，愿他受永远的诅咒。

臣　甲　那么跟我来。赫力堪纳斯大人，准许我跟您说句话。

赫力堪纳斯　跟我说话吗？很好。早安，各位大人。

臣　甲　我们的不满已经达到极点，现在要像洪水一般横决了。

赫力堪纳斯　你们的不满！为着什么？不要对不起你们所爱戴的君王。

臣　甲　不要对不起您自己，尊贵的赫力堪纳斯；要是亲王果然尚在人世，让我们朝见他一面，否则请您告诉我们他的行踪究在何处。要是他身在世间，我们愿意到处寻访他；要是他在坟墓之中安息，我们也要探出他的埋骨的所在。他活着是我们的统治者，死了我们也要为他服丧哀悼，推举别人继承他的位置。

臣　乙　他的生死存亡，是我们最感到焦心的一个问题。现在国内无主，正像堂堂的巨厦没有了屋顶，不久就会倒塌，您对于治国行政这方面是最熟悉不过的，所以我们愿意推举您做我们的君主。

众　臣　万岁，尊贵的赫力堪纳斯！

赫力堪纳斯　为了荣誉的缘故，请你们放弃你们的推举；要是你们是爱配力克里斯亲王的，千万不要这样。假如我接受了你们的要求，那就等于跳进海水里去，难得有一分钟的宁静，每一小时都要忍受风波的扰攘。让我请求你们再等候一年的时间，要是在这一年以后，你们的王上还不回来！那么我也没办法，只好拚着这年老之身，担负这柄国的重责。可是我这一番诚意，要是不能使你们屈从的话，那么我希望你们像忠心的臣子一般，到各处去访寻他的踪迹，在旅行之中消磨你们的雄才远略；万一你们果然把他找到，敦劝他回来，你们不朽的功绩，将会像他王冠上的钻石一样彪炳一世了。

臣　甲　只有愚人才会拒绝智慧的良言；既然赫力堪纳斯大人这样劝告我们，我们愿意试一试旅行的机遇。

赫力堪纳斯　那才显得我们同心同德，让我们紧紧地握手吧：大臣能够这样团结一致，那国家是永远不会灭亡的。（同下。）

第五场　潘塔波里斯。宫中一室

西蒙尼狄斯上，读信；众骑士自对方上，相遇。

骑士甲　早安，西蒙尼狄斯贤王！

西蒙尼狄斯　各位骑士，我的女儿叫我通知你们，在这一年之内，她不预备出嫁。她的理由只有她自己知道，我也没有法子从她嘴里探问出来。

骑士乙　我们可不可以见见她，陛下？

西蒙尼狄斯　不，万万不能；她已经把她自己幽闭在卧室之中，寸步不出，谁也不能见她。她还要在狄安娜女神的神座之前做一年忠实的信徒；当着那女神的面前，她已经凭着她的处女的贞操，立誓决不毁信了。

骑士丙　虽然我们的心头恋恋不舍，可是既然如此，也只好告别了。（众骑士下)。

西蒙尼狄斯　好,他们已经被我巧妙地哄走了;现在让我再来看看我女儿的信。她在这儿写着,她决意嫁给那异邦的骑士,否则宁愿终生不见日光。很好,小姐;我赞同你的选择;那样很好;瞧她说得多么果决,简直不管我愿意不愿意!好,她选得不错;我一定竭力促成他们的好事。且慢!他来了;我现在必须故意试探他一下。

配力克里斯上。

配力克里斯　愿一切的幸运降临西蒙尼狄斯贤王!

西蒙尼狄斯　愿同样的幸运降临在你身上,壮士!我谢谢你昨夜所奏的妙乐,我的耳朵里从来没有饱聆过这样可喜的曲调。

配力克里斯　多蒙陛下谬奖,愧不敢当。

西蒙尼狄斯　像足下这样的绝技,真可以称得上一位乐坛巨子了。

配力克里斯　我不过是乐神手下一名最拙劣的学徒而已,陛下。

西蒙尼狄斯　让我请问你一句话。你觉得我的女儿怎样?

配力克里斯　一位最贤淑的公主。

西蒙尼狄斯　她也很美丽,不是吗?

配力克里斯　正像晴明的夏晨一样无限的美丽。

西蒙尼狄斯　不瞒你说,我的女儿非常钦慕你,你必须做她的教师,她愿意做你的学生;所以请你准备着吧。

配力克里斯　我是不配做她的教师的。

西蒙尼狄斯　她倒不是这样想;你瞧瞧这封信吧。

配力克里斯　(旁白)这是什么话?一封表示她恋爱泰尔的骑士的信!这一定是国王的狡计,想要借此结果我的生命。——啊!陛下,不要陷害我,我只是一个异乡落难的骑士,对于公主除了尊敬以外,从不敢怀抱非分的爱念。

西蒙尼狄斯　你已经迷惑了我的女儿,你是一个恶人。

配力克里斯　凭着神明起誓，我没有；我从不曾起过丝毫冒昧的思想，也从不曾有过任何可以赢取她的爱情或是招致您的不快的行动。

西蒙尼狄斯　奸贼，你说谎！

配力克里斯　奸贼！

西蒙尼狄斯　嗯，奸贼。

配力克里斯　倘不是因为你是国王，我一定要叫你把这奸贼两字吞下去。

西蒙尼狄斯　（旁白）凭着神明发誓，我很佩服他的勇敢。

配力克里斯　我的行为正像我的思想一样光明正大，从不曾有过一丝卑劣的成分。我到你的宫廷里来，只是为了荣誉的缘故，不是要来勾引你的女儿叛弃她的地位；谁要是以为我别有用心的，这一柄剑将会证明他是荣誉的敌人。

西蒙尼狄斯　你不是这个意思吗？我的女儿来了，她可以证明一切。

泰莎上。

配力克里斯　那么好，您不但聪明，而且贞淑，请您明白告诉您这位发怒的父亲，我有没有向您掉过求爱之舌，或是伸过乞怜之手？

泰　莎　哎哟，壮士，即使您有过这样的行为，那正是我所满心乐愿的，什么人会因此而恼怒呢？

西蒙尼狄斯　好，姐儿，你竟是这样自信吗？（旁白）我很高兴，很高兴。我要制伏你们；我要使你们俯首听命。——你没有得到我的允许，胆敢把你的爱情倾注到一个不相识者的身上吗？（旁白）虽然我不知道他究竟是个什么人，我总觉得他在血统方面也许跟我同样高贵。（高声）所以，姐儿，你听我说，我必须依顺我的意志；你，足下，你也听我说，你必须服从我的命令，否则我要使你们——成为夫妇。来，来，你们必须用你们的手和嘴唇缔结你们的婚约；这样结合之后，我又要使你们的希望归于毁灭，还要叫你们吃这个苦头——愿上帝给你们快乐！什么！你们两人都很满意吗？

泰　莎　是的，郎君，要是您爱我的话。

配力克里斯　我爱你正像爱我自己的生命和血液一样。

西蒙尼狄斯　嘿！你们两人都同意了吗？

泰　　莎
配力克里斯　是的，要是陛下不以为嫌的话。

西蒙尼狄斯　我很赞成你们的结合，愿意尽早替你们完成婚事，然后让你们赶快去圆你们的好梦。（同下。）

第三幕

高尔上。

兴阑人散，梦魂入定，
满屋子一片的寂静；
好一场盛大的婚筵，
把人醉得鼾睡如绵。
狸猫圆睁它的眼孔，
在等候着鼠儿出洞；
蟋蟀们在炉前歌唱，
越干渴越唱得嘹亮。
只那许门好不烦忙，
把新人送入了洞房，
说不尽一夜的依偎，
早结下了珠玉灵胎。
苦的是俺两片唇儿，

说不完这万绪千丝。哑剧：配力克里斯及西蒙尼狄斯率侍从自 方上； 使者自另 方上，相遇，以书信跪呈配力克里斯；配力克里斯以信示西蒙尼狄斯；众臣向配力克里斯下跪。泰莎怀孕偕利科丽达上；西蒙尼狄斯以信示泰莎；泰莎喜悦；泰莎、配力克里斯向西蒙尼狄斯辞别，众下。

却说那泰尔的群臣，

把他们的君王访寻，
费尽了无数的辛劳，
踏遍了天涯与地角，
飞骑四出！征帆远渡，
果然探到他的确处。
西蒙尼狄斯的宫廷
传来了泰尔的音声，
说那安提奥克暴王
父女两人同时身亡；
没有主的泰尔人民，
他们想要拥立新君，
多亏那赫力堪纳斯
把众臣的劝进推辞；
为了镇压叛徒异心，
他向他们恳切言明，
说要是他们的君王
年后依然踪迹茫茫，
他也只是俯顺众望，
把这一顶王冠戴上。
这一个消息传遍了
那潘塔波里斯全境，
“每一个人欢呼若狂！”
“我们的王嗣是君王！”
他接到故国的呼召，
必须立刻举起征棹；
他的王妃怀孕在身，

立志随她丈夫远行；
利科丽达！她的奶娘，
护送着她远涉重洋，
那临别的至情热泪，
都不必在这儿提起。
且说他们一帆风满，
早走完了路程一半；
不料那作怪的天公，
又吹起了一阵狂风，
像鸭子在水上沉浮，
那船儿全失了自由，
吓得王妃哀声惨叫，
一阵阵的腹痛如绞。
这一场凶恶的风波，
究竟后来结果如何，
台上自有一番交代，
用不着俺摇唇弄喙，
请听那遭难的君主，
在船上把心情倾诉。（下）

第一场　海船上

配力克里斯上。

配力克里斯　大海的神明啊，收回这些冲洗天堂和地狱的怒潮吧！统摄风飚的天使啊，是你把这阵阵狂风从海洋深处呼召起来的，现在用铜箍把它们捆起来吧！啊，止住你的震耳欲聋的惊人的雷霆，熄灭你的迅疾的硫火的闪电吧！啊！利科丽达，我的王后怎么样啦？你发着这样凶恶的风暴，你是要把所有的海水一起翻搅出来吗？水手的吹啸像死神耳旁的微语一般，微弱得没有人能够听见。利科丽达！路西那[1]，神圣的保护女神，夜哭产妇的温柔的稳婆啊！愿你的灵驾来到我们这一艘颠簸的船上，帮助我的王后早早脱离分娩的苦痛吧！利科丽达抱婴孩上。

配力克里斯　啊，利科丽达！

利科丽达　这小东西太稚弱了，不应该让她处在这样一个环境里；要是她懂事的话，一定会因悲伤而死去，正像我现在痛不欲生一样。请把您那已故的王后这一块肉抱了去吧。

配力克里斯　怎么，怎么，利科丽达！

利科丽达　宽心点儿，好殿下；不要用您的悲号痛哭给那海上的风涛添加声势。这是娘娘遗留下来的唯一的纪念品，一个可爱的小女儿；为了她的缘故，请您鼓起勇气来，不要悲伤吧。

配力克里斯　神啊！你们为什么把美好的事物赏给我们，使我们珍重它、爱惜它，然后又突然把它攫夺了去呢？我们凡人是讲究信义的，决不会把已经给了人的东西重新收回。

利科丽达　为了这一位小公主起见，好殿下，宽心点儿吧。

配力克里斯　但愿你的一生安稳度过，因为从不曾有哪一个婴孩在这样骚乱的环境中诞生！愿你的身世平和而宁静，因为在所有君王们的儿女之中，你是在最粗暴的情形之下来到这世上的一个！愿你后福无穷，你是有天地水火集合它们的力量、大声预报你的坠

① 路西那（Lucina）：希腊罗马神话中保护妇女分娩的女神。

地的信息的！当你初生的时候，你已经遭到无可补偿的损失；愿慈悲的神明另眼照顾你吧！

二水手上。

水手甲　您有勇气吗，殿下？上帝保佑您！

配力克里斯　勇气是有的。我不怕风暴；它已经把最不幸的灾祸加在我身上了。可是为了这一个可怜的小东西，这一个初历风波的航海者的缘故，我希望它平静下来。

水手甲　把那边的舷索放下来！你还不肯停吗？吹，尽管吹你的吧！

水手乙　只要船掉得转，尽管让这些浪花跳上去和月亮亲嘴，我也不放在心上。

水手甲　殿下，您那位王后必须丢下海里去；海浪这样高，风这样大，要是船上留着死人，这场风浪是再也不会平静的。

配力克里斯　这是你们的迷信。

水手甲　原谅我们，殿下；对于我们这些在海上来往的人，这是一条不可违反的规矩，我们的习惯是牢不可破的。所以赶快把她抬出来吧，因为她必须立刻被丢到海里去。

配力克里斯　照你们的意思办吧。最不幸的王后！

利科丽达　她在这儿，殿下。

配力克里斯　你经过了一场可怕的分娩，我的爱人；没有灯，没有火，无情的天海全然把你遗忘了。我也没有时间可以按照圣徒的仪式，把你送下坟墓，却必须立刻把你无棺无椁，投下幽深莫测的海底；那边既没有铭骨的墓碑，也没有永燃的明灯，你的尸体必须和简单的贝介为伍，让喷水的巨鲸和呜咽的波涛把你吞没！啊，利科丽达！吩咐涅斯托替我拿香料、墨水、白纸、我的小箱子和我的珠宝来；再吩咐聂坎德替我把那缎匣子拿来；把这孩子安放在枕上。快去，我还要为她作一次诀别的祷告；快去，妇人。（利科丽达下。)

水手乙　殿下,我们舱底下有一口钉好漆好的箱子。

配力克里斯　谢谢你。水手,这是什么海岸?

水手乙　我们快要到塔萨斯了。

配力克里斯　转变你的航程,好水手,我们向塔萨斯去吧,不要到泰尔了。什么时候可以到港?

水手乙　要是风定了的话,天亮的时候就可以到了。

配力克里斯　啊!向塔萨斯去吧。我要到那边去访问克里翁,因为这孩子到不了泰尔,一定会中途死去的;在塔萨斯我可以交托他们留心抚养。干你的事去吧,好水手;这尸体等我把它安顿好了,立刻就叫人抬过来。(同下。)

第二场　以弗所。萨利蒙家中一室

萨利蒙、一仆人及若干在海上遇险被救之人上。

萨利蒙　喂,菲利蒙!

菲利蒙上。

菲利蒙　老爷叫我吗?

萨利蒙　替这些可怜的人们弄些火和吃的东西来,昨天晚上的风暴真是大得怕人。

菲利蒙　暴风我也见过不少;可是像这样的晚上,却是从来没有经历过。

萨利蒙　等到你回去,你的主人早已死了;实在没有法子可以挽回他的生命。(向菲利蒙)把这方子拿到药铺里去,试试有没有效力。

(除萨利蒙外均下。)

二绅士上。

绅士甲　早安，阁下。

绅士乙　您好，阁下。

萨利蒙　两位先生，你们为什么这么早就起来了？

绅士甲　阁下，我们的屋子就在海边上，给昨晚的暴风吹打得就像地震一般，梁柱都像要一起折断，整个屋子仿佛要倒塌下来似的。因为惊恐的缘故，我才逃了出来。

绅士乙　那正是我们一早就来打搅您的原因，并不是因为爱惜寸阴。

萨利蒙　啊，好说，好说。

绅士甲　可是我很不明白，像您阁下这样生活在富丽舒适的环境里的人，怎么肯在这样早的时间，就抛弃了休养身心的温暖的眠床，既然没有迫不得已的原因，一个人的天性怎么能够习惯于这种辛劳而不以为苦？

萨利蒙　我一向认为道德和才艺是远胜于富贵的资产；堕落的子孙可以把贵显的门第败坏，把巨富的财产荡毁，可是道德和才艺却可以使一个凡人成为不朽的神明。你们知道我素来喜欢研究医药这一门奥妙的学术，一方面勤搜典籍，请益方家，一方面自己实地施诊，结果我已经对于各种草木金石的药性十分熟悉，不但能够明了一切病源，而且对症下药，百无一失；这一种真正的快乐和满足，断不是那班渴慕着不可恃的荣华，或是抱住钱囊、使愚夫欣羡、使死神窃笑的庸妄之徒所能梦想的。

绅士乙　您是以弗所的大善士，多少人感戴您的再造之恩。您不但医术高明，力行不倦，而且慷慨好施；萨利蒙大人的声名，有口皆碑，时间也不会使它湮没的。

二仆抬箱上。

仆　甲　好；你从那头抬着。

萨利蒙　这是什么东西？

仆　甲　老爷,刚才海水把这箱子冲到我们岸上来;它大概是什么沉船上漂散出来的。

萨利蒙　放下来;让我们看看。

仆　乙　那瞧上去很像一口棺材。

萨利蒙　不管它是什么东西,那分量倒是沉重得很。快快把它撬开来;要是海水因为吞下了太多的金银,命运逼着它呕吐出来送给我们,那倒是一件意外的幸事。

仆　乙　正是,大人。

萨利蒙　它钉得多么结实,漆得多么牢固!是海水把它冲上来的吗?

仆　甲　老爷,我从来不曾看见过这么大的一个浪头,把它卷上岸来。

萨利蒙　来,把它撬开。且慢!我鼻子里好像闻到一股非常芬芳的香味。

仆　乙　一股馥郁的异香。

萨利蒙　我从来没有嗅到过这样的香味。好,揭开箱盖来,万能的神明啊!这是什么?一具尸体!

仆　甲　怪事,怪事!

萨利蒙　好一身富丽的殓衾;周围衬垫着这许多贵重的香料!还有一纸证明书!阿波罗,帮助我诵读这上面的字迹吧!"余为国王配力克里斯,死者为余王后,罄世间所有之一切,均不足抵偿此无价之损失。万一此棺被风吹卷上岸,为仁人君子发现启视,务请依礼安葬,因彼系出天潢,为一国王之爱女也。凡棺中所有宝物,一概作为酬劳,而君子泽及朽骨之德,亦必仰邀天眷,奚止存亡同感而已。"要是你还在人世,配力克里斯,你的心一定因悲哀而粉碎了!这是昨夜发生的事。

仆　乙　大概是的,阁下。

萨利蒙　不,一定是昨晚的事,瞧,她的脸色多么鲜润!他们把她丢在海里，真太鲁莽了。到里屋去生起火来；替我把我房间里所有的药箱拿出来。（仆乙下）一个人也许会接连几小时陷于死亡的状态，可是生命之火仍然会把不堪重压的精神重新燃起。我曾经听说有一个埃及人死了九小时，因为救治得法！终究苏醒过来。仆人携药箱、手巾及火上。

萨利蒙　很好，很好；火也来了，布也来了。再请你们叫他们把那粗浊而忧郁的音乐奏起来；不要忘了那六弦提琴——瞧你办事这样没头没脑的，你这蠢货！喂，奏乐！请你们让她呼吸些空气。两位先生，这位王后一定会复活；她的生机已动，一丝温暖的气息已经从她嘴里吐出；她昏迷的时间，不会超过五小时以上。瞧！她又开始绽放起她的生命之花来了。

仆　甲　上天假手于您，表现它的神奇的力量，使我们只有惊奇嗟叹，您的声名也将要从此不朽了。

萨利蒙　她活了！瞧，那锁闭着配力克里斯所失去的一双天上的明珠的眼睑，已经在那儿展开它们那像黄金一般闪亮的睫毛，显现出无比晶莹的两颗钻石来，使这世界增加一倍的财富了。醒醒，美丽的人儿，你有这样绝世的风度，让我们听你叙述你自己的运命而流泪吧！（泰莎展动肢体。）

泰　莎　亲爱的狄安娜啊！我在什么地方？我的夫君呢？这是什么世界？

仆　乙　这不是怪事吗？

仆　甲　真是稀有的事情。

萨利蒙　静些，两位好邻居！帮我一臂之力，把她搀到隔壁房间里去。拿些被褥来；这事千万不能大意，她要是再昏过去，那就不可救治了。来,来;愿埃斯库拉庇俄斯[1]指导我们!(众扶泰莎同下。)

① 埃斯库拉庇俄斯(Aesculapius):希腊罗马神话中司医药之神。

第三场　塔萨斯。克里翁家中一室

配力克里斯、克里翁、狄奥妮莎及利科丽达抱玛丽娜上。

配力克里斯　最可尊敬的克里翁，我不能不走了；我的一年之期已经满限，泰尔的乱机一触即发。请你们夫妇两位接受我的衷心的感谢；愿神明加恩于你们！

克里翁　命运的利箭虽然使您受到莫大的创伤，也给我们带来了深刻的痛苦。

狄奥妮莎　啊，您那可爱的王后！要是命运不是这样无情，让您把她带到这儿来，使我这一双薄福的眼睛也能够一瞻风采，那将是一件多大的好事！

配力克里斯　我们不能不服从天神的意旨。要是我也能够像她葬身的海水一般咆哮怒吼，这样的结果还是不能避免。我这温柔的孩子是在海上诞生的，所以我替她取了玛丽娜的名字；现在我把她交给你们，请求你们善意的照顾，把她抚养成人，给她高贵的教育，使她谙熟按照她的身份所应该具备的一切举止礼貌。

克里翁　您放心吧，殿下，敝国曾经受到您的赈济的大恩，人民至今还在为您祈祷，您的孩子我们决不会亏待她的。要是我有一些怠慢疏忽之处，那班受恩的民众也会强迫我履行我的责任；但是假若我果真天良泯没，需要督促，愿神明使我和我的子孙永遭天谴！

配力克里斯　我相信你；即使没有这样的重誓，你的荣誉和义气，也可以使我充分信任你的真心。夫人，在她没有结婚以前，凭着我们众人所崇敬的光明的狄安娜女神起誓，我决定永不修剪我的头发，虽然这样会使我状貌很难看。现在我必须告别了。好夫人，请你好好抚养我的孩子，这样也就是造福于我了。

狄奥妮莎　我自己也有一个孩子，殿下，我不会宠爱她胜过您的小公主。

配力克里斯　夫人，我感谢你，为你祈祷天福。

克里翁　让我们把殿下送到海边，然后让和顺的天风和平静的海水护送着您回去。

配力克里斯　我敬领你们的盛情。来，最亲爱的夫人。啊！不要哭，利科丽达，不要哭；留心照看你的小公主，将来你要终身倚仗她哩。来，大人。（同下。）

第四场　以弗所。萨利蒙家中一室

萨利蒙及泰莎上。

萨利蒙　娘娘，这一封信和另外一些珠宝是跟您一起放在这口箱子里的；现在它们都在您的支配之下。您认识这笔迹吗？

泰　莎　这是我的夫君的笔迹。我记得我在海上航行，直到临近分娩的时间，我都记得十分清楚；可是究竟有没有在船上生产，凭着神明起誓，我却不能断定。可是我既然不能再见我的夫君配力克里斯王的一面，我愿意终身修道，不再贪享人间的欢娱。

萨利蒙　娘娘，您这一番意思要是果然发自衷诚，那么狄安娜的神庙离此不远，您不妨在那里终养您的余年。而且您要是愿意的话，我有一个侄女可以在一起陪伴您。

泰　莎　我的唯一的酬报只有感谢，请你原谅我的礼轻意重吧。（同下。）

第四幕

老人上。

不说那泰尔的人民，
怎样欢迎她的旧君；
不说那薄命的王后
在尼庵中凄凉苦守；
单表小小的玛丽娜
早已长成豆蔻年华，
那克里翁不负重托，
把这公主悉心教育，
亏她生得剔透玲珑，
音乐文艺色色精通，
那卓越的才华仪态
赢得每个人的敬爱。
可叹那嫉妒的妖精
又在施展它的祸心！
克里翁有个女公子，
菲萝登是她的名字，
这时已经待嫁闺中，
和玛丽娜形影相从：
她们有时并肩共织，
赌赛着玉指的纤洁；

她们有时拈针共绣，
争夸着灵秀的心手；
有时抚琴同唱新声，
羞杀了哀吟的夜莺；
有时执笔同赋新诗，
歌颂着月殿的神姬。
这菲萝登好胜心强，
她总想争一日之长；
无奈她乌鸦的羽毛
怎么能和白鸽比皎？
只有玛丽娜的敏慧
受尽了众人的赞美；
菲萝登在相形之下
大大地降低了声价。
她的母亲因妒成憎，
陡起了杀人的心情，
她想把玛丽娜去除，
便可让她女儿独步；
这阴谋还正在酝酿，
利科丽达又告身丧，
可怜那孤零的公主，
她的生命危在朝暮。
那恶妇的毒计猖狂
究竟能否如愿以偿？
这以后的事移境变，
自有伶工们的扮演。

俺老汉啊荒腔走韵，
惭愧有渎看官清听，
谢列位大度的包容，
才把俺的漏洞弥缝。
这厢来了狄奥妮莎，
里奥宁是她的爪牙。（下）

第一场　塔萨斯。海滨附近旷地

狄奥妮莎及里奥宁上。

狄奥妮莎　记着你已经发誓干这件事；那不过是一举手之劳，永远不会有人知道。世上再没有这样便宜事儿，又简单，又干脆，一下子就可以使你得到这么多的好处。不要让那冷冰冰的良心在你的心头激起了怜惜的情绪；也不要让慈悲，那甚至于为妇女们所唾弃的东西，软化了你；你要像一个军人一般，坚决执行你的使命。

里奥宁　我说干就干；可是她是一个很好的姑娘哩。

狄奥妮莎　那就更应该让她跟天神们作伴去。瞧她因为哀悼她的保姆，哭哭啼啼地来了。你决定了吗？

里奥宁　我决定了。

玛丽娜携花篮上。

玛丽娜　不，我要从大地女神的身上偷取诸色的花卉，点缀你的青绿的新坟；当夏天尚未消逝以前，我要用黄的花、蓝的花、紫色的紫罗兰、金色的万寿菊，像一张锦毯一样铺在你的坟上。唉！我这苦命的人儿，在暴风雨之中来到这世上，一出世就死去了我的母亲；这世界对于我就像一个永远起着风浪的怒海一样，把我的亲人一个个从我的面前卷去。

狄奥妮莎　啊，玛丽娜！你为什么一个人到这儿来？怎么我的女儿不跟你在一起？不要让悲哀侵蚀了你的血液；你可以把我当作你的保姆的。主啊！这种无益的哀伤，已经使你的脸色变得多么憔悴！来，把你的花给我，趁着它们还没有被海潮打坏。跟里奥宁散散步去吧；那儿的空气很新鲜，它可以刺激脾胃，鼓舞精神。来，里奥宁，搀着她的手臂，陪她散步去吧。

玛丽娜　不，我谢谢您；我不愿夺去您的仆人。

狄奥妮莎　来，来；我是像爱自己人一般爱你和你的父王的。我们每一天都在盼望他到这儿来；要是他来了以后，看见我们这位绝世无双的好女儿消瘦成这个样子，他一定会懊悔不该这样远远地离开你。他也一定会埋怨我的丈夫和我，说我们不曾好好照料你。去吧，我求你；散散步，重新快活起来；不要毁损了你那绝妙的容颜，那是曾经使每一个少年和老人目移神夺的。你不用管我，我会一个人回去。

玛丽娜　好，我就去；可是我实在没有那样的兴致。

狄奥妮莎　来，来，我知道那是对你有益的。里奥宁，你陪她至少散步半小时。记住我刚才所说的话。

里奥宁　您放心吧，夫人。

狄奥妮莎　我的好姑娘，我要暂时少陪你一下；请你慢慢走着，不要跑得满脸通红的。嘿！我必须留心照顾你哩。

玛丽娜　谢谢您，亲爱的夫人。（狄奥妮莎下）这风是从西方吹来的吗？

里奥宁　这是西南风。

玛丽娜　我生下来的时候吹的是北风。

里奥宁　是吗？

玛丽娜　我的保姆告诉我，我父亲是从来不知道恐惧的，他向水手们高声呼喊，“出力，好弟兄们！”用他尊贵的手亲自拉着缆索，不顾擦伤他自己的皮肉；他曾经紧紧攀住桅樯，抵御着一阵几乎把甲板冲毁的巨浪。

里奥宁　那是在什么时候？

玛丽娜　就在我生下来的时候。像那样狂暴的风浪，真是从来不曾有过；一个爬到帆篷上去的人也从绳梯上翻下海里。一个说，“嘿！你下来了吗？”他们流着汗从船头奔到船尾；掌舵的吹口哨，船主到处喊人，满船忙作了一团。

里奥宁　来，念你的祷告吧。

玛丽娜　你是什么意思？

里奥宁　要是你需要短短的时间作一次祷告，我可以允许你。可是千万不要啰啰唆唆地拉上一大套，因为天神的耳朵是很灵敏的，而且我已经发誓要把我的事情快快办好。

玛丽娜　你为什么要杀死我？

里奥宁　这是我的女主人的意思。

玛丽娜　为什么她要把我杀死？凭着我的真心起誓，照我所能够记得的，我生平从来不曾做过一件损害她的事。我不曾讲过一句坏话，或是对无论哪一个生物作过一桩恶事；相信我，我不曾杀死过一只小鼠，或是伤害过一只飞蝇；我在无意之中践踏了一条虫儿，也会因此而流泪。究竟我犯了什么过失？我的死对她有什么好处？我的生对她又有什么危险？

里奥宁　我只知道奉命行事，不是来跟你辩论是非的。

玛丽娜　我希望你再也不会干这样的事。你的相貌很和善，表明你有一颗仁慈的心。我最近看见你因为劝解两个打架的人而自己受了伤，这就可以看出你是一个好人。现在再请你做一个这样的好人吧！你的主妇要害我的性命，你应该扶危拯困，救救我这柔弱可怜的人才是。

里奥宁　我已经宣过誓了，这事情非办不可。

众海盗上，此时玛丽娜正在竭力挣扎。

盗　甲　放手，恶人！（里奥宁逃下。）

盗　乙　一件宝货！一件宝货！

盗　丙　大家分，弟兄们，大家分。来，咱们赶快把她带到船上去吧。（众海盗捉玛丽娜下。）

里奥宁重上。

里奥宁　这些恶贼是大海盗凡尔狄斯手下的；他们把玛丽娜捉了去啦。让她去吧；她是再也不会回来的了。我敢发誓她一定被他们杀死、丢在海里啦。可是我还要探望探望；也许他们把她玩了一个痛快以后，并不把她带到船上去也说不定。要是他们把她留下，那么她在他们手里失去了贞操，必须在我手里失去她的生命。（下。）

第二场　米提林。妓院中一室

妓院主人、鸨妇及龟奴上。

院　主　龟奴！

龟　奴　老板有什么吩咐？

院　主　到市场上去仔细搜寻；米提林多的是风流浪子，咱们没有姑娘应市，这笔损失可不小哩。

鸨　妇　咱们从来不曾像现在这样缺货。一共只有三个粗蠢的丫头！她们充其量也只能像现在这样应付；而且因为疲于奔命的缘故，都已经跟发臭的烂肉差不多了。

院　主　所以咱们只好不惜重价，弄几样新鲜的货色来。无论干什么生意，总要讲个良心，不讲良心，营业还会发达吗？

鸨　妇　你说得不错；那不是养育私生子的问题，我想我自己就一手养大了十一个——

龟　奴　嗯，每个养到十一岁，就又下水啦。可是我要不要到市场上去搜寻一番？

鸨　妇　别的还有什么办法？咱们这铺子里都是又臭又烂的货色，一阵大风就会把她们吹碎的。

院　主　你说得不错；凭良心说，她们的确太肮脏了。那个可怜的德兰斯瓦尼亚人才跟那小蹄子睡了一觉，不几天就送了命。

龟　奴　嗯，她很快就送了他的命；她叫他给蛆虫们当一顿美味的炙肉。可是我要到市场上搜寻去了。（下）

院　主　有了三四千块钱也可以安安稳稳过日子了；那时候咱就洗手不干。

鸨　妇　为什么不干，我倒要问问你？难道咱们老了，赚钱就是一桩丢脸的事吗？

院　主　啊！咱们的名誉不是像货色一样源源而来的，咱们的货色也不能保险没有意外的损失；所以要是咱们在年轻的时候早一点儿赚下些产业，现在情愿关起门来吃现成饭了。而且咱们这一行营生是上干天怒的，要是不知道中途歇手，神明一定不会饶过咱们。

鸨　妇　算啦，别的生意也是跟咱们一样罪恶的。

院　主　跟咱们一样！嘿，他们可比咱们清白得多啦；只有咱们这一行才是最该死的。这行生意能算是职业吗？那简直不是人干的。可是龟奴来啦。

龟奴率众海盗及玛丽娜上。

龟　奴　过来。列位大哥，你们说她是个闺女吗？

盗　甲　啊！朋友，这我们可以担保。

龟　奴　老板，您瞧，我好容易东寻西找，才找到这么一件货色。要是您中意的话，那再好没有；不然我付的定钱可就白扔啦。

鸨　妇　龟奴，她有什么长处？

龟　奴　她有一张好看的脸蛋儿，会讲好听的话儿，又有一身挺好的衣服；有了这几件好处，人家还会拒绝她吗？

鸨　妇　她的价钱多少？

龟　奴　他们一定要一千块钱，一点儿也不能少。

院　主　好，跟我来，列位朋友，我立刻就把钱拿给你们。妻子，你领她进去，教导她应该做的事，免得她生手生脚的，怠慢了客人。（院主及众海盗下。）

鸨　妇　龟奴，你把她的容貌仔细记好，她的头发是什么颜色，她的皮肤是怎样的，怎样高的身材，怎样大的年纪，尤其要说明她是个闺女；你到市上去这样嚷着说，"谁要是愿意出最高的价钱，就可以做第一个享受她的人。"倘若男人们的性情没有改变，这样一个闺女是可以赚一注大钱的，照我吩咐你的办去吧。

龟　奴　遵命。（下）

玛丽娜　唉！里奥宁应该把事情做得干脆一点，他应该早一点杀死我，不应该说那些废话；或者那些海盗们要是再凶狠一些，把我丢在海里，我也可以找我的母亲作伴去！

鸨　妇　你为什么哀哭，美丽的人儿？

玛丽娜　因为我是美丽的。

鸨　妇　得啦，天神们总算没有亏待了你。

玛丽娜　我并不抱怨他们。

鸨　妇　你既然落到我的手里，你就是我的人啦。

玛丽娜　我真不该从那想杀死我的人手里逃了出来。

鸨　妇　你在我这里可以过舒服的日子。

玛丽娜　不。

鸨　妇　是的，你可以过舒服的日子，你还可以尝尝各色各样绅士们的味道。这儿吃的也有，穿的也有；还有黑的、白的、胖的、瘦的汉子们，由你夜夜掉换新鲜。嘿！你捂住你的耳朵了吗？

玛丽娜　你是个女人吗？

鸨　妇　我倘若不是女人，你说我是什么？

玛丽娜　不贞洁的女人就不能算是女人。

鸨　妇　好，有你的，你这小鹅儿，看来你要给我添点麻烦啦。来，你是个糊涂的小东西，一定要给你点颜色看，你才会听老娘的管教。

玛丽娜　天神保佑我！

鸨　妇　要是天神保佑你多结识几个知心的汉子，那么让他们安慰你、供养你、给你甜头尝吧。龟奴回来了。

龟奴重上。

鸨　妇　喂，你在市场上替她宣传过没有？

龟　奴　我简直连她头上有几根头发都说了出来；因为描摹她的美貌，把我的喉咙都喊哑了。

鸨　妇　告诉我，你觉得人们听了你的话，兴趣怎样？尤其是那些年轻的家伙？

龟　奴　不瞒您说，他们听我的话，就像听他们父亲的遗嘱一般。有一个西班牙人满口流涎，他一听见我的形容，就在那儿做着同床的好梦了。

鸨　妇　他明儿一定会穿起他的最漂亮的绉领衣服，到咱们这儿来的。

龟　奴　今晚就来，今晚就来。可是，妈妈，您认识那个弯腿的法国骑士吗？

鸨　妇　谁？维乐尔斯先生吗？

龟　奴　嗯，他一听见我的宣告，就乐得想要翻起筋斗来；可是结果只是呻吟了一声，发誓说明儿一定来看她。

鸨　妇　好，好；他曾经把他的一身病带到咱们这儿来，这一回最多不过是旧病复发。我知道他是个明处花钱、暗处占便宜的家伙。

龟　奴　好，要是每一个国家都有旅行的人到咱们这儿，咱们总是来者不拒的。

鸨　妇　（向玛丽娜）请你过来一下，你的好运气到了。听着，你在干那件事的时候，虽然心里愿意，也要装出几分害怕的样子；越是有利益的事情，越要装着不把这种利益放在心上。当你向你的情人们谈起你现在的生活的时候，你应该流些眼泪，这样可以引起他们的同情；这一种同情往往可以使你得到极好的名誉，而这种名誉也就是一种利益。

玛丽娜　我不懂你的话。

龟　奴　啊！带她进去吧，妈妈，带她进去；她这种羞答答的神气，必须让她立刻得些实际经验，才可以把它除掉。鸨妇你说得不错！真的！必须让她立刻经验经验；第一夜做新娘！不免要带几分羞涩！她干这个却是光明正大的。

龟　奴　说老实话，脸嫩的固然有，脸老的也不少。可是，妈妈，既然这块肉的价钱是我讲定的——

鸨　妇　你也可以切一小块去尝尝。

龟　奴　真的吗？

鸨　妇　谁来骗你，来，小姑娘，我很喜欢你的衣服的式样。

龟　奴　嗯，凭良心说，她这身衣服现在还没有更换的必要。

鸨　妇　龟奴，你再到市上去一趟，逢人便告诉咱们家里来了一位多么好的姑娘；多拉几个主顾，对于你总有好处。造化生下这东西来的时候，就有帮助你的意思；所以你应该竭力吹嘘，说她是怎样一个绝世无双的美人儿，你越是说得天花乱坠，越可以捞到一笔大大的油水。

龟　奴　您放心吧，妈妈，我只要一说起她的美丽，管教那些好色的人们一个个春心大发，比震雷惊醒那蛰眠水底的鳗鲡还要灵验。今天晚上我就可以带几个客人来。

鸨　妇　去吧；跟我来。

玛丽娜　要是火是热的，刀是尖的，水是深的，我要永远保持我的童贞的完整。狄安娜女神，帮助我吧！

鸨　妇　咱们跟狄安娜女神有什么来往？请你还是跟我进去吧。（同下。）

第三场　塔萨斯。克里翁家中一室

克里翁及狄奥妮莎上。

狄奥妮莎　哎哟，你是个傻子吗？这事情干也干过了，还可以挽回吗？

克里翁　啊，狄奥妮莎！像这样的惨杀案，真是自有天地以来所未有的。

狄奥妮莎　我想你真要变成个小孩子了。

克里翁　假如我是这广大的世界的主人，为了挽回这一件罪行，我宁愿把这世界舍弃。啊，女郎！你的品德是比你的血统更为高贵的，虽然你是一位金枝玉叶的公主，可以和世界上无论哪一个戴王冠的人并立而无愧，啊，里奥宁这恶奴！他也已经被你毒死了；要是你自己把那毒酒先喝一回，倒还可以算功过相抵。尊贵的配力克里斯若是追问起他的女儿来，你有些什么话说？

狄奥妮莎　我就说她死了。保姆不是执掌生死的神明，谁能保得住一个孩子养得大养不大？她是在夜里死的！我就这样说。谁敢说一个不字？除非你要表示你是一个正直无罪的好人，那么你就高声宣布，说她是被人用恶计谋杀的吧。

克里翁　唉！得啦，得啦。在天下一切罪恶之中，这一件是最为天神们所痛恨的。

狄奥妮莎　你就去做那些傻子，相信塔萨斯的可爱的小鸟儿会飞到海外去，把这件秘密向配力克里斯揭破吧。我真替你惭愧，像你这样一个出身高贵的人，却有这么一副懦夫的性格。

克里翁　不要说是公然的同意，就是对于这样的行为表示默许的人，他也决不是高贵的祖先的子孙。

狄奥妮莎　就算是这么说吧。可是除了你一个人以外，谁也不知道她怎样死的；而且里奥宁已经不在，也没有人能够知道。她掩蔽了我的女儿，阻碍她前途的幸福；谁也不要看她一眼，大家都把他们的目光注射在玛丽娜的脸上，我们的女儿却遭人贱视，被人当作灶下婢一般看待。这就像利刃一样刺透了我的心。虽然你自己一点不替你的孩子着想，却说我的手段太不人道，可是我却以为这是为你的独生女儿所干的一件极大的好事哩。

克里翁　上天宽恕这样的罪恶！

狄奥妮莎　至于配力克里斯，他有什么话说呢？我们为她举哀送葬，至今还在替她服丧；她的坟墓已经大部分砌好，她的墓碑上刻着灿烂的金字，表示一般的赞美和我们对她的爱念，这一切不都是我们花的钱吗？

克里翁　你是个妖精，用你天使一般的面孔欺骗世人，却用你的鹰隼一般的利爪杀害无辜。

狄奥妮莎　你才是个迂腐的傻瓜，冻死几个蝇子也要惊天动地。可是我知道你会照我的话做的。（同下。）

第四场　塔萨斯。玛丽娜墓前

高尔上。

百年弹指，天涯寸步，
一苇可把重洋飞渡；
让我把你们的想象，
带过了邦疆和国壤。
演戏本来是一片假，
列位看官不用惊诧
怎么那各地的人民
都讲着同一的方音，
这为的是观听便利，
不是俺们失于算计。
几句闲话交代过去，
接着再把正文重叙。
却说那配力克里斯
为了探望他的娇儿，
带领了大小的臣僚，
再度冒海上的风涛；
赫力堪纳斯这老臣
这一回也伴驾随行，
留下了爱斯凯尼斯
把国中的政务主持。
可喜的是一帆风顺，

早到了塔萨斯边境，
那老王满心的欢慰，
想把爱女接回国内。
请看这些人影幢幢，
又有一番哀怨凄凉。

哑剧：配力克里斯率侍从自一门上；克里翁及狄奥妮莎自另一门上。克里翁指玛丽娜坟墓示配力克里斯；配力克里斯作痛哭流涕状，以麻衣披身，大恸而去；克里翁、狄奥妮莎同下。

瞧这番拙劣的表情，
多么叫人难于信凭，
像这样的作势装腔，
也算是真实的哀伤！
悲哀的配力克里斯
披上了麻布的丧衣，
发誓永不洗脸剃发，
苦度着凄惶的岁月；
他挂着一颗颗泪珠，
叹口气又踏上归途。
心中阵阵风涛冲荡，
幸喜最后安然无恙。
列位且看这首墓铭
追叙玛丽娜的生平；
那心如蛇蝎的恶妇
偏会说蜜般的言语。（读玛丽娜墓碑上诗句）
佳人多薄命，奇花易萎折，
新春方吐蕊，遽尔辞枝别。

谁欤墓中人？泰尔王家女；
死神展魔手？一朝攫之去。
厥名玛丽娜，美慧世无比。
当其诞生时，海神大欢喜。
吐浪如山高，百里成泽国。
大地为战栗，恐至全沦没，
故将此女郎，上献与苍冥。
至今怒海水，犹作不平声。
最是那甘言的谄媚，
越显出居心的奸诡。
且不谈配力克里斯
深信他女儿的长逝；
他此去茫茫的前途
自有命运女神做主。
咱们现在回过头来，
再看那不幸的女孩，
她如今堕下了火坑，
失去了一切的希望，
请列位略耐一耐心，
咱们又到了米提林。（下）

第五场　米提林。妓院前街道

二绅士自妓院中出。

绅士甲　您听见过这样的话吗？

绅士乙　没有，而且要是她去了以后，在这样一个所在，也永远不会再听见这样的话的。

绅士甲　可是在那样的地方高谈上帝的真理！您有没有梦想到会有这样的事情？

绅士乙　没有，没有。来，我从此不再逛窑子了。我们要不要去听听修道女的唱诗？

绅士甲　只要是合乎道德的事，我现在什么都愿意做；可是从此以后，再不寻花问柳了。（同下。）

第六场　同前。妓院中一室

院主、鸨妇及龟奴上。

院　主　哼，早知如此，咱宁愿丢了两倍她身价的钱，也不要她到咱们这儿来。

鸨　妇　该死的鬼丫头！她会叫普里阿波斯[①]倒抽一口凉气，她会叫这一辈青年人一个个绝了后代；咱们必须把她破了身子，否则还是撵她出去。轮到她侍候主顾，尽咱们这一行的本分的时候，她就有她的推托、她的理由——她的天大的理由；她会跪下来哀求祷告；要是魔鬼想和她亲一个嘴，见了她这样子，也会变成清教徒的。

龟　奴　哼，我非把她强奸了不可，不然我们的阔大少会跑得精光，浪荡子也会都变成修道士啦。

院　主　对，她再说什么经期失调，就别理她那一套。

鸨　妇　可不是吗？要让女的不害经期失调，男的就得不怕染杨梅疮才行。哟，拉西马卡斯大人穿着便服来啦。

① 普里阿波斯（Priapus）：希腊神话中司生育之神。

龟　奴　要是这作怪的丫头对客人们迁就一些，咱们这门槛儿早就给上下三等的人踏破啦。

拉西马卡斯上。

拉西马卡斯　怎么！你们这儿的大姑娘多少钱一打？

鸨　妇　啊，天神祝福您老爷！

龟　奴　我很高兴看见您老爷贵体安好。

拉西马卡斯　是的，你们应该希望你们的主顾都有一个结实的身子，这才是你们的福气。喂！婆子，你们这儿有没有一个可以让人玩了以后不必请教外科医生的姑娘？

鸨　妇　我们这儿倒有一个，老爷，要是她愿意的话。可是在米提林从来不曾有过像她一样的人。

拉西马卡斯　你的意思是说要是她愿意干那件事儿的话。

鸨　妇　什么都逃不了您老爷的明鉴。

拉西马卡斯　好，叫她出来，叫她出来。

龟　奴　要论她的皮肉，老爷，真称得起红是红，白是白，像一朵花儿似的。她的确是一朵花，就是还没有——

拉西马卡斯　没有什么？

龟　奴　老爷，我可不好意思说。

拉西马卡斯　女人羞答答的可以冒充贞洁，乌龟不好意思当然也可以提高身价。（龟奴下。）

鸨　妇　她是一朵枝头的娇花，我可以向您保证，还没有被人攀折过呢。

龟奴率玛丽娜重上。

鸨　妇　她不是一个美人儿吗？

拉西马卡斯　嗯，在船上待了这么多日子之后，看见这样的女人也就将就了。好。这是给你的赏钱，去吧。

鸨　妇　请老爷准许我说一句话，然后立刻就去。

拉西马卡斯　你说吧。

鸨　妇　（向玛丽娜）第一，我要你注意，这是一位很有名誉的贵人。

玛丽娜　我希望他果然是一位值得受我重视的正人君子。

鸨　妇　第二，他是本地的总督，我是受他管辖的。

玛丽娜　假如他是本地的总督，那你自然要受他的管辖；可是他在这方面是不是正人君子，我还不知道。

鸨　妇　请你少说些女孩儿家推推闪闪的废话吧；一句话，你愿意不愿意好好招待他？他要是喜欢的话，会把你的裙子上都镶满了黄金哩。

玛丽娜　凡是他用光明正大的态度赐给我的恩惠，我就用感激的心情接受他的好意。

拉西马卡斯　你们话讲完了没有？

鸨　妇　老爷，她是个一点不懂事的孩子；您必须耐心把她开导开导。来，咱们让老爷跟她两个人谈谈吧。

拉西马卡斯　你们去吧。（鸨妇、院主、龟奴同下）呃，美人儿，你干这个行业多久啦？

玛丽娜　什么行业，先生？

拉西马卡斯　那我可说不出口来，因为说出来会得罪人的。

玛丽娜　我自己干的事是不会使我自己听了动气的。请您说吧。

拉西马卡斯　我问你吃这碗饭多久了？

玛丽娜　从我刚记事的时候就开始了。

拉西马卡斯　怎么，那么年轻就开始了吗？难道你六七岁就干这个吗？

玛丽娜　比六七岁还早的时候，我就是现在这样。

拉西马卡斯　你现在住在这样一个地方，就说明你是一个出卖色相的女子。

玛丽娜　您既然知道这间屋子是这么一个所在，您还进来吗？我听说您是一位很有名誉的人，又是这儿的总督。

拉西马卡斯　啊，你那当家的已经告诉了你我是谁吗？

玛丽娜　谁是我的当家的？

拉西马卡斯　就是那个贩卖百草的婆子，那个播种罪恶的妇人。啊！你大概因为听说我有几分权力，所以故意装出高傲的态度，想要抬高你自己的身价。可是我告诉你，美人儿，我的权力是不会带到这儿来的，就是到这儿，也会对你表示宽大。来，带我到一间僻静些的屋子里去吧；来，来。

玛丽娜　假使您真是贵人出身，请您用行动证明您的身份。假使这名誉地位是别人给您的，那么您也不要辜负别人对您的期望。

拉西马卡斯　怎么回事？怎么回事！好严正的教训！再说下去。

玛丽娜　我是一个不幸的少女，残酷的命运把我推下了这个火坑；自从我来到这里以后，我只看见人们用比请医生服药更大的代价，买一身恶病回去。啊！要是天神们把我从这暗无天日的所在解放出来，即使他们叫我变成一只最卑微的小鸟，我将要多么快乐地在纯洁的空气中任意翱翔！

拉西马卡斯　我没有想到你竟有这样动人的口才；这真是出乎我意料之外。即使我抱着一颗邪心到这儿来，听见你这一番谈话，也会使我幡然悔改。这些金子是给你的，你拿着吧。愿你继续走你的清白的路；愿神明加强你的力量！

玛丽娜　愿慈悲的神明护佑您！

拉西马卡斯　你不要对我误会，以为我到这儿来是存着什么邪恶的目的，因为在我看来，这儿的每一扇门窗都散放着罪恶的臭味。再会！你是一个贞洁的女郎，我相信你一定受过高贵的教育。这儿还有一些金子给你,你拿着吧。谁要是侵害了你的善良的灵魂,愿他永受诅咒,像盗贼一般不得好死!也许你还会听到我的消息,那一定是对于你有好处的。

龟奴重上。

龟　奴　谢谢老爷,也赏我一块钱吧。

拉西马卡斯　滚开,你这该死的奴才!你们这一所屋子倘没有这位姑娘替你们支撑,它早就倒塌下来,把你们全都压死了。滚开!(下)

龟　奴　这是怎么一回事?咱们非得换一副手段对付你不可。你的贞操还不值乡下人家露天下的一顿早饭,咱们不能为了你要守贞,一家子活活饿死呀。过来。

玛丽娜　你要我到哪里去?

龟　奴　我要不给你开苞,刽子手就得给你开膛。过来。咱们不能再让主顾们一个个给你推出门去。喂,过来。

鸨妇重上。

鸨　妇　怎么!什么事?

龟　奴　越来越不成话了,妈妈;她对拉西马卡斯老爷也说起神圣的大道理来啦。

鸨　妇　哎哟,可恶!

龟　奴　她把咱们这一行说得简直好像一股秽气可以冲到天神脸上似的。

鸨　妇　哼,这丫头不想活命了吗?

龟　奴　这位贵人有心抬举她,她却不识好歹;浇了他一头冷水;他立脚不住,只好走了,临走还作过祷告哩。

鸨　妇　龟奴,带她下去;你爱把她怎样就把她怎样;破坏她的贞操,看她以后再倔强不倔强。

龟　奴　即使她是一块长满荆棘的荒地,我也要垦她一垦。

玛丽娜　听哪，听哪，神啊！

鸨　妇　她又在呼告神明了；带她下去！但愿她从不曾走进我的门里！哼，死丫头！她是来把咱们一起葬送了的。你不愿意走女人们大家走的路吗？哼，过来，我的三贞九烈的好姑娘！（下）

龟　奴　来，姑娘；跟我来吧。

玛丽娜　你要我到哪里去？

龟　奴　我要把你自己最看重的那件宝贝采摘下来。

玛丽娜　请你先告诉我一件事情。

龟　奴　好，说吧，是一件什么事情？

玛丽娜　要是你有仇敌的话，你希望他做个怎么样的人？

龟　奴　嘿，我希望他做咱们的老板，或者还是做咱们老板的太太。

玛丽娜　他们的职业虽然下贱，可是比起你来还是略胜一筹，因为你是受他们使唤的。地狱里受着最痛苦的酷刑的恶鬼，为了爱惜他的名誉，也不愿和你交换地位；你是一个永远受罪的管门人，必须侍候每一个探望他的下贱的情妇的下贱的男子；碰到脾气坏的家伙，你的耳朵免不了挨他的拳头的痛打；你吃的东西是那些害肺病的人所呕吐出来的。

龟　奴　你要我干什么呢？上战场去吗？你要我当七年的兵，失去一条腿，结果连装木腿的钱都拿不出来吗？

玛丽娜　除了你现在所干的事以外，无论什么事都可以做。你可以打扫垃圾箱，到水边去掏粪，你可以做刽子手的助手，什么都要比你现在的事情好一些。一头狒狒要是会说话，一定也不屑于担当你这个名分。啊！但愿天神们拯救我平安脱离这个所在！来，我这儿有一些金子送给你。要是你的主人一定要在我身上赚钱的话，你们可以宣布我会唱歌、跳舞、纺织、缝纫，还有其他的技艺，因为不愿夸口的缘故，我都不说了。我愿意招收生徒，教授这几门功课。我相信在这人口众多的城市里，一定可以收到不少的学生。

龟　奴　可是你真的会教授这许多功课吗？

玛丽娜　要是事实证明我没有这样的能力，我愿意让你们把我带回到这儿来，叫我向你们这儿最下贱的客人出卖我的肉体。

龟　奴　好，我愿意试试我能不能帮你一些忙；要是有可以安顿你的地方，我会替你想法的。

玛丽娜　可是我必须和良家妇女在一起。

龟　奴　说老实话，我在这方面是没有什么熟人的。可是既然我家老板和主妇花了钱买你下来，什么事总要得到他们的允许；所以让我先去把你的意思告诉他们，我相信他们都是很容易说话的。来，我愿意尽力帮你的忙；来吧。（同下。）

第五幕

高尔上。

玛丽娜跳出了火窟，
开始她教学的生活：
她的歌声不似人间；
她的舞态翩翩欲仙；
尤其她针线的精能，
化工也要退让三分，
尺缣上的花鸟枝叶
和活的全没有分别。
她召集了不少生徒，
其中尽多贵妇名姝，
她们那敬师的修脯，
她全都给了那鸨妇。
不表她在这里安身，
再说她海上的父亲；
他的船只随风飘荡，
迷失了航行的方向；
谁料那冥冥的天公
有心使他父女相逢，
把他吹到了米提林，

在这儿把征棹暂停。
却说米提林的居民
每年都要祭奠海神；
这时候拉西马卡斯
正在把那祭礼主持，
他望见泰尔的船舶，
那旗帜上一片黑色，
为了探察它的究竟，
他急忙驾艇去访问。
请列位再用些想象，
这儿便是老王船上，
说不尽的悲欢离合，
都在台上表演明白。（下）

第一场　米提林港外，配力克里斯船上。甲板上设帐篷，前覆帏幕。配力克里斯偃卧帐中榻上。一艇停靠大船之旁

二水手上，其一为大船上者，其一为艇上者；赫力堪纳斯上，与二水手相遇。

泰尔水手　（向米提林水手）赫力堪纳斯大人不知道在什么地方；他可以答复你的。啊！他来啦。——大人，有一艘从米提林来的艇子，艇子里面是拉西马卡斯总督，他要求到咱们船上来。您看怎么样？

赫力堪纳斯　请他上来吧。叫几个卫士们出来。

泰尔水手　喂，卫士们！大人在叫着你们哪。

卫士二三人上。

卫士甲　大人呼唤我们吗？

赫力堪纳斯　卫士们，有一个很有地位的人要到我们船上来；请你们去迎接一下，不要失了礼貌。（卫士及水手等下船登艇。）

拉西马卡斯率从臣及卫士、二水手等同自艇中上。

泰尔水手　大人，这一位老爷可以答复您所要询问的一切。

拉西马卡斯　祝福，可尊敬的老大人！愿天神们护佑你！

赫力堪纳斯　大人，愿你的寿命超过我现在的年龄；愿你富贵令终！泽及后人！

拉西马卡斯　您真是善颂善祷。我刚才正在海滨祭祀海神，忽然看见你们这艘富丽的船舶经过我们的海面，所以特来探问一声！你们是从什么地方来的。

赫力堪纳斯　第一，先请你告诉我你是一位何等之人？

拉西马卡斯　我就是你们眼前这一座城市的总督。

赫力堪纳斯　大人，我们的船是从泰尔来的，船里载的是我们的王上；他这三个月来，不曾对什么人讲过一句话，虽然勉强进一点饮食，也不过为了延续他的悲哀。

拉西马卡斯　他为什么会变成这个样子？

赫力堪纳斯　说来话长；他的悲哀的主要原因，是失去他的亲爱的女儿和妻子。

拉西马卡斯　我们可以见见他吗？

赫力堪纳斯　你可以见他；可是见了他也是徒然；他是不会向任何人说话的。

拉西马卡斯　可是让我达到我的愿望吧。

赫力堪纳斯　瞧他。（揭幕见配力克里斯）他本来是一位仪表堂堂的人物，直到那一个不幸的晚上，意外的惨祸把他害成了这个样子。

拉西马卡斯　王上陛下，万福！愿天神们护佑你！万福，尊严的王上！

赫力堪纳斯　这是毫无用处的；他不会对你说话。

臣　甲　大人，在我们米提林地方有一个少女，我敢打赌她有本领诱他说出几句话来。

拉西马卡斯　你想得很好。凭着她的曼妙的歌声和种种动人的美点，她一定会打开他的闭塞不通的心窍。她是所有女郎中最美貌的，现在正和她的女伴们在岛旁的树荫下面谈笑。（向臣甲耳语，臣甲下艇。）

赫力堪纳斯　什么都是毫无结果的；可是无论什么治疗的方法，只要有万一的希望，我们都不愿意放过。多蒙阁下这样热心相助，真是感激万分；我们还有一个冒昧的要求，因为我们航海日久，食物虽然不缺，但是味道不鲜，令人生厌，所以我们想要出钱向贵处购办一些食物，不知道阁下能不能允许我们？

拉西马卡斯　啊，大人！要是我们不愿意尽这一点点的地主之谊，公正的天神一定会在我们每一颗谷粒中降下一条蛀虫，使我们全境陷于饥馑的。可是让我再向你作一次请求，请把你们王上悲哀的原因详细告诉我知道吧。

赫力堪纳斯　请坐，大人，我可以告诉你；可是瞧，有人来打断我们的谈话了。

臣甲率玛丽娜及另一女郎自艇中重上。

拉西马卡斯　啊！这就是我请来的女郎。欢迎，美人儿！她不是很美吗？

赫力堪纳斯　她是一位倜傥的女郎。

拉西马卡斯　她是这样一位绝世的佳人，要是我能够确定她果然是世家贵族的后裔，我一定不再作其他的奢求，而认为得到这样一位妻子是终身的幸事。美人儿,这里有一位抱病的国王,在他身上你可以期望得到最高的赏赐;假如凭着你的巧妙的手段,只要能够使他回答你的一句问话,你的神奇的医术就可以使你得到你所愿望的任何酬报。

玛丽娜　大人,我愿意尽我的力量设法治疗他的病症,可是有一个条件,除了我自己和我的女伴以外,谁也不准走近他的身旁。

拉西马卡斯　来,让我们离开她;愿神明保佑她成功!(玛丽娜唱歌)他注意到你的歌声没有?

玛丽娜　没有,也不曾望我们一眼。

拉西马卡斯　瞧,她要向他说话了。

玛丽娜　万福,陛下!我的主,听我说句话儿。

配力克里斯　哼!嘿!

玛丽娜　陛下,我是一个少女,从来不曾勾引别人向我注目,可是像一颗彗星一般,到处受尽世人的凝视。她现在在向您说话,陛下,她所身受的种种不幸,要是放在准确的天平里衡量起来,也许正和您的不幸同样的沉重。虽然横逆的命运降低了我的身份,我的祖先却是和庄严的君主们分庭抗礼的;可是时间已经淹没了我的家世,使我在这多难的人世失去自由,忍受一切意外的折磨。(旁白)我不愿意说下去了;可是仿佛有什么东西在我的脸上发烧,它在我的耳边对我说,"不要去,等他说话。"配力克里斯我的命运——家世——很好的家世——可以跟我相比!——是不是这样?你怎么说?(推玛丽娜。)

玛丽娜　我说,陛下,要是您知道我的家世,您一定不会对我这样粗暴。

配力克里斯　我倒也这样想。请你把你的眼睛转过来对着我。你有几分像是——你是哪一国的女子?是不是这儿海岸上的?

玛丽娜　不，我也不是任何海岸上的；可是我出世却也和凡人一样，生来就是像您所看见的这样一个人。

配力克里斯　我心里充满了悲伤，一开口就禁不住泪下。我的最亲爱的妻子正像这个女郎一样，我的女儿要是尚在人世，一定也和她十分相像：我的王后的方正的眉宇；同样不高不矮的身材；同样挺直的腰身；同样银铃似的声音；她的眼睛也像明珠一样，藏在华贵的眼睫之中；她的步伐是天后朱诺的再世；她的动人的辞令，使每一个听者的耳朵在饱聆珠玑以后，感到更大的饥饿。你住在什么地方？

玛丽娜　我是一个托迹异乡的人；从甲板上您可以望见我所住的地方。

配力克里斯　你是在什么地方生长的？你这种卓越的才能是怎样得到的？

玛丽娜　要是我把我的历史告诉人家，人家一定会疑心那是谎话而加以鄙弃。

配力克里斯　请你说吧；谎话不会从你的嘴里出来，因为你瞧上去是这样正直而真诚，从你的容貌看来，你像一座真理的君王所居住的宫殿！我相信你，即使在你的叙述之中，有什么难于置信的地方，我也会毫不怀疑；因为你的模样活像一个我所曾经爱过的人。你的亲族有些什么人？当我看见你在我眼前，把你推开去的时候，你不是说过，你有很好的家世吗？

玛丽娜　我的确说过这样的话。

配力克里斯　告诉我你的父母是什么人。我仿佛听你说起，你曾经受过种种的困苦折磨，你以为我们两人的不幸要是互相比较一下，也许会分不出轻重。

玛丽娜　这样的话我也说过；凡是我所说的话，都是我自己认为不违背事实的。

配力克里斯　把你的故事告诉我；要是你所经历的困苦，果然可以抵得上我的千分之一的不幸，那么你是一个男子，我却像一个女孩似的受不起人世的煎磨。可是你瞧上去却像忍耐女神一样，凝视着君王们的坟墓，把一切苦难付之一笑。你有些什么亲族？怎么会和他们分散？你叫什么名字，我的最温柔的女郎？告诉我吧，我在恳求你。来，坐在我的身边。

玛丽娜　我的名字是玛丽娜。

配力克里斯　啊！这简直是对我开玩笑；你一定是什么愤怒的神明差来，让世人把我取笑的。

玛丽娜　忍耐一些，好陛下，否则我不再说下去了。

配力克里斯　好，我要忍耐。你不知道你说了你的名字叫玛丽娜，使我吃了多大的一惊。

玛丽娜　这名字是一个有权力的人给我取下的；我的父亲，他是一位国王。

配力克里斯　怎么！一位国王的女儿？名叫玛丽娜吗？

玛丽娜　您说过您会相信我的；可是我不愿扰乱您的安静，还是不要说下去吧。

配力克里斯　可是你果然是有血有肉的活人吗？你的脉搏在跳动吗？你不是一个精灵吗？——果然跳动！好，说下去。你是在什么地方诞生的？为什么叫作玛丽娜？

玛丽娜　因为我在海上诞生，所以取名为玛丽娜，。

配力克里斯　在海上！谁是你的母亲？

玛丽娜　我的母亲是一位国王的女儿；她在我生下来的一分钟就死了，这是我的好保姆利科丽达常常含着泪告诉我的。

配力克里斯　啊！暂时停一会儿。这是沉重的睡眠用来欺骗悲哀的愚人们的一个最稀有的梦境；这样的事是决不会有的。我的女儿已经葬了。好，你是在什么地方生长的？我愿意听你说下去，不再打搅你，一直听到你故事的结局。

玛丽娜　您一定不会信我，所以我还是不要说下去的好。

配力克里斯　我愿意相信你所说的每一个字，不管你将要对我说些什么。可是准许我再问你一个问题：你怎么会到这儿来的？你是在什么地方长大的？

玛丽娜　我的父王把我寄养在塔萨斯，在那里我生活得好好的，不料后来狠心的克里翁和他的奸恶的妻子不怀好意，想要谋害我的性命；他们买通了一个恶人杀我，正在他刚要动手的时候，来了一群海盗，把我从他的手里夺走，后来我就被他们带到米提林来了。可是，好陛下，您这样句句追问，是什么意思？您为什么哭了起来？也许您以为我是个骗子；不，凭着我的良心起誓，我是配力克里斯王的女儿，要是善良的配力克里斯王尚在人间的话。

配力克里斯　喂，赫力堪纳斯！

赫力堪纳斯　陛下叫我吗？

配力克里斯　你是一位德高望重、识见高超的顾问老臣，你能不能告诉我，这女郎究竟是个什么人，会使我流下这许多眼泪？

赫力堪纳斯　我不知道；可是，陛下，这一位是米提林的总督，他对于这位女郎是推崇备至的。

拉西马卡斯　她从来不肯告诉人们她的父母是谁；有人问起她的时候，她就一声不响地坐着淌眼泪。

配力克里斯　啊，赫力堪纳斯！打我；好老人家，给我割下一道伤口，让我感到一些眼前的痛苦，免得这向我奔涌前来的快乐的巨浪，淹没我的生命的涯岸，把我溺毙在它的幸福之中。啊！过来，那曾经生育你的，现在却在你的手里重新得到了生命；你诞生在海上，埋葬在塔萨斯，现在又在海上找到了。啊，赫力堪纳斯！跪下来，用像那使我们震惊的雷霆一样的巨声感谢神圣的天神；这就是玛丽娜。你的母亲叫什么名字？只要回答我这一个问题，因为即使在毫无疑惑的时候，真理也是不厌反复证明的。

玛丽娜　陛下，先让我请教您的尊号？

配力克里斯　我是泰尔的配力克里斯。可是现在告诉我我那死在海里的王后的名字；你刚才所说的话，句句都是真实的；你是两个王国的继承人，你的父亲配力克里斯的第二个生命。

玛丽娜　是不是一定要说出我的母亲的名字叫作泰莎，才可以证明我是您的女儿呢？泰莎是我的母亲，她的末日也就是我的生辰。

配力克里斯　啊，祝福你！起来；你是我的孩子。把我的新衣服拿来。我自己的孩子，赫力堪纳斯；虽然凶恶的克里翁想谋害她的性命，她并没有死在塔萨斯；她将会告诉你一切；当你跪下静听的时候，你将会证实她的确是你的公主。这是谁？

赫力堪纳斯　陛下，这一位是米提林的总督，他因为听见您心境不佳，特来探望您的。

配力克里斯　我拥抱你。把我的长袍给我。我晕眩得两眼都看不清楚了。天啊，祝福我的孩子！可是听！什么音乐？告诉赫力堪纳斯，我的玛丽娜，从头到尾告诉他你确实是我的女儿，因为他好像还有些怀疑。可是，什么音乐？

赫力堪纳斯　陛下，我没有听见。

配力克里斯　没有听见！天上的音乐！听，我的玛丽娜！

拉西马卡斯　我们不应该反对他，最好顺顺他的意思。

配力克里斯　稀有的妙音！你们听不见吗？

拉西马卡斯　陛下，我听见的。（音乐。）

配力克里斯　无上的天乐！它摄住了我的听觉，沉重的睡眠已经爬上我的眼睛；我要休息一下。（睡。）

拉西马卡斯　替他拿一个枕头来。好，大家出去吧。我亲爱的朋友们，如果这果然证实了我确信的想法，我一定忘不了你们。（除配力克里斯外均下。）

狄安娜女神在幻梦中向配力克里斯现身。

狄安娜女神　我的神庙在以弗所；你快到那里去，向我的圣坛前献祭。当我的女修道士们群集的时候，当着众人之前，宣布你怎样在海上失去你的妻子，哀诉你自己和你女儿的不幸的遭际，对他们详尽地表明一切。依着我的话做了，你可以得到极大的幸福，否则你将要永远在悲哀中度日。凭着我的银弓起誓，我不会欺骗你。醒来，把你的梦告诉众人吧！（隐去。）

配力克里斯　神圣的狄安娜，银色的女神，我愿意听从你！赫力堪纳斯！

赫力堪纳斯、拉西马卡斯及玛丽娜重上。

赫力堪纳斯　陛下？

配力克里斯　我的本意是要到塔萨斯去，惩罚那忘恩负义的克里翁；可是我现在还要先干一些别的事，把我们张满的帆转向以弗所吧，等会儿我就告诉你什么缘故。（向拉西马卡斯）阁下，我们可不可以用金子向你换一些我们所需要的食物，在你们岸上饱餐一顿？

拉西马卡斯　陛下，那是我所绝对欢迎的；当您上岸以后，我还要向您提出一个请求呢。

配力克里斯　你的请求一定可以得到满足，即使你要向我的女儿求婚；因为看来你对她是十分关切的。

拉西马卡斯　陛下，让我搀着您的手臂。

配力克里斯　来，我的玛丽娜。（同下。）

第二场　以弗所。狄安娜女神庙前

高尔上。

漏壶的沙快要滴尽，
不久一切将归寂静；
这是俺最后的饶舌，
请列位莫怪俺絮喋。
兴高采烈的米提林，
欢迎那远道的佳宾，
自有一番繁华热闹，
这些都用不着细表。
原来咱们这位总督
早已得到老王允诺，
他倾心爱慕的女郎
已成他未来的新娘；
可是必须祭过女神，
然后再把婚礼举行，
因此上这一行人众，
又一度向海外移动。
古语所说无话即短，
早到了以弗所沿岸；
瞧这座巍峨的神庙，
勾引多少人的瞻眺！
他们能够转瞬来临，
全靠列位信假为真。（下）

第三场　以弗所。狄安娜神庙。泰莎是女祭司，立神坛近旁。若干修道女分立两侧。萨利蒙及其他以弗所居民均在坛前肃立

配力克里斯率侍从；拉西马卡斯、赫力堪纳斯、玛丽娜及其女伴同上。

配力克里斯　万福，狄安娜女神！我是泰尔的国王，奉了你的公正的命令，特来向你顶礼致敬。当初我因为避难离国，在潘塔波里斯和美貌的泰莎缔为夫妇；不幸她在海上死于产褥，却生下了一个名叫玛丽娜的女孩，这孩子，女神啊！现在还穿着你的银色的制服。她在塔萨斯由克里翁抚养长大，当她十四岁的时候，他蓄意把她谋杀；可是她的幸运把她带到了米提林，我的船只正从那边的海岸驶过，冥冥中的机缘把这女郎带到了我的船上，凭着她自己的清楚的记忆，她向我证明她是我的女儿。

泰　莎　同样的声音和面貌！你是，你是——啊，尊贵的配力克里斯！——（晕倒。）

配力克里斯　这尼姑是什么意思？她死了！各位，看看她有救没有。

萨利蒙　陛下，要是您在狄安娜神坛前所说的话没有虚假，这就是您的妻子。

配力克里斯　老先生，不；我用这一双手亲自把她投下海里去的。

萨利蒙　我敢断定您把她投海的地方就在这儿海岸的附近。

配力克里斯　这是毫无疑问的！

萨利蒙　好好看顾这位王后。啊！她不过是喜悦过度。在一个风暴的清晨，她被海浪卷到了这儿岸上。我打开了箱子，发现其中藏着贵重的珠宝；我把她救活过来，让她在这狄安娜神庙之内安身。

配力克里斯　那箱子里的东西可不可以让我看看？

萨利蒙　陛下，您要是愿意光降舍间，我一定可以让您看个仔细。瞧！泰莎醒过来了。

泰　莎　啊！让我看！假如他不是我的亲人，我就要斩断情魔，不让它扰乱我的清净的心田。啊！我的主，您不是配力克里斯吗？您说话也像他，模样也像他。您不是说起一场风暴、一次生产和一回死亡吗？

配力克里斯　死去的泰莎的声音！

泰　莎　那泰莎就是我，虽然你们都以为我早已死在海里。

配力克里斯　永生的狄安娜！

泰　莎　现在我认识你了。当我们挥泪离开潘塔波里斯的时候，我的父王曾经给你这样一个指环。（出指环示配力克里斯。）

配力克里斯　正是这一个，正是这一个。够了，神啊！你们现在的仁慈，使我过去的不幸成为儿戏；当我接触她的嘴唇的时候，但愿你们使我全身融解而消亡。啊！来，第二次埋葬在这双手臂之中吧。

玛丽娜　我的心在跳着要到我的母亲的怀里去。（向泰莎下跪。）

配力克里斯　瞧，谁跪在这儿！你的肉中之肉，泰莎；你在海上的重负；她名叫玛丽娜，因为她是在海上诞生的。

泰　莎　天神加佑你，我的亲生的孩子！

赫力堪纳斯　万福，娘娘，我的王后！

泰　莎　我不认识你。

配力克里斯　你曾经听我说起，当我从泰尔逃走的时候，我把国事交给一位年老的摄政；你还记得我叫他什么名字吗？我常常提起他的。

泰　莎　那么他就是赫力堪纳斯了。

配力克里斯　又是一个证明！拥抱他，亲爱的泰莎；这正是他。现在我渴想着听一听你怎样被人发现,怎样死而复生 ;这一个绝大的奇迹,除了天神以外,应该感谢谁的力量。

泰　莎　萨利蒙大人,我的主 ;天神假手于他,表现了他们的力量 ;他能够从头到尾向你解释一切。

配力克里斯　可尊敬的先生,你是天神们所能找到的最有神性的一个人间的助手。你愿意告诉我这位已死的王后怎样复活的经过吗?

萨利蒙　很好,陛下。请您先跟我到舍间去,我可以把她的随身物件一起给您看个明白 ;我还要告诉您她怎么会到这神庙里来,决不遗漏任何必要的细节。

配力克里斯　圣洁的狄安娜!感谢你的托兆 ;我要向你举行夜间的献祭。泰莎,这一位是你女儿的未婚佳婿,他将要在潘塔波里斯和她成婚。现在我要修剪修剪我的须发,它使我显得太难看了 ;我的胡须已经十四年没有剃过,为了庆贺你们的佳期,我要把它剃剃干净。

泰　莎　陛下,萨利蒙大人得到可靠的信息,我的父亲已经死了。

配力克里斯　愿上天使他变成一颗明星!可是,我的王后,我们还是要到那里去主持他们的婚礼 ;等他们结过了婚,我们两人就在那里消度我们的余生,让这双小夫妇回到泰尔去主持国政。萨利蒙大人,我们不要耽搁时间了,我渴想听你的讲述哩。请你为我们带路。(同下。)

高尔上。

乱伦的安提奥克斯
逃不过上天的诛夷。
善良的配力克里斯,
虽然历尽颠沛流离,
自有神明们的默护,

导引他和妻儿团聚。
赫力堪纳斯这老臣
是千古忠良的典型。
萨利蒙的博学好善，
谁不对他敬佩赞叹？
奸恶的克里翁夫妇
遮不住他们的罪辜，
全城民众激起公愤，
把阖家烧成了灰烬；
虽然他们蓄意未遂，
一念之差终遭天弃。
现在戏文已经终场，
敬祝列位快乐无疆！（下）